ein Ullstein Buch

Ullstein Buch Nr. 20263
im Verlag Ullstein GmbH,
Frankfurt/M – Berlin – Wien

Ungekürzte Ausgabe

Englischer Originaltitel:
»The Dream«
Berechtigte Übersetzung ins Deutsche:
O. Mandel, H. M. Reiff,
E. Redtenbacher und
E. Werfel

Umschlagentwurf: Hildegard Morian
Umschlagillustration:
Theodor Bayer-Eynck

Printed in Germany 1984
Druck und Verarbeitung:
Ebner Ulm
ISBN 3 548 20263 2

September 1984

CIP-Kurztitelaufnahme
der Deutschen Bibliothek

**Wells, Herbert G.:**
Der Traum: Roman / H. G. Wells.
[Berecht. Übers. ins Dt.: O. Mandel . . .]. –
Ungekürzte Ausg. – Frankfurt/M; Berlin;
Wien: Ullstein, 1984.
(Ullstein-Buch; Nr. 20263)
Einheitssacht.: The dream <dt.>
ISBN 3-548-20263-2
NE: GT

H. G. Wells

# Der Traum

Roman

ein Ullstein Buch

ERSTER TEIL

# Das Werden des Harry Mortimer Smith

## Der Ausflug

### 1

Sarnac hatte etwa ein Jahr lang fast ununterbrochen die subtilsten chemischen Reaktionen der Nervenzellen des sympathischen Systems erforscht. Die ersten Versuche hatten neue, überraschende Möglichkeiten eröffnet, die noch weiterreichende und faszinierende Perspektiven boten. Er arbeitete wohl zu angestrengt; nicht daß Hoffnung und Wissensdrang in ihm dadurch Schaden genommen hätten, aber seine Experimente hatten an Feinheit eingebüßt, und er dachte langsamer und weniger genau. Er brauchte eine Erholungspause. Er hatte ein Kapitel seiner Arbeit abgeschlossen und wollte Kräfte für ein neues schöpfen. Heliane hoffte seit langem auf eine gemeinsame Ferienreise; auch ihre Arbeit befand sich in einer Phase, die eine Unterbrechung gestattete. So begaben sich die beiden auf eine Wanderung durch das seenreiche Gebirgsland.

Ihr Zusammenleben hatte sich sehr glücklich entwickelt. Eine innige Beziehung und Freundschaft verband sie seit langem, so daß sie sich miteinander wohl fühlten; trotzdem bestand keine allzu große Vertraulichkeit zwischen ihnen, die das lebhafte Interesse des einen am Tun und Lassen des andern geschmälert hätte. Heliane liebte Sarnac zärtlich und Sarnac war immer glücklich und froh, wenn Heliane bei ihm weilte. Heliane war gemütvoller und als Liebende klüger. Sie sprachen von allem und jedem, nur von Sarnacs Arbeit nicht, denn sie sollte ruhen und neu beginnen. Von ihrer eigenen Tätigkeit jedoch sprach Heliane sehr viel. Sie hatte an Schilderungen und Bildern des Glücks und Leids vergangener Zeitalter gearbeitet und war erfüllt von dem Bemühen, Denken und Fühlen entschwundener Geschlechter zu erfassen.

Sie vergnügten sich einige Tage lang auf den Wassern des großen Sees, segelten, paddelten und zogen ihr Boot in das süß duftende Schilfrohr der Insel, um zu baden und zu schwimmen. Das Boot brachte sie von einer Pension zur andern, und sie trafen verschiedene interessante und anregende Leute. In einer der Pensionen wohnte unter anderen ein achtundneunzigjähriger Greis, der sich in diesem hohen Alter die Zeit mit der Herstellung kleiner Statuetten voll Anmut und Humor vertrieb, und es war wunderbar anzusehen, wie der Ton in seinen Händen Gestalt annahm. Überdies verstand er es, die Fische des Sees sehr wohlschmeckend zuzubereiten; er pflegte große Mengen zu kochen, so daß jeder, der im Hause aß, etwas davon bekommen konnte. Auch ein Musiker war da, der Heliane veranlaßte, von längst vergangenen Zeiten zu erzählen, und dann spielte er selbst auf dem Klavier Melodien, die die Gefühle jener entschwundenen Menschen zum Ausdruck brachten. Er spielte ein Stück, das, wie er sagte, zweitausend Jahre alt war; es stammte von einem Mann namens Chopin und hieß „Revolutions-Etüde". Heliane hätte nie gedacht, daß ein Klavier solch leidenschaftlich grollender Klänge fähig sei. Der Musiker spielte dann noch groteske, böse Kriegsmärsche aus jenen halbvergessenen Zeiten und schließlich eigene zornige und leidenschaftliche Kompositionen.

Heliane saß unter einer goldig schimmernden Laterne, lauschte der Musik und beobachtete die flinken Hände des Klavierspielers. Sarnac war tiefer bewegt. Er hatte noch nicht viel Musik gehört, und dieser Spieler schien Fensterläden in wilde, dunkle Abgründe aufzustoßen, die der Menschheit seit langem verschlossen waren. Er saß, die Wange in die Hand gelegt, den Ellbogen auf die Gartenmauer gestützt, und blickte über die stahlblaue Wasserfläche des Sees gegen den dunklen Nachthimmel. Das Firmament war sternklar gewesen, doch nun sammelte eine riesige Wolkenbank gleich einer Hand, die sich schließt, die Sterne in ihre dunkle Faust. Der nächste Tag würde wohl Regen bringen. Die Laternen hingen still da, nur dann und wann ließ sie ein sanfter Lufthauch leicht schwingen. Ein großer weißer Nachtfalter kam zuweilen aus der Dunkelheit hervorgeflattert, schlug an die Laternen und verschwand wieder. Bald darauf kehrte er zurück – er oder ein anderer, der ihm glich. Und dann waren plötzlich drei oder vier dieser flüchtigen Phantome da – anscheinend die einzigen Insekten dieser Nacht.

Ein leises Plätschern des Wassers drunten zog Sarnacs Blick auf das Licht eines Bootes, ein rundes gelbes Licht wie eine leuchtende Orange, das aus dem dunklen Blau der Nacht bis dicht an die Mauer der Terrasse heranglitt. Man hörte, wie ein Ruder eingezogen und das Geräusch des abtropfenden Wassers schwächer wurde. Die Leute im Boot saßen still und lauschten, bis der Musiker geendet hatte. Dann kamen sie die Stufen der Terrasse herauf und fragten den Leiter der Pension nach einem Zimmer für die Nacht. Sie hatten in einem andern Hause, weiter oben am See, Abendbrot gegessen.

Vier Personen waren es: zwei dunkelhaarige, schöne, südländischer Herkunft, waren Bruder und Schwester, und zwei blonde Frauen, blauäugig die eine, mit braunen Augen die andere, beide dem Geschwisterpaar offenkundig sehr zugetan. Sie kamen näher, sprachen über das Klavierspiel und erzählten dann von einer Klettertour im Gebirge oberhalb der Seen, die sie unternehmen wollten. Die Geschwister hießen Beryll und Stella; ihre Arbeit, erzählten sie, sei die Erziehung von Tieren, sie hätten für diese Beschäftigung eine natürliche Begabung. Die beiden blonden Mädchen, Salaha und Iris, waren Elektrikerinnen.

Während der letzten Tage hatte Heliane immer wieder sehnsüchtig zu den glitzernden Schneefeldern emporgeblickt; schneebedeckte Berge übten eine magische Anziehungskraft auf sie aus. Sie beteiligte sich sehr lebhaft an dem Gespräch über das Gebirge, und bald wurde vorgeschlagen, daß sie und Sarnac die neuen Bekannten bei der geplanten Gipfelbesteigung begleiten sollten. Vor einem Ausflug ins Gebirge aber wollten Heliane und Sarnac gewisse Altertümer besichtigen, die man vor kurzem in einem von Osten her gegen den See verlaufenden Tale ausgegraben hatte. Die vier Ankömmlinge waren an Helianes Mitteilungen über jene Ruinen interessiert und beschlossen, sich ihr und Sarnac anzuschließen. Nachher wollte man zu sechst in die Berge wandern.

## 2

Jene Ruinen waren gut zweitausend Jahre alt.

Sie waren die Überreste einer kleinen alten Stadt, eines ziemlich großen Eisenbahnknotenpunktes und eines Eisenbahntunnels durchs Gebirge. Der Tunnel war eingestürzt, aber man war bei den Ausgrabungen hindurchgedrungen und hatte mehrere zerstörte Züge gefunden, die offenbar dicht von Soldaten und Flüchtlingen besetzt gewesen waren. Die Überreste dieser Menschen, von Ratten und anderm Ungeziefer zernagt, lagen in den Eisenbahnwagen und auf den Schienen. Augenscheinlich war der Tunnel durch Sprengstoffexplosionen verbarrikadiert worden und hatte die Züge samt den Insassen begraben. Später war die Stadt selbst und alle ihre Einwohner durch Giftgas vernichtet worden; welche Art von giftigem Gas man dabei verwendet hatte, war den Forschern noch nicht klar. Es hatte eine ungewöhnlich konservierende Wirkung ausgeübt, so daß viele der Leichen eher Mumien als

Skelette waren; und in vielen Häusern fanden sich Bücher, Papiere, Gegenstände aus Papiermaché und Ähnliches recht gut erhalten vor. Sogar billige Baumwollstoffe waren unversehrt geblieben, nur hatten sie alle Farbe verloren. Nach der Katastrophe war die Gegend offenbar einige Zeit hindurch ganz unbewohnt geblieben, und ein Erdrutsch hatte den tiefer gelegenen Teil des Tales versperrt, das Gewässer abgedämmt und Stadt und Tunnel unter einer Schlammschicht begraben. Nun hatte man die Erd- und Schlammassen durchbrochen und dem Flußlauf seine ursprüngliche Richtung wiedergegeben, und dabei waren die Spuren einer der charakteristischen Katastrophen aus der letzten Kriegsperiode der Menschheitsgeschichte ans Tageslicht gefördert worden.

Auf die sechs Ferienwanderer machte die Besichtigung des Ortes einen starken, ja fast allzu erschütternden Eindruck. Sarnac besonders, der immer noch an Übermüdung litt, fühlte sich tief ergriffen. Man hatte das in der Stadt gesammelte Material geordnet und in einem aus Glas und Stahl erbauten Museum untergebracht. Viele Leichen waren vollständig erhalten; eine kranke alte Frau, durch das Gas mumifiziert, war in das Bett zurückgelegt worden, aus dem die Wasserfluten sie herausgeschwemmt hatten; der eingeschrumpfte Körper eines Säuglings lag in einer Wiege. Die Bettlaken und Decken waren ausgebleicht und verfärbt, doch konnte man sich ganz gut vorstellen, wie sie einst ausgesehen haben mochten. Die Leute waren offenbar überrumpelt worden, während das Mittagessen vorbereitet wurde; in vielen Häusern war eben der Tisch gedeckt gewesen. Nun hatte man die alten maschinengewebten Tischtücher und die versilberten Eßbestecke, die zwei Jahrtausende unter Schlamm, Schilf und Fischen verborgen gelegen waren, wieder hervorgeholt und auf den Tischen geordnet; es waren große Mengen dieses traurigen, verfärbten Krams aus dem entschwundenen Leben der Vergangenheit zu sehen.

Die Ferienwanderer gingen nicht sehr weit in den Tunnel hinein. Der Anblick, der sich hier bot, war ihnen zu schrecklich; Sarnac stolperte über eine Schiene und zerschnitt sich an den Scherben eines zerbrochenen Waggonfensters die Hand. Die Wunde schmerzte ihn später und heilte nicht schnell genug, als wäre irgendein Gift in sie gedrungen, und sie ließ ihn nachts nicht schlafen.

Den ganzen Tag sprachen die sechs von den Schrecken der letzten Kriege, die die Welt erlebt hatte, und von dem Elend des Daseins in jenem Zeitalter. Iris und Stella meinten, das Leben damals müsse kaum zu ertragen gewesen sein, müsse von der Wiege bis zum Grabe aus nichts als Haß, Schrecken, Mangel und Unbehagen bestanden haben. Beryll hingegen vertrat die Ansicht, daß die Menschen damals nicht unglücklicher und nicht glücklicher gewesen seien als er selbst. Es gebe, behauptete er, in jedem Zeitalter einen Normalzustand; jede Erhebung des Gefühls oder der Hoffnung darüber hinaus bedeute Glück, jedes Hinabsinken unter das Durchschnittsmaß Unglück; es komme dabei nicht darauf an, wie der Normalzustand beschaffen sei. „Jene Menschen erfuhren das eine und das andere sehr intensiv“, sagte er. Wohl habe es in ihrem Leben mehr Dunkelheit und mehr Schmerz gegeben, trotzdem seien sie alles in allem nicht unglücklicher gewesen. Heliane neigte zur gleichen Ansicht.

Salaha erhob Einwände gegen Berylls psychologische Betrachtung. Sie sagte, ein kranker Körper oder ein Leben unter verhaßtem Zwang könne ein dauerndes Gefühl der Depression verursachen. Es könne Geschöpfe geben, die stets unglücklich sind, ebenso wie stets glückliche.

„Gewiß“, warf Sarnac dazwischen, „vorausgesetzt, es gibt einen für sie alle geltenden Standard.“

„Warum nur führten sie solche Kriege?“ rief Iris. „Warum taten sie einander so Schreckliches an? Sie waren doch Menschen wie wir."

„Nicht besser", sagte Berryl, „und nicht schlechter. Soweit es sich um die natürliche Veranlagung handelt. Es ist kaum hundert Generationen her."

„Sie hatten einen ebenso großen und wohlgeformten Schädel wie wir."

„Die Ärmsten in dem Tunnel!" sagte Sarnac. „Wie schrecklich, auf solche Weise in einem Tunnel eingeschlossen zugrunde zu gehen! Dabei scheint mir, es müsse sich damals jeder dauernd so gefühlt haben, als sei er in einem Tunnel eingeschlossen."

Inzwischen war ein Gewitter heraufgezogen, das ihr Gespräch unterbrach. Sie wollten über einen nicht sehr hohen Gebirgspaß zu einem Gästehaus am oberen Ende des Sees und gerieten unweit der Paßhöhe in das Unwetter. Es gab einige heftige Donnerschläge, und keine hundert Schritte von ihnen entfernt wurde eine Tanne vom Blitz getroffen. Sie jubelten bei dem herrlichen Anblick. Der tosende Aufruhr der Elemente erfüllte sie mit Freude. Der Regen peitschte ihre kräftigen, nackten Körper, ein Windstoß um den andern machte sie taumeln, lachend und atemlos mußten sie immer wieder stehenbleiben. Es war nicht leicht, den Weg zu finden; eine Zeitlang hatten sie die an Bäumen und Felsen angebrachte Markierung verloren. Das Unwetter ging schließlich in einen gleichmäßigen Regenguß über, und sie platschten stolpernd den von Gischt bedeckten Felsenpfad hinunter, ihrem Ziel entgegen. Erhitzt und naß, als ob sie aus dem Bad gestiegen wären, langten sie an; nur Sarnac, der mit Heliane hinter den andern zurückgeblieben war, fühlte sich müde und fror. Der Leiter des Gästehauses schloß die Fensterläden, machte mit Holz und Tannenzapfen ein Feuer an und bereitete ein warmes Nachtessen.

Bald kam das Gespräch wieder auf die ausgegrabene Stadt und die eingeschrumpften Leichname, die nun im

Schein des elektrischen Lichtes innerhalb der Glaswände des stillen Museums lagen, gleichgültig fortan gegen den Sonnenschein wie gegen die Stürme des Lebens.

„Ob sie jemals lachten wie wir?“ fragte Salaha. „Einfach aus Freude am Leben?“

Sarnac sprach wenig. Er saß dicht am Feuer, warf Tannenzapfen in die Glut und betrachtete sie, wie sie aufflammten und knisternd verbrannten. Nach einer Weile erhob er sich, sagte, er sei müde, und ging zu Bett.

## 3

Es regnete die ganze Nacht und auch den nächsten Morgen bis gegen Mittag, dann heiterte sich das Wetter auf. Am Nachmittag wanderte die kleine Gesellschaft weiter, das Tal aufwärts gegen die Berge, die sie besteigen wollten. Man ging gemächlich und gönnte sich anderthalb Tage für eine Strecke, die eigentlich leicht an einem Tag zurückgelegt werden konnte. Der Regen hatte alles erfrischt, und eine Fülle von Blumen war aufgeblüht.

Der folgende Tag war heiter und sonnig.

Am frühen Nachmittag gelangten sie zu einer von Narzissen besäten Wiese auf einem Plateau und lagerten dort, um den mitgebrachten Proviant zu verzehren. Sie waren nur zwei Stunden von dem Schutzhaus entfernt, in dem sie die Nacht verbringen wollten, es bestand darum kein Grund, gleich weiterzuwandern. Sarnac war träge und gestand, daß er Lust verspüre, zu schlafen. Er hatte in der Nacht etwas Fieber gehabt, und Träume von verschütteten und durch Giftgas getöteten Menschen hatten ihn gequält. Die anderen waren belustigt über den Einfall, am hellen Tag schlafen zu wollen, Heliane aber sagte, sie werde seinen Schlummer behüten. Sie suchte ihm einen Platz im Gras, Sarnac legte sich neben ihr nieder und schlief, an sie gelehnt, so plötzlich und vertrauensvoll ein wie ein Kind. Und wie eine Kinderfrau saß sie an seiner Seite und bedeutete den anderen, keinen Lärm zu machen.

„Nach diesem Schlaf wird er sich wieder gut fühlen", sagte Beryll lächelnd und stahl sich mit Iris davon, während Salaha und Stella in die andere Richtung gingen, um einen nahegelegenen Felsvorsprung zu erklettern, von wo aus sie einen umfassenden und vielleicht sehr schönen Ausblick auf die Seen unten zu gewinnen hofften.

Einige Zeit lag Sarnac ganz still, dann begann er sich im Schlafe unruhig hin und her zu wälzen. Heliane neigte ihr warmes Antlitz aufmerksam zu dem seinen hinab. Er wurde wieder ruhig, bewegte sich aber bald aufs neue und murmelte etwas, doch konnte sie seine Worte nicht verstehen. Dann warf er sich heftig herum, schlug mit den Armen um sich und sagte: „Ich kann es nicht ertragen. Nein, ich kann nicht! Es ist aber nicht mehr zu ändern. Du bist beschmutzt und entehrt für alle Zeit." Heliane faßte ihn sanft und legte ihn wieder bequem zurecht, wie eine Mutter ihr Kind. „Liebste", flüsterte er und griff im Schlaf nach ihrer Hand . . .

Als die anderen zurückkamen, war er eben erwacht.

Er saß aufrecht mit verschlafenem Gesicht, und Heliane kniete neben ihm, die Hand auf seiner Schulter. „Wach auf!" sagte sie.

Er sah sie an, als ob er sie nicht kennte, dann blickte er verdutzt auf Beryll. „Es gibt also noch ein Leben!" sagte er schließlich.

„Sarnac!" rief Heliane und schüttelte ihn. „Kennst du mich denn nicht?"

Er strich sich mit der Hand über die Stirn. „Ja", sagte er zögernd. „Dein Name ist Heliane. Ich weiß schon. Heliane . . . nicht Hetty – – nein. Obgleich du Hetty sehr ähnlich bist. Sonderbar! Und ich – ich heiße Sarnac. Ja, gewiß! Ich bin Sarnac." Er lächelte Salaha zu. „Ich meinte aber, ich sei Harry Mortimer Smith. Wahrhaftig! Vor einem Augenblick noch w a r ich Harry Mortimer Smith . . . Harry Mortimer Smith."

Er blickte um sich. „Berge", sagte er, „Sonnenschein und weiße Narzissen. Jawohl – wir gingen heute vormittag hier herauf. Bei einem Wasserfall spritzte Clelia mich an . . . Ich erinnere mich ganz genau . . . und doch lag ich eben in einem Bett – erschossen. Ich lag in einem Bett . . . Ein Traum? . . . Dann habe ich ein ganzes Menschenleben geträumt, ein Leben, das sich vor zweitausend Jahren abspielte!"

„Was meinst du nur?" fragte Heliane.

„Ein ganzes Leben – Kindheit, Jugend, Mannesalter. Und Tod. Er tötete mich. Der arme Teufel! – Er tötete mich!"

„Ein Traum?"

„Ja, ein Traum – aber ein äußerst lebendiger Traum. Der wirklichste der Träume, den man sich denken kann. W e n n es ein Traum war . . . Nun kann ich alle deine Fragen beantworten, Heliane. Ich habe ein ganzes Leben durchlebt in jener alten Welt. Ich weiß . . .

Es ist mir immer noch so, als wäre jenes Leben die Wirklichkeit und dieses hier nur ein Traum . . . Ich lag im Bett. Vor fünf Minuten noch befand ich mich in einem Bett. Ich lag im Sterben . . . Der Arzt sagte: ‚Es geht zu Ende.' Und ich hörte noch, wie meine Frau durchs Zimmer auf mich zukam . . ."

„Deine F r a u !" rief Heliane.

„Ja – meine Frau – Milly."

Heliane blickte mit hochgezogenen Augenbrauen und hilflosem Ausdruck zu Salaha hinüber.

Sarnac starrte sie träumerisch und verwundert an. „Milly", wiederholte er ganz leise. „Sie stand am Fenster."

Einige Augenblicke lang sprach niemand.

Berryl stand, den Arm um Iris' Schulter gelegt.

„Erzähle uns mehr davon, Sarnac. War es schlimm, zu sterben?“

„Es war mir, als sänke ich hinab, immer tiefer, in einen ganz stillen Raum – und dann erwachte ich hier oben.“

„Erzähle es uns, solange es noch als lebendige Wirklichkeit vor dir steht.“

„Wollten wir nicht das Schutzhaus vor Anbruch der Nacht erreichen?“ sagte Salaha mit einem Blick nach der Sonne.

„Fünf Minuten von hier entfernt steht ein kleines Gästehaus“, meinte Iris dagegen.

Beryll setzte sich neben Sarnac. „Erzähl uns deinen Traum gleich. Wenn dir die Erinnerung daran schwindet oder deine Erzählung uns nicht interessiert, gehen wir weiter; fesselt sie uns aber, so hören wir dich hier zu Ende und übernachten in dem kleinen Haus. Es ist schön hier, die grauvioletten Felsen mit dem leichten Nebeldunst in den Spalten sind so herrlich, daß ich sie eine Woche lang betrachten könnte, ohne zu ermüden. Erzähl uns deinen Traum, Sarnac.“

Er schüttelte den Gefährten. „Wach auf, Sarnac!“

Sarnac rieb sich die Augen. „Es ist eine so seltsame Geschichte. Und so vieles wird zu erklären sein.“

Er dachte eine Weile nach.

„Es ist eine lange Geschichte.“

„Das versteht sich, wenn sie ein ganzes Leben schildert.“

„Ich will erst für uns alle Sahne und Obst aus dem Gästehaus herbeiholen“, sagte Iris, „dann möge Sarnac mit seiner Erzählung beginnen. Fünf Minuten nur, und ich bin wieder da.“

„Ich komme mit“, sagte Berryl und eilte ihr nach.

Was nun folgt, ist die Geschichte, die Sarnac erzählte.

## Der Anfang des Traums

### 1

„Mein Traum begann“, sagte er, „wie unser aller Leben beginnt, bruchstückhaft, mit einer Reihe unzusammenhängender Eindrücke. So entsinne ich mich, daß ich auf einem Sofa lag, auf einem Sofa, das mit einem merkwürdig harten, glänzenden, rot und schwarz gemusterten Stoff bezogen war; ich schrie – warum, weiß ich nicht mehr. Mein Vater erschien in der Tür des Zimmers und blickte mich an. Er sah unheimlich aus, war halb bekleidet, in Hosen und einem Flanellhemd, und das blonde Haar stand ihm ungebürstet in die Höhe; er rasierte sich eben und hatte das Kinn voll Seifenschaum. Und er war böse, weil ich schrie. Ich glaubte, ich hörte alsbald zu schreien auf, bin mir dessen aber nicht sicher. Ein andermal kniete ich auf demselben harten, rot und schwarz gemusterten Sofa neben meiner Mutter, sah zum Fenster hinaus – das Sofa stand mit der Rückseite gegen das Fensterbrett – und beobachtete, wie der Regen auf die Straße fiel. Das Fensterbrett roch ein wenig nach Farbe – weiche, schlechte Farbe war es, die in der Sonne Blasen geworfen hatte. Es regnete heftig und die Straße, aus sandigem, gelblichem Lehm, war schlecht. Sie war mit schlammigem Wasser bedeckt, und der Regen verursachte eine Menge glänzender Blasen, die der Wind vor sich her trieb, bis sie platzten und ihnen wieder neue folgten.

‚Schau sie dir an, Liebling‘, sagte meine Mutter, ‚wie Soldaten.‘

Ich glaube, ich war noch sehr klein, als sich dies

ereignete, aber ich hatte doch schon oft Soldaten mit Helmen und Bajonetten vorbeimarschieren gesehen.“

„Das dürfte also einige Zeit vor dem Großen Krieg und dem Zusammenbruch der Gesellschaft gewesen sein“, sagte Beryll.

„Ja, einige Zeit“, erwiderte Sarnac. Er dachte nach. „Einundzwanzig Jahre vorher. Das Haus, in dem ich geboren wurde, war kaum drei Kilometer von dem großen britischen Militärlager zu Lowcliff in England entfernt; zur Eisenbahnstation Lowcliff hatten wir nur einige hundert Schritte zu gehen. ‚Soldaten‘ waren die auffälligste Erscheinung in meiner Welt außerhalb meines Heims. Sie trugen lebhaftere Farben als andere Leute. Meine Mutter pflegte mich jeden Tag in einem sogenannten Kinderwagen spazierenzufahren, damit ich an die frische Luft käme, und sooft Soldaten auftauchten, rief sie: ‚Ei, die s c h ö n e n Soldaten!‘

‚Soldaten‘ muß eines meiner frühesten Wörter gewesen sein. Ich zeigte mit meinem in Wolle gehüllten Fingerchen auf sie – damals zog man nämlich den Kindern ganz unglaublich viel an, und ich trug sogar Handschuhe – und sagte: ‚Daten.‘

Ich will versuchen, euch zu schildern, wie mein Heim beschaffen und was für Leute meine Eltern waren. Dergleichen Haushalte, Wohnhäuser und Orte gibt es nun seit langem nicht mehr, es sind uns kaum Überreste von ihnen erhalten, und wenn ihr auch wahrscheinlich viel über die damalige Lebensweise gehört und gelernt habt, so bezweifle ich doch, daß ihr euch die Dinge, die mich umgaben, richtig vorstellen könnt. Der Name des Ortes war Cherry Gardens; er gehörte zu dem größeren Ort Sandbourne und war etwa drei Kilometer vom Meer entfernt. Auf der einen Seite lag die Stadt Cliffstone, von der aus Dampfschiffe nach Frankreich ausliefen, auf der andern Lowcliff mit seinen endlosen Reihen häßlicher roter

Kasernen und einem großen Exerzierplatz. Landeinwärts erstreckte sich eine Art Plateau, von neuen, roh beschotterten Straßen durchzogen – ihr könnt euch nicht vorstellen, was für Straßen das waren! – und bedeckt von Gemüsegärten und eben fertiggestellten oder noch im Bau begriffenen Häusern; und dahinter kam eine Hügelkette, nicht sehr hoch, aber ziemlich steil, mit Gras bewachsene oder kahle Hügel, die Downs. Die Downs bildeten eine schöne Horizontlinie, die meine Welt gegen Norden abschloß, während sie im Süden von einem saphirfarbenen Meeresstreifen begrenzt wurde, und diese ihre beiden Grenzlinien waren wohl das einzig wahrhaft Schöne an ihr. Alles übrige war von menschlichem Durcheinander verunstaltet worden. Schon als ganz kleiner Junge dachte ich oft, was wohl hinter jenen Hügeln liegen möge, doch erst in meinem siebenten oder achten Jahre trieb mich die Wißbegier, sie zu besteigen.“

„Gab es damals noch keine Flugzeuge?“ fragte Beryll.

„Die ersten Flugversuche wurden gemacht, als ich elf oder zwölf Jahre alt war. Ich sah das erste Flugzeug, das den Kanal zwischen dem europäischen Festland und England überquerte. Er galt als etwas ganz Wunderbares. („Das war er wohl auch“, meinte Heliane). Ich zog mit einer Schar anderer Knaben aus, und wir drängten uns durch die Menge, die sich rings um die sonderbare Maschine gesammelt hatte und sie anstarrte – sie glich einer riesigen Heuschrecke aus Segeltuch mit ausgespannten Flügeln –, es war auf einem Feld in der Nähe von Cliffstone. Man bewachte das Wunderding, die Leute wurden durch auf Pflöcke aufgespannte Seile davon ferngehalten.

Es fällt mir schwer, euch zu schildern, wie Cherry Gardens und Cliffstone ausgesehen haben – obwohl wir eben die Ruinen von Domodossola besucht haben. Auch die Stadt Domodossola muß recht planlos angelegt gewesen sein, aber jene beiden Orte breiteten sich noch weit zweck- und sinnloser über Gottes Erdboden aus. Ihr müßt wissen, daß die dreißig oder vierzig Jahre, die meiner Geburt vorangingen, eine Zeit verhältnismäßigen Wohlstands, eine Periode der Produktivität gewesen waren. Selbstverständlich war dies in jenen Tagen keineswegs das Resultat irgendwelcher Staatskunst oder Voraussicht; es ergab sich zufällig – etwa so, wie sich mitten im Lauf eines Regen-Sturzbaches da oder dort ein ruhiger kleiner Tümpel bildet.

Die Geld- und Kreditgebarung funktionierte leidlich gut; Handel und Verkehr blühten; es gab keine weit um sich greifenden Seuchen, nur wenige größere Kriege und etliche besonders gute Ernten. Das Ergebnis dieses Zusammenwirkens günstiger Bedingungen war ein deutlich wahrnehmbarer Aufschwung in der Lebensführung der Allgemeinheit; doch wurde dieser Fortschritt durch eine starke Bevölkerungszunahme zum größten Teil wieder aufgehoben. ‚Damals wurde der Mensch sich selbst zur Heuschreckenplage', wie es in unseren Schulbüchern heißt. Später sollte ich des öftern über ein verbotenes Thema flüstern hören, nämlich über eine vernünftige Einschränkung der Geburten; in den Tagen meiner Kindheit jedoch befand sich die ganze Menschheit in einem Zustand völliger und sorgfältig behüteter Unwissenheit über die grundlegenden Tatsachen des menschlichen Lebens und Glücks. Die Menschen um mich herum standen unter dem Druck einer unvorhergesehenen und ungehemmten Vermehrung. Sinnlose Vermehrung, das war das Gundmotiv meiner Umgebung, mein Drama, meine Atmosphäre."

„Sie hatten aber doch Lehrer, Priester, Ärzte und Herrscher, die sie eines Bessern hätten belehren können", sagte Salaha.

„Die belehrten sie keines Bessern", erwiderte Sarnac. „Die Führer und Lenker des Lebens waren damals höchst absonderliche Leute. Es gab ihrer zahllose, aber sie leiteten niemanden. Weit davon entfernt, Männer und Frauen über eine Einschränkung der Geburten oder die Abwehr von Krankheiten zu belehren oder ein großmütiges Zusammenarbeiten der Allgemeinheit zu fordern, traten sie solchem Fortschritt vielmehr hindernd in den Weg. Der Ort Cherry Gardens war etwa fünfzig Jahre vor meiner Geburt entstanden; aus einem winzigen Dörfchen war er zu einem sogenannten städtischen Vorort geworden. In jener alten Welt, in der es weder Freiheit noch Führung gab, wurde der Grund und Boden in Flecken der verschiedensten Art und Größe aufgeteilt, und die Besitzer konnten, abgesehen von einigen wenigen ärgerlichen und zwecklosen Einschränkungen, die ihnen auferlegt waren, damit tun, was sie wollten. In Cherry Gardens nun kauften sogenannte Häuserspekulanten Grundstücke – oftmals ganz ungeeignet für ihre Zwecke, und bauten Wohnhäuser für den zunehmenden Schwarm der Bevölkerung, die kein anderes Obdach hatte. Dieses Bauen erfolgte völlig planlos. Der eine Spekulant baute hier, der andere dort, jeder aber baute so billig als möglich und verkaufte oder vermietete, was er gebaut hatte, so teuer er konnte. Manche dieser Häuser standen in Reihen, andere voneinander getrennt, mit kleinen Privatgärten ringsherum – man nannte sie Gärten, in Wirklichkeit aber waren es verwilderte oder öde Grundstücke – eingezäunt, um fremde Leute davon fernzuhalten."

„Warum wollte man fremde Leute fernhalten?"

„Es freute den Hausbesitzer, das zu tun – es verschaffte ihm Genugtuung. Dabei aber waren die Gärten keineswegs den Blicken Neugieriger verschlossen, jedermann konnte über den Zaun gucken, wenn es ihm beliebte. Und jedes Haus hatte seine eigene Küche – es gab keine öffentliche Speiseanstalt in Cherry Gardens – sowie seine eigenen Haushaltungsgeräte. In der Regel bestand der Haushalt aus einem Mann, der außer Haus arbeitete, um seinen Lebensunterhalt zu verdienen – man lebte damals eigentlich nicht, um zu leben, sondern vielmehr, um seinen Lebensunterhalt zu verdienen –, und nur zum Essen und zum Schlafen heimkam, und aus einer Frau, seiner Ehefrau, die allen Dienst versah, für Nahrung sorgte, das Haus rein hielt, und so weiter, und auch Kinder gebar, eine Menge ungewollter Kinder – sie verstand es eben nicht besser. Sie war viel zu beschäftigt, um sich um sie zu kümmern, und viele von ihnen starben. Den größten Teil des Tages verbrachte sie mit Kochen. Sie kochte – nun, immerhin, es war ja wohl eine Art Kochen!"

Sarnac machte eine Pause und runzelte die Stirn. „Das Essen damals! Nun ja! Das ist jedenfalls vorbei."

Beryll lachte belustigt.

„Fast jedermann litt an Verdauungsstörungen, und die Zeitungen wimmelten von Heilmittelanzeigen", fuhr Sarnac fort, immer noch in seinen düsteren Erinnerungen versunken.

„Ich habe nie über diese Seite des Lebens in der alten Welt nachgedacht", meinte Heliane.

„Sie war aber von grundlegender Bedeutung", sagte Sarnac. „Die damalige Welt war in jeder Hinsicht krank.

Jeden Morgen, den Sonntag ausgenommen, nachdem der Mann sich an seine Arbeit begeben hatte und die Kinder aus den Betten geholt und angezogen und die größeren in die Schule geschickt worden waren, machte die Hausfrau ein wenig Ordnung, und dann kam die Frage der Lebensmittelbeschaffung – für ihr häusliches Kochen. Jeden Werktagmorgen fuhren Männer mit kleinen Ponywagen oder Handkarren, die sie vor sich herschoben, die Straßen von Cherry Gardens entlang. Sie hatten Fleisch, Fische, Gemüse und Obst zum Verkauf auf ihren Karren – all das dem Wetter ausgesetzt und jeglichem Schmutz, der dahergeweht kam – und riefen mit lauter Stimme aus, welche Art von Ware sie feilboten. Die Erinnerung läßt mich wieder auf dem schwarz-roten Sofa am Fenster stehen, ich bin wieder ein kleiner Junge. Es gab da einen Fischverkäufer, der mir besonderen Eindruck machte. Was für eine Stimme der hatte! Ich versuchte, sein prächtiges Geschrei mit meinem schrillen Kinderstimmchen nachzuahmen: ‚Makrelen, kauft Makrelen, schöne Makrelen! Drei ein Shilling. Makrelen!"

Die Hausfrauen kamen aus ihren wie ein Geheimnis gehüteten Wohnungen hervor, um zu kaufen oder zu feilschen, und vertrieben sich, wie man damals sagte, bei dieser Gelegenheit ein wenig die Zeit mit den Nachbarinnen. Doch war nicht alles, was sie brauchten, bei den Straßenverkäufern zu haben. Hier setzte die Tätigkeit meines Vaters ein. Er hatte einen kleinen Laden, war ein sogenannter Krämer. Er verkaufte Obst und Gemüse, armseliges Obst und erbärmliches Gemüse, von der Art eben, wie man es damals zu ziehen verstand, ferner Kohlen, Petroleum (man benützte damals Petroleumlampen), Schokolade, Ingwerbier und andere Dinge, die für den barbarischen Haushalt jener Zeit nötig waren. Überdies handelte er mit Schnittblumen und Topfpflanzen sowie mit Samen, Stöckchen, Bindfaden und Harken für die kleinen Gärten. Sein Laden befand sich in einer Reihe mit einer Anzahl anderer; die Häuserzeile war genauso wie eine gewöhnliche Häuserzeile im Ort, nur hatte man die Erdgeschoßräume zu Läden gemacht. Mein Vater erwarb seinen und unseren Lebensunterhalt, indem er seine Waren so billig einkaufte, als er konnte, und möglichst viel dafür zu bekommen trachtete. Es war ein ärmlicher Verdienst, denn Cherry Gardens hatte außer ihm noch einige andere Krämer, tüchtige Kerle, und wenn er zuviel Profit auf seine Waren schlug, gingen seine Kunden weiter und kauften bei seinen Konkurrenten, und er verdiente dann überhaupt nichts.

Ich, mein Bruder und meine beiden Schwestern – meine Mutter hatte sechs Kinder geboren und vier davon waren am Leben – verbrachten unsere Tage in diesem Laden oder in seiner Nähe. Im Sommer waren wir meist vor dem Haus oder in einem Zimmer oberhalb des Geschäftes, in der kalten Jahreszeit aber kostete es zuviel Geld und zuviel Mühe, in jedem Zimmer Feuer anzumachen – man heizte in ganz Cherry Gardens mit offenem Kohlenfeuer – und da mußten wir denn in die finstere unterirdische Küche, in der meine Mutter, die Ärmste, kochte, so gut sie es verstand."

„Ihr wart ja Höhlenbewohner!" rief Salaha.

„Tatsächlich. Wir nahmen alle unsere Mahlzeiten in dem unterirdischen Raum ein. Im Sommer waren wir wohl sonnengebräunt und rotbackig, im Winter aber wurden wir infolge dieses ‚Höhlenlebens' blaß und recht mager. Mein Bruder, der zwölf Jahre älter war als ich und mir riesengroß erschien, hieß Ernest, meine beiden Schwestern Fanny und Prudence. Ernest fing bald an, außer Haus zu arbeiten, etwas später ging er dann nach London, und ich sah ihn nur selten, bis zu der Zeit, da ich selbst nach London kam. Ich war das jüngste Kind. Als ich neun Jahre alt war, faßte mein Vater Mut, verwandelte Mutters Kinderwagen in einen kleinen Schubkarren und benützte ihn fortan zur Lieferung von Kohlen und ähnlichen Waren.

Fanny, die ältere von meinen beiden Schwestern, war ein hübsches Mädchen; ihre zarte Hautfarbe stand in lieblichem Gegensatz zu den natürlich gewellten braunen Haaren, die ihr Gesicht anmutig umrahmten, und sie hatte sehr dunkle blaue Augen. Auch Prudence hatte eine helle, aber viel mattere Gesichtsfarbe, und ihre Augen waren grau. Sie neckte mich viel oder nörgelte an mir herum, Fanny hingegen beachtete mich entweder gar nicht oder war sehr freundlich zu mir, und ich betete sie an. Merkwürdigerweise kann ich mich an das Aussehen meiner Mutter nicht deutlich erinnern, obwohl sie selbstverständlich die Hauptrolle in meinem jungen Leben spielte. Sie war mir wohl zu vertraut, als daß ich ihr die Art von Aufmerksamkeit zugewendet hätte, die dem Gedächtnis ein Bild einprägt.

Ich lernte von meiner Familie, hauptsächlich von meiner Mutter sprechen. Keiner von uns sprach gut. Die Redewendungen, deren wir uns bedienten, waren dürftig und schlecht, wir sprachen vieles falsch aus, und lange Wörter vermieden wir, denn sie kamen uns gefährlich und anmaßend vor. Ich hatte sehr wenig Spielzeug; ich entsinne mich einer kleinen Blechlokomotive, einiger Zinnsoldaten und einiger weniger hölzerner Bauklötze. Niemand wies mir einen bestimmten Platz an, wo ich hätte spielen können; hatte ich mein Spielzeug auf dem Wohnzimmertisch ausgebreitet, so kam sicherlich gerade eine Mahlzeit und fegte mir alles hinweg. Ich weiß noch ganz genau, wie gerne ich mit Gegenständen aus dem Laden gespielt hätte, besonders mit den Brennholzbündeln, die es da gab, und mit gewissen radförmigen Zündspänen, die sehr verlockend auf mich wirkten. Mein Vater aber mißbilligte derartige Wünsche. Er sah mich nicht gern im Laden, solange ich noch zu klein war, um ihm zu helfen, und so hielt ich mich, wenn ich nicht ins Freie durfte, meist in dem erwähnten oberen Zimmer auf oder in dem Kellerraum, der als Küche diente. Wenn der Laden geschlossen war, wurde er für meine Knabenphantasie ein kalter, dunkler, höhlenartiger Ort; düstere Schatten lauerten darin, in denen Schreckliches verborgen sein mochte, und selbst wenn ich auf dem Weg zur Schlafstube die Hand meiner Mutter ganz fest hielt, fürchtete ich mich hindurchzugehen. Es war da auch immer ein unangenehm dumpfer Geruch von verfaulendem Zeug; er änderte sich stets ein wenig, je nach dem Obst oder Gemüse, das gerade am meisten gefragt war, das Petroleum war aber ein ständiges Element darin. An Sonntagen, wenn der Laden den ganzen Tag geschlossen blieb, machte er einen andern Eindruck auf mich. Er war dann nicht so drohend dunkel, nur sehr, sehr still. Wenn ich zur Kirche oder zur Sonntagsschule geführt wurde, kam ich hindurch. (Ja, ja, von der Kirche und der Sonntagsschule werde ich euch gleich erzählen.) Als ich meine Mutter auf dem Totenbett liegen sah – sie starb, als ich noch nicht ganz sechzehn Jahre alt war –, kam mir sofort der sonntägliche Laden in den Sinn . . .

So war das Heim geartet, liebste Heliane, in dem ich mich im Traume sah. Und ich glaubte fest, daß mein Leben dort angefangen habe. Es war der tiefste Traum, den ich jemals träumte. Sogar dich hatte ich vergessen."

## 2

„Und wie wurde das zufällig in die Welt gesetzte Kind für das Leben vorbereitet?" fragte Beryll. „Wurde es in einem Kindergarten erzogen?"

„Es gab damals keine Kindergärten, wie wir sie heute besitzen", sagte Sarnac. „Man hatte sogenannte Elementarschulen, und eine solche besuchte ich, nachdem ich das sechste Lebensjahr vollendet hatte; meine Schwester Prudence brachte mich zweimal täglich hin.

Auch hier fällt es mir schwer, euch ein getreues Bild der Wirklichkeit zu vermitteln. Unsere Geschichtsbücher berichten euch von den Anfängen der allgemeinen Schulbildung in jener fernen Zeit und von dem eifersüchtigen Groll der alten Geistlichen und gewisser privilegierter Personen gegen die neue Art von Lehrern; doch können sie euch keine lebendige Vorstellung von den elend ausgestatteten Schulhäusern geben, in denen eine viel zu spärliche Zahl von Lehrpersonen wirkte, noch von der tapferen

Arbeit dieser schlecht bezahlten und für ihre Aufgabe schlecht vorbereiteten Männer und Frauen, denen die Menschheit die ersten rohen Versuche auf dem Gebiet der Volkserziehung zu danken hat. In der Schule zu Cherry Gardens hatte ein hagerer, dunkelhaariger Mann, der immer hustete, die größeren Knaben unter sich, und eine sommersprossige kleine Frau von etwa dreißig Jahren plagte sich mit den kleineren ab. Heute sehe ich ein, daß sie Märtyrer waren. Wie er geheißen hat, habe ich vergessen, der Name der kleinen Frau war Miss Merrick. Sie hatten riesengroße Klassen zu leiten und unterrichteten größtenteils mit Hilfe von Stimme und Gebärde und mit einer schwarzen Tafel, auf der sie mit Kreide schrieben. Ihre Ausstattung mit Lehrmitteln war erbärmlich. Die einzigen, die ihnen in genügender Menge zur Verfügung standen, waren abgegriffene schmutzige Lesebücher, Bibeln und Gesangbücher und eine Anzahl von kleinen Schiefertafeln in Holzrahmen, auf denen wir mit Griffeln schrieben, um Papier zu sparen. Zeichenmaterial hatten wir eigentlich gar nicht; die meisten von uns lernten niemals zeichnen. Ihr könnt es mir glauben! Viele normal entwickelte Erwachsene jener Zeit waren nicht imstande, auch nur eine Schachtel zu zeichnen. Es gab in jener Schule nichts, woran die Schüler hätten zählen lernen können. Bilder waren nur spärlich vorhanden: eines, das die Königin Victoria darstellte, und ein Blatt mit Tieren; zwei vergilbte Landkarten von Europa und Asien waren um zwanzig Jahre veraltet. Die Grundregeln der Mathematik lernten wir, indem wir sie im Chor aufsagten. Wir standen in Reihen und leierten ein sonderbares Lied, Einmaleins genannt:

‚Einmalzwei – sinzwei,
zweimalzwei – sinvier,
dreimalzwei – sinsechs,
viermalzwei – sinacht.‘

Wir sangen auch im Chor – einstimmig –, meist religiöse Hymnen. Die Schule besaß ein altes, aus zweiter Hand gekauftes Klavier, auf dem man unser Geheul begleitete. Als dieses Instrument erstanden wurde, gab es in Cliffstone und Cherry Gardens große Aufregung, man nannte den Kauf einen Luxus, eine Verwöhnung der arbeitenden Klassen."

„Eine Verwöhnung der arbeitenden Klassen!" wiederholte Iris. „Es wird wohl stimmen. Aber es ist mir völlig unbegreiflich."

„Ich kann euch nicht alles und jedes erklären", sagte Sarnac. „Aber ihr dürft mirs glauben: England bedachte die Kinder seines eigenen Volkes mit einem äußerst dürftigen Unterricht und das nur widerwillig; übrigens verfuhren andere Länder ähnlich. Man sah die Dinge damals ganz anders als heute. Die ganze Menschheit war besessen von der Idee des Wettbewerbs. Amerika, viel reicher als England, hatte wenn möglich noch schlechtere und schäbigere Schulen für das gewöhnliche Volk . . . Ja, meine Lieben! es w a r so. Ich bin daran, euch eine Geschichte zu erzählen, nicht das Universum zu erklären . . . Selbstverständlich lernten wir Kinder trotz der hingebungsvollen Bemühungen so tapferer Menschen wie Miss Merrick sehr wenig und dieses Wenige schlecht. In meinen Erinnerungen bedeutet die Schulzeit Langeweile. Wir saßen auf Holzbänken an abgenutzten Pulten, eine Reihe hinter der anderen. Ich sehe noch all die kleinen Köpfe vor mir – und ganz vorn stand Miss Merrick und versuchte, uns Interesse an den Flüssen Englands beizubringen:

‚Tai. Weer. Tihsömber.'"

„Hast du nun eben das getan, was man damals fluchen nannte?" fragte Salaha.

„Ach nein! Das ist Geographie. ‚Tai, Weer, Tihsömber' widerholten wir im Chor.

Und Geschichte war so:

,Willemdaroberer – tausendsechsundsechzig
Willemrufiß – tausendsiebnundachtzig.'"

„Was hat das bedeutet?"

„Für uns Kinder? Ziemlich dasselbe, was es für euch bedeutet – Blabla. Oh, die Stunden, diese nicht endenwollenden Stunden der Kindheit in der Schule! Wie sie sich hinzogen! Habe ich gesagt, ich hätte in meinem Traume ein Leben durchlebt? In der Schule durchlebte ich Ewigkeiten. Selbstverständlich erfanden wir allerlei Zerstreuungen. Wir zwickten oder pufften zum Beispiel unseren Nachbarn und sagten: ,Gib's weiter.' Oder wir spielten verstohlen mit Murmeln. Es ist komisch, wenn ich bedenke, daß ich nicht durch den Rechenunterricht, sondern durch das verbotene Murmelspiel zählen lernte, addieren, subtrahieren, und so weiter."

„Aber was leisteten Miss Merrick und der hustende Märtyrer nun eigentlich?" fragte Beryll.

„Ach, sie konnten nichts dagegen tun. Sie waren in eine Maschine eingespannt. Es gab regelmäßige Inspektionen und Prüfungen, um festzustellen, ob sie sich an die Vorschriften hielten."

„Der Singsang ,Willemdaroberer' und so weiter", sagte Heliane, „das bedeutete doch etwas? Dem lag doch, wenn auch verborgen, irgendeine vernünftige oder halbwegs vernünftige Idee zugrunde?"

„Wohl möglich", meinte Sarnac. „Ich habe sie aber nie entdecken können."

Iris versuchte, ihm zu Hilfe zu kommen. „Du sagtest, es sei Geschichte gewesen . . .?"

„Ja, ja", bestätigte Sarnac. „Ich glaube, die Kinder sollten Interesse am Tun und Treiben der Könige und Königinnen von England gewinnen. Wahrscheinlich war das eine der langweiligsten Reihen von Monarchen, die die Welt je gesehen hat. Interessant wurden sie uns nur zeitweise, wenn sie Gewalttätigkeit an den Tag legten. Es gab da besonders einen Herrscher, den wir gerne mochten, Heinrich VIII. hieß er; der hatte eine derartige Liebesgier in sich und dabei so viel Ehrfurcht vor der Heiligkeit der Ehe, daß er seine Gemahlin jeweils ermordete, bevor er die nächste nahm. Und dann gab es einen gewissen Alfred, der Kuchen backen sollte – ich weiß nicht, warum – und sie anbrennen ließ, was seinen Feinden, den Dänen, auf irgendeine rätselhafte Weise Schaden brachte."

„Aber das kann doch nicht alles gewesen sein, was man euch an Geschichte lehrte!" rief Heliane.

„Königin Elisabeth von England trug eine Halskrause, und Jakob der Erste von England und Schottland küßte seine Günstlinge."

„Aber Geschichte!"

Sarnac lachte. „Ja, es i s t absonderlich. Nun, da ich wieder wach bin, sehe ich das ein. Ihr könnt mirs aber glauben, mehr wurde uns nicht gelehrt."

„Erzählte man euch nichts über Anfang und Ende des Lebens, nichts über seine unendlichen Freuden und Möglichkeiten?"

Sarnac schüttelte den Kopf.

„In der Schule nicht", sagte Stella, die offenbar gut wußte, was in ihren Lehrbüchern gestanden hatte. „Das geschah in der Kirche. Sarnac vergißt die Kirchen. Ihr müßt bedenken, daß dies ein Zeitalter intensiver religiöser Tätigkeit war. Es gab allenthalben Stätten der Andacht. Ein ganzer Tag von sieben wurde der Betrachtung des Menschheitsschicksals und dem Studium der göttlichen Absichten gewidmet. Der Arbeiter feierte an diesem Tag. Im ganzen Land war die Luft erfüllt vom Klang der Kirchenglocken und vom Gesang der Gläubigen. Lag darin nicht eine gewisse Schönheit, Sarnac?"

Sarnac lächelte nachdenklich. „Es war nicht ganz so, wie du sagst. Unsere Geschichtsbücher bedürfen in dieser

Hinsicht einer kleinen Revision.“

„Aber man sieht doch zahllose Kirchen und Kapellen auf alten Photographien und Filmen. Auch besitzen wir ja noch eine Menge der damaligen Kathedralen. Manche von ihnen sind recht schön.“

„Sie mußten allesamt gestützt, die Mauern mit Stahlklammern zusammengehalten werden“, sagte Heliane, „weil sie nachlässig oder gewissenlos erbaut worden waren. Und sie stammen nicht aus Sarnacs Zeit.“

„Mortimer Smiths Zeit“, korrigierte Sarnac. „Sie wurden Jahrhunderte früher erbaut.“

## 3

„Ihr dürft die Religiosität eines Zeitalters nicht nach seinen Tempeln oder Kirchen beurteilen“, fuhr Sarnac fort. „Ein ungesunder Körper birgt mancherlei in sich, was er abzustoßen nicht die Kraft hat; je schwächer er ist, desto weniger vermag er dem Wachstum abnormer und unnützer Gebilde zu steuern, die an sich mitunter ganz schön sind.

Ich will versuchen, euch das religiöse Leben in meiner Heimat und meine Erziehung zu schildern. Es gab in England eine Art Staatskirche, doch hatte diese zu meiner Zeit ihr offizielles Ansehen bei der Gesamtheit des Volkes bereits zum größten Teil eingebüßt. Sie besaß zwei Gotteshäuser in Cherry Gardens; das eine, ältere, stammte aus den Tagen, da der Ort ein Dörfchen gewesen war, es hatte einen viereckigen Turm und war, verglichen mit anderen Kirchen, recht klein; das andere war neuer, geräumiger und mit einem spitzen Turm versehen. Überdies hatten zwei nicht der Staatskirche angehörende christliche Sekten, die Kongregationalisten und die Methodisten, sowie auch die alte römisch-katholische Glaubensgemeinde ihre Kapellen in Cherry Gardens. Jede dieser Kirchen gab vor, die einzig wahre Form des Christentums zu vertreten, und jede unterhielt einen Geistlichen, das größere Gotteshaus der Staatskirche sogar zwei, einen Pfarrer und einen Hilfspfarrer. Ihr denkt nun gewiß, daß in diesen Kirchen ähnliches dargeboten wurde wie in den Geschichtsmuseen und Visionstempeln, die wir für unsere heutige Jugend eingerichtet haben; ihr denkt, daß dort die Geschichte der Menschheit und das große Abenteuer des Lebens, an dem wir alle teilhaben, so eindrucksvoll und schön dargestellt waren, daß die Zuhörer an die Brüderlichkeit aller Menschen gemahnt und von selbstsüchtigen Gedanken befreit wurden . . . Laßt mich euch berichten, wie ich das gesehen habe:

Der ersten religiösen Unterweisungen, die ich erhielt, entsinne ich mich nicht mehr. Sehr früh lernte ich ein kleines Gebet in Versen auswendig, das mit den Worten anhob:

‚Sanfter Jesus, lieb und lind,
Blick auf mich, dein kleines Kind!‘

Ein anderes Gebet, das ich lernte, blieb mir völlig unverständlich. Schon die Anfangsworte ‚Vater unser – der du – bis in den Himmel –‘ waren mir ein Rätsel. Es war darin von ‚Schulden‘ die Rede, ferner enthielt es die Bitte ‚Gib uns unser tägliches Brot‘ und den Wunsch ‚Zu uns komme dein Reich‘. Meine Mutter muß mich diese Gebete gelehrt haben, als ich noch ganz klein war, und ich sagte sie jeden Abend auf, manchmal auch des Morgens. Sie hielt offenbar diese Worte viel zu sehr in Ehren, als daß sie sie mir erklärt hätte. Als ich einmal nicht nur um das tägliche Brot, sondern auch die tägliche Butter bat, schimpfte sie mich aus. Sehr gerne hätte ich sie gefragt, was wohl mit der guten Königin Victoria geschehen würde, wenn das

Reich Gottes käme, doch fand ich nie den Mut dazu. Ich hatte die sonderbare Idee, daß dann eine Heirat geschlossen werden müßte, daß aber noch niemand an diese Lösung gedacht habe. Ich muß damals noch recht jung gewesen sein, denn Victoria die Gute starb, als ich fünf Jahre alt war, während des sogenannten Burenkrieges, eines heute fast vergessenen, aber ziemlich langwierigen Kampfes in Afrika.

Meine kindlichen Zweifel wuchsen, doch als ich das Alter erreicht hatte, in dem Kinder die Kirche und die Sonntagsschule zu besuchen begannen, machten sie einer Art selbstschützerischer Gleichgültigkeit Platz.

Der Sonntagmorgen bedeutete für meine Mutter die allergrößte Anstrengung der ganzen Woche. Den Abend vorher bekamen wir allesamt in der unterirdischen Küche eine Art Bad, die Eltern ausgenommen, die sich, glaube ich, niemals am ganzen Körper wuschen – ich kann das aber nicht mit Bestimmtheit behaupten –, und am Sonntagmorgen standen wir etwas später auf als gewöhnlich und zogen reine Wäsche an sowie unsere besten Kleider. (Man trug in jenen Tagen eine erschreckende Menge von Kleidungsstücken. Alle lebten so ungesund, daß sie überaus empfindlich gegen Nässe oder Kälte waren.) In Erwartung größerer Dinge war das Frühstück ein hastiges und durchaus nicht feiertägliches Mahl. Dann mußten wir uns hinsetzen und still verhalten, damit unsere Kleider nicht schmutzig und zerknüllt würden, und dabei so tun, als ob wir eines der zehn oder zwölf Bücher, die wir zu Hause hatten, mit Interesse betrachteten oder läsen – bis es Zeit war, zur Kirche zu gehen. Mutter bereitete das Sonntagsmahl, meist eine bestimmte Art von Fleischgericht, das Prudence zu einem benachbarten Bäcker trug, wo es gebraten wurde, während wir dem Gottesdienst beiwohnten. Vater stand später auf als wir anderen und erschien, seltsam verwandelt, in einem schwarzen Rock, mit

Kragen, Vorhemd und Manschetten und mit niedergebürsteten, gescheitelten Haaren. In der Regel gab es irgendeinen unvorhergesehenen Zwischenfall, der unseren Abgang verzögerte. Eine meiner Schwestern hatte ein Loch im Strumpf, oder meine Schuhe waren noch nicht zugeknöpft und der Schuhknöpfer nirgends zu finden, oder eines der Gebetbücher war verlegt worden. Das verursachte allgemeine Verwirrung, und es gab angstvolle Augenblicke, wenn die Kirchenglocken zu läuten aufhörten und ein monotones Bimmeln ertönen ließen, das den Beginn des Gottesdienstes anzeigte.

‚Ach, nun kommen wir w i e d e r zu spät!' rief meine Mutter. ‚Nun kommen wir w i e d e r zu spät!'

‚Ich geh mit Prue voraus', pflegte der Vater zu sagen.

‚Und ich geh auch mit', sagte Fanny.

‚Nicht, ehe du mir den Schuhknöpfer gefunden hast, Fräulein Hurlebusch', schrie meine Mutter, ‚ich weiß genau, du hast ihn gehabt.'

Fanny zuckte die Achseln.

‚Warum hat der Junge nicht Schnürstiefel wie andere Kinder, das möcht ich wissen', meinte Vater mürrisch.

Und Mutter, blaß vor Aufregung, erwiderte zusammenfahrend: ‚Schnürstiefel in seinem Alter! Abgesehen davon, daß er die Schnürbänder zerreißen würde.'

‚Und was ist das dort auf der Kommode?' rief Fanny dann plötzlich.

‚Aha, natürlich weißt du, wo er ist.'

‚Ich gebrauch eben meine Augen.'

‚Um eine Antwort bist du nie verlegen, du schlimmes Mädchen!'

Fanny zuckte wieder die Achseln und schaute zum Fenster hinaus. Zwischen ihr und Mutter bestand eigentlich eine weit bösere Verstimmung als dieser Zwist wegen des verlegten Schuhknöpfers. Am Abend vorher war ‚Fräulein Hurlebusch' noch lange nach Einbruch der

Dämmerung außer Haus gewesen, ein arges Vergehen vom Standpunkt einer Mutter, wie ich euch später noch erklären werde.

Schwer atmend und mit strenger Miene knöpfte mir Mutter die Schuhe zu, und dann zogen wir endlich los. Prue hängte sich an den Vater, der vorausging, Fanny schritt, verächtlich dreinblickend, abseits, und ich bemühte mich unterwegs, meine in einem weißen Baumwollhandschuh steckende kleine Hand dem festen Griff meiner Mutter zu entwinden.

Wir besaßen einen eigenen Platz in der Kirche, eine Bank mit Binsenmatten darauf; an der Rückseite der Bank vor uns war unten eine breit vorspringende Leiste angebracht, auf der wir zum Gebet niederknieten. Wir schoben uns auf unsere Plätze, knieten einen Augenblick nieder, erhoben uns dann und waren nunmehr bereit für den sogenannten Sonntagsmorgen-Gottesdienst."

## 4

„Dieser Gottesdienst war nun auch etwas sehr Sonderbares. Wir lesen in unseren Geschichtsbüchern über die alten Kirchen und den damaligen Gottesdienst und vereinfachen und idealisieren dieses Bild. Wir nehmen alles für bare Münze, wie wir in jener alten Welt zu sagen pflegten. Wir sind der Meinung, daß die Menschen die absonderlichen Glaubensbekenntnisse der alten Religionen verstanden und wirklich glaubten; daß sie voll einfältiger Inbrunst zu ihrem Gott beteten; daß ihr Herz erfüllt war von geheimen Tröstungen und Illusionen – Vorstellungen, die mancher von uns heute wieder zu gewinnen strebt. Doch das Leben ist stets komplizierter als ein Bericht darüber, als jedwede Schilderung. Der menschliche Geist dachte damals trüber und verworrener, er vergaß seine wichtigen Betrachtungen über unwichtige, nahm häufig wiederholte, gewohnheitsmäßige Handlungen für beabsichtigte, vergaß und verlor seine ursprünglichen Regungen. Das Leben ist im Laufe der Zeit klarer und deshalb einfacher geworden. Wir damaligen Menschen hatten ein komplizierteres Leben, weil wir selbst verworrener waren. Und so saßen wir am Sonntagmorgen in den Kirchenbänken, fügsam, aber gleichgültig, ohne wirklich an das zu denken, was wir taten, die Vorgänge um uns mehr mit dem Gefühl als mit dem Verstand erfassend – und unsere Gedanken kamen und gingen, wie Wasser durch ein undichtes Gefäß sickert. Wir beobachteten die anderen verstohlen, aber genau, und waren uns stets bewußt, daß wir ebenso beobachtet wurden. Wir standen auf, beugten die Knie und setzten uns, wie es das Ritual erforderte. Ich erinnere mich noch lebhaft an das lang andauernde Geräusch, das entstand, sooft die versammelte Gemeinde sich hinsetzte oder erhob.

Der Vormittagsgottesdienst bestand aus Gebeten der Priester – Vikar und Kurat nannten wir sie – und aus Wechselreden zwischen ihnen und der Gemeinde, ferner wurden Hymnen in Versen gesungen und einzelne Stellen aus der hebräisch-christlichen Bibel gelesen; und schließlich folgte eine Predigt. Von dieser Predigt abgesehen, hatte der Gottesdienst eine genau festgelegte Form, die vorschriftsmäßigen Gebete, Wechselreden und so weiter standen in den Gebetbüchern, doch war die Abfolge nicht immer dieselbe, wir mußten oft Seiten überschlagen oder zurückblättern, und für mich kleinen Jungen, der ich noch dazu zwischen einer übergeschäftigen Mutter und Prue saß, war das Auffinden der richtigen Stellen eine schwere geistige Anstrengung.

Der Gottesdienst hob traurig an und blieb in der Regel bis zum Ende düster. Wir waren allesamt elende Sünder, weit entfernt vom Heil, und wir äußerten eine gelinde Verwunderung darüber, daß unser Gott uns gegenüber nicht zu gewaltsamen Maßregeln griff. In einem umfangreichen Teil des Gottesdienstes, die Litanei genannt, zählte der Priester mit offensichtlichem Wohlbehagen alles erdenkliche Unheil auf, das der Menschheit zustoßen kann, Krieg, Pestseuchen, Hungersnot und so weiter, und die Gemeinde rief in gleichmäßigen Abständen ,O Herr, erlöse uns' dazwischen. Eigentlich hätte man meinen sollen, daß derlei nicht so sehr das höchste Wesen als vielmehr die Verwalter unserer internationalen Beziehungen sowie unseres Gesundheits- und Ernährungswesens angehe. Dann sprach der den Gottesdienst leitende Priester eine Reihe von Gebeten – für die Königin, die Lenker des Staates, die Ketzer, alle Unglücklichen, Reisende – und schießlich eines, das eine gute Ernte erflehte. Ich schloß daraus, daß die göttliche Vorsehung all die genannten Personen sowie auch die Ernte gefährlich vernachlässige. Die Gemeinde verstärkte die Anstrengungen des Priesters, indem sie immer wieder im Chor dazwischenrief: ,Wir flehen zu dir, o Gott! Erhöre uns.' Die Hymnen waren von verschiedener Art, die meisten jedoch brachten ein überschwengliches Lob unseres Schöpfers zum Ausdruck und wimmelten von unrichtigen Reimen und falschen Silbenmaßen. Wir dankten dem Himmel für seine Wohltaten, und zwar ohne jeden ironischen Hintergedanken, doch hätte uns eine allmächtige Gottheit den Dank für den recht unsichern Kohlen- und Gemüsehandel in Cherry Gardens sowie für all die Arbeit und Sorge meiner Mutter und die Mühe meines Vaters wohl erlassen können.

Im Grunde schob dieser Gottesdienst bei aller äußerlichen Lobhudelei dem angebetenen göttlichen Wesen die Schuld an jedwedem Unglück auf Erden zu und machte es verantwortlich für den Zustand des Chaos und Elends, in dem sich die Menschheit befand. Sonntag für Sonntag, im ganzen Land und in fast der ganzen Welt, wurde da dem Geiste junger Menschen, wann immer der Gottesdienst ihre instinktive, selbstschützerische Gleichgültigkeit zu durchbrechen vermochte, durch Gesang, Gebet und Gebärde eingeprägt, daß die Menschheit nichtswürdig und hoffnungslos sei, das hilflose Spielzeug eines launischen, reizbaren, eitlen und unwiderstehlichen höheren Wesens. Die Macht dieser Suggestion verdunkelte ihnen die Sonne des Lebens, verbarg das Wunderbare vor ihrem Blick und nahm ihnen allen Mut. So fremd jedoch blieb diese Lehre der Erniedrigung dem Menschenherzen, daß der größte Teil der Gemeinde, in den langen Reihen der Kirchenbänke sitzend, stehend oder kniend, ganz mechanisch nur Sätze hersagte oder Lieder sang und dabei an tausend näherliegende Dinge dachte, die Nachbarn beobachtete, Geschäfte und Vergnügungen plante oder sich in Träumereien erging.

Manchmal, aber nicht immer, wurden in den Sonntagsmorgen-Gottesdienst Teile einer anderen Kirchenzeremonie, der sogenannten Kommunion, eingeschoben. Die Kommunion war ein zusammengeschrumpftes Überbleibsel der katholischen Messe, die wir aus unsern Geschichtsbüchern kennen. Wie ihr wißt, quälte sich die Christenheit neunzehn Jahrhunderte nach ihrem Entstehen immer noch vergebens gegen die Zwangsvorstellung von einem mystischen Blutopfer, jene Tradition der Opferung eines Gottmenschen, die so alt war wie der Ackerbau und die Seßhaftigkeit des Menschen. Die englische Staatskirche war so sehr ein Produkt des Kompromisses und der Tradition, daß in den beiden Gotteshäusern, die sie in Cherry Gardens besaß, das Problem jenes Opfers in ganz verschiedener Weise betrachtet wurde. Das eine, die neue und prächtige St. Jude-Kirche, übertrieb die Wichtigkeit der Kommunion, nannte die Messe, nannte den Tisch, an dem sie zelebriert wurde, Altar, nannte den Geistlichen, Mr. Snapes, Priester und betonte im allgemeinen die altheidnische Auslegung der ganzen Sache. Das andere hingegen, die alte kleine St. Osyth-Kirche, nannte ihren Priester einen Prediger, ihren Altar den Tisch des Herrn und die Kommunion das heilige Abendmahl, leugnete jede mystische Bedeutung dieser Zeremonie und ließ sie nur als eine Erinnerung an das Leben und den Tod Christi gelten. Diese jahrhundertealten Kontroversen zwischen dem uralten Tempelkult des Menschengeschlechtes und der neuen geistigen Freiheit, die seit drei oder vier Jahrhunderten emporzudämmern begann, gingen zur Zeit, da ich als kleiner Junge in der Kirche saß und bemüht war, mich anständig zu betragen, weit über meinen jungen Verstand. Für mich bedeutete die Zeremonie der Kommunion nichts weiter als eine arge Verlängerung des normalerweise schon sehr beschwerlichen Gottesdienstes. Ich war damals von einem rührenden Glauben an die Kraft des Gebetes erfüllt, und ohne zu bedenken, wie wenig schmeichelhaft der Inhalt meiner Bitte war, pflegte ich während der Eingangsgebete des Gottesdienstes zu flüstern: ‚Lieber Gott, laß heute keine Kommunion sein! Lieber Gott, laß heute keine Kommunion sein!‘

Zum Schluß kam die Predigt. Sie war ein Originalwerk des Geistlichen, Mr. Snapes, und das einzige im ganzen Gottesdienst, das nicht vorschriftsmäßig festgesetzt und nicht schon Tausende Male wiederholt worden war.

Mr. Snapes war ein rosiger junger Mann, mit rötlichblondem Haar; sein glattrasiertes Gesicht zeigte rundliche Formen wie ein Büschel Champignons und trug einen Ausdruck glückseliger Selbstzufriedenheit; seine Stimme klang prall. Er hatte eine Art, den weiten Ärmel seines weißen Priesterrockes zurückzuschlagen, wenn er die Seiten seines Manuskripts umblätterte und die Hand mit einer gezierten Geste hob, die in mir eine jener unerklärlichen Abneigungen erweckte, wie Kinder sie zuweilen haben. Ich haßte diese Gebärde, lauerte auf sie und krümmte mich, sooft sie kam.

Die Predigten gingen so sehr über meinen Verstand, daß ich eigentlich nichts über ihren Inhalt sagen kann. Snapes sprach von Dingen wie den ‚Tröstungen des allerheiligsten Skaramentes' oder der ‚Tradition der Kirchenväter'. Sehr weitläufig ließ er sich über die Kirchenfeste aus, obwohl ein Teller zum Geldeinsammeln das einzig Festliche war, das wir zu sehen bekamen, über die Adventzeit, den Tag der Heiligen Drei Könige und Pfingsten, und er benützte eine stehende Formel des Übergangs zur Betrachtung unserer Zeit: ‚Und auch wir, liebe Brüder, haben unsere Adventzeit und unser Fest der Heiligen Drei Könige'. Dann kam er auf den bevorstehenden Besuch König Eduards in Lowcliffe zu sprechen, oder auf Kontroversen, die den Bischof von Natal oder den von Zanzibar betrafen. Ihr könnt euch kaum vorstellen, wie fernab das alles von den wichtigen Angelegenheiten unseres täglichen Lebens lag.

Und dann, wenn ich armer kleiner Kerl kaum mehr zu hoffen wagte, daß die glatte Stimme jemals zu reden aufhören werde, kam plötzlich eine kleine Pause und gleich darauf die erlösenden Worte: ‚Und nun, im Namen des Vaters, des Sohnes –'

Es war überstanden! Ein Murmeln ging durch die Kirche. Wir erhoben uns, knieten noch einen Augenblick, scheinbar betend, hin, suchten dann nach Hüten, Mänteln und Regenschirmen und traten schließlich ins Freie hinaus. Da gab es ein großes Fußgetrappel auf dem Pflaster, die Leute zerstreuten sich in alle Richtungen, Bekannte begrüßten einander steif, Prue lief zum Bäcker, um den Sonntagsbraten zu holen, und wir anderen gingen geradewegs nach Hause.

Gewöhnlich gab es köstliche Bratkartoffeln zum Fleisch, manchmal auch eine Obsttorte. Im Frühling aber war diese gewöhnlich aus Rhabarber gemacht, was ich nicht leiden konnte. Es hieß, Rhabarber sei mir besonders zuträglich, und ich mußte immer besonders viel von der Rhabarbertorte essen.

Am Nachmittag war Sonntagsschule oder ‚Kindergottesdienst', und von der Gegenwart der Eltern befreit, begaben wir drei Kinder uns ins Schulgebäude oder wieder in die Kirche, um in den Einzelheiten unseres Glaubensbekenntnisses unterrichtet zu werden. In der Sonntagsschule lehrten Personen, die für diese Aufgabe weder vorbereitet noch sonst im geringsten geeignet waren; werktags kannten wir sie als Ladenverkäufer oder dergleichen, einer war Schreiber bei einem Auktionator, ein anderer ein schwerhöriger Greis mit buschigem Haar. Sie teilten uns in Klassen auf und hielten uns Vorträge über das Leben und die recht zweifelhaften Taten des Königs David von Israel, Abrahams, Isaaks und Jakobs, über die schlechte Aufführung der Königin Jesabel und dergleichen Themen mehr. Auch sangen wir leichte Hymnen im Chor. Mitunter erzählten uns unsere Lehrer auch von Christus, aber ohne jedes Verständnis; sie schilderten ihn als eine Art Zauberkünstler, der Wunder wirkte und die Toten auferweckte. Somit habe er uns ‚erlöst', behaupteten sie – trotz der offenkundigen Tatsache, daß wir alles andere als erlöst waren. Ihr wißt ja, daß die Lehre Christi zwei Jahrtausende hindurch unter einem Wust von Geschichten über Auferstehung und Wundertaten begraben lag. Er war ein Licht, das in der Finsternis schien, und die Finsternis wußte nichts davon. Von der großen Vergangenheit des Menschen, von den langsamen Fortschritten der Völker und Rassen auf dem Gebiete des Wissens, von ihren Ängsten, ihrem dunklen Aberglauben und den ersten Siegen der Wahrheit, von der Niederkämpfung und Veredlung der menschlichen Leidenschaften im Verlaufe langer Zeitalter, von Forschung und Entdeckung, von den schlummernden Kräften unseres Körpers und unserer Sinne und von den Gefahren und den Aussichten, unter denen wir selbst, die Menschenscharen unserer Zeit, dumpf dahinlebten, schwer irrend und doch immer wieder von Hoffnung und Verheißung erfüllt: von all dem erfuhren wir nichts. Man deutete uns nicht im entferntesten an, daß es eine Gemeinschaft aller menschlichen Wesen gebe und letzten Endes ein gemeinsames Schicksal der ganzen Menschheit. Unsere Lehrer wären entsetzt gewesen, wenn man derlei in der Sonntagsschule erwähnt hätte."

„Und wohlgemerkt", sagte Sarnac, „eine bessere Vorbereitung auf das Leben als die Art Unterricht, den ich empfing, gab es damals überhaupt nicht. Die alte St. Osyth-Kirche wurde von einem Geistlichen namens Thomas Benderton geleitet, dessen Gemeinde von Jahr zu Jahr abnahm, weil er die Leute durch Drohungen mit den Schrecknissen der Hölle in Angst zu versetzen pflegte. Er hatte meine Mutter so erschreckt, daß sie in die St. Jude-Kirche hinüberwechselte, weil er in seinen Drohpredigten immer wieder den Teufel erwähnte. Sein Lieblingsthema war die Sünde der Götzendienerei, und wenn er davon sprach, bezog er sich stets im besonderen auf das Gewand, das Mr. Snapes bei Zelebrierung der Kommunion trug, überdies auch auf eine dunkle Prozedur mit Brot und Wein während dieser Zeremonie.

Was die Kongregationalisten und Methodisten in ihren Gotteshäusern und Sonntagsschulen taten und lehrten, weiß ich nicht genau, denn meine Mutter wäre in einen Paroxismus religiösen Entsetzens verfallen, wenn ich irgendeiner Versammlung einer fremden Sekte beigewohnt hätte. Ich weiß aber, daß ihre Riten nur eine vereinfachte Version unserer Kirchengebräuche waren, wobei sie sich noch etwas weiter von der alten Messe entfernten, dafür aber um so zäher am Teufel festhielten. Die Methodisten insbesondere legten großen Nachdruck auf den Glauben, daß die meisten Menschen nach den Entbehrungen und dem Elend dieses Lebens in die Hölle kommen und dort die entsetzlichsten Qualen zu erdulden haben würden. Ich wurde darüber genau belehrt, als ein Junge aus einer Methodistenfamilie, ein wenig älter als ich, mir eines Tages während eines gemeinsamen Spazierganges nach Cliffstone von seinen Befürchtungen in dieser Hinsicht erzählte.

Es war etwas Geducktes in seiner Haltung, und er hatte eine eigentümliche Art, die Luft durch die Nase zu ziehen. Gewöhnlich trug er einen langen weißen Schal um den Hals, eine Erscheinung wie die seine gibt es nun seit Jahrhunderten nicht mehr auf der Welt. Wir schlenderten über die Strandpromenade, die sich längs der Klippen hinzog, an einem Musikpavillon vorbei und an Reihen von Strandstühlen, auf denen Leute saßen oder lagen. Scharen von Menschen in den sonderbaren Festtagskleidern der damaligen Zeit bevölkerten die Strandpromenade, dahinter erhoben sich die blaßgrauen Häuser, in denen sie wohnten. Und mein Gefährte sprach: ‚Mr. Molesly sagt, das Jüngste Gericht kann jeden Augenblick hereinbrechen – kann anbrechen in feuriger Pracht, bevor wir noch bis hinunter ans Ende des Strandwegs gelangt sind. Und dann stehen all die Leute vor dem Gericht . . .‘

‚So wie sie da sind?‘

‚Ja, so wie sie da sind! Die Frau dort mit dem Hund und der Dicke, der da in seinem Stuhl schläft, und – der Polizist.‘

Er hielt inne, selbst ein wenig erstaunt über die alttestamentarische Kühnheit seiner Gedanken. ‚Auch der Polizist‘, wiederholte er. ‚Sie werden gewogen und zu leicht befunden werden, und dann kommen die Teufel und martern sie. Martern den Polizisten, verbrennen ihn und schneiden ihn in Stücke. Und jeden andern auch. Schreckliche, schreckliche Martern . . .‘

Ich hatte bis dahin die christliche Lehre niemals so ausführlich ausmalen gehört, und ich war bestürzt.

‚Ich würde mich verstecken‘, sagte ich.

‚Er würde dich aber sehen. Er würde dich sehen und

dich den Teufeln zeigen', sagte mein kleiner Freund. ,Er sieht auch jetzt die bösen Gedanken in uns.'"

„Ja, aber glaubten denn die Menschen derartigen Unsinn?" rief Heliane.

„Soweit sie überhaupt an etwas glaubten", erwiderte Sarnac. „Ich gebe zu, es ist schrecklich, aber es war so. Könnt ihr euch vorstellen, welch verkrampfte Gemüter sich unter solchen Lehren in unseren unterernährten und infizierten Körpern entwickelten?"

„Nur wenige können das groteske Märchen von der Hölle wirklich geglaubt haben", meinte Beryll.

„Mehr Menschen, als man denken sollte, glaubten es", sagte Sarnac. „Selbstverständlich beschäftigten sich nur wenige andauernd damit – sonst wären sie ja wohl verrückt geworden –, aber latent schlummerte es in vielen Gemütern. Und die anderen? Bei den meisten hatte diese grauenhafte Auffassung der Welt und des Daseins eine Art passiver Abwehr zur Folge. Sie leugneten jene Vorstellung nicht, unterließen es aber, sie ihren Gedanken wirklich einzuverleiben. So entstand etwas wie eine tote Stelle in ihnen, eine Narbe, da, wo ein Empfinden für das Menschheitsschicksal hätte sein sollen, eine Vision des Lebens über die individuelle Existenz hinaus . . .

Es fällt mir schwer, den Gemütszustand zu schildern, in den wir hineinwuchsen. Geist und Gemüt der Kinder nahmen durch jene Lehre Schaden; ein normales geistiges Wachstum wurde durch sie unmöglich gemacht, es wurde, in einer Hinsicht zumindest, unterbunden. Vielleicht nahmen wir das groteske Märchen von der Hölle gar nicht völlig in uns auf, glaubten nicht ernstlich daran; trotzdem bewirkte es, daß wir ohne lebendigen Glauben und ohne Lebensziel aufwuchsen. Der Kern unseres religiösen Empfindens war eine unterdrückte Angst vor der Hölle. Die wenigsten Menschen wagten es, diese Furcht ans Tageslicht zu bringen. Es galt als geschmacklos, von solchen Dingen oder überhaupt von irgendwelchen wesentlichen Fragen des Daseins zu sprechen, einerlei ob gläubig oder zweifelnd. Man durfte höchstens versteckt darauf anspielen oder darüber scherzen. Die meisten ernsten Fortschritte des Lebens mußten sich unter der Maske der Scherzhaftigkeit verbergen.

Geistig war die Welt in den Tagen des Mortimer Smith völlig verirrt; wie ein Hund, der sich verlaufen und jede Spur verloren hat. Wohl waren die damaligen Menschen ihrer Veranlagung nach den heutigen durchaus ähnlich, aber sie waren krank an Geist und Körper, sie hatten keinen Halt, keinen festen Boden unter den Füßen. Wir, die wir im Licht wandeln und vergleichsweise einfache und gerade Wege gehen, können die Verworrenheit, die verschlungene Vielfältigkeit des damaligen Denkens und Handelns kaum begreifen. Es gibt heute kein geistiges Leben mehr auf der Welt, das sich mit jenem vergleichen ließe."

## 5

„Ich glaube, ich habe die Hügelkette der Downs bereits erwähnt, die die Welt meiner Kindheit gegen Norden hin abschloß. Lange, bevor ich imstande war, hinaufzuklettern, beschäftigte mich der Gedanke, was wohl jenseits dieser Bergkette liegen möge. Im Sommer ging die Sonne hinter ihrem westlichen Ende unter, goldene Pracht über sie verbreitend. In meinen kindlichen Phantasien tauchte die Vorstellung auf, daß das Jüngste Gericht auf jenen Hügeln gehalten werden würde, und daß hinter ihnen jene himmlische Stadt liegen müsse, in die uns Mr. Snapes eines Tages – in einer Prozession selbstverständlich und mit fliegenden Fahnen – führen werde.

Ich muß acht oder neun Jahre alt gewesen sein, als ich

zum ersten Mal den Kamm jener Schranke meiner Kindheitswelt bestieg. Ich erinnere mich nicht, mit wem ich hinaufging, weiß auch sonst keine Einzelheiten mehr, doch ist mir die Enttäuschung sehr lebhaft im Gedächtnis geblieben, die ich empfand, als ich auf der anderen Seite der Hügel einen langen, sanften Abhang erblickte und nichts sah als Felder und Hecken und einzelne Gruppen weidender Schafe. Ich weiß nicht mehr, was ich eigentlich erwartet hatte. Das erste Mal sah ich übrigens offenbar nur den Vordergrund dieser Landschaft, und erst nach etlichen Ausflügen nahm ich die weitläufige Mannigfaltigkeit der Gegend nördlich der Downs in mich auf. Man hatte dort oben einen sehr weiten Ausblick, an einem klaren Tag sah man eine blaue Hügelkette, die dreißig bis vierzig Kilometer entfernt war, und der Blick schweifte über Wälder und Wiesen, über braungefurchtes Ackerland, das zur Sommerzeit goldenes Korn trug, über Dorfkirchen zwischen grünen Bäumen und über glitzernde Seen und Teiche. Im Süden hob sich der Horizont, wenn man die Hügel emporstieg, und der Meeresgürtel wurde breiter. Darauf machte mein Vater mich aufmerksam, als ich einmal mit ihm über die Downs ging.

‚Steig so hoch du willst, Harry', sagte er, ‚die See steigt mit dir. Da ist sie, siehst du, in gleicher Höhe mit uns, und trotzdem sind wir jetzt viel höher als Cherry Gardens. Dabei überschwemmt sie Cherry Gardens aber nicht. Warum überschwemmt sie es nicht, wenn sie es doch überschwemmen könnte? Sag mir das einmal, Harry.'

Ich wußte keine Erklärung.

‚Die Vorsehung', sagte mein Vater triumphierend, ‚die Vorsehung gebietet dem Meer Halt. So weit und nicht weiter. Und da drüben, guck, wie klar man es sehen kann, das ist Frankreich.'

Man sah die französische Küste besonders deutlich an jenem Tage.

‚Manchmal sieht man Frankreich und manchmal sieht man es nicht', sagte mein Vater. ‚Daraus kann man auch etwas lernen, mein Junge, wenn man nur will.'

Mein Vater hatte die Gewohnheit, jeden Sonntag, im Sommer wie im Winter, nach dem Tee über die Downs nach Chessing Hanger zu marschieren, einem Ort, der neun oder zehn Kilometer entfernt war. Er besuchte dort Onkel John, Onkel John Julip, den Bruder meiner Mutter, der bei Lord Bramble of Chessing Hanger Park Gärtner war. Ich wußte das schon als kleines Kind, aber erst später, als Vater mich mitzunehmen begann, wurde mir klar, daß weder schwägerliche Zuneigung den Hauptanlaß zu diesen Ausflügen bildete, noch das Bedürfnis nach Bewegung im Freien, wie es ein Mann, der die ganze Woche in seinem Laden verbringt, wohl empfinden mochte. Das Wesentliche an diesen Expeditionen waren die Bündel, mit denen beladen wir nach Cherry Gardens zurückkehrten. Wir aßen jedesmal Abendbrot in dem gemütlichen kleinen Gärtnerhäuschen, und wenn wir dann aufbrachen, bepackten wir uns stets mit einer nicht allzu auffälligen Menge von Blumen, Obst oder Gemüse, Sellerie, Erbsen, Pilzen und dergleichen mehr, und marschierten durch die Dämmerung, im Mondschein, durch völlige Dunkelheit oder im Regen, je nach der Jahreszeit und dem Wetter, zu unserem kleinen Laden zurück. Vater schwieg oder pfiff leise vor sich hin, manchmal verkürzte er den Weg durch einen Vortrag über die Wunder der Natur und die Güte der Vorsehung gegen den Menschen.

Einmal, an einem mondhellen Abend, sprach er vom Mond. ‚Schau ihn dir an, Harry', sagte er, ‚er ist eine tote Welt, wie ein Totenschädel hängt er da droben, seiner Seele beraubt, die sozusagen sein Fleisch war, und aller seiner Bäume, die man, wenn du mich recht verstehst, als seine Haupt- und Barthaare hätte bezeichnen können – kahl und tot für alle Zeit. Ein ausgetrockneter Knochen.

Und alle, die da lebten, sind auch dahin, sind Staub und Asche.'

,Wo sind sie denn hingekommen, Vater?' fragte ich.

,Sie standen vor dem Jüngsten Gericht', erklärte er mit Genugtuung. ,Könige und Krämer, Harry, alle, alle sind gerichtet, und die Guten sind in die ewige Seligkeit, die Bösen zu ewigem Leiden eingegangen. Zu ewigem Leiden infolge ihrer Gottlosigkeit. Sie sind gewogen und zu leicht befunden worden.'

Lange Pause.

,Schade', sagte er.

,Wie, Vater?'

,Schade, daß es vorbei ist. Es wär hübsch, ihnen zuzuschauen, wenn sie da oben noch herumliefen. Gemütlich wär's. Aber man darf an der Weisheit der Vorsehung nicht zweifeln. Am Ende würden wir immerfort hinaufgucken und dann stolpern . . . Weißt du, Harry, wenn du was in der Welt anschaust und meinst, es ist verkehrt, dann mußt du eine Weile darüber nachdenken und du wirst finden, daß es viel weiser ist, als du zuerst geglaubt hast. Man kann die Vorsehung nicht immer ergründen, aber sie ist so weise wie Er. Du, laß nicht die Birnen an dein Knie bammeln, mein Junge, das tut ihnen nicht gut.'

Auch über verschiedene merkwürdige Gepflogenheiten der Tiere, besonders der Zugvögel, sprach mein Vater gern.

,Du und ich, Harry, wir haben die Vernunft, die uns leitet. Die Tiere aber, Vögel, Würmer und alle, die haben den Instinkt. Sie spüren einfach, daß sie dieses oder jenes tun müssen, und tun es. Der Instinkt hält den Walfisch im Wasser und läßt den Vogel durch die Luft fliegen. Wir dagegen gehen dorthin, wo die Vernunft uns hinführt. Ein Tier kannst du nicht fragen, warum hast du das oder jenes getan, du mußt es hauen. Einen Menschen aber kannst du fragen, und er muß antworten, weil er eben ein vernünftiges Wesen ist. Und darum, Harry, haben wir Gefängnisse und andere Strafen und sind für unsere Sünden verantwortlich. Für jede Sünde, ob sie groß ist oder klein, müssen wir uns verantworten. Ein Tier jedoch ist nicht verantwortlich. Es ist unschuldig. Man haut es, oder man läßt es eben sein, wie es ist . . .'

Er dachte eine Weile nach. ‚Bei Hunden und manchen a l t e n Katzen ist es anders', sagte er dann. ‚Ich hab einige s ü n d i g e Katzen gekannt, Harry.'

Über die Wunder des Instinktes ließ er sich des langen und breiten aus.

Er erklärte mir, wie Schwalben, Stare, Störche und andere Zugvögel durch den Insinkt Tausende von Meilen weit getrieben werden, und wie unterwegs viele von ihnen ertrinken oder sich an Leuchttürmen zu Tode stoßen. ‚Wenn sie hier blieben, würden sie erfrieren oder verhungern', sagte er. Und jeder Vogel wisse instinktiv, welche Art von Nest er bauen müsse, niemand zeige es ihm. Das Känguruh werde vom Instinkt angewiesen, seine Jungen in seiner Beuteltasche mit sich herumzutragen, der Mensch hingegen mache sich als vernünftiges Geschöpf einen Kinderwagen. Die Küchlein liefen vom Instinkt geführt herum, sobald sie aus dem Ei gekrochen sind; wohingegen Menschenkinder getragen und versorgt werden müßten, bis ihnen die Vernunft kommt. Und es sei ein Glück für die Küchlein, daß sie gleich liefen, denn die Henne könne sie ja unmöglich herumtragen.

Ich erinnere mich, daß ich Vater in Verlegenheit brachte, als ich fragte, warum der Instinkt die Zugvögel nicht davor behüte, sich an Leuchttürmen die Köpfe einzustoßen, oder die Motten daran hindere, in Gas- oder Kerzenflammen zu fliegen. Es war nämlich sehr unangenehm, an einem Sommerabend in dem Zimmer über dem Laden zu lesen, denn es fielen einem immer wieder halb verbrannte Schnaken und Nachtfalter auf das Buch. ‚Wahrscheinlich soll ihnen eine Lehre gegeben werden', sagte Vater schließlich. ‚Aber was für eine, weiß ich eigentlich nicht recht, Harry.‘

Manchmal erklärte er mir an Beispielen, daß unrecht Gut nicht gedeihe. Oder er erzählte mir von Mordtaten – es geschahen damals noch ziemlich viele Morde auf der Welt – und wie sie immer entdeckt würden, so schlau der Mörder auch zu Werke gehe. Und immer wieder wies er mit bewunderndem Ernst auf die Güte, die Weisheit, die Umsicht und den Scharfsinn der Vorsehung hin.

Mit solchen Gesprächen verkürzten wir unsere langen und mühseligen Märsche zwischen Cherry Gardens und Chessing Hanger. Aus den Worten meines Vaters klang dabei stets so viel Begeisterung, daß ich mir nur mit wahrem Entsetzen schließlich eingestand, was wir eigentlich jeden Sonntagabend taten: Wir stahlen oder empfingen gestohlenes Gut aus den Gärten des Lord Bramble. Ich wüßte wahrhaftig nicht, wie wir ohne diesen allwöchentlichen Beutezug uns hätten durchschlagen sollen. Die Familie lebte hauptsächlich von dem Anteil meines Vaters am Gewinn aus diesen Geschäften. Wenn die Waren für Cherry Gardens zu gut oder zu teuer waren, brachte er sie nach Cliffstone und verkaufte sie dort einem Freund, der ein feineres Geschäft hatte.“

Sarnac machte eine Pause.

„Fahr fort“, sagte Beryll. „Wir beginnen deine Geschichte zu glauben. Sie klingt immer mehr so, als hättest du sie wirklich erlebt. Sie hat so viele Einzelheiten. Wer war dieser Lord Bramble? Seit langem möchte ich mehr über die Lords erfahren.“

## 6

„Ihr müßt mich meine Geschichte auf meine Weise erzählen lassen“, sagte Sarnac. „Wenn ich auf eure Fragen eingehe, so verliere ich den Faden. Jeder von euch möchte hundert Fragen an mich stellen, über Dinge, die ich erwähnt habe, und Einzelheiten, die mir vertraut, euch aber unverständlich sind, weil unsere Welt sie vergessen hat. Wenn ich euch nachgebe, so werdet ihr mich immer weiter weglocken von meinem Vater und meinem Onkel Julip, und wir werden dann bei einem Gespräch über Sitten und Gebräuche und über Philosophie und historische Ereignisse enden. Ich aber will euch meine Geschichte erzählen."

„Fahr fort mit deiner Geschichte", sagte Heliane.

„Dieser Onkel John Julip, der Bruder meiner Mutter, war ein zynischer und eingebildeter Mann. Er war recht klein und dicker, als Gärtner damals zu sein pflegten. Er hatte ein glattes weißes Gesicht und ein schlaues, selbstzufriedenes Lächeln. Eigentlich sah ich ihn nur an Sonntagen, er war dann gewöhnlich in Hemdärmeln und trug einen großen Strohhut. Sooft ich zu ihm kam, machte er herabsetzende Bemerkungen über mein Aussehen und über die Luft von Cherry Gardens. Seine Frau hatte irgendeiner Sekte angehört und war nur widerwillig der englischen Staatskirche beigetreten. Auch sie war blaß, und ihr Gesundheitszustand war nicht der beste, sie klagte stets über Schmerzen. Der Onkel aber verlachte sie und sagte, dort, wo sie Schmerzen zu haben vorgebe, könne man gar keine haben. Es gebe Magendrücken, Schmerzen im Rücken, Sodbrennen und Leibschmerzen, weiter nichts. Ihre Schmerzen seien nur Einbildung und könnten daher kein Mitleid erwecken.

Als ich etwa dreizehn Jahre alt war, faßten Vater und Onkel den Plan, daß ich nach Chessing Hanger übersiedeln und dort Gärtnergehilfe werden sollte. Mir mißfiel dieser Gedanke sehr; nicht nur, daß ich den Onkel nicht gern hatte, ich fand auch Graben und Jäten und alle Gartenarbeit außerordentlich ermüdend und langweilig. Ich las sehr gerne und liebte Sprachen, hatte wohl auch etwas von der

Redseligkeit meines Vaters geerbt, und ein kleiner Aufsatz hatte mir kurz vorher in der Schule besonderes Lob eingetragen. Dies hatte eine ehrgeizige Hoffnung in mir erweckt – ich wollte schreiben, Zeitungsartikel, wenn möglich sogar Bücher. In Cliffstone gab es eine sogenannte Leihbibliothek, die Einwohner des Ortes konnten dort lesen oder auch Bücher ausleihen – ich holte mir in der Ferienzeit fast jeden Tag ein neues Buch –; in Chessing Hanger gab es nichts dergleichen. Meine Schwester Fanny ermutigte mich, viel zu lesen; auch sie verschlang Bücher, namentlich Romane, und sie teilte meine Abneigung gegen den Plan, daß ich Gärtner werden sollte.

In jenen Zeiten, müßt ihr wissen, machte man keinerlei Versuch, die natürlichen Fähigkeiten eines Kindes abzuschätzen. Man erwartete von jedem menschlichen Wesen, daß es für eine beliebige Gelegenheit, seinen Lebensunterhalt zu verdienen, dankbar sei. Die Eltern zwangen ihre Kinder zu dieser oder jener Beschäftigung, die sich gerade anbot, und infolgedessen hatten die meisten Menschen einen Beruf, den sie nicht mochten, der ihren natürlichen Gaben keine Entfaltungsmöglichkeit bot und sie in der Regel zu verkrampften und unharmonischen Geschöpfen machte. Schon dies allein verbreitete eine latente Unzufriedenheit über die ganze Welt. Die Mehrzahl der Menschen litt unter einem Zwang, der ihnen jede Möglichkeit positiven Glücks raubte. Die meisten jungen Menschen, Mädchen sowohl als auch Knaben, mußten, wenn sie heranwuchsen, zu einem bestimmten Zeitpunkt eine schmerzliche Verkürzung ihrer Freiheit erleben; sie sahen sich plötzlich ohne eigene Wahl zu irgendeiner Berufsarbeit gezwungen, aus der sie nur schwer wieder herauskonnten. In meinem Leben kam ein Sommer-Ferientag, an dem ich meine bisherigen Freuden, meine Spiele und die beglückende Beschäftigung des Lesens in Cliffstone aufgeben und über die Hügel zu Onkel John Julip wandern mußte, um bei ihm zu bleiben und zu sehen, ob er mich brauchen könne. Ich kann heute noch den bitteren Widerwillen nachempfinden, das Gefühl, geopfert zu werden, das mich erfüllte, während ich mein kleines Köfferchen über die Downs nach Chessing Hanger schleppte.

Lord Bramble war einer jener Grundbesitzer, Beryll, die unter den hannoveranischen Königen bis zur Regierungszeit der Königin Victoria eine so große Rolle spielten. Weite Gebiete Englands gehörten ihnen als Privatbesitz; sie konnten damit tun, was ihnen beliebte. In den Tagen Victorias der Guten und ihrer unmittelbaren Vorgänger führten diese Grundbesitzer, die als Mitglieder des Oberhauses des englischen Parlaments das Reich regiert hatten, einen aussichtslosen Kampf um die Vorherrschaft gegen die neue Klasse der Industriellen. Diese Industriellen beschäftigten um ihres persönlichen Gewinnes willen große Massen des Volkes in der Eisen- und Stahl-, Woll- und Baumwollindustrie sowie in der Bierbrauerei und der Schiffahrt. Sie wichen schließlich einem anders gearteten Spekulantentyp, der die Werbung, die politische und finanzielle Ausnutzung der Zeitungen und neue Finanzmethoden entwickelte. Die alten Grundbesitzerfamilien mußten sich den neuen Mächten anpassen oder wurden beiseite geschoben. Lord Bramble war einer der Beiseitegeschobenen, ein verbitterter, altmodischer, verarmter Gutsbesitzer, der tief in Schulden steckte. Sein Besitz, der viele Quadratkilometer umfaßte, bestand aus Bauerngehöften nebst den dazugehörigen Äckern und Wiesen, aus Wäldern, einem großen weißen, unbequemen Wohnhaus, das für seine zusammengeschrumpften Mittel viel zu weitläufig war, und aus einem Park von einigen Quadratkilometern. Der Park war arg vernachlässigt; viele der alten Bäume waren vom Holzschwamm zerfressen und faulten, es wimmelte darin von Kaninchen und Maulwürfen, und große Teile waren von Disteln und Nesseln überwuchert. Junge Bäume gab es überhaupt nicht. Die Umfriedungen und Tore waren übel zusammengeflickt, da und dort zogen sich schlecht gepflegte Straßen hin. Dafür waren aber zahlreiche Tafeln angebracht, auf denen drohende Warnungen an Unbefugte, insbesondere immer wieder die Aufschrift Durchgang verboten zu lesen standen. Denn die Bewegungsfreiheit des gewöhnlichen Mannes einschränken zu können, war das Vorrecht des britischen Grundbesitzers, an dem sein Herz am meisten hing, und Lord Bramble behütete seine Wüstenei mit Inbrunst. Weite Gebiete guten Grunds und Bodens in England befanden sich damals in einem ähnlichen Zustand der Abgeschlossenheit und des malerischen Verfalls."

„In diesen Gebieten wurde geschossen", sagte Beryll.

„Woher weißt du das?"

„Ich habe einmal ein Bild gesehen. Die Jäger standen in einer Reihe längs des Waldsaumes, die herbstliche Färbung der Bäume auf dem Bild ließ einen leisen Fäulnisgeruch und einen Hauch von Feuchtigkeit in der Luft vermuten. Ich glaube, man schoß mit Bleikügelchen auf Vögel."

„Ganz richtig. Und die sogenannten Treiber – ich wurde einige Male zu diesem Dienst gezwungen – trieben ihnen die Vögel, insbesondere Fasane, zu. Jagdgesellschaften pflegten regelmäßig nach Chessing Hanger zu kommen, und Tag für Tag wurde geschossen. Es ging dabei sehr feierlich zu."

„Warum aber taten die Leute das?" fragte Salaha.

„Ja", sagte Beryll. „Warum nur?"

„Ich weiß nicht", erwiderte Sarnac. „Ich weiß nur, daß zu gewissen Jahreszeiten die Mehrzahl der englischen Gentlemen, die als die Führer der Intelligenz des Landes galten, die sein Schicksal lenkten und seine Zukunft in Händen hatten, in die Wälder und in das Heideland hinauszogen, um dort mit Hilfe ihrer Schießwaffen Vögel verschiedener Art in Scharen hinzumorden, Vögel, die nur zum Zweck dieser sogenannten Jagd unter beträchtlichem Kostenaufwand gezüchtet wurden. Die adeligen Jäger wurden von Wildhütern begleitet; sie stellten sich in Reihen auf, und bald widerhallte der Wald vom Knall ihrer Gewehre. Die Höchstgestellten beteiligten sich würdevoll an dieser landesweiten Funktion und handhabten ihre Mordwaffen mit vornehmem Ernst. Diese Klasse war tatsächlich gerade nur soweit über völlige geistige Stumpfheit hinaus, als nötig ist, um am Geknall eines Schießgewehres und am Anblick eines verwundet herabstürzenden Vogels Freude zu haben. Sie wurden dieses Vergnügens nicht müde. Der Knall eines Gewehres war anscheinend ein wunderbares Erlebnis für diese Leute. Es ging ihnen nicht um das Töten allein, denn dann hätten sie ja dem Schlachten von Schafen, Ochsen oder Schweinen beiwohnen können; diesen Sport überließen sie jedoch Männern einer niedrigeren sozialen Klasse. Das Wesentliche war ihnen das Schießen, insbesondere Vögel im Fluge zu schießen. Wenn Lord Bramble nicht gerade Fasane oder Waldhühner tötete, dann schoß er in Südfrankreich auf angstvoll flatternde Tauben mit gestutzten Flügeln, die man eben erst aus ihren Käfigen herausgelassen hatte. Oder er jagte – es handelte sich dabei nicht um eine wirkliche Jagd, nicht um einen ehrlichen Kampf mit Bären, Tigern oder Elefanten in einem Dschungel – er machte Jagd auf Füchse, übelriechende kleine Tiere mit rötlichem Fell von der Größe eines Spaniels, deren Aussterben man eben wegen der Sportfreuden der adeligen Herren sorgfältig verhütete. Man jagte sie auf bebautem Grund und Boden, die Jäger waren zu Pferd und von einer Hundemeute begleitet. Lord Bramble kleidete sich für dieses famose Unternehmen stets sehr sorgfältig in eine rote Jacke und Kniehosen aus Schweinsleder. Seine übrige Zeit verbrachte der gute Mann mit Kartenspielen; er liebte besonders ein

Spiel, Bridge genannt, das so beschränkt und mechanisch war, daß heutzutage jedermann nach einem Blick auf die Karten das wahrscheinliche Resultat der Partie vorauswüßte. Vier Partner hatten je dreizehn Karten in der Hand. Aber Lord Bramble, der nie gelernt hatte, richtig bis dreizehn zu zählen, fand, dieses Spiel sei voller dramatischer Überraschungen und wunderbarer Sensationen. Einen großen Teil seiner Zeit verbrachte er übrigens auch bei Pferderennen. Die Pferde, die für diese Rennen verwendet wurden, waren eine besonders schwächliche Zucht. Auch zu diesem Anlaß kleidete sich Lord Bramble sehr sorgfältig. In den illustrierten Zeitschriften unserer Leihbibliothek hatte ich des öfteren Bilder von ihm gesehen; mit einem sogenannten Zylinder auf dem Kopf, war er ‚im Gestüt der Rennpferde' oder auch ‚mit einer befreundeten Dame' photographiert worden. Um den Pferderennsport und die damit verknüpften Wetten spann sich ein emsiges Getriebe der Eingeweihten. Die Ernährungsweise des edlen Lord Bramble war verhältnismäßig vernünftig, nur im Genuß von Portwein tat er etwas zuviel des Guten. Man rauchte damals noch. Lord Bramble rauchte drei bis vier Zigarren am Tag, Pfeifen hielt er für plebejisch, Zigaretten waren ihm zu weibisch. Er pflegte eine Zeitung zu lesen, niemals aber ein Buch, denn er war andauernder Aufmerksamkeit unfähig. In der Stadt pflegte er des Abends ein Theater oder ein sogenanntes Varieté zu besuchen, in dem es mehr oder weniger entkleidete Frauen zu sehen gab. Leute wie Lord Bramble waren nämlich infolge der damaligen Sitte, sich zu bekleiden, von einer verborgenen Lüsternheit nach dem Anblick nackter Frauen erfüllt. Die normale Schönheit des menschlichen Körpers war ein Geheimnis, und ein gut Teil der Kunst- und Ziergegenstände im Herrenhaus von Chessing Hanger regte den Geschmack auf diese verbotenen Früchte an.

In dem verflossenen Dasein, von dem ich euch erzähle,

nahm ich die Lebensweise des Lord Bramble als etwas Selbstverständliches hin, jetzt aber beginne ich zurückblikkend einzusehen, wie ungeheuerlich absurd diese Leute doch waren, die ihre Zeit damit verbrachten, erschreckte Vögel hinzumorden, Pferde und Stallknechte hielten und heimlich nach weiblichen Hüften und Schultern guckten. Die Frauen dieser Männer sympathisierten mit ihrer sinnlosen Schießerei, waren entzückt von den Pferden, liebten Schoßhunde, zwerghafte und erbärmliche kleine Geschöpfe, und ließen sich die erwähnten verstohlenen Blicke gerne gefallen.

So sah das Leben der damaligen Aristokraten aus. Sie waren tonangebend für das, was damals als gesunde und prächtige Lebensweise galt. Die anderen Klassen der Bevölkerung bewunderten sie sehr und ahmten sie, soweit sie nur konnten, nach. Der kleine Pächter schoß Kaninchen, wenn er schon nicht auf die Fasanenjagd gehen konnte; und da ihm Zwanzigpfundnoten für die eleganten Pferderennen zu Goodwood nicht zur Verfügung standen, setzte er doch bei dem bescheidenen Rennen in Cliffstone seine zwei Shilling auf ein Lieblingspferd, den Hut möglichst ebenso schief in die Stirn gedrückt wie Lord Bramble und König Eduard.

Zahllose Menschen äfften die Gepflogenheiten und Traditionen der Aristokraten nach. Da war zum Beispiel mein Onkel John Julip. Sein Vater sowie auch sein Großvater waren Gärtner gewesen, und fast alle seine Verwandten mütterlicherseits waren sogenannte Dienstboten. Keiner der Leute, die in Lord Brambles Diensten standen, benahm sich natürlich, sie ahmten alle, mit mehr oder weniger Erfolg, irgendeine Dame oder einen Herrn der Aristokratie nach. Das Ideal Onkel Julips war ein gewisser allbekannter Sir John Cuthbertson. Er kaufte sich ebensolche Hüte wie dieser und versuchte sich in ähnlichen Gebärden.

Und gleich seinem Vorbild machte er große Wetten bei den Pferderennen, hatte dabei aber meist Pech. Darüber war meine Tante recht böse, doch daß ihr Gatte in Kleidung und Gehaben Sir John ähnelte, machte ihr entschieden Freude.

‚Wenn er nur als Gentleman auf die Welt gekommen wäre', pflegte sie zu sagen, ‚dann wär ja alles in Ordnung. Er ist ein geborener Sportsmann; die Gartenarbeit ist nichts für ihn.'

Jedenfalls überanstrengte er sich nicht bei der Gartenarbeit. Ich erinnere mich nicht, daß ich ihn jemals graben oder eine Karre schieben gesehen hätte. Er pflegte im Garten zu stehen, eine Harke in der einen Hand, mit der er herumfuchtelte, als wäre sie eine Reitpeitsche, mit der anderen gestikulierend und andere zur Arbeit antreibend.

Meinem Vater und mir gegenüber setzte er stets eine bewußt aristokratische und höchst würdevolle Miene auf. Dabei war mein Vater beträchtlich größer als er und auch weitaus gescheiter. Er sprach meinen Vater immer nur kurzweg ‚Smith' an.

‚Was willst du mit dem Jungen anfangen, Smith?' fragte er. ‚Ich glaube, der braucht eine bessere Kost und frische Luft.'

Mein Vater, der zwar insgeheim die allgemeine Ansicht teilte, daß Onkel John, unter einem glücklicheren Stern geboren, einen prächtigen Gentleman abgegeben hätte, war stets bemüht, sich, wie er sagte, nicht allzu viel von ihm gefallen zu lassen, und nannte ihn deshalb ‚John'. Er pflegte zu antworten: ‚Ich habe noch keinen bestimmten Entschluß gefaßt, John. Vorläufig ist der Junge ein richtiger Bücherwurm, man kann ihm zureden, wie man will.'

‚Bücher!' rief Onkel John. Er empfand eine dem Engländer überhaupt eigene Verachtung für Bücher. ‚Aus Büchern kannst du nichts herausholen, was nicht hineingelegt worden wäre. Das ist klar. Bücher sind bestenfalls gepreßte Blumen, sagte Seine Lordschaft erst neulich beim Dinner.'

Der Gedanke machte Eindruck auf meinen Vater. ‚Ja, das sage ich ihm auch', meinte er, was nicht ganz stimmte.

‚Und dann, wer wird etwas Wissenswertes in ein Buch schreiben?' fuhr der Onkel fort. ‚Da könnte man ebensogut von den Kerlen, die in den Zeitungen über die Rennen schreiben, erwarten, daß sie einem einen nützlichen Tip geben. Den behalten sie aber lieber für sich!'

‚Ja, ja,' stimmte mein Vater zu, ‚ich denke mir auch immer, daß die Leute, die Bücher schreiben, einem was aufbinden und einen obendrein noch auslachen.' Dann faßte ihn mitten in seiner Überlegung eine fromme Ehrfurcht. ‚Trotzdem, John, gibt es e i n Buch.'

Er dachte dabei an die Bibel.

‚Ach was, davon rede ich ja nicht, Smith', sagte der Onkel unwirsch. ‚Jedem Tag das Seine – ich meine, die Bibel ist was für Sonntag.'

Meine Probezeit als Gärtnergehilfe war mir verhaßt. In jenem unerquicklichen Monat wurde ich einige Male mit einem Korb voll Gemüse oder Obst in das Herrenhaus hinübergeschickt. Dabei entschlüpfte mir einmal eine Bemerkung, die für Onkel Julip unheilvoll werden und meine Aussichten in der Gärtnerlaufbahn vernichten sollte.

Mr. Petterton, der Butler im Herrenhause, war auch ein Aristokraten-Nachäffer, aber größeren Stils als mein Onkel. Er hatte eine imposante Figur und blickte einen von oben herab an. Der Kragen, den er trug, bohrte sich in sein rosiges Doppelkinn, und sein Haar war gelb und glänzte von Pomade. Ich hatte ihm einen Korb Gurken abzuliefern und einen Strauß blauer Blüten, Gurkenkraut genannt, aus denen man ein Getränk bereitete. Er stand an einem Tisch und sprach ehrerbietig mit einem kleinen rothaarigen Mann – Lord Brambles Agent, wie ich später erfuhr –, der ein Käsebrot aß und Bier dazu trank. Außerdem war noch ein junger Diener im Zimmer, einem unterirdischen Raum mit vergitterten Fenstern, und putzte mit großem Fleiß Silbergeschirr.

‚Du bringst das also aus der Gärtnerei‘, sagte Mr. Petterton ironisch lächelnd zu mir. ‚Und darf ich fragen, warum Mr. – warum S i r J o h n sich nicht selbst herabläßt herzukommen?‘

‚Er trug mir auf, die Sachen zu bringen‘, erwiderte ich.

‚Und wer bist du, wenn ich fragen darf?‘

‚Ich heiße Harry Smith. Mr. Julip ist mein Onkel.‘

‚Ah!‘ sagte Mr. Petterton, und es schien ihm plötzlich ein bestimmter Gedanke zu kommen. ‚Du bist der Sohn des Gemüsewarenhändlers Smith in Cliffstone?‘

‚In Cherry Gardens, Sir.‘

‚Ich hab dich bisher noch nie gesehen, mein Junge. Bist du früher schon manchmal bei uns gewesen?‘

‚Hier im Herrenhause nicht.‘

‚Nein, hier nicht, aber vielleicht in der Gärtnerei?‘

‚In der Gärtnerei war ich fast jeden Sonntag.‘

‚So, so. Und hat es da nicht gewöhnlich etwas mit nach Hause zu nehmen gegeben, mein Junge?‘

‚Ja, fast immer.‘

‚Etwas ziemlich Schweres, nicht wahr?‘

‚Nicht allzu schwer‘, meinte ich.

‚Sehen Sie wohl?‘ sagte Petterton zu dem rothaarigen Mann.

Dieser stellte nun, rasch und in scharfem Ton sprechend, ein Kreuzverhör mit mir an, und ich begann zu fühlen, daß etwas Bedrohliches in der Luft lag. Was ich heimgetragen hätte? Ich errötete bis über die Ohren und erklärte, ich wisse nicht, was es gewesen sei. Ob ich öfter Trauben mitgenommen hätte? Ich wisse es nicht. Birnen? Ich wisse es nicht. Sellerie? Das wisse ich auch nicht.

‚Na, i c h aber weiß es‘, sagte der Agent. ‚Wozu sollte

ich dich also weiter ausfragen? Verschwinde!‘

Ich ging in die Gärtnerei zurück und sagte meinem Onkel nichts von diesem unangenehmen Gespräch. Ich wußte aber sehr genau, daß die Sache damit nicht zu Ende war.“

## Die Familie Smith gerät ins Unglück

1

„Und nun“, sagte Sarnac, „muß ich euch von einem Wirbelsturm unheilvoller Ereignisse erzählen, der über unser wackeliges kleines Heim in Cherry Gardens hereinbrach und es vernichtete. In jener Welt des Zufalls, der Planlosigkeit und der Übervölkerung gab es weder Sicherheit noch soziale Gerechtigkeit in dem Sinne, wie wir heute diese Begriffe verstehen. Wir können uns die Unsicherheit und Verworrenheit des damaligen Lebens kaum vorstellen. Bedenkt nur: Die Wirtschaft der ganzen Welt beruhte auf einem Geld- und Kreditsystem, das im Grunde aus Fiktionen und Übereinkommen bestand; es gab keinen hinreichenden Schutz gegen den wucherischen Mißbrauch dieser finanziellen Konventionen; Weltproduktion und Weltverbrauch wurden in keinerlei Weise überwacht; man wußte so gut wie nichts über die alljährlich fortschreitenden Veränderungen des Klimas; und so war nicht nur das Schicksal der Individuen, sondern auch das der Staaten und Nationen unberechenbar und unbeeinflußbar. In jener Welt war das Leben der Menschen, Männer wie Frauen, fast ebenso unsicher wie heute das einer Feldmaus oder einer Mücke, die von einem Augenblick zum anderen das Opfer einer Katze, Eule oder Schwalbe werden kann. Durch Zufall in die Welt gesetzt, erfuhren die damaligen Menschen zufällig Leid und Freud, Ruhm und Schmach und schließlich ein unvorhergesehenes Ende; und ihre Umgebung war weder auf ihre Geburt noch auf ihren Tod vorbereitet. Ein plötzlicher Tod kann uns auch heute ereilen, es gibt immer noch gefahrvolle Abenteuer – ein Blitzstrahl hätte gestern uns alle oder einen von uns hinstrecken können; doch ein solches Ende ist etwas Seltenes und Natürliches. Das allgemeine Schicksal der Vergangenheit war ein fürchterliches, verzweiflungsvolles Hinsterben durch Entbehrungen und Sorgen oder infolge einer Krankheit, deren Ursachen man nicht kannte und die man schlecht behandelte; dergleichen gibt es heute nicht mehr. Und heute wird durch einen Todesfall nicht die Existenz einer ganzen Anzahl von Menschen zerstört, wie das in den alten Tagen oft geschah. Eine Witwe der damaligen Zeit hatte nicht nur den geliebten Gefährten, sondern auch ihren Lebensunterhalt verloren. Das Leben schafft jedoch die wunderbarsten Ausgleiche. Die Menschen damals fühlten die Gefahren nicht, die sie bedrohten. Ihnen war eine erstaunliche Gleichgültigkeit eigen, bis das Unglück über sie hereinbrach."

„Alle Kinder", fuhr Sarnac fort, „beginnen ihr Leben mit einem unbedingten Vertrauen in die Beständigkeit der Dinge, die sie umgeben. Das Erwachen aus der Illusion der Sicherheit setzt klare Erkenntnis voraus. Wir können uns die Gefahren, die uns bedrohen, nur vorstellen, wenn wir klar denken; und sobald wir klar denken, haben wir auch die Kraft, der Gefahr zu begegnen. Die Menschen der alten Zeit dachten verworren und irrig wie Kinder, sie waren blind gegen den fortschreitenden Verfall der schwankenden Zivilisation, in der sie lebten. In einer Welt der allgemeinen Unsicherheit schien ihnen das Leben im Grunde sicher. Ein Unglücksfall setzte jedermann in Erstaunen, obwohl jeder dauernd auf Unheil aller Art hätte gefaßt sein müssen.

Der erste Schlag traf meine Familie ganz unvorbereitet, etwa sechs Wochen, nachdem ich aus Chessing Hanger zurückgekehrt war, um mein letztes Schuljahr zu beenden, ehe ich Gärtner wurde. Es war am späten Nachmittag. Ich war aus der Schule heimgekommen und saß lesend in unserem unterirdischen Zimmer. Die Mutter räumte eben den Teetisch ab und zankte mit Fanny, die ausgehen wollte. Die Lampe war angezündet, und ich sowie Vater, der, wie er sagte, die Zeitung überflog, waren so nah als möglich an sie herangerückt, denn das Licht, das sie gab, war völlig ungenügend. Da hörten wir oben die Türklingel des Ladens schrillen.

‚Zum Kuckuck', sagte Vater, ‚wer kommt denn da noch so spät am Abend?'

Er schob seine Brille in die Höhe. Er hatte sich aufs Geratewohl bei einem Trödler eine Brille gekauft und setzte sie auf, wenn er las. Sie machte seine ohnehin schon großen, milden Augen noch größer. Er schaute uns fragend an. Wer konnte um diese Zeit noch etwas wollen? Gleich darauf hörten wir Onkel John Julip die Treppe herunterrufen:

‚Mortimer', sagte er, und seine Stimme kam mir dabei ungewöhnlich vor. Niemals hatte ich ihn meinen Vater anders als Smith nennen hören.

‚Bist du es, John?' sagte Vater und stand auf.

‚Ja, ich bin es. Ich möchte mit dir sprechen.'

‚Komm doch herunter und trink eine Tasse Tee mit uns', rief Vater, unten an der Treppe stehend.

‚Nein, ich muß dir etwas sagen, es ist besser, du kommst herauf. Etwas Ernstes.'

Ich überlegte, ob ich vielleicht irgend etwas angestellt hätte und Onkel deshalb herübergekommen sei. Mein Gewissen war aber ziemlich rein.

‚Was kann denn nur los sein?' fragte Vater.

‚So geh doch und laß es dir erzählen', meinte Mutter.

Vater ging.

Ich hörte meinen Onkel etwas sagen wie: ‚Wir sind erledigt. Man hat uns verraten, und wir sind erledigt.' Dann schloß sich die Tür zum Laden. Wir horchten nach oben. Es klang, als ob Onkel Julip im Sprechen auf und ab gehe. Meine Schwester Fanny nahm Hut und Jacke und huschte unauffällig die Stiege hinauf und zum Hause hinaus. Nach einer Weile erschien Prue; sie sagte, sie habe der Lehrerin aufräumen geholfen, ich aber wußte, daß sie log. Dann verging eine lange Zeit. Schließlich kam Vater allein die Treppe herunter.

Er ging zum Kamin, als ob er im Traum wandle, blieb auf dem Kaminteppich stehen und starrte mit unheilvollem Ausdruck vor sich hin, offenbar wartend, daß Mutter ihn frage, was denn geschehen sei. ‚Warum ist John nicht heruntergekommen, um eine Tasse Tee zu trinken und einen Bissen zu essen? Wo ist er hingegangen, Morty?'

‚Er ist fortgegangen, um einen Möbelwagen zu holen', erwiderte Vater.

‚Einen Möbelwagen? Ja, wozu denn?' fragte Mutter.

‚Er muß ausziehen – wenn du es wissen willst.'

‚Er muß ausziehen?'

‚Wir werden sie für ein paar Tage hier bei uns unterbringen müssen', fuhr Vater fort.

‚Wen werden wir hier unterbringen müssen?'

‚Ihn und Adelaide. Sie kommen nach Cherry Gardens.'

‚Du willst doch nicht etwa sagen, daß John seine Stellung verloren hat?'

‚Doch! Seine Lordschaft ist ihm mit einem Male feindlich gesinnt. Es ist Unheil angestiftet worden. Irgendwer hat spioniert, und seinen Feinden ist es gelungen, ihn um seine Stellung zu bringen. Er ist hinausgeworfen worden. Er kann gehen – hat man ihm gesagt.'

‚Ja, aber man wird ihm doch gekündigt haben!'

‚Nein, keine Spur. Seine Lordschaft ist ganz rot vor Zorn in den Garten gekommen. ‚Hinaus mit dir!' So hat er gesprochen. Mit diesen Worten. ‚Und danke deinem Schöpfer, daß ich dir nicht die Polizei auf den Hals jage, dir und deinem scheinheiligen Schwager.' Ja, das hat Seine

Lordschaft gesagt.'

,Ja, aber was meint er denn damit, Morty?'

,Was er damit meint? Er meint, daß gewisse Personen, die er nicht nennt, John verdächtig gemacht, Lügen über ihn erzählt und ihn beobachtet haben, ihn und mich. Sie haben mich auch mit hineingezogen, Martha, und unseren Harry auch. Sie haben eine Geschichte über uns zusammengedichtet . . . Ich hab ja immer gesagt, daß wir es nicht so regelmäßig machen sollten . . . Nun haben wir's! Nun ist John kein herrschaftlicher Gärtner mehr! Und nicht einmal ein Zeugnis wird man ihm geben. Er wird nie mehr eine ordentliche Stellung bekommen, er ist ruiniert. Das haben wir nun davon!'

,Ja, wird denn behauptet, daß er etwas genommen hat? Mein Bruder John soll etwas genommen haben?'

,Überflüssige Produkte. Die für sich zu nehmen, ist das Recht jedes Gärtners, seit die Welt besteht.'

Ich saß mit glühenden Backen da und tat so, als ob ich nichts von diesem furchtbaren Gespräch hörte. Niemand wußte, welchen Anteil ich am Sturz meines Onkels hatte. Und bald begann sich, wie der Gesang einer Lerche nach einem Gewitter, in meinem Herzen die Hoffnung zu regen, daß ich nun vielleicht kein Gärtner werden würde. Meine Mutter war ganz gebrochen. Immer wieder stellte sie ungläubige Fragen, und Vater antwortete in orakelhaftem Ton. Plötzlich wandete sich Mutter in wildem Zorn an Prue und warf ihr vor, daß sie, anstatt Geschirr abzuwaschen, einem Gespräch zuhöre, das sie nichts angehe."

„Du schilderst uns diese Szene sehr eingehend", meinte Beryll.

„Es war die erste große Krise meines Traumlebens", erwiderte Sarnac. „Sie ist mir sehr lebhaft in Erinnerung. Ich kann die alte Küche, in der wir lebten, noch ganz deutlich vor mir sehen, die verblichene Decke auf dem Tisch und die Petroleumlampe mit ihrer Glaskugel. Ich glaube, bei einigem Nachdenken könnte ich alles aufzählen, was sich in jenem Raum befand."

„Was ist ein Kaminteppich?" fragte Iris plötzlich. „Was für ein Ding war der Kaminteppich, von dem du sprachst?"

„Ich wüßte nicht, womit ich so einen Kaminteppich vergleichen sollte. Es war eine Art derbe Decke, die man vor das Kamingitter legte; vor dem Kohlenfeuer, das im Kamin brannte, war nämlich ein kleines Gitter angebracht, damit die Asche nicht auf den Fußboden des Zimmers falle. Unseren Kaminteppich hatte mein Vater selbst hergestellt, und zwar aus alten Lappen, alten Kleidern, Flanellresten und Stückchen Sackleinen; die Stoffe wurden in schmale Streifen geschnitten und diese dann auf einem Stück Sackleinen befestigt. An Winterabenden hatte Vater am Feuer gesessen und emsig genäht."

„Hatte dieser Kaminteppich irgendein Muster?"

„Nein. Aber ich werde mit meiner Geschichte niemals zu Ende kommen, wenn ihr mir fortwährend Fragen stellt. Ich erinnere mich, daß Onkel, nachdem er einen Möbelwagen bestellt hatte, wieder zu uns kam und ein Käsebrot zu sich nahm, bevor er nach Chessing Hanger zurückmarschierte. Er war blaß und sah verstört drein. Jede Ähnlichkeit mit Sir John war verschwunden; er sah aus wie einer, den man aus irgendeinem Versteck hervorgezogen hat, ein elender und bedauernswerter Mensch, der plötzlich dem Licht ausgesetzt wird. Ich erinnere mich, daß meine Mutter ihn fragte: ‚Und wie nimmt es Adelaide hin?'

Onkel setzte eine resignierte Miene auf. ‚Sie hat schon wieder einen neuen Schmerz', sagte er bitter. ‚In einem solchen Augenblick!'

Mein Vater und meine Mutter wechselten einen verständnisvollen Blick.

‚Ich sage euch –' hob Onkel wieder an, brachte aber nicht heraus, was er uns sagen wollte.

Ohnmächtige Wut schüttelte ihn. ,Wenn ich bloß wüßte, wer mir das angetan hat', stieß er endlich hervor. ,Diese – diese Schlange von einer Haushälterin – ja, eine Schlange nenne ich sie – sie hat einen, den sie an meine Stelle setzen will. Und sie und Petterton haben die Geschichte angezettelt –'

Er schlug auf den Tisch, aber nur halbherzig.

Vater schenkte ihm etwas Bier ein.

,Uff!' sagte Onkel und leerte das Glas.

,Na, es läßt sich eben nicht ändern', fuhr er, sich ermannend, fort. ,Irgendwie werd ich schon durchkommen. Hier in diesen kleinen Gärtchen wird wohl Arbeit zu kriegen sein, denke ich. Ich werd mir schon was verschaffen ... Aber stellt euch einmal vor! Ich, ein Gärtner, der für Taglohn arbeitet! Die kleinen Angestellten da in all den Villen werden nicht übel stolz sein, wenn Lord Brambles Gärtner ihnen das Gras abmäht. Ich seh sie schon, wie sie mich ihren Bekannten durchs Fenster zeigen werden. Der war Obergärtner bei einem Lord, werden sie sagen. Hm Hm –'

,Es ist ein Sturz', meinte Vater, als Onkel gegangen war. ,Man kann sagen, was man will, es ist ein Sturz ...'

Mutter war mit der Frage der Einquartierung beschäftigt. ,Sie wird auf dem Sofa im Wohnzimmer schlafen müssen, und ihm werden wir einen Strohsack auf dem Fußboden herrichten. Ich glaub ja nicht, daß sie sehr zufrieden sein wird. Sie werden zwar ihr eigenes Bettzeug mitbringen, aber Adelaide wird sich auf einem Sofa nicht wohlfühlen.'

Die arme Frau fühlte sich überhaupt nicht wohl. Obgleich Onkel und auch mein Vater und meine Mutter ihr Vorstellungen machten, daß sie jetzt nicht krank sein dürfe und daß ihr Betragen unverantwortlich sei, beharrte sie bei der Behauptung, ihre Schmerzen seien so schlimm, daß ein Arzt gerufen werden müsse. Dieser ordnete die sofortige Überführung in ein Spital für eine dringende Operation an."

„In jenen Tagen", fuhr Sarnac fort, „herrschte völlige Unwissenheit in bezug auf den menschlichen Körper. Die alten Griechen und die Araber hatten in der kurzen Zeit der Blüte ihrer Kultur immerhin einiges auf dem Gebiete der Anatomie geleistet; die anderen Völker aber hatten vorwiegend nur theoretische Studien in der Physiologie getrieben, und das auch erst während der letzten drei Jahrhunderte vor der Zeit, die ich euch schildere. Die Menschen im allgemeinen wußten so gut wie nichts vom Lebensprozeß. Wie ich euch schon gesagt habe, gebaren sie sogar ungewollte Kinder. Und da sie auf diese absurde Art lebten, unnatürliche und schlecht zubereitete Nahrung zu sich nahmen und Infektionen aller Art unbehindert um sich greifen ließen, entartete bei vielen das Gewebe des Körpers und brachte absonderliche Auswüchse hervor. Manche Körperteile hörten auf, irgendeine nützliche Funktion auszuüben, und verwandelten sich in etwas wie eine schwammige Wucherung –"

„Der menschliche Körper glich also in gewissem Sinne den damaligen Gemeinwesen", meinte Beryll.

„Sehr richtig. Sie hatten Tumoren und Krebsgeschwüre im Körper, und Gottes schöner Erdboden hatte so sinnlose städtische Gebilde wie Cherry Gardens. Oh, alle jene Krankheiten! Die bloße Erinnerung daran ist schrecklich."

„Aber war man angesichts der fürchterlichen Gefahren, die jedermann bedrohten, nicht mit aller Kraft daran, physiologische Forschungen zu fördern?" fragte Salaha.

„Wußte man nicht", fügte Heliane hinzu, „daß alle die Entartungen, von denen du sprichst, vermieden werden können und heilbar sind?"

„Nicht im geringsten", erwiderte Sarnac. „Man kann ja nicht behaupten, daß die damaligen Menschen ihre scheußlichen Tumoren und Krebsgeschwüre gemocht hätten, aber sie waren in ihrer Gesamtheit zuwenig lebenskräftig, um ernstlich gegen ihr Elend anzukämpfen. Und schließlich hoffte jeder, er würde für seine Person der Gefahr entgehen – bis er ihr erlag. Es herrschte allgemeine Apathie. Und die Priester, Journalisten und so weiter, die Schöpfer der öffentlichen Meinung mit einem Wort, waren eifersüchtig auf die Männer der Wissenschaft, sie redeten dem Volke ein, daß die wissenschaftliche Forschung im Grunde zwecklos sei, sie taten, was sie konnten, um alle Neuentdeckungen in Mißkredit zu bringen, die Diener der Wissenschaft lächerlich zu machen und das Volk gegen sie aufzuhetzen."

„Das wundert mich am allermeisten", sagte Heliane.

„Ihre Denkungsart war eben eine ganz andere; sie wurden nicht wie wir zu einem umfassenden Denken herangebildet. Ihr Denken war zerfahren und zerstückelt. Die Gebrechen ihres Körpers waren nichts im Vergleich zu den krankhaften Auswüchsen ihres Geistes."

## 2

„Meine arme Tante konnte im Spital, bei dem ihr seit jeher eigenen Mangel an Rücksicht auf den Onkel, weder gesund werden noch sterben. Sie kostete ihn viel Geld und war ihm keinerlei Hilfe; sie machte sein Unglück noch größer. Nach einigen Tagen zog er, auf die dringenden Vorstellungen meiner Mutter hin, aus unserem Wohnzimmer in eine Zwei-Zimmer-Wohnung bei einem Maurer, der in einer benachbarten Straße ein Häuschen besaß. Er stopfte die beiden Räume mit seinen Möbeln aus Chessing Hanger voll, verbrachte aber den größten Teil seiner Zeit in unserem Laden und legte überhaupt eine zunehmende Vorliebe für meines Vaters Gesellschaft an den Tag.

Seine Bemühungen um Arbeit waren weniger erfolgreich, als er erwartet hatte. Seine kurzangebundene und herablassende Art gegen seine neuen Kunden, die Villenbesitzer von Cliffstone, übte keineswegs die erwünschte Wirkung aus. Er nannte ihre Blumenbeete ‚für zwei Pfennig buntes Allerlei' und verglich ihre Gärten mit einem Tischtuch oder einem Fensterblumenkasten; und anstatt diese derbe Offenheit zu schätzen, nahmen sie sie krumm. Sie hatten aber nicht den Mut, die Sache in einer ehrlichen Auseinandersetzung zu erledigen; sie zogen es vor, ihre Illusionen zu behalten und ihn nicht mehr zu beschäftigen. Überdies erweckte die Enttäuschung, die er mit Tante erlebte, eine gewisse Weiberfeindschaft in ihm, die sich darin äußerte, daß er von den Frauen seiner Arbeitgeber, wenn sie gelegentlich allein daheim waren, keinerlei Befehle annehmen wollte. Auch dieser Umstand schädigte seine Aussichten, da viele dieser Frauen Einfluß auf ihre Gatten ausübten. Infolgedessen hatte der gute Onkel tagelang nichts anderes zu tun, als in unserem Laden herumzustehen und meinem Vater Vorträge über die Minderwertigkeit der Cliffstoner Villenbesitzer zu halten, oder auch über die Gemeinheit des Mr. Petterton und jener ‚Schlange', und darüber, daß die spärlichen Kunden, die im Laden erschienen, wahrscheinlich nichts wert waren.

Trotz alledem war Onkel entschlossen, sich nicht ohne Kampf vom Schicksal besiegen zu lassen. Er dürfe nur ja den Mut nicht verlieren, sagte er, und sah sich deshalb, wie ich bald bemerkte, zu regelmäßigen Besuchen im Gasthof Wellington in der Nähe des Bahnhofes gezwungen. Von diesen Ausflügen kam er stets äußerst gesprächig zurück, er ähnelte dann Sir John Cuthbertson wieder weit mehr als vorher und verbreitete einen sehr ‚herzhaften' Duft, wenn er hustete oder tief atmete. Als im Laufe der folgenden Wochen Vaters geschäftliche Schwierigkeiten immer drükkender wurden, nahm auch er an diesen herzstärkenden Wirtshausbesuchen teil. Sie erweiterten seine philosophischen Ausblicke, ließen sie aber, wie mir vorkam, gleichzeitig immer verschwommener werden.

Onkel hatte ein wenig Geld in der Postsparkasse liegen, und nach wie vor entschlossen, sich nicht ohne Kampf in sein Schicksal zu ergeben, setzte er bei den Pferderennen von Byford Downs recht ansehnliche Beträge auf sogenannte ‚Favoriten'."

„‚Favorit' ist mir völlig unverständlich", sagte Beryll.

„Ein ‚Favorit' war ein Pferd, von dem man sicher annahm, daß es gewinnen würde; in Wirklichkeit gewann es dann meist doch nicht. Man sprach auch von ‚todsicheren Tips'. Ihr könnt euch gar nicht vorstellen, wieviel im ganzen Land von den Aussichten und der Qualität der Rennpferde geredet wurde. Dabei waren die Engländer nicht etwa ein nomadisches Volk, nur eine kleine Minderheit konnte wirklich reiten, aber bei den Rennen auf die Pferde setzen, das konnte jeder. Der König war die leitende Person dieses Pferderennspiels, ebenso wie er der oberste Herr der Armee war. Er erschien bei allen großen Rennen, als wollte er die Wetten seiner Untertanen segnen und ermuntern. Infolgedessen kam sich Onkel John Julip äußerst loyal und patriotisch vor, wenn er auf den Byford Downs seine Zeit und seine Ersparnisse vergeudete. Mein Vater ging gelegentlich auch mit, um seinerseits sein Glück zu versuchen. In der Regel verloren beide, schließlich verloren sie fast alles, was sie besaßen, aber das eine oder das andere Mal gelang ihnen ein Treffer, wie Onkel es nannte. Eines Tages setzten sie auf ein Pferd namens Rococo, obwohl dieses durchaus nicht als ‚Favorit' galt und sein Sieg unwahrscheinlich war; ein inneres Licht schien Onkel in diesem Falle geleitet zu haben, das Pferd kam als erstes an, und die beiden gewannen fünfunddreißig Pfund, eine für sie recht ansehnliche Summe. In gehobener Stimmung kehrten sie heim, ihre Freude wurde nur dadurch etwas beeinträchtigt, daß es ihnen sehr schwer fiel, den Namen des siegreichen Pferdes auszusprechen. Sie fingen das Wort richtig an, nach der ersten Silbe aber glich ihre Rede nicht so sehr vernünftiger Menschensprache, als vielmehr dem Gegacker einer Henne, die ein Ei gelegt hat. ‚Ro-cococo' oder ‚Ro-cocococo', stießen sie hervor, um mit einem Rülpsen zu enden. Einer versuchte dem anderen zu helfen, aber es kam nicht viel dabei heraus. Sie verbreiteten nur einen ungewöhnlich starken Geruch von Zigarren und Alkohol. So ‚herzhaft' hatten sie noch niemals gerochen. Mutter kochte ihnen Tee.

‚Tee!' sagte Onkel bedeutungsvoll. Er lehnte die Tasse, die sie vor ihn hinstellte, zwar nicht geradezu ab, schob sie aber ein wenig beiseite.

Einige Augenblicke schien es zweifelhaft, ob er nun etwas ganz Tiefsinniges sagen oder ob ihm ernstlich schlecht werden würde. Doch der Geist triumphierte über die Materie. ‚Ich wußte, daß es gewinnen würde, Martha', sagte er, ‚wußte es genau, so wie ich den Namen hörte. Roc –' Er stockte.

‚Cococo', gluckste Vater.

‚Cocococo – huk', fiel Onkel wieder ein. ‚Ich wußte, daß wir Glück haben würden. Manche Menschen, Smith, manche Menschen ha – haben dafür einen Instinkt. Mein Hemd hätte ich auf dieses Pferd gesetzt, Martha – aber . . . Mein Hemd hätte man nicht genommen.'

Plötzlich blickte er mich streng an. ‚Man hätte es nicht genommen, Harry', sagte er. ‚Man nimmt keine Hemden! Nein, das tut man nicht', schloß er und versank in Gedanken.

Dann schaute er wieder auf. ‚Der sechsunddreißigfache Gewinn', überlegte er. ‚Da hätten wir Hemden genug für unser ganzes Leben gehabt.'

Vater betrachtete die Sache von einem breiteren, philosophischen Standpunkt. ‚Vielleicht hätten wir gar nicht lang genug gelebt, um sie alle auszutragen', meinte er.

‚Besser so, wie es ist, John.‘

‚Und paßt einmal auf‘, fuhr Onkel fort, ‚jetzt ist der Anfang gemacht. Wenn ich einmal anfange, Glück zu haben, dann habe ich auch weiter Glück. Paßt nur auf. Dieser Roc –‘

‚Cococo.‘

‚Cocococo – oder wie immer er heißt, ist nur ein Anfang. Er ist wie der erste Sonnenstrahl eines herrlichen Tages.‘

‚Wenn dem so ist‘, meinte Mutter, ‚dann sollten wir alle etwas abbekommen, nicht?‘

‚Aber gewiß doch‘, sagte Onkel, ‚gewiß doch, Martha.‘ Und zu meinem Erstaunen reichte er mir ein Zehnshillingstück – man hatte damals Goldmünzen, und dies war eine solche. Dann gab er Prue ebenfalls ein Zehnshillingstück. Fanny bekam ein ganzes Pfund in Gold und Mutter eine Fünfpfundbanknote.

‚Halt ein!‘ sagte Vater warnend.

‚Laß mich doch, Smith‘, rief Onkel mit einer Gebärde fürstlicher Großzügigkeit. ‚Dein Anteil ist siebzehn Pfund zehn, weniger sechs Pfund zehn macht elf. Laß sehen. Eins und fünf macht sechs – sieben – acht – neun – zehn – elf – hier!‘

Vater nahm den Rest des Geldes mit verblüfftem Gesicht. Die Rechnung stimmte ihm nicht ganz. ‚Ja, ja‘, sagte er, aber –‘

Seine milden Augen hafteten an dem Zehnshillingstück, das ich noch immer in der Hand hielt. Ich steckte es ein, und sein Blick folgte meiner Hand, bis er die Tischkante erreichte und dort hängenblieb.

‚Ohne den Turfplatz, Smith, würde es kein solches Land auf der Welt geben wie England‘, sagte Onkel John und fügte bekräftigend hinzu: ‚Merkt euch das.‘

Vater nickte zustimmend.“

## 3

„Doch dieser Triumph war ziemlich der einzige Lichtpunkt auf dem Weg zum endgültigen Zusammenbruch. Kurze Zeit darauf entnahm ich einem Gespräch zwischen meinen Eltern, daß wir mit der Miete im Rückstand waren. Es war das eine vierteljährlich an den Bauspekulanten, dem unser Haus gehörte, zu leistende Zahlung. Euch kommt das alles sehr merkwürdig vor, aber so war es eben damals. Wenn wir die Miete nicht pünktlich bezahlten, hatte der Hausbesitzer das Recht, uns hinauszuwerfen."

„Ja, wohin aber?" fragte Iris.

„Jedenfalls aus dem Hause. Doch war es auch nicht gestattet, auf der Straße zu bleiben. Ich kann euch aber wirklich nicht all diese Einzelheiten erklären. Wir waren also, wie gesagt, mit der Miete im Rückstand, und es drohte uns eine Katastrophe. Da kam ein neuer Schlag: Meine Schwester Fanny lief von zu Hause fort.

In keiner anderen Hinsicht ist es mir so schwer, euch ein Bild jener Zeit zu übermitteln und euch verständlich zu machen, was ich selbst in jenem verflossenen Leben dachte und fühlte, wie in bezug auf sexuelle Dinge. Heutzutage ist das Sexualleben sehr einfach. Wir sitzen hier, Männer und Frauen, frei und ungezwungen beisammen. Wir sind dazu erzogen worden, nicht miteinander zu rivaliseren, unsere eifersüchtigen Triebe zu beherrschen, großmütig zu sein und die Jugend zu ehren; die Erziehungsmethoden waren so subtil, daß wir uns ihrer kaum bewußt sind. Liebe ist das Band und die Blüte unserer Freundschaft. Wir genießen sie, so wie wir unsere Nahrung genießen oder einen Feiertag. Das Wichtigste aber im Leben ist unsere schöpferische Arbeit. In jener dunklen, qualerfüllten Welt jedoch, in der mein Traumleben sich abspielte, war die Liebe in Gebote und Verbote eingezwängt, in Fesseln gelegt, die drückten und schmerzten. Zum Schluß werde ich euch erzählen, wie ich getötet wurde. Im Augenblick aber möchte ich euch das Abenteuer meiner Schwester Fanny verständlich machen.

Sogar in unserer heutigen Welt würde Fanny als ein besonders reizendes Mädchen gelten. Ihre Augen konnten so blau sein wie der Himmel, in der Erregung aber oder im Zorn so dunkel werden, daß man sie für schwarz hielt. Ihr Haar hatte immer einen strahlenden Glanz. Wenn sie lächelte, war man bereit, alles für sie zu tun, und ihr Lachen, auch wenn es ein wenig verächtlich war, machte die Welt rings um sie klar und rein. Dabei war sie ungebildet – ich kann euch kaum sagen, in welchem Maße.

Es war Fanny, die zum ersten Male das Gefühl in mir erweckte, daß Unbildung eine Schande sei. Unsere Schule und unsere Religionslehrer habe ich euch ja geschildert. Als ich neun oder zehn Jahre alt war und Fanny fünfzehn, begann sie mit mir zu schelten, daß meine Aussprache schlecht und häßlich sei.

‚Harry', sagte sie, ‚wenn du mich noch einmal Fenny nennst, dann paß auf, was dir geschieht. Ich heiße Fanny und du Harry, merk dir das. Was wir hier in Cherry Gardens sprechen, ist nicht Englisch, sondern ein Kauderwelsch.'

Irgend etwas hatte ihren Ehrgeiz geweckt. Vielleicht hatte sie jemandes Bekanntschaft gemacht, der besser sprach als sie, und hatte sich gedemütigt gefühlt. Möglicherweise hatte sich der oder die Betreffende über sie lustig gemacht. Irgendeine zufällige Bekanntschaft dürfte es gewesen sein, wahrscheinlich ein ungezogener Bengel aus den oberen Ständen auf der Promenade von Cliffstone. Und da hatte sie bei sich beschlossen, von nun an ein gutes Englisch zu lernen, und mit der ihr eigenen wilden Hartnäckigkeit zwang sie mich, ihr nachzueifern.

‚Ach, wenn ich nur Französisch könnte', sagte sie. ‚Da drüben liegt Frankreich, seine Leuchttürme winken uns herüber, und wir können nichts sagen als *Parley-vous Francys* und dazu grinsen, als ob es ein Witz wäre.' Sie brachte ein billiges Lehrbuch für den Selbstunterricht im Französischen nach Hause, doch gelang es ihr nicht, daraus etwas zu erlernen. Und sie las, las mit wilder Gier, um sich zu bilden; sie verschlang zahllose Romane, verschlang aber auch eine Menge anderer Bücher, über Sternkunde, über Physiologie (trotz des Scheltens meiner Mutter, die ein Buch mit Abbildungen der inneren Organe des Menschen unpassend fand) und über fremde Länder. Ihr Verlangen, daß ich lerne, war vielleicht noch heftiger als der Wunsch, ihr eigenes Wissen zu vervollkommnen.

Mit vierzehn Jahren verließ sie die Schule und begann selbst ihren Lebensunterhalt zu verdienen. Mutter hatte den Wunsch gehabt, daß sie ‚in den Dienst' gehe, dem aber hatte sie sich heftig widersetzt und, um der Ausführung dieses Planes zu entgehen, sich eine Stellung als Hilfsbuchhalterin in einem Fleischerladen in Cliffstone gefunden. Noch vor Ablauf eines Jahres führte sie die Bücher des Geschäftes selbständig, denn sie war klug und faßte schnell und leicht auf. Sie verdiente Geld genug, um mir Bücher und Zeichenmaterial zu kaufen und sich Kleider, die Mutter unanständig fand. Ihr dürft euch aber nicht vorstellen, daß sie nach den damaligen Begriffen ‚gut angezogen' war; sie experimentierte drauflos, und manchmal war ihr Aufzug auffallend und geschmacklos."

„Ich könnte euch stundenlang davon erzählen", sagte Sarnac, „was Kleider und das Geld, welche zu kaufen, für eine Frau jener alten Zeiten bedeuteten.

Ein großer Teil des Lebens meiner Schwester Fanny blieb mir verborgen; es wäre mir völlig verborgen geblieben, wenn ich nicht immer wieder die schamlosen Tiraden meiner Mutter hätte mitanhören müssen, die anscheinend gerne eine Zuhörerschaft hatte, wenn sie Fanny schalt. Jetzt erkenne ich, daß Mutter eifersüchtig auf Fannys blühende

Jugend war, damals aber entsetzten und verwirrten mich die häßlichen Anspielungen, die mir über die Ohren flogen. Fanny hatte eine aufreizende Art, auf Beschuldigungen nichts zu erwidern, oder statt eine Antwort zu geben, Mutters Aussprachefehler zu verbessern.

Hinter der äußerlich der Selbstverteidigung dienenden Grobheit kämpfte das arme Ding, unbelehrt und ungeleitet, mit dem ganzen Rätsel des Lebens, das mit einer Dringlichkeit vor ihr aufgetaucht war, die kein Mann jemals völlig erfassen kann. Nichts in ihrer Erziehung hatte in ihr die Liebe zu ehrlicher, nützlicher Arbeit geweckt; die Religion war für sie ein Zerrbild und eine Drohung; einzig und allein die Liebe war als etwas Echtes und Wirkliches in ihr Vorstellungsvermögen gedrungen. In all den Romanen, die sie las, war von Liebe die Rede, aber nur andeutungsweise und verstohlen, und die Ungeduld ihrer Phantasie und ihres Körpers stürzte sich sozusagen gerade auf diese dunklen Anspielungen. Liebe flüsterte ihr zu, aus dem Licht und der Schönheit der Dinge um sie herum, aus dem Mondschein und dem sanften Hauch des Frühlings. Fanny mußte wissen, daß sie schön war. Die Moral der damaligen Welt war aber nichts als Knebelung und Unterdrückung. Liebe galt als Schmach, als gefährliche Falle, als schmutziger Spaß. Ein Mädchen durfte darüber nicht reden, nicht denken, ehe nicht ein braver Mann – der Fleischer in Cliffstone war Witwer, und es sah so aus, als ob er in Fannys Fall der brave Mann zu werden gedächte – erschien und ihr zwar nicht von Liebe, aber von Ehe sprach. Und er durfte sie heiraten, durfte sie in sein Haus führen und durfte plump und blöde in krankhaft erregter Gier die Hüllen von ihrem lieblichen Körper reißen.“

„Sarnac“, rief Iris, „du bist scheußlich!“

„Nein“, erwiderte Sarnac. „Die Welt der Vergangenheit war scheußlich. Die meisten eurer weiblichen Ahnen mußten solches erleiden. Und das war erst der Anfang der Schrekken. Bald kam die Geburt und mit ihr eine Entweihung der Kinder. Denkt daran, welch zartes, kostbares, welch heiliges Gut ein Kind ist! Und damals wurden Unmengen von Kindern gezeugt, sie wurden auf abnorme Weise und widerwillig geboren und durch die Geburt in eine schmutzige, von Infektionen verseuchte, übervölkerte und verworrene Welt geworfen. Ein Kind auszutragen war nicht ein beglückender und gesunder Vorgang wie heute; in jener kranken Gesellschaft galt die Schwangerschaft als Krankheit und war für die Frau meist tatsächlich eine solche. Was ihr der Mann, ihr Gatte, sehr übel nahm. Fünf bis sechs Kinder in fünf bis sechs Jahren, und ein hübsches Mädchen war eine mürrische, abgehärmte, aller Lebenslust und aller Schönheit beraubte Frau geworden. Meine arme, ewig schimpfende, mißmutige Mutter war keine fünfzig Jahre alt, als sie starb. Die Kleinen, die solch eine bedauernswerte Frau in die Welt setzen mußte, mußte sie zu schlecht gekleideten, unterernährten und schlecht erzogenen Kindern heranwachsen sehen. Bedenkt nur, was hinter den Schlägen und den Schelten, die unsere Mutter an uns austeilte, verborgen war: der verzweifelte Kummer geschändeter Liebe! Unsere heutige Welt weiß nichts mehr von der haßerfüllten Bitterkeit enttäuschter Mutterschaft. Solcher Art also waren die Aussichten, die ein moralischer Lebenswandel meiner Schwester Fanny bot; die Umkehrung des Sirenensangs in ihrer Phantasie.

Sie wollte nicht glauben, daß Leben und Liebe ihr nichts Besseres zu bieten vermochten. Sie experimentierte mit der Liebe und mit sich selbst. Sie war ‚ein freches, schlechtes Mädchen', wie unsere Mutter sagte. Sie begann mit verstohlenen Küssen und Umarmungen im Dämmerlicht; Schulkameraden, Lehrlinge und Laufburschen dürften ihre ersten Freunde gewesen sein. Bald mischte sich etwas Häßliches in diese zwielichtigen Abenteuer und ließ sie davor zurückschrecken. Jedenfalls wurde sie gegen die jungen Leute in Cherry Gardens spröde und ablehnend, hauptsächlich deswegen, weil sie sich von den Musikkapellen, den Lichtern und dem Reichtum Cliffstones angezogen fühlte. Das war zu der Zeit, als sie zu lesen und ihre Aussprache zu verbessern begann. Ihr habt ja wohl von den damaligen Gesellschaftsschichten gehört. Fanny wollte eine Dame werden und einem Gentleman begegnen. Sie bildete sich ein, daß ein solcher unbedingt vornehm, großmütig, klug und anziehend sein müsse, und hielt die jungen Leute, die sie auf der Strandpromenade von Cliffstone sah, allesamt für Gentlemen. Und sie begann sich in der Weise zu kleiden, die ich euch geschildert habe."

„In allen Städten Europas", fuhr Sarnac fort, „kehrten junge Mädchen gleich Fanny ihrem unerträglichen Heim den Rücken, getrieben von einer Art verzweifelter Hoffnung.

Wenn man von dem Moralkodex der alten Welt hört, ist man geneigt zu denken, daß seine Vorschriften allgemein anerkannt und eingehalten worden seien, genauso, wie man meint, daß jedermann an eine der damals bestehenden Religionen geglaubt habe. Wir besitzen heutzutage kaum einen Moralkodex, wohl aber wird uns eine moralische Erziehung zuteil; unsere Religion übt keinerlei Zwang auf unsern Verstand oder unsere Triebe aus; und deshalb fällt es uns außerordentlich schwer, uns all die Winkelzüge und Ausflüchte, den ganzen Trotz, die Heimlichkeiten und die sittliche Minderwertigkeit einer Welt vorzustellen, in der in Wahrheit niemand, nicht einmal der Priester, die religiösen Glaubenssätze verstand und daran glaubte und niemand von der Zweckmäßigkeit und Gerechtigkeit der Moralgesetze ernstlich überzeugt war. In sexueller Hinsicht war fast jeder der damaligen Menschen gereizt, unzufrieden oder unehrlich; die von der Moral gebotenen Einschränkungen hielten die Menge nicht in Zaum, sondern stachelten sie zum Widerstand auf. Es ist schwer, sich all das vorzustellen."

„Wenn man Werke der alten Literatur liest, kann man es sich wohl vorstellen", meinte Heliane. „Die Romane und Schauspiele jener Zeit haben alle einen pathologischen Zug."

„Da habt ihr also meine hübsche Schwester Fanny. Von Impulsen getrieben, die sie nicht verstand, flatterte sie gleich einer Motte aus unserem dumpfen Heim in Cherry Gardens dem Licht zu, dem für sie wunderbaren und hoffnungsvollen Licht, das die Strandpromenade von Cliffstone erhellte. In den Pensionen, Gasthöfen und Hotels dort wohnten Leute, die, beschränkt und armselig in ihren Alltagsverhältnissen, hierhergekommen waren, um sich ein paar gute Tage zu machen, einige vergnügte Stunden zu verbringen oder vielleicht sogar ein prickelndes Abenteuer zu erleben. Frauen gab es da, die ihrer Ehemänner überdrüssig waren, und Ehemänner, die längst keine Liebe mehr für ihre Gattinnen empfanden; Eheleute, die getrennt voneinander lebten, sich aber nicht scheiden lassen konnten; und junge Männer, die nicht heiraten konnten, weil sie nicht imstande gewesen wären, eine Familie zu erhalten. Die gequälten Herzen all dieser Menchen waren erfüllt von Schlechtigkeit, von aufrührerischen Gefühlen und unterdrückten Wünschen und von Eifersucht und Gehässigkeit. Und durch diese Menge schwirrte sehnsüchtig erregt, herausfordernd und wehrlos meine hübsche Schwester Fanny."

## 4

„Am Abend vor Fannys Flucht saßen Vater und Onkel in der Küche am Feuer und sprachen über Politik und die Schwierigkeiten des Lebens. Sie hatten sich beide tagsüber in resoluter Stimmung befunden, was ihren Reden einen selbstzufriedenen Ton gab; viel Sinn hatte das Gespräch nicht, auch wiederholten sie immerfort dasselbe. Ihre Stimmen klangen heiser, sie dehnten die Wörter und sprachen laut und mit Nachdruck, als ob sie auf irgendwelche unsichtbaren Zuhörer hätten Eindruck machen wollen. Oft sprachen sie beide gleichzeitig. Die Mutter wusch Geschirr ab, und ich saß am Tisch bei der Lampe und versuchte meine Hausaufgabe zu machen, soweit es mir die Ablenkung durch das Gespräch, insbesondere durch die gelegentliche Aufforderung, mir dies oder jenes nur ja gut zu merken, erlaubte. Prue las ein Buch, das sie zwar längst kannte, aber besonders gern hatte. Fanny hatte erst Mutter geholfen. Als sie jedoch hören mußte, daß sie mehr störe als helfe, kam sie zu mir herüber und sah sich über meine Schulter hinweg die Aufgabe an, die ich machte.

,Was den Handel ruiniert und das ganze Land zugrunde richtet', sagte Onkel, , das sind die Streiks. Diese Streiks sind einfach der Ruin – der Ruin für das Land.'

,Ja, ja, das ist klar', meinte Vater. ,Wenn alle Arbeit eingestellt wird.'

,Es sollte verboten sein. Die Kumpel werden doch bezahlt, und gut bezahlt. Wirklich gut. Ich wär froh, wenn ich soviel hätte wie sie, sehr froh. So ein Bergarbeiter kann sich einen Hund halten und ein Klavier auch. Und trinkt Champagner. Ich und du, Smith, und der Mittelstand überhaupt, wir können uns kein Klavier kaufen. Und Champagner können wir auch keinen trinken. Nicht daran zu denken . . .'

,Es sollte eine Mittelstandsorganisation geben', sagte Vater. ,Dann würden die Arbeiter wissen, wo sie hingehören. Die stören ja das ganze Land, stören den Handel vor allem. Es ist schrecklich! Da kommen mir die Leute in den Laden, gucken sich an, was ich da hab, und fragen, was kostet dies und was kostet das. Und überlegen sich's dreimal, bis sie sechs Pence ausgeben . . . Und die Kohlen, die man verkaufen soll! Ich sag den Leuten immer wieder, wenn der neue Streik ausbricht, dann kriegt ihr überhaupt keine Kohlen mehr zu sehen, weder gute noch schlechte. Ganz offen sag ich's . . .'

‚Du arbeitest ja gar nicht, Harry', sagte Fanny, ohne die Stimme zu senken. ‚Es ist auch wohl nicht möglich, bei dem Gerede zu arbeiten. Komm, wir wollen spazierengehen.'

Ich blickte sie an und erhob mich sofort. Es kam nicht oft vor, daß Fanny mich zu einem Spaziergang aufforderte. Ich packte meine Bücher weg.

‚Ich geh ein bißchen Luft schnappen, Mutter', sagte Fanny, als sie ihren Hut vom Haken nahm.

‚Untersteh dich, jetzt um diese Zeit', schrie Mutter. ‚Hab ich dir das nicht ein für allemal gesagt?'

‚Harry geht mit mir, Mutter, und paßt auf, daß keiner mich entführt und zugrunde richtet . . . Du hast es mir wirklich ein für allemal gesagt, und zwar oft genug.'

Mutter erhob keinen weiteren Einwand, doch warf sie Fanny einen haßerfüllten Blick zu.

Wir gingen die Treppe hinauf und auf die Straße hinaus.

Eine Zeitlang sprachen wir nichts, doch hatte ich das Gefühl, daß Fanny mir etwas Besonderes zu sagen beabsichtigte.

Und bald begann sie auch wirklich zu sprechen. ‚Ich hab all das satt. Was soll aus uns werden? Vater und Onkel haben den ganzen Tag getrunken. Jetzt sind sie beide beschwipst. Beide. Das geht jetzt so jeden Tag. Und alles wird von Tag zu Tag schlimmer. Onkel hat seit mehr als einer Woche keine Arbeit. Und Vater ist unentwegt mit ihm zusammen. Der Laden ist in einem greulichen Zustand. Seit Tagen ist da nicht ausgekehrt worden.'

‚Onkel scheint allen Mut verloren zu haben', sagte ich, ‚seit er gehört hat, daß Tante Adelaide noch einmal operiert werden muß.'

‚Mut verloren! Er hat nie Mut gehabt!' Fanny wollte noch etwas sagen, unterdrückte es aber. ‚Was für ein Leben ist das zu Haus!' rief sie nach einer Weile.

Dann schwieg sie einige Augenblicke. ‚Harry', hob sie schließlich wieder an, ‚ich mach da nicht mehr lang mit.'

Ich fragte, was sie mit diesen Worten meine.

‚Ach, frag mich nicht. Ich hab eine Stellung in Aussicht. Ich will ein neues Leben beginnen ... Harry, du – du hast mich gern, nicht wahr?'

Es ist für einen dreizehnjährigen Jungen schwer, seine Gefühle in Worte zu kleiden. ‚Ich würde für dich immer alles tun, was ich nur kann, Fanny', sagte ich nach einer längeren Pause. ‚Das weißt du doch.'

‚Und du wirst mich nicht versetzen?'

‚Aber, Fanny, wofür hältst du mich?'

‚Niemals?'

‚Niemals!'

‚Ja, ich weiß, du wirst es nicht tun', sagte sie. ‚Du bist der einzige, nach dem mir bang sein wird. Denn dich hab ich lieb, Harry, ja, wirklich. Ich hab auch Mutter einmal gern gehabt. Aber das ist nun vorbei. Sie hat so viel gezankt, mich immer wieder angeschrien. Nein, ich hab sie gar nicht mehr lieb. Ich kann nichts dafür, es ist so. An dich werde ich denken, Harry – oft.'

Ich merkte, daß sie weinte. Doch als ich sie schließlich wieder anzusehen wagte, hatte sie die Tränen bereits getrocknet.

‚Hör einmal, Harry', sagte sie, ‚würdest du etwas für mich tun – nichts besonders Großes – ja? Und niemandem etwas davon sagen? Ich meine, auch hinterher nicht.'

‚Alles, was du willst, Fanny.'

‚Es ist wirklich nichts Besonderes. Du weißt doch, oben in meinem Zimmer steht der kleine alte Handkoffer. Ich hab da einiges hineingetan, und dann ist da auch noch ein kleines Bündel. Ich hab beides unter dem Kopfende des Bettes versteckt, wo nicht einmal Prue herumschnüffeln wird. Und morgen – wenn Vater wie gewöhnlich mit Onkel weggegangen ist und Mutter unten in der Küche das Essen zurechtmacht und Prue ihr dabei hilft, das heißt, hinter ihrem Rücken nascht –, könntest du dann den Koffer und das Bündel nach Cliffstone bringen? Zu Crosby, an die Hintertür, weißt du . . . Die Sachen sind nicht sehr schwer.'

‚Und wenn sie auch schwer wären, Fanny, ich würde sie gern meilenweit tragen, um dir einen Gefallen zu tun. Aber sag doch, wo ist denn deine neue Stelle? Und warum sagst du zu Hause nichts davon?'

‚Wenn ich dich nun um etwas Schwereres bitten würde, Harry, als einen Koffer zu tragen?'

‚So werde ich es auch tun, Fanny, wenn ich kann; das weißt du doch.'

‚Dann bitte ich dich, frag mich nicht weiter, wohin ich gehe und was ich anfangen will. Es ist – es ist eine gute Stelle, Harry. Keine schwere Arbeit.'

Sie hielt inne. Das gelbliche Licht einer Straßenlaterne fiel auf ihr Gesicht, und ich war erstaunt zu sehen, daß es vor Glück strahlte. Und doch standen ihr Tränen in den Augen. Was war das für ein Mädchen, das in wenigen Augenblicken von Weinen zu glückseliger Ekstase wechselte!

‚Oh, ich wollte, ich könnte dir alles sagen, Harry', fuhr sie fort, ‚alles, alles. Mach dir keine Sorgen um mich, Harry, und um mein Schicksal. Hilf mir. Nach einiger Zeit werd ich dir schreiben. Ganz bestimmt.'

‚Sag doch, willst du von zu Hause fortlaufen und heiraten?' entfuhr es mir plötzlich. ‚Das würde dir ähnlich sehen.'

‚Ich sag weder ja noch nein, Harry, ich sag gar nichts. Ich bin so glücklich, Harry! Ich könnte tanzen und singen.

Ach, wenn es mir nur gelingt, fortzukommen.‘

‚Du – Fanny . . .‘

Sie blieb stehen. ‚Willst du dein Versprechen zurückziehen, Harry?‘

‚Nein. Was ich versprochen hab, das tu ich, aber –‘ Ich zögerte, moralische Zweifel plagten mich. ‚Du willst doch nicht etwas Unrechtes tun, Fanny?‘

Sie schüttelte den Kopf und sagte eine Weile nichts. Dann erschien der freudige Ausdruck wieder in ihrem Gesicht.

‚Ich will etwas Richtigeres und Besseres tun als je zuvor, Harry. Wenn es mir nur gelingt. Oh, es ist lieb von dir, wenn du mir hilfst, sehr lieb.‘

Plötzlich schlang sie die Arme um mich und küßte mich, dann schob sie mich wieder weg und tanzte einige Schritte. ‚Ich hab heut die ganze Welt lieb‘, sagte sie, ‚die ganze Welt. Du dummes, altes Cherry Gardens! Du dachtest, du hättest mich fest, dachtest, ich würde nie von dir loskommen!‘

Sie begann eine Art Triumphgesang: ‚Morgen bin ich den letzten Tag bei Crosby, den allerletzten Tag für immer und ewig. Amen. Nie mehr wird der Kerl mir in die Nähe kommen, nie mehr werde ich seinen Atem im Nacken spüren, nie mehr wird er mir seine fette Hand auf den Arm legen und sein Gesicht dicht an meines halten, wenn er in mein Kassabuch hineinschaut. Wenn ich erst in – ach, einerlei, Harry, wo ich dann sein werde. Ich will ihm dann eine Postkarte schicken. Leben Sie wohl, Mr. Crosby, leben Sie wohl, l i e b e r Mr. Crosby. Für immer und ewig. Amen!‘ Sie fuhr mit veränderter Stimme, Crosbys Redeweise nachahmend, fort: ‚Sie sind ein Mädchen, meine Liebe, das jung heiraten und einen gesetzten, älteren Gatten haben sollte. Hm, was meinen Sie zu mir? Wer hat Ihnen denn erlaubt, mich lieber, lieber Mr. Crosby zu nennen? Fünfundzwanzig Shilling die Woche und eine sehr freundliche Behandlung, und Sie nennen mich überdies l i e b e r Mr. Crosby ...' Ach, Harry, ich bin ganz wild heut abend, ich könnte lachen und schreien, und doch möchte ich auch weinen, Harry, weil ich dich verlasse. Dich und die anderen. Obgleich ich gar nicht verstehe, wieso mir das nicht völlig gleichgültig ist. Armer, beschwipster alter Vater! Arme, dumme, ewig keifende Mutter! Vielleicht kann ich ihnen eines Tages helfen, wenn es mir jetzt gelingt, fortzukommen. Und du, Harry, du mußt lernen und zusehen, daß du dich bildest. Lernen, Harry, lernen. Lern du, soviel du kannst, und trachte, aus Cherry Gardens herauszukommen. Und daß du mir niemals trinkst! Laß keinen Tropfen Alkohol über deine Lippen kommen! Und rauch auch nicht, das Rauchen hat ja gar keinen Sinn. Halt etwas auf dich, dann wirst du es leichter haben, glaub mir. Arbeite und lies, Harry. Und lern Französisch – wenn ich dann zurückkomme, können wir miteinander französisch reden.'

,Wirst du Französisch lernen? Gehst du denn nach Frankreich?'

,Noch weiter weg als Frankreich. Aber kein Wort darüber, Harry, hörst du? Ach, ich wollte, ich könnte dir alles sagen. Ich kann aber nicht. Ich darf nicht. Ich hab's versprochen. Ich muß Wort halten. Das ist das Wichtigste auf der Welt: jemanden liebhaben und Wort halten. Oh, hätte mich Mutter doch heut abend beim Geschirrabwaschen helfen lassen, heut, den letzten Abend, den ich zu Hause war. Sie haßt mich. Und sie wird mich noch mehr hassen ... Ob ich heute die ganze Nacht wach liegen oder mich doch in den Schlaf weinen werde? Komm, Harry, wir wollen bis zum Güterbahnhof um die Wette laufen und dann heimgehen.' "

## 5

„Am nächsten Abend kam Fanny nicht nach Hause. Als eine Stunde nach der anderen verging und die Aufregung der Familie immer heftiger wurde, begann mir die Größe des Unheils, das über uns hereingebrochen war, erst richtig klarzuwerden."

Sarnac machte eine Pause und lächelte. „Niemals noch hat es einen derartig im Gedächtnis haftenden Traum gegeben. Ich bin immer noch zur Hälfte ich selbst und zur anderen Harry Mortimer Smith. Nicht nur in der Erinnerung, sondern auch dem Gefühl nach bin ich immer noch zur Hälfte jener barbarische junge Engländer aus dem Zeitalter der Verwirrung, und trotzdem betrachte ich meine Geschichte von unserm heutigen Standpunkt aus und erzähle sie mit Sarnacs Stimme. Hier, im hellen Sonnenschein . . . War es wirklich ein Traum? . . . Ich glaube nicht, daß ich euch einen Traum erzähle."

„Es klingt durchaus nicht wie ein Traum", sagte Salaha. „Es ist eine Geschichte – eine wirkliche Geschichte. Kann es denn ein Traum gewesen sein?"

Heliane schüttelte den Kopf. „Fahr fort", sagte sie zu Sarnac. „Ob es nun ein Traum war oder nicht, erzähle weiter, erzähle uns, was deine Familie tat, als Fanny nicht heimkam."

„Ihr müßt bedenken, daß jene armen Menschen von Hemmungen bedrückt wurden, die wir heute kaum begreifen können. Ihr denkt, daß sie über Liebe, Sexualität und Pflicht andere Ansichten hatten als wir. Wir lernen in der Schule, daß damals andere Ansichten herrschten. Das ist aber nicht richtig; in Wirklichkeit hatten die damaligen Menschen überhaupt keine klaren, wohldurchdachten Ansichten über derlei Dinge. Anstelle wirklicher Ansichten gab es für sie nur Furcht, Verbote und Unwissenheit. Liebe und Geschlechtsleben glichen dem verzauberten Wald im

Märchen. Es war verboten, ihn zu betreten. Und Fanny hatte ihn betreten, hatte sich hineingewagt – keiner von uns wußte, wie weit.

So schlug an jenem Abend die anfängliche Beunruhigung in eine Art moralischer Panik der ganzen Familie um. Es schien geradezu geboten, daß sämtliche Familienmitglieder jede Vernunft und alle Selbstbeherrschung verloren. Meine Mutter begann um halb zehn unruhig zu werden. ‚Ich hab's ihr ein für allemal gesagt', murmelte sie halb für sich, halb an mich gewendet, ‚das muß aufhören.' Sie begann mich auszufragen, wo Fanny sein könne, ob sie vielleicht gesagt habe, sie werde an den Strand gehen? Ich sagte, ich wisse nichts. Mutter wurde immer aufgeregter. Selbst wenn Fanny an den Strand gegangen sei, müsse sie doch um zehn nach Hause kommen. Ich wurde nicht zur gewohnten Stunde schlafen geschickt und war daher noch auf, als Vater nach Wirtshaussperre heimkam. Onkel begleitete ihn, ich erinnere mich nicht mehr, aus welchem Grunde; er kam übrigens öfter des Abends nach dem üblichen Wirtshausbesuch mit Vater zu uns, anstatt direkt nach Hause zu gehen. Beide zeigten eine trübselige Miene, und die Mitteilung, die Mutter mit blassem Gesicht hervorbrachte, war nicht danach angetan, sie aufzuheitern.

‚Mortimer', sagte Mutter, ‚deine Tochter nimmt sich zuviel heraus. Es ist halb elf, und sie ist noch nicht zu Hause.'

‚Hab ich ihr nicht unzählige Male gesagt, daß sie um neun zu Hause zu sein hat?' fragte Vater.

‚Wahrscheinlich hast du es doch nicht oft genug gesagt', meinte Mutter, ‚und jetzt haben wir's!'

‚Ich hab es ihr unzählige Male gesagt', wiederholte Vater. ‚Unzählige Male!' Während der nun folgenden Diskussion stieß er diesen Satz immer wieder hervor. Später bekam seine Rede einen anderen Kehrreim.

Der Onkel sagte zuerst nicht viel. Er stellte sich vor den Kamin, auf den von Vater angefertigten Teppich, und stand dort etwas schwankend, hielt sich von Zeit zu Zeit die Hand vor den Mund, um ein Aufstoßen zu verbergen, und betrachtete mit gerunzelter Stirn die Gesichter der Sprechenden. Schließlich gab er sein Urteil ab. ‚Es ist dem Mädel etwas geschehen', sagte er. ‚Verlaßt euch darauf.'

Prue neigte zu grausigen Vorstellungen. ‚Sie kann irgendeinen Unfall gehabt haben', meinte sie, ‚vielleicht hat einer sie niedergeschlagen.'

‚Ich habe es ihr unzählige Male gesagt', wiederholte Vater.

‚Es ist ihr etwas zugestoßen', sagte der Onkel nochmals. ‚Ja . . . alles ist möglich.' Und er wiederholte die letzte Feststellung lauter: ‚Alles ist möglich.'

‚Es ist Zeit, daß du zu Bett gehst, Prue', sagte Mutter, ‚höchste Zeit. Du auch, Harry.'

Prue erhob sich mit ungewöhnlicher Bereitwilligkeit und ging aus dem Zimmer. Offenbar war ihr der Gedanke gekommen, nachzusehen, ob Fannys Sachen da waren. Ich zögerte.

‚Vielleicht hat sie einen Unfall gehabt, vielleicht auch nicht', sagte Mutter düster. ‚Es gibt schlimmere Dinge als Unfälle.'

‚Was meinst du damit, Martha?' fragte der Onkel.

‚Egal, was ich meine. Das Mädel macht mir seit langem Sorge. Es gibt Schlimmeres als einen Unfall.'

Ich horchte entsetzt auf. ‚Mach, daß du zu Bett kommst, Harry', sagte Mutter.

‚Was ihr zu tun habt', sagte Onkel, der auf den Zehenspitzen wippte, ‚ist einfach, an die Spitäler telephonieren und an die Polizei telephonieren. Der alte Crow im Wellington wird noch nicht zu Bett gegangen sein. Er hat ein Telephon. Wir sind gute Kunden. Er wird schon telephonieren. Glaubt mir, es ist ein Unfall.'

Prue erschien wieder oben an der Treppe.

‚Mutter!' rief sie in lautem Flüsterton.

‚Schau, daß du zu Bett kommst', sagte Mutter. ‚Muß ich mich mit dir auch noch ärgern?'

‚Mutter', wiederholte Prue, ‚du kennst doch Fannys alten kleinen Handkoffer?'

Alle Anwesenden wurden sich einer neuen Tatsache bewußt.

‚Er ist weg', sagte Prue, ‚und ihre beiden guten Hüte, ihre ganze Wäsche und ihre Kleider auch.'

‚Sie hat ihre Sachen fortgebracht!' sagte Vater.

‚Und ist selber fort!' fügte Mutter hinzu.

‚Ich hab es ihr unzählige Male gesagt', ertönte Vaters Stimme wieder.

‚Sie ist durchgebrannt!' rief Mutter in fast kreischendem Ton. ‚Sie hat Schmach und Schande über uns gebracht! Sie ist durchgebrannt!'

‚Irgendwer hat sie entführt', sagte Vater.

Mutter ließ sich auf einen Stuhl fallen. ‚Nach allem, was ich für sie getan habe!' rief sie unter Tränen. ‚Und dabei will ein anständiger Mann sie heiraten! All die Mühe und all die Opfer und Sorgen und Warnungen, und sie bringt Schmach und Schande über uns! Sie ist durchgebrannt! Oh, daß ich diesen Tag hab erleben müssen! Fanny!'

Sie sprang wieder auf und ging, um mit eigenen Augen zu sehen, ob Prues Bericht wahr sei. Ich machte mich sowenig als möglich bemerkbar, denn ich hatte Angst, irgendeine zufällige Frage könne meinen Anteil an der Familientragödie enthüllen. Zu Bett gehen wollte ich jedoch nicht; ich wollte wissen, was weiter geschehen würde.

‚Soll ich auf dem Heimweg zur Polizei gehen?' fragte Onkel.

‚Was soll die Polizei nützen?' sagte Vater. ‚Wenn ich den Schurken zu fassen kriegte, dann wäre ich Polizei genug für ihn! Bringt Schande über mich und die Meinen! Die P o l i z e i ! Fanny, meine kleine Fanny, er hat ihr den Kopf verdreht, sie auf Abwege gebracht und sie entführt! . . . Aber was rede ich denn . . . du hast recht, John. Geh du nur zur Polizei, es ist ja kein Umweg. Und sag dort, ich werde keinen Stein auf dem andern lassen, bis ich sie nicht wieder hier habe.‘

Mutter kam zurück, mit noch blasserem Gesicht als zuvor. ‚Es stimmt‘, sagte sie. ‚Sie ist weg, wir stehen hier mit Schmach und Schande bedeckt, und sie ist fort.‘

‚Mit wem?‘ fragte Vater. ‚Darum handelt es sich, mit wem? Harry, hast du jemals irgendwen mit deiner Schwester zusammen gesehen? Oder ihr nachlaufen gesehen? Irgendeinen verdächtig aussehenden, stutzerhaft gekleideten Kerl? Sag?‘

Ich verneinte die Frage.

Prue aber berichtete voll Eifer, daß sie vor etwa einer Woche Fanny mit einem Mann gesehen habe. Die beiden seien von Cliffstone hergekommen und hätten miteinander geredet. Sie hätten sie nicht gesehen, denn sie seien nur miteinander beschäftigt gewesen. Ihre Beschreibung des Mannes war sehr unbestimmt und betraf hauptsächlich seine Kleidung; er habe einen blauen Sergeanzug getragen und einen grauen Filzhut und habe wie ein Herr ausgesehen. Er sei bestimmt viel älter als Fanny. Ob er einen Schnurrbart habe oder nicht, wisse sie nicht mehr.

Mein Vater unterbrach Prues Bericht durch einen furchtbaren Spruch, den ich ihn während der folgenden Woche immer wieder hervorstoßen hören sollte. ‚Lieber hätte ich sie tot vor mir liegen gesehen, als daß ich dies erleben muß‘, sagte er, ‚viel lieber hätte ich sie tot vor mir liegen gesehen!‘

‚Armes Mädel!‘ sagte Onkel. ‚Die Zukunft wird ihr eine bittere Lehre erteilen. Eine b i t t e r e Lehre! Armes Kind! Arme kleine Fanny!‘

‚Ach was, arme Fanny!‘ schrie Mutter gehässig, die anscheinend die ganze Geschichte von einer ganz anderen

Seite betrachtete. ‚Da läuft sie nun mit ihrem feinen Herrn herum; Flitterkram ohne Ende wird sie haben, Diners und Wein und Blumen und Kleider und alles, was sie nur wünscht! Er wird sie spazierenführen und ihr alles mögliche zeigen! Und wird mit ihr ins Theater gehen. Oh, es ist niederträchtig! Und wir sitzen hier in Schmach und Schande, und wenn uns die Nachbarn fragen, wissen wir nicht, was wir sagen sollen! Wie kann ich jemals wieder jemandem offen ins Gesicht sehen? Wie kann ich Mr. Crosby ins Gesicht sehen? Der Mann war bereit, vor ihr niederzuknien und sie anzubeten, so dick er ist. Er hätte ihr jeden Wunsch von den Augen abgelesen – jeden vernünftigen Wunsch. Was er eigentlich an ihr gefunden hat, habe ich niemals recht begriffen. Aber er war ganz vernarrt in sie, und nun muß ich ihm bekennen, daß alles, was ich ihm gesagt hab, falsch war. Immer wieder habe ich ihm gesagt – warten Sie, warten Sie nur eine kleine Weile, Mr. Crosby. Und diese Schlampe, dieses schlaue, hochnäsige und hinterhältige Frauenzimmer, läuft von zu Hause fort!‘

Vaters Stimme unterbrach dröhnend das Gekreisch der Mutter: ‚Lieber hätte ich sie tot vor mir liegen gesehen, als daß ich dies erleben muß!‘

Ich konnte nicht umhin, ein Wort zu Fannys Verteidigung zu sagen. Und trotz meiner dreizehn Jahre weinte ich dabei. ‚Wieso wißt ihr denn‘, stammelte ich, ‚daß Fanny nicht heiraten wird?‘

‚Heiraten!‘ rief Mutter. ‚Wozu sollte sie denn von daheim fortlaufen, wenn sie heiraten will! Wenn er daran denkt, sie zu heiraten, warum bringt sie ihn dann nicht zu uns und stellt ihn uns vor, wie es sich gehört? Sind ihr vielleicht ihre eigenen Eltern und ihr Heim nicht gut genug, daß sie weglaufen und anderswo Hochzeit machen muß? Hier hätte sie in der St.-Jude-Kirche eine schöne und ehrbare Hochzeit haben können, Vater und Onkel und wir alle mit dabei, und Blumen und Wagen, und alles wunderschön. Ich wollte, ich könnte hoffen, daß sie heiraten wird! Ich wollte, sie hätte irgendwelche Aussichten darauf!'

Onkel schüttelte bekräftigend den Kopf.

‚Lieber hätte ich sie tot vor mir liegen gesehen', erdröhnte Vaters Stimme aufs neue, ‚als daß ich dies erleben muß!'

‚Gestern abend betete sie', sagte Prue.

‚Ja, hat sie denn nicht immer gebetet?' fragte Onkel entrüstet.

‚Nicht auf den Knien', erklärte Prue. ‚Gestern abend kniete sie eine ganze lange Weile. Sie glaubte, ich schlafe, ich beobachtete sie aber.'

‚Schlimm, schlimm', sagte Onkel. ‚Diese Beterei gefällt mir nicht. Sie bedeutet nichts Gutes, nein, nein.'

Plötzlich und ungestüm befahl man Prue und mir, sofort schlafen zu gehen.

Die Stimmen der drei erklangen noch lange weiter; sie gingen in den Laden hinauf und standen offenbar an der Eingangstür, während Onkel sich mehrmals verabschiedete, aber immer wieder weitersprach; doch was gesagt wurde, konnte ich nicht verstehen. Plötzlich erfaßte mich ein tröstender Gedanke, ohne Zweifel von Prues Bericht inspiriert. Ich kroch aus dem Bett, kniete nieder und sprach: ‚Lieber Gott, sei gut zu meiner Fanny! Lieber Gott, sei nicht streng mit Fanny! Ich bin überzeugt, sie hat die Absicht, zu heiraten. Amen.' Nachdem ich dieserart sozusagen an die Ehre der Vorsehung appelliert hatte, fühlte ich mich weniger verstört, legte mich wieder zu Bett und schlief ein."

Sarnac machte eine Pause.

„All das ist recht verwirrend", sagte Salaha.

„Damals schien es selbstverständlich", erwiderte Sarnac.

„Jener Fleischer war offenbar ein widerlicher Kerl", meinte Iris. „Wieso waren die Eltern mit seinen Werbungen einverstanden?"

„Weil die gesetzliche Ehe damals so ungeheuer wichtig genommen wurde, daß vor ihr alles andere verblaßte. Ich kannte Crosby recht gut; er war ein durchtriebener Kerl, voll falscher Freundlichkeit, und hatte eine Glatze, dicke, rote Ohren, ein rotes Gesicht und einen Schmerbauch. Seinesgleichen gibt es heute nicht mehr; nur eine ganz groteske Karikatur aus den alten Zeiten könnte euch eine Vorstellung davon geben, wie er aussah. Wir würden heute ein Mädchen eher mit einem plumpen Tier verkuppeln, glaube ich, als mit solch einem Mann. Meine Eltern aber nahmen keinen Anstoß an seiner Widerwärtigkeit. Ich fürchte, meiner Mutter bereitete der Gedanke an eine körperliche Erniedrigung Fannys sogar etwa wie Genugtuung. Sie hatte ohne Zweifel selbst Erniedrigungen solcher Art erfahren – denn das Geschlechtsleben jener verflossenen Zeit war ein Knäuel plumper Unwissenheit und verborgener Schande. Abgesehen von der Feindseligkeit meiner Mutter gegen Fanny, kam in der ganzen greulichen Szene jenes Abends kaum irgendein natürliches Gefühl zum Vorschein, von irgendwelchen vernünftigen Gedanken gar nicht zu reden. Männer und Frauen waren damals unendlich komplizierter und gekünstelter als heutzutage; die verworrene Mannigfaltigkeit ihres Innenlebens war erstaunlich. Ihr wißt, daß Affen, selbst wenn sie noch jung sind, alte und verrunzelte Gesichter haben; im Zeitalter der Verwirrung war das Leben so verwickelt und unvernünftig, daß das geistige Antlitz des Menschen schon im Kindesalter sozusagen alt und verrunzelt war wie das eines Affen. So jung ich war, erkannte ich doch ganz klar, daß mein Vater von Anfang bis zu Ende jener Szene schauspielerte; er benahm sich so, wie man es seiner Meinung nach unter den gegebenen Umständen von ihm erwartete. Und auch späterhin war er weder in trunkenem noch in nüchternem Zustand auch nur einen Augenblick lang bemüht, zu erkennen oder gar auszudrücken, was er in bezug auf Fanny wirklich empfand. Er fürchtete sich davor. Und wir alle spielten an jenem Abend Komödie, einer wie der andere waren wir von solcher Angst erfüllt, daß wir nichts anderes zu tun vermochten, als eine unserer Meinung nach tugendhafte Rolle zu spielen."

„Ja, aber wovor hattet ihr denn Angst?" fragte Beryll. „Warum spieltet ihr Komödie?"

„Ich weiß nicht, wovor wir Angst hatten. Vor dem öffentlichen Tadel wahrscheinlich. Vor der Herde. Es war eine gewohnheitsmäßige Furcht vor Verbotenem."

„Was aber hatte man gegen den Liebhaber, den wirklichen Liebhaber, einzuwenden?" fragte Iris. „Es ist mir unbegreiflich, warum die Familie so entrüstet war."

„Sie vermuteten mit Recht, daß er nicht die Absicht hatte, Fanny zu heiraten."

„Was für ein Mensch war er denn?"

„Ich sah ihn erst viele Jahre später und will ihn euch schildern, wenn ich in meiner Geschichte soweit bin."

„War er ein Mensch, den man lieben kann?"

„Fanny liebte ihn. Und sie hatte auch allen Grund dazu. Er sorgte für sie. Er ermöglichte ihr die Bildung, nach der sie sich sehnte. Er bot ihr ein interessantes Leben. Ich glaube, er war ein ehrlicher und wunderbarer Mensch."

„Und die beiden blieben beieinander?"

„Ja."

„Warum heiratete er sie dann nicht – wenn das damals doch Sitte war?"

„Weil er schon verheiratet war. Die Ehe hatte ihn verbittert. Sie verbitterte viele Menschen. Er war hereingelegt worden. Die Frau, die er geheiratet hatte, liebte ihn nicht wirklich, sondern hatte ihm Liebe nur vorgetäuscht, um ihn heiraten zu können und versorgt zu sein; und er war schließlich hinter den wahren Sachverhalt gekommen."

„Was wohl nicht sehr schwer gewesen sein dürfte",

meinte Iris.

„Nein.“

„Warum aber trennte er sich nicht von ihr?“

„Es war in jenen Tagen schwierig, eine sogenannte Scheidung durchzusetzen. Beide Teile mußten einverstanden sein, und sie wollte ihn nicht freigeben, sie verweigerte ihre Zustimmung zu einer Scheidung. Wäre er arm gewesen, so würde er vielleicht versucht haben, sie zu ermorden; wie die Dinge aber lagen, war er ein erfolgreicher und wohlhabender Mensch. Reiche Leute konnten damals die Ehegesetze bis zu einem gewissen Ausmaß umgehen, Unbemittelten war das völlig unmöglich. Er war, wie ich glaube, ein empfindsamer, liebevoller und dabei tatkräftiger Mensch. Weiß der Himmel, in welcher Gemütsverfassung er sich befunden haben mag, als Fanny ihm begegnete. Er machte ganz zufällig ihre Bekanntschaft. In den alten Zeiten waren Liebesabenteuer infolge zufälliger Begegnung etwas Alltägliches. In der Regel führten sie zu Unheil, der Fall Fannys war jedoch eine Ausnahme. Vielleicht war die Begegnung der beiden für ihn ein ebenso großes Glück wie für sie. Fanny, müßt ihr wissen, war ein Mensch, dem gegenüber man aufrichtig sein muß; sie war offen und einfach; sie glich einem reinen, scharfen Messer. Sie begehrten einander und waren deshalb gefährdet; Fanny hätte leicht böse Erfahrungen machen können, und er war, was sein Geschlechtsleben betrifft, nahe daran, auf Abwege zu geraten . . . Ich kann euch aber nicht Fannys ganze Geschichte erzählen. Wahrscheinlich heirateten die beiden schließlich. Sie hatten mindestens die Absicht, es zu tun. Die andere Frau gab mit der Zeit doch nach, glaube ich.“

„Wieso weißt du das nicht bestimmt?“

„Weil ich erschossen wurde, bevor es dazu kam. Wenn es überhaupt dazu kam.“

## 6

„Nein, nein!“ rief Sarnac, eine Frage von seiten Salahas mit einer Handbewegung abwehrend.

„Ich werde mit meiner Geschichte niemals zu Ende kommen“, fuhr er fort, „wenn ihr mich immer wieder unterbrecht. Also: Ich sagte euch, daß ein Wirbelsturm von Unglücksfällen unseren Haushalt in Cherry Gardens auflöste . . .

Drei Wochen nach Fannys Flucht starb mein Vater. Er wurde auf der Straße zwischen Cherry Gardens und Cliffstone getötet. Ein junger Herr mit Namen Wickersham besaß eines der damals eben in Gebrauch kommenden Benzinautomobile; er fuhr, wie er vor dem Leichenbeschauer aussagte, so schnell als möglich heimwärts, weil die Bremsen seines Wagens nicht in Ordnung waren und er einen Unfall fürchtete. Mein Vater und mein Onkel gingen, in ein Gespräch vertieft, den Fußweg entlang. Im Reden und Gestikulieren wurde Vater der Fußweg zu schmal, er trat plötzlich auf den Fahrdamm hinunter, das vorbeisausende Auto erfaßte ihn von hinten, er schlug der Länge nach hin und war sofort tot.

Auf Onkel übte der Unfall eine tiefe Wirkung aus. Er war mehrere Tage hindurch nachdenklich und nüchtern und versäumte sogar ein Pferderennen. Und er zeigte sich recht hilfsbereit bei den Anordnungen für das Leichenbegängnis.

‚Er ist nicht unvorbereitet heimgegangen, Martha‘, sagte er zu meiner Mutter. ‚Nein, nein, du darfst das nicht sagen. Im Augenblick, da er getötet wurde, hatte er den Namen der Vorsehung auf den Lippen. Er sagte eben, daß ihm schwere Prüfungen auferlegt worden sind.‘

‚Nicht nur ihm allein‘, entgegnete meine Mutter.

‚Er sagte: ‚Ich weiß, daß mir damit eine Lehre erteilt werden soll, doch was für eine Lehre, das weiß ich nicht.‘

Und er fuhr fort: ‚Ich bin überzeugt, daß alles, was uns geschieht, einerlei, ob es uns nun gut scheint oder schlecht, doch sicher zu unserem Besten gereicht.‘ . . .‘

Onkel machte eine bedeutungsvolle Pause.

‚Und dann wurde er von dem Auto erfaßt‘, sagte Mutter, bemüht, sich die Szene vorzustellen.

‚Dann wurde er von dem Auto erfaßt‘, sagte Onkel.“

## Die Witwe Smith übersiedelt nach London

### 1

„Damals", sagte Sarnac, „wurden die Toten zumeist in Särge gelegt und in der Erde begraben. Nur wenige wurden verbrannt, denn die Feuerbestattung war noch neu und stand im Widerspruch zu den sehr materialistischen religiösen Anschauungen jener Zeit. Ihr müßt nämlich wissen, daß die Menschen damals noch wirklich an ‚die Auferstehung des Fleisches und ein ewiges Leben' glaubten. Die Masse der Bevölkerung Europas war in geistiger Hinsicht noch von dem alten Ägypten und seinen träumenden Mumien beherrscht, die christlichen Glaubensbekenntnisse selbst waren sozusagen Mumien aus dem alten Ägypten. Als bei uns einmal die Frage der Leichenverbrennung besprochen wurde, sagte mein Vater: ‚Es könnte bei der Auferstehung etwas störend sein, gleichsam wie wenn man bei der Hochzeit keinen anständigen Anzug hat . . .'

‚Wohl gibt's auch Haifische', sagte mein Vater, der manchmal etwas sprunghaft dachte. ‚Und dann wurden manche von Löwen aufgefressen. Gerade die besten christlichen Märtyrer sind seinerzeit von Löwen aufgefressen worden . . . Die bekommen ihre Körper *bestimmt* wieder . . .'

‚Und wenn *einer* einen neuen Körper bekommt, warum dann nicht auch ein anderer?' fragte mein Vater und schaute mit übergroßen Augen milde vor sich hin.

‚Es ist eine schwierige Frage', entschied er sodann.

Jedenfalls dachte man in seinem Fall nicht an Verbrennung. Er wurde in einem Leichenwagen zum Friedhof gefahren; der Sarg stand vorne auf dieser Art von Wagen, und hinten konnten noch meine Mutter und Prue sitzen. Mein älterer Bruder, Ernest, der zu diesem Anlaß aus London gekommen war, unser Onkel und ich gingen voraus, warteten beim Friedhofstor auf den Wagen und folgten dann dem Sarg bis zum Grabe. Wir trugen alle schwarze Kleider, sogar schwarze Handschuhe, obwohl wir jämmerlich arm waren.

‚Das wird in dem Jahr nicht mein letzter Besuch an diesem Ort sein', sagte mein Onkel trübe; ‚wenn's nämlich Adelaide so weitertreibt.'

Ernest blieb stumm. Er mochte den Onkel nicht leiden und verhielt sich mürrisch gegen ihn. Seit dem Augenblick seiner Ankunft hatte er eine stetig wachsende Abneigung gegen Onkel gezeigt.

‚Es heißt, ein Leichenbegängnis bringt Glück', sagte der Onkel nach einer Weile, indem er einen fröhlicheren Ton anzuschlagen versuchte. ‚Wenn ich die Augen offenhalte, fliegt mir vielleicht was Gutes zu.'

Ernest schwieg hartnäckig.

Wir folgten den Männern, die den Sarg zur Friedhofskapelle trugen, in einer kleinen Prozession, an deren Spitze Mr. Snapes in seiner Soutane schritt. Er begann Worte vorzulesen, die, wie ich begriff, schön und rührend waren und seltsame, weitab liegende Dinge betrafen: ‚Ich bin die Auferstehung und das Leben. Wer an mich glaubt, wird leben, ob er gleich stürbe . . .'

‚Ich weiß, daß mein Erlöser lebt und daß er am Jüngsten Tage auf Erden erscheinen wird . . .'

‚Wir haben nichts mitgebracht in diese Welt und werden sicherlich nichts mit uns nehmen. Der Herr hat's gegeben, der Herr hat's genommen, der Name des Herrn sei gepriesen.'

Da vergaß ich mit einem Male die Hecheleien zwischen meinem Onkel und meinem Bruder, Zärtlichkeit für meinen Vater und Kummer um ihn überwältigten mich. Ich erinnerte mich plötzlich seiner unbeholfenen Güte zu mir, und ich wurde mir bewußt, daß ich ihn für immer verloren hatte. Ich gedachte des Glücks vieler Sonntagsspaziergänge an seiner Seite, im Frühling, an goldenen Sommerabenden oder im Winter, wenn der Rauhreif im Dünenland jedes Zweiglein an den Hecken hervortreten ließ. Seine langen, erbaulichen Reden über Blumen, Kaninchen, Hügelabhänge und ferne Sterne kamen mir in den Sinn. Und nun war er tot, nie mehr würde ich seine Stimme hören, nie mehr seine lieben, alten Augen sehen, wie sie, durch die Brillengläser vergrößert, maßlos verwundert in die Welt schauten. Und nie mehr würde ich ihm sagen können, wie lieb ich ihn hatte. Ich hatte ihm nie gesagt, daß ich ihn liebte; bis zu diesem Augenblick war es mir niemals zum Bewußtsein gekommen. Und jetzt lag er starr, still und demütig in seinem Sarg, ein Ausgestoßener. Das Leben hatte ihm übel mitgespielt, kein bißchen Glück war ihm zuteil geworden. In diesem Augenblick war mein Verstand meinen Jahren voraus, und ich erkannte, daß sein ganzes Dasein eine Kette kleinlicher Demütigungen, Enttäuschungen und Herabwürdigungen gewesen war. So klar wie heute erfaßte ich mit einem Mal den ungeheuren Jammer eines solchen Lebens. Schmerz überwältigte mich, und ich weinte, während ich hinter dem Sarg herstolperte. Nur mit größter Mühe zwang ich mich, nicht laut aufzuschluchzen."

## 2

„Nach dem Begräbnis hatten mein Bruder Ernest und mein Onkel einen heftigen Streit über die Zukunft meiner Mutter. Da Tante Adelaide nichts mehr leisten konnte, schlug der Onkel vor, daß man den größten Teil seiner

Einrichtung verkaufe; er wolle ‚sein Kapital' in das Gemüsegeschäft stecken und zu seiner Schwester ziehen. Ernest aber erklärte den Gemüsehandel für ein schlechtes Geschäft und war dafür, daß Mutter nach Cliffstone ziehe, wo sie Zimmer vermieten könne; Prue könnte dabei eine prächtige Hilfe sein. Dem widersetzte sich Onkel zuerst, dann ging er auf diesen Plan ein, jedoch unter der Bedingung, daß er am Gewinn beteiligt werde. Das lehnte Ernest aber ab, indem er ziemlich grob fragte, welche Hilfe der Onkel wohl beim Zimmervermieten zu leisten gedächte. ‚Schon allein', sagte er, ‚daß du nie vor zehn aufstehst.' Woher er das wußte, erwähnte er nicht.

Ernest lebte in London, wo er in einer Garage beschäftigt war. Er fuhr Mietwagen, die fallweise oder für einen ganzen Monat vergeben wurden. Der Respekt vor den oberen Ständen war ihm irgendwie abhanden gekommen, und die Würde des Sir John Cuthbertson, die der Onkel nachzuäffen versuchte, erweckte in ihm nur kalte Verachtung. ‚M e i n e Mutter wird nicht für dich arbeiten und dich bedienen, das ist sicher', sagte er.

Während dieses Streites machte meine Mutter mit Prues Hilfe eine kalte Mahlzeit zurecht; eine solche war nämlich in jenen Tagen die angenehme Seite jedes Begräbnisses. Es gab kalten Schinken und Huhn. Der Onkel verließ nun seinen dominierenden Platz auf dem von Vater verfertigten Kaminteppich, und wir setzten uns alle zu dem außergewöhnlichen Mahl.

Eine kleine Weile hindurch schufen Schinken und Huhn eine Art Waffenstillstand zwischen Ernest und dem Onkel. Bald aber seufzte Onkel, trank sein Bier aus und eröffnete die Diskussion aufs neue. ‚Ich finde, Martha', sagte er, indem er eine Kartoffel mit der Gabel säuberlich von der Schüssel spießte, ‚daß d u auch ein Wort mitreden solltest bei der Entscheidung über deine Zukunft. Ich und dieser junge Mann aus London sind nicht ganz einig darüber, was du am besten tun sollst.‘

Aus dem Ausdruck des bleichen Gesichts meiner Mutter, einer Art Blässe der Angespanntheit, die durch die Witwenhaube noch verstärkt schien, wurde mir plötzlich klar, daß sie nicht nur überhaupt ein Wort in der Angelegenheit, sondern sogar ein sehr entscheidendes mitzureden gedachte. Ehe sie aber den Mund auftun konnte, fuhr Ernest dazwischen.

‚Siehst du, Mutter‘, sagte er, ‚etwas mußt du unternehmen, nicht wahr?‘

Meine Mutter wollte etwas erwidern, doch Ernest nahm ihre Zustimmung vorweg und fuhr fort: ‚Da frage ich mich nun selbstverständlich, was du wohl unternehmen könntest, und die Antwort lautet ebenso selbstverständlich: Zimmer vermieten. Beim Gemüsehandel kannst du nicht bleiben, das ist keine Beschäftigung für eine Frau, weil schwere Lasten, Kohlen und so weiter, zu heben sind.‘

‚Das wird schon gehen‘, sagte der Onkel, ‚wenn eben ein Mann ihr hilft.‘

‚Ein Mann, ja, wenn's wirklich einer ist‘, sagte Ernest sarkastisch.

‚Das heißt –?‘ fragte der Onkel von oben herab.

‚Was ich eben sage, nicht mehr und nicht weniger‘, war die Antwort. ‚Wenn du also auf mich hörst, Mutter, wollen wir folgendes tun. Du gehst morgen früh nach Cliffstone und schaust dich nach einem passenden kleinen Haus um, groß genug, daß du Mieter aufnehmen kannst, aber doch nicht so groß, daß die Arbeit dich zugrunde richtet. Und ich gehe zu Mr. Bulstrode und bespreche mit ihm die Auflösung des Mietvertrags hier. Dann werden wir wissen, woran wir sind.‘

Wieder versuchte die Mutter etwas zu sagen, kam aber nicht zu Wort.

‚Wenn du glaubst, daß ich mich hier als ein Niemand behandeln lasse‘, sagte der Onkel, ‚dann bist du sehr im

Irrtum. Verstanden? Nun hör auf mich, Martha –'

,Halt den Mund!' unterbrach ihn Ernest. ,Ich hab mich vor allem um Mutter zu kümmern, ich und wiederum ich.'

,Halt den Mund!' wiederholte der Onkel. ,Was für Manieren! Bei einem Leichenbegängnis. Ein Bursch, der kein Drittel so alt ist wie ich, ein dummer Junge, der so daherschwätzt. Halt den Mund! Du halt den Mund, mein Lieber, und hör auf die, die etwas mehr vom Leben wissen als du. Du hast in früheren Jahren manche Ohrfeige von mir gekriegt, nicht nur eine oder zwei; und ich hab dir den Arsch verkloppt, als du mir damals die Pfirsiche geklaut hast – was dir nur gutgetan hat. Krumm und lahm hätt ich dich prügeln sollen. Wir sind nie sehr gut miteinander ausgekommen, und wenn du nicht in höflichem Ton mit mir redest, dann wird's fortan gar nicht gehen zwischen uns.'

,In Anbetracht dessen', sagte Ernest mit drohender Ruhe, ,wird es für alle Beteiligten um so besser sein, je früher du dich aus dem Staube machst.'

,Ich denke nicht daran, die Angelegenheiten meiner Schwester in den Händen eines grünen Jungen zu lassen, wie du einer bist.'

Wieder versuchte die Mutter dazwischenzureden, doch die zornigen Stimmen beachteten sie nicht.

,Ich sag dir, du hast hier nichts zu suchen, und wenn du nicht von selber gehst, dann werd ich dir zur Tür hinaushelfen müssen.'

,Bedenkt, daß ihr in Trauer seid', sagte Mutter. ,Und außerdem –'

Doch nun waren beide zu erregt, um auf sie zu hören.

,Du nimmst den Mund recht voll', sagte Onkel, ,aber bau nicht zu sehr auf meine Nachsicht. Ich hab nun bald genug.'

,Ich auch', sagte Ernest und erhob sich.

Der Onkel stand ebenfalls auf. Sie starrten einander an. ‚Dort ist die Tür', sagte mein Bruder finster.

Der Onkel ging auf seinen gewohnten Platz auf dem Kaminteppich zurück. ‚Wir wollen an einem Tag wie diesem nicht streiten', sagte er. ‚Wenn du schon keine Rücksicht für deine Mutter übrig hast, so könntest du wenigstens an den Heimgegangenen denken. Ich bin nur in der Absicht hier, die Dinge so einzurichten, wie es für alle am besten ist. Und ich sage dir, die Idee, daß deine Mutter allein, ohne männliche Hilfe, Zimmer vermieten soll, ist lächerlich, einfach lächerlich. Und nur so ein unbedachter junger Esel –'

Ernest ging auf den Onkel zu und blieb dicht vor ihm stehen. ‚Jetzt ist's genug', sagte er. ‚Die Sache wird zwischen mir und Mutter ausgemacht, und du hast zu gehen. Verstanden?'

Wieder wollte Mutter sprechen, Ernest aber schnitt ihr abermals die Rede ab: ‚Laß mich nur machen, Mutter. Wird's bald, Onkel?'

Der Onkel trotzte dieser Drohung. ‚Ich habe Pflichten gegen meine Schwester –'

Daraufhin, muß ich euch leider sagen, wurde Ernest handgreiflich. Er faßte ihn am Kragen und beim Handgelenk, und einen Augenblick lang schwankten die beiden schwarzgekleideten Gestalten.

‚Laß meinen Rock los', schrie der Onkel. ‚Laß meinen Rockkragen los.'

Aber die Wut trieb meinen Bruder zur Gewalt. Mutter, Prue und ich waren ganz entsetzt.

‚Ernie', rief Mutter, ‚du vergißt dich.'

‚Schon gut, Mutter', sagte Ernest und beförderte den Onkel gewaltsam vom Kaminteppich bis zur Treppe. Dann ließ er das Handgelenk des Onkels fahren, packte ihn beim schwarzen Hosenboden, und ihn hochhebend, zwang er ihn die Treppe hinauf. Der Onkel fuchtelte mit den Armen wild durch die Luft, gleichsam als wolle er sich an seine verlorene Würde klammern.

‚John', rief die Mutter, ‚hier ist dein Hut.'

Ich sah einen Augenblick lang die Augen des Onkels, als er die Treppe hinauf verschwand – sie schienen den Hut zu suchen. Er leistete der Behandlung, die ihm widerfuhr, keinen ernstlichen Widerstand mehr.

‚Gib ihm den Hut, Harry', sagte Mutter, ‚und hier sind auch seine Handschuhe.'

Ich nahm den schwarzen Hut und die schwarzen Handschuhe und folgte den Ringenden die Treppe hinauf. Verblüfft und widerstandslos ließ sich der Onkel zur Eingangstür und auf die Straße hinausdrängen und stand dann keuchend da und blickte Ernest an. Sein Kragen war aufgegangen und seine schwarze Krawatte in Unordnung geraten. Auch Ernest atmete schwer. ‚Nun geh und kümmere dich um deine eigenen Angelegenheiten', sagte er.

Ernest fuhr zusammen, als ich mich an ihm vorbeidrängte. ‚Hier sind deine Handschuhe und dein Hut, Onkel', sagte ich und reichte sie ihm. Er nahm sie mechanisch, den Blick immer noch starr auf Ernest gerichtet.

‚Und du bist der Junge, mit dem ich mir solche Mühe gegeben habe, um einen anständigen Menschen aus ihm zu machen', sagte er bitter. ‚Ich hab jedenfalls getan, was ich konnte. Du bist der kleine Wurm, der sich in meinem Garten gemästet hat, dem ich so viel Güte erwiesen habe. Ja, D a n k b a r k e i t !'

Er betrachtete eine Weile den Hut, den er in der Hand hielt, als ob er ein ihm unbekannter Gegenstand wäre. Dann kam er auf den glücklichen Gedanken, ihn aufzusetzen.

‚Gott helfe deiner armen Mutter', sagte mein Onkel John Julip. ‚Gott helfe ihr.'

Das war sein letztes Wort. Er blickte die Straße hinauf

und hinunter und wandte sich dann, wie von unsichtbarer Hand geführt, in die Richtung des Wellington-Wirtshauses. Auf diese Weise wurde mein Onkel John Julip am Begräbnistag meines Vaters auf die Straße gesetzt, schon halb Witwer und ein erbärmliches und unglückliches Männchen. Noch heute quält mich die Erinnerung an die schäbige, schwarzgekleidete Gestalt. Selbst von hinten sah er ganz verblüfft aus; nie hat ein Mann so sehr den Eindruck eines Verprügelten gemacht, ohne wirklich Prügel bekommen zu haben. Ich sah ihn nicht wieder. Zweifellos hat er seinen Schmerz ins ‚Wellington' getragen und sich tüchtig besoffen. Und zweifellos hat ihm dabei mein Vater furchtbar gefehlt.

Mein Bruder Ernest kam nachdenklich in die Küche zurück. Schon war er etwas beschämt über seine Heftigkeit. Ich ging voll Respekt hinter ihm her.

‚Das hättest du nicht tun sollen', sagte die Mutter.

‚Hat er ein Recht, sich dir aufzudrängen, damit du ihn pflegst und aushältst?'

‚Gar nicht aufgedrängt', entgegnete die Mutter. ‚Du kommst in Hitze, Ernie, es war immer so mit dir, und dann willst du nichts hören.'

‚Ich hab Onkel nie mögen', sagte er.

‚Wenn du in Hitze kommst, dann scheinst du alles zu vergessen', sagte die Mutter. ‚Du hättest daran denken können, daß er mein Bruder ist.'

‚Ein schöner Bruder', erwiderte Ernest. ‚Wie? Wer hat mit der ganzen Stehlerei angefangen? Wer hat den armen Vater zum Trinken und Wetten verleitet?'

‚Ganz gleich', sagte Mutter, ‚so hättest du ihn nicht behandeln dürfen. Und dein Vater ist kaum unter der Erde!' Sie weinte. Sie zog ein schwarzgerändertes Taschentuch hervor und wischte sich die Augen. ‚Ich hatte gehofft, der arme Vater würde ein schönes Begräbnis haben – die viele Mühe und das viele Geld! Und jetzt hast du's verdorben. Ich werde keine schöne Erinnerung an den Tag behalten, und wenn ich hundert Jahre alt werde, immer werde ich daran denken müssen, daß du Vaters Begräbnis verdorben hast. So über den Onkel herzufallen!‘

Ernest ging nicht auf ihre Vorwürfe ein. ‚Warum hat er gestritten? Warum war er nicht still?‘ fragte er.

‚Und alles so unnütz! Immerfort habe ich versucht, euch zu sagen, ihr braucht euch um mich nicht zu sorgen. Ich will nicht in Cliffstone Zimmer vermieten – weder o h n e den Onkel noch m i t dem Onkel. Letzten Dienstag schrieb ich an Matilda Good, und alles ist mit ihr abgemacht, alles. Die Sache ist abgemacht.‘

‚Was meinst du damit?‘ fragte Ernest.

‚Nun, sie hat das Haus in Pimlico. Seit langem sucht sie eine verläßliche Hilfe, denn mit ihren Krampfadern treppauf, treppab und dies und jenes – kaum hatte sie meinen Brief über den armen, lieben Vater, da schrieb sie an mich. ‚Du sollst nie um ein Heim verlegen sein‘, schreibt sie, solange ich einen Mieter habe. Du und Prue sind mir willkommen, und der Junge kann hier leicht Arbeit finden, viel leichter als in Cliffstone.‘ Immerfort, während ihr vom Zimmervermieten und dergleichen geredet habt, versuchte ich euch zu sagen –‘

‚Das ist wirklich abgemacht?‘

‚Jawohl.‘

‚Und was tust du mit deinen paar Möbeln hier?‘

‚Manches verkaufen, manches mitnehmen.‘

‚Das läßt sich machen‘, sagte Ernest nach einiger Überlegung.

‚Ja, dann hätte das eigentlich nicht sein müssen‘, fuhr er nach einer Pause fort, ‚diese ganze Streiterei zwischen mir und dem Onkel?‘

‚M e i n e t w e g e n sicher nicht‘, sagte Mutter.

‚Na, geschehen ist geschehen‘, sagte Ernest nach einer weiteren Pause und ohne sichtbares Zeichen von Reue.“

## 3

„Wenn mein Traum wirklich ein Traum war", sagte Sarnac, „dann war es ein höchst umständlicher Traum. Ich könnte euch hundert Einzelheiten unserer Reise nach London erzählen und was mit den ärmlichen Einrichtungsgegenständen unserer Wohnung in Cherry Gardens geschah. Jede Einzelheit würde seltsame und aufschlußreiche Unterschiede zwischen unseren Anschauungen und denen jener fernen Tage aufzeigen. Bruder Ernest, herrschüchtig und reizbar, ging uns an die Hand. Er hatte eine Woche Urlaub von seinem Arbeitgeber bekommen, um Mutter bei der Ordnung ihrer Angelegenheiten behilflich zu sein; und meine Mutter setzte es, glaube ich, während dieser Zeit unter anderm auch durch, daß er sich mit dem Onkel wieder aussöhnte. Von dieser bedeutsamen Szene weiß ich jedoch nichts, ich wohnte ihr nicht bei, ich hörte nur im Zug nach London davon sprechen. Gerne würde ich euch auch von dem Mann erzählen, der den größten Teil unserer Möbel kaufte, darunter das Sofa. Er und mein Bruder hatten einen lauten und erregten Wortwechsel über eine schadhafte Stelle an einem der Sofabeine. Mr. Crosby erschien und wies eine Rechnung vor, auf deren Bezahlung er, wie meine Mutter geglaubt, Fanny zuliebe längst verzichtet hatte. Es gab auch Streit zwischen meinem Bruder und unserem Hausherrn, Mr. Bulstrode, über etwas, was ‚Inventarbeschädigung' hieß, wobei es fast zu Tätlichkeiten kam. Der Hausherr behauptete, daß wir sein Gebäude beschädigt hätten; er erhob phantastische Schadenersatzansprüche und mußte mit einiger Heftigkeit abgewiesen werden. Schließlich hatten wir Schwierigkeiten mit der Beförderung unseres Gepäcks zum Bahnhof, und als wir am Victoria-Bahnhof, der Londoner Endstation, ankamen, blieb Ernest, wie mir schien, nichts anderes übrig, als einem Gepäckträger – ihr habt wohl schon von Gepäckträgern gelesen? – mit Prügeln zu drohen, worauf wir dann anständig bedient wurden.

Doch kann ich euch alle diese kuriosen und bezeichnenden Vorfälle jetzt nicht erzählen, denn sonst wären unsere Ferien vorbei, ehe ich mit meiner Geschichte fertig bin. Ich muß euch jetzt von London, jener großen Stadt, berichten – es war damals die größte Stadt der Welt –, in die das Schicksal uns nunmehr verpflanzte. Fortan ist London der Schauplatz meiner Geschichte, abgesehen von ungefähr zweieinhalb Jahren, die ich während des Ersten Weltkrieges bei der Militärausbildung und dann in Frankreich und Deutschland verbrachte. Ihr wißt, was London war: eine ungeheure Ansammlung von Menschen. Ihr wißt, daß innerhalb eines Durchmessers von fünfzehn Meilen eine Bevölkerung von siebeneinhalb Millionen zusammengepfercht war, Geschöpfe, die zur Unzeit in eine für sie schlecht vorbereitete Welt hineingeboren worden waren, geboren meist infolge der Unbelehrtheit ihrer Erzeuger, und zusammengepfercht auf einer Fläche ziemlich reizlosen Lehmbodens durch den drückenden Zwang, ihr Leben zu fristen. Und ihr wißt, welch scheußliches Schicksal diese frevelhafte Anhäufung von Menschen schließlich ereilte. Ihr habt von Westend und von den Slums gelesen und habt im Film das Gewühl in den Straßen jener Tage gesehen, die Scharen müßiger Gaffer sowie den mächtigen Verkehr von plumpen Automobilen und bedauernswerten Pferden in engen und unzulänglichen Gassen, und euer Gesamteindruck ist wohl wie ein Alptraum von Menschenmassen, eine würgende Vorstellung von Gedränge und Unbehagen, von Schmutz, von einer unerträglichen Anspannung der Augen, Ohren und Nerven. Der Geschichtsunterricht unserer Kindheit erweckt sehr lebhaft diese Vorstellung.

Obwohl alles tatsächlich genauso war, wie man uns lehrt, habe ich durchaus nicht in Erinnerung, daß ich mich in London so elend gefühlt hätte, wie ihr's vermuten werdet. Ich erinnere mich vielmehr sehr genau, mit welcher Abenteuerlust, mit welcher geistigen Erregung ich diese Stadt bestaunte; ich fand London schön. Ihr müßt bedenken, daß ich in diesem meinem seltsamen Traum alle unsere gegenwärtigen Maße vergessen hatte; ich ließ Schmutz und Verwirrung als etwas ganz Natürliches gelten. Der Anblick der Stadt, ihre Riesengröße, der Abwechslungsreichtum, hie und da plötzlich auftauchende Schönheit erhoben sich aus dem Meer des Kampfes und der Beschränkung, wie eine Silberbirke aus dem Sumpf emporwächst, der sie trägt.

Der Teil Londons, in den wir zogen, hieß Pimlico. Er war am Fluß gelegen, es hatte dort einst eine Werft gegeben, in die amerikanische Schiffe nach der Fahrt über den Atlantischen Ozean eingelaufen waren. Der Name Pimlico war nebst allerlei Handelsgütern von diesen Schiffen herübergebracht worden; zu meiner Zeit war es das einzige noch erhaltene Wort der Sprache der Algonquin-Indianer, die damals schon völlig von der Erde verschwunden waren. Die Pimlico-Werft gab es nicht mehr, der amerikanische Handel war in Vergessenheit geraten, und Pimlico war nunmehr ein großes Straßengewirr mit schmutziggrauen Häusern, in denen meist ärmliche Leute wohnten, die Zimmer vermieteten. Die Häuser waren ursprünglich nicht für diesen Zweck erbaut worden. Die Außenseite war mit Kalkmörtel beworfen, den man Stuck nannte und der Stein vortäuschen sollte; jedes Haus hatte ein Kellergeschoß, das ursprünglich für die Dienerschaft bestimmt gewesen war, ein Tor mit einem Säulengang und mehrere Stockwerke, zu denen man auf einer Treppe emporstieg. Neben jedem Säulengang lief eine mit einem Gitter versehene Erdvertiefung die Hausfront entlang, wodurch die Vorderzimmer des Kellergeschoßes Licht erhielten. Ging man durch die Straßen von Pimlico, so bot sich einem der Anblick endloser Reihen solcher Häuser, und jedes von ihnen beherbergte etwa zehn oder zwölf irregeleitete, unvollkommene und recht unsaubere Bewohner, Menschen, die geistig und moralisch krank waren. Über den schmutzigen, grauen Gebäuden hing Dunst oder Nebel, nur selten schien die liebe Sonne auf sie. Da und dort sah man einen Krämer, Gemüsehändler oder Fischverkäufer seine Ware über das Gitter den unterirdischen Hausbewohnern hineinreichen, oder es guckte eine Katze durch die Gitterstäbe – es gab damals eine Unmenge Katzen –, wohl auf der Hut, ob nicht ein Hund vorbeilaufe. Man sah nur wenige Fußgänger, hie und da fuhren Droschken durch die Straßen, morgens kam ein Müllwagen, der die Abfälle sammelte – man stellte den Kehricht in Kisten oder Blechgefäßen an den Rand des Fußwegs hinaus, so daß der Wind den Unrat in die Luft wirbeln konnte –, oder ein Mann in Uniform reinigte die Straßen mit Hilfe eines Wasserschlauchs. Die trostloseste Stätte, die ihr euch vorstellen könnt, nicht wahr? Und doch war sie so trostlos nicht, wenngleich ich euch das kaum klarmachen kann. Ich wanderte durch Pimlico und fand es recht schön und unendlich interessant. Ihr müßt mir glauben: Am frühen Morgen schien es, mir zumindest, groß in seiner grauen Weite und würdevoll. Später allerdings fand ich diese typische Bauweise Londons in Belgravia und in der Gegend des Regents Parks weit besser ausgeführt.

Ich muß zugeben, daß es mich aus den Gassen und Plätzen dieses Wohnviertels hinauszog in die Straßen, wo es Geschäfte und Wagen gab, oder auf den Kai längs der Themse. Vor allem lockten mich die grell beleuchteten Schaufenster, wenn es zu dämmern begann, und so seltsam es euch scheinen mag, meine Erinnerung an solche

Spaziergänge ist reich an Schönheit. Wir schwächlichen Kinder jenes Zeitalters des Menschengewimmels müssen, glaube ich, einen fast krankhaften Herdentrieb in uns gehabt haben; wir fühlten uns froh und sicher in einem Menschengedränge; allein zu sein war uns tatsächlich unangenehm. Meine Eindrücke von London, von dem seltsamen Reiz dieser Stadt, sind, ich muß gestehen, zumeist Erinnerungen an dichte Menschenmassen, an ein Getriebe, wie die Welt es heute nicht mehr kennt, oder zumindest Eindrücke, zu denen ein von Menschen erfüllter Vorder- oder Hintergrund gehört. Trotzdem waren sie schön.

Nicht weit von uns gab es zum Beispiel einen großen Bahnhof, die Endstation einer Eisenbahnlinie. Vor dem Bahnhof war ein großer, unordentlicher Hof, in dem sich Mietautomobile und Omnibusse stauten; immer wieder kamen welche, und andere fuhren ab. In der Dämmerung eines Herbstabends war dieser Hof eine bewegte Masse schwarzer Schatten und schimmernder Lichter, und mittendurch strömten in endloser Folge hüpfende schwarze Hüte, Fußgänger, die zu den Zügen hasteten. Wenn sie an den Laternen vorbeieilten, sah man einen Augenblick ihre Gesichter im Lichtschein aufschimmern und dann wieder verschwinden. Hinter diesem Hof erhoben sich die großen bräunlichgrauen Umrisse des Bahnhofsgebäudes und die Fassade eines riesigen Hotels, die den Lichtschein drunten widerspiegelte und da und dort von einem erleuchteten Fenster unterbrochen wurde; dahinter sah man den Himmel, der sich scharf abhob, blau noch und hell, ruhig und fern. Und die zahllosen Geräusche, die Menschen und Fahrzeuge verursachten, verschmolzen zu einem tiefen, wundersamen und stets wechselnden Gedröhne. Selbst in meinen kindlichen Verstand hatte sich eine irrationale Überzeugung von Einheitlichkeit und Sinn in diesem Schauspiel eingegraben.

Auch die Geschäftsstraßen schienen mir wunderbar und schön, sobald das nüchterne und erbarmungslose Tageslicht zu verblassen begann. Die bunten Lichter in den Schaufenstern, in denen die mannigfaltigsten Dinge zum Verkauf ausgestellt waren, erzeugten einen seltsamen Widerschein auf Fußwegen und Fahrdamm; besonders wenn Regen oder Nebel den Boden naß gemacht hatte, sahen die Lichtreflexe darauf wie Edelsteine aus. Eine dieser Straßen – sie hieß Lupus Street, doch kann ich nicht begreifen, warum sie wohl den Namen einer abscheulichen Hautkrankheit führte, die nun längst von der Erde verschwunden ist – befand sich in nächster Nähe unseres neuen Heims, und ich weiß noch genau, welch romantischen Eindruck sie mir machte. Am Tage war es eine außerordentlich schmutzige Straße, und spät in der Nacht war sie leer, und es widerhallte in ihr. In den magischen Stunden Londons aber glich sie einem Beet voll schwarzer und leuchtender Blumen, die zahlreichen Fußgänger wurden zu schwarzen Kobolden, und mittendurch schwankten die großen schimmernden Omnibusse, die Schiffe der Straße, von Licht erfüllt und Licht widerspiegelnd.

Die Ufer des Flusses waren von unendlicher Schönheit. Der Fluß hatte Ebbe und Flut und wurde durch einen Steinkai eingedämmt. Die Straße längs dieses Kais war am Rande des Fußweges mit Platanen bepflanzt und durch große elektrische Lampen auf hohen Pfosten beleuchtet. Diese Platanen gehörten zu den wenigen Bäumen, die in der trüben Luft Londons gediehen, doch taugten sie schlecht für eine dichtbevölkerte Stadt, denn sie sondern winzige Staubteilchen ab, die dem Menschen ein Kratzen im Halse verursachen. Das wußte ich aber nicht; ich wußte nur, daß die Schatten der Blätter im grellen elektrischen Licht die wunderbarsten Muster auf das Pflaster zeichneten, die ich je gesehen hatte. An warmen Abenden ging ich längs des Kais spazieren und freute mich an ihnen, besonders wenn dann und wann ein leichter Windhauch sie tanzen und zittern machte.

Von Pimlico aus konnte man diesen Themsekai entlang meilenweit nach Osten wandern. Stellenweise sprang der Damm etwas vor, und Öllampen baumelten an diesen schwarzen Vorsprüngen. Die Kähne und Dampfer auf dem Fluß schienen mir höchst geheimnisvoll und romantisch. Die Fronten der Häuser waren abwechslungsreich, und die Reihe wurde immer wieder durch eine belebte Seitenstraße unterbrochen, durch die sich schimmernd und glitzernd eine Woge des Verkehrs auf eine Brücke ergoß. Unaufhörlich kamen auf den Eisenbahnbrücken Züge über den Fluß gefahren; sie bildeten im allgemeinen Dröhnen Londons ein ständiges Motiv von Geklirr und Gerassel, und die Lokomotiven sandten Stöße feurigen Dampfes und mitunter plötzlich den Glutschein eines Hochofens in die Nacht hinaus. Ging man den Kai immer weiter entlang, so kam man zu den großen Gebäuden von Westminster: bei Tageslicht eine Masse von Bauwerken in imitiertem gotischem Stil, von einem hohen Turm mit beleuchteter Uhr überragt, gewannen diese Bauten im bläulichen Zwielicht etwas Würdevolles und glichen bei Nacht einer Schar von Rittern in militärischer Haltung, einem Wald von Speeren. Das war das Parlamentsgebäude; in seinen Sälen gaben sich ein Schattenkönig, ein unedler Adel und eine betrügerisch erwählte Körperschaft von Juristen, Finanzleuten und Abenteuerern inmitten der allgemeinen geistigen Umnachtung jener Zeit den Anschein von Weisen und Herrschern. Ging man über Westminster hinaus, noch weiter den Kai entlang, so kam man zu großen bräunlichgrauen Palästen und Häusern mit grünen Vorgärten, zu einer Eisenbahnbrücke und dann zu zwei riesenhaften Hotels, die hoch emporragten und weit zurücklagen und eine Unzahl erleuchteter Fenster aufwiesen. Vor ihnen befand sich etwas wie ein Graben, eine breite Vertiefung, ich weiß nicht mehr recht, was, ganz schwarz, so daß die beiden Gebäude besonders hoch und dabei zauberhaft entfernt aussahen. Davor stand ein ägyptischer Obelisk; alle Hauptstädte meiner Zeit, so ehrlich wie die Elstern und originell wie die Affen, schmückten sich mit Obelisken, die sie in Ägypten gestohlen hatten. In einiger Entfernung erhob sich das beste und edelste Gebäude Londons, die Sankt-Pauls-Kathedrale. Sie war bei Nacht nicht sichtbar, an einem klaren, blauen, windigen Tag aber erblickte man sie in ruhiger Schönheit. Auch einige Brücken waren anmutig, es war Schwung in ihren Bogen aus russigem grauem Stein; andere allerdings waren so plump, daß sie nur in der Nacht einen gewissen Reiz gewannen."

„Indem ich erzähle, fällt mir immer mehr ein", sagte Sarnac. „Ehe mich eine Anstellung meiner freien Zeit beraubte, dehnte ich meine kindlichen Streifzüge recht weit aus. Ich wanderte den ganzen Tag, oft nahm ich bis zum Abend nichts zu mir; wenn ich etwas Geld hatte, leistete ich mir ein Brötchen und ein Glas Milch. Die Schaufenster Londons waren für mich ein Wunder ohne Ende; sie wären es auch für euch, wenn ihr sie sehen könntet wie ich; sie müssen sich Hunderte, wenn nicht Tausende von Meilen weit erstreckt haben. In den ärmlicheren Stadtteilen gab es hauptsächlich Nahrungsmittelgeschäfte und Läden, in denen billige Kleidung und dergleichen verkauft wurde, und das Interesse an ihnen erschöpfte sich bald. In den Hauptstraßen aber, wie in der Regent Street oder in Piccadilly, in der engen Bond Street und in der Oxford Street, waren alle Bedarfsgüter einer glücklichen Minderheit aufgehäuft, all das, was die Wohlhabenden zum Leben brauchten. Ihr könnt euch kaum vorstellen, welch wichtige Rolle der bloße Einkauf von Gegenständen im Leben jener Menschen spielte. Ihre Häuser waren vollgepfropft mit Dingen, die weder zum Schmuck noch zu irgendeinem anderen Zweck dienten. Sie waren eben E i n k ä u f e, und die Frauen verbrachten einen großen Teil jedes Wochentages damit, alles mögliche einzukaufen, Kleider, Tischzeug, Fußbodendecken, Wandbehänge und zahllosen Kram. Sie hatten keine Arbeit; sie waren zu unwissend, als daß sie sich für irgend etwas Wirkliches hätten interessieren können; so wußten sie nichts anderes zu tun. Das war der Sinn des Lebens, der Inhalt des Erfolges – Einkäufe. Durch sie wurden sich die Menschen ihres Wohlstandes bewußt. Ein schäbiger halbwüchsiger Junge, drängte ich mich durch jene Geldverschwender, durch Scharen von Frauen, in Kleider angezogen oder vielmehr gehüllt, völlig eingewickelt in ‚Einkäufe', parfümiert und geschminkt. Die meisten Frauen schminkten sich, um ein in Gesundheit blühendes Gesicht vorzutäuschen, die Nase puderten sie sich krankhaft weiß.

Eines läßt sich übrigens zugunsten des alten Brauchs reichlicher Bekleidung sagen: In jenem Menschengedränge verhinderte sie, daß einer den Körper des anderen berührte.

Durch diese Straßen pflegte ich ostwärts zu wandern. In der Oxford Street traf ich auf weniger wohlhabende Leute, in Holborn war die Menge schon eine völlig andere. Je weiter man nach Osten kam, desto mehr verschwand die weibliche Note und die männliche wuchs. In Cheapside bekam man alles, was zur äußeren Erscheinung eines jungen Mannes des zwanzigsten Jahrhunderts gehörte. In den Schaufenstern waren sozusagen die Einzelheiten seiner Person ausgestellt und mit Preisen versehen: ein Hut fünf Shilling und sechs Pence, Hose achtzehn Shilling, eine Krawatte ein Shilling und sechs Pence; Zigaretten zehn Pence per Unze; eine Zeitung ein halber Penny, ein billiger Roman sieben Pence. Und auf dem Pflaster vor dem Schaufenster stand der junge Mann fix und fertig da, mit brennender Zigarette im Mund, überzeugt, daß er ein einzigartiges, unsterbliches Wesen und daß seine Ideen wirklich ganz und gar seine eigenen seien. Und über Cheapside hinaus kam man nach Clerkenwell mit seinen sonderbaren kleinen Läden, in denen kaum etwas anderes als alte Schlüssel oder die Teile alter zerbrochener Taschenuhren oder ähnlicher Kleinkram verkauft wurden. Dann kam man zu großen Lebensmittelmärkten in der Leadenhall Street, in Smithfield und in Covent Garden; sie waren vollgestopft mit unglaublichen Mengen roher Eßwaren. In Covent Garden wurden Obst und Blumen verkauft, die wir heute als armselig und schlecht entwickelt bezeichnen würden, die damals jedoch jedermann für schön und köstlich hielt. Auf dem Caledonian-Market gab es zahllose Buden, in denen alte, zerbrochene oder beschädigte Waren aller Art feilgeboten wurden; die Leute kauften das wirklich, zerbrochenen Zierat, schmutzige, alte Bücher mit zerrissenen Seiten, getragene Kleider! Es war ein Wunderland des seltsamsten Krams für einen neugierigen kleinen Jungen . . .

Ich könnte euch von diesem meinem alten London stundenlang weitererzählen, ihr aber wollt, daß ich mit meiner Geschichte fortfahre. Ich habe versucht, euch ein wenig von jener endlosen, rastlosen, glitzernden Bewegtheit mitzuteilen und euch zu schildern, wie wechselnde Beleuchtung und Atmopshäre in jener Stadt tausend seltsame und liebliche Wirkungen hervorbrachten. Mir schien sogar Londons Nebel romantisch, jener gefürchtete Nebel, von dem ihr in Büchern lesen könnt; ich war damals eben ein Junge und voller Abenteuerlust. In Pimlico war der Nebel oft sehr dicht. Gewöhnlich verursachte er eine weiche, ölige Finsternis, die selbst die Lichter in nächster Nähe in undeutliche Flecken verwandelte. Sechs Schritte vor einem tauchten die Menschen plötzlich aus dem Nichts auf, und bevor man sie noch richtig sah, wurden sie zu rätselhaften Silhouetten. Es kam vor, daß man sich, keine zehn Minuten von seiner Wohnung entfernt, verirrte; manchmal stieß man auf einen völlig ratlosen Lenker eines Automobils, ging im Schein seiner Vorderlichter weiter und bedeutete ihm, wo die Fahrbahn endete. Das war die eine Art Nebel, der trockene Nebel, es gab aber noch etliche andere. Es gab eine gelbliche Dunkelheit, wie geschwärzte Bronze etwa, die über einem schwebte, sich aber nicht ganz herabsenkte, so daß man seine nähere Umgebung, tiefbraun oder schwarz gefärbt, erkennen konnte. Und dann gab es einen schmutzig-nassen Nebel, der gewöhnlich zu einem Nieselregen wurde und jede glatte Fläche in einen Spiegel verwandelte."

„Manchmal aber gab es doch auch helles Tageslicht", sagte Salaha.

„Ja", sagte Sarnac, in Gedanken versunken, „es gab auch Tageslicht. Dann und wann. Und manchmal schien sogar die Sonne freundlich und erlösend über London. Im Frühling, im Frühsommer oder im Oktober. Sie brannte nicht heiß hernieder, sondern erfüllte die Luft mit milder Wärme; was sie beschien, glänzte zwar nicht golden, aber doch bernstein- und topasfarbig. Ja, es gab auch heiße Tage in London, an denen der Himmel tiefblau leuchtete, doch die waren sehr selten. Und mitunter war es heller Tag, ohne daß die Sonne schien . . ."

„Ja, ja", sagte Sarnac. Und nach einer Pause fuhr er fort: „Dann und wann entblößte grelles Tageslicht London all seines Reizes, zeigte seinen Schmutz, seine Unzulänglichkeit, zeigte die klägliche Armseligkeit seiner Gebäude, zeigte, wie roh und abscheulich die schreiend bunten Plakate in Wirklichkeit waren, ließ die Erbärmlichkeit der ungesunden Menschenleiber und der schlechtsitzenden Kleider erkennen . . .

Das waren dann schreckliche, unselige Tage der Ernüchterung. London faszinierte nicht mehr, sondern wurde ermüdend und qualvoll, und selbst in mir unwissendem Jungen stieg dann eine Ahnung davon auf, welch langen und mühseligen Weg unser Geschlecht noch gehen müsse, bis es auch nur so viel Frieden, Gesundheit und Weisheit erringen werde, wie wir heute genießen."

## 4

Sarnac hielt inne und erhob sich halb lachend, halb seufzend. Er blickte gegen Westen, Heliane stand neben ihm.

„Diese Geschichte wird niemals ein Ende nehmen, wenn ich so abschweife. Seht! In zehn Minuten wird die Sonne hinter jenem Bergrücken verschwunden sein. Ich kann heute abend nicht bis zum Schluß kommen, denn der größte Teil der eigentlichen Geschichte bleibt mir noch zu erzählen übrig."

„Es gibt gebratenes Geflügel mit Mais und Kastanien", sagte Iris. „Auch Forellen und allerlei Obst."

„Und trinken wir von dem goldenen Wein?" fragte Beryll.

„Ja, von dem goldenen Wein wollen wir trinken."

Heliane, die sehr still und aufmerksam gewesen war, erwachte aus ihrer Versunkenheit. „Lieber Sarnac", sagte sie und legte ihren Arm in den seinen, „was wurde aus Onkel John Julip?"

Sarnac dachte nach. „Ich weiß es nicht mehr", sagte er.

„Starb Tante Adelaide Julip?" fragte Salaha.

„Sie starb, bald nachdem wir Cherry Gardens verlassen hatten. Ich erinnere mich, daß uns der Onkel von ihrem Tode schrieb, und weiß auch noch, wie Mutter den Brief beim Frühstück feierlich vorlas und dann sagte: ‚Es scheint also, daß sie doch krank war.' Wenn sie nicht wirklich krank war, dann hat sie das Simulieren bis zum äußersten getrieben. Aber die Einzelheiten über Onkels Ende sind mir völlig aus dem Gedächtnis entschwunden. Wahrscheinlich überlebte er meine Mutter, und es mag sein, daß nach ihrem Tod die Nachricht von seinem Ende auf mich überhaupt keinen Eindruck machte."

„Du hast den wunderbarsten Traum der Welt geträumt, Sarnac", sagte Stella. „Ich möchte die ganze Geschichte hören, ohne dich zu unterbrechen, doch tut's mir leid, daß Onkel John Julip nicht mehr vorkommen wird."

„Der war so ein ausgemachtes kleines Ungeheuer", sagte Iris . . .

Unsere Ferienwanderer sahen zu, wie die glutrote Sonne hinter den scharfen Bergrand zu sinken begann, und betrachteten die Schatten, die rasch die Abhänge emporkletterten. Dann machten sich die sechs, über diese oder jene Einzelheit aus Sarnacs Geschichte sprechend, auf den Weg zu der Herberge, wo bereits das Abendbrot auf sie wartete.

„Sarnac wurde erschossen", sagte Beryll. „Doch auf diesen Ausgang deutet bisher nichts in seiner Geschichte hin. Es bleibt ihm wohl noch sehr viel zu erzählen übrig."

„Sarnac", fragte Iris, „du bist doch nicht im Großen Krieg getötet worden? Plötzlich? Durch einen unvorhergesehenen Zufall?"

„Keineswegs", sagte Sarnac. „Ich habe den Teil meiner Geschichte, der zu meinem Tode führt, schon begonnen, wenn auch Beryll nichts davon merkt. Aber laßt mich auf meine Art weitererzählen."

Beim Abendbrot erklärten sie dem Eigentümer der Herberge, womit sie beschäftigt waren. Wie so viele dieser Pensionsinhaber, war er eine frohe, gesellige, einfache Seele. Das angebliche Abenteuer Sarnacs belustigte ihn und erweckte seine Neugier. Er lachte über die Ungeduld der anderen; gleich den Kleinen in einem Kindergarten, sagte er, seien sie darauf erpicht, vor dem Zubettgehen ein Märchen zu hören. Nach dem Kaffee gingen alle für eine Weile ins Freie, um zu beobachten, wie das letzte Abendrot über den Bergen dem Licht des Mondes wich; dann schritt der Herbergsvater den anderen voran ins Haus zurück, machte mit Nadelholz ein helles Feuer an, legte Kissen davor, goß Wein ein, löschte das Licht und war bereit, sich die ganze Nacht Geschichten anzuhören.

Sarnac blickte nachdenklich in die Flammen, bis Heliane flüsterte: „Pimlico?"

## 5

„Ich will euch so kurz als möglich den Haushalt in Pimlico schildern", fuhr Sarnac fort, „in den uns Matilda Good, die alte Freundin meiner Mutter, aufnahm. Doch muß ich gestehen, daß es mir nicht leicht fällt, mich kurz zu fassen, denn in meiner Erinnerung sind tausend merkwürdige Einzelheiten lebendig."

„Ausgezeichnet!" rief der Pensionsinhaber. „Das lob ich mir an einem rechten Geschichtenerzähler!" Und er nickte Sarnac aufmunternd zu.

„Wir alle fangen an zu glauben, daß er wirklich dort war", flüsterte Beryll dem Herbergsvater abwehrend zu. „Und er selbst ist völlig überzeugt davon."

„Tatsächlich?" fragte der Pensionsinhaber, ebenfalls im Flüsterton. Es hatte den Anschein, als ob er etliche nicht leicht zu beantwortende Fragen zu stellen wünschte, doch unterdrückte er sie und wandte seine Aufmerksamkeit dem Erzähler zu, ein wenig gezwungen zuerst, bald aber unwillkürlich gefesselt.

„Die Häuser von Pimlico stammten zum größten Teil aus einer Epoche fieberhafter Bautätigkeit, siebzig bis hundert Jahre vor dem Großen Krieg. Es war damals während einiger Jahrzehnte in London unmäßig viel und ganz planlos gebaut worden, und zwar, wie ich glaube, in der Annahme, daß es stets genug wohlhabende Familien geben würde, die sich derartige Häuser leisten und drei oder vier Dienstboten beschäftigen können. Jedes dieser Häuser besaß eine unterirdische Küche und daneben Räume für die Dienerschaft, ferner ein Eßzimmer und ein Arbeitszimmer für den Hausherrn im Erdgeschoß, außerdem zwei bis drei Wohnzimmer oder Salons im ersten Stock, die gewöhnlich durch Schiebetüren miteinander verbunden waren, so daß man sie in einen einzigen Raum verwandeln konnte. In den oberen Stockwerken befanden sich die Schlafzimmer, die um so einfacher wurden, je höher sie gelegen waren. Meistens gab es auch noch im Dachgeschoß einige unbeheizte Zimmer für die Dienstboten. In vielen Gebieten Londons, insbesondere in Pimlico, tauchten jene wohlhabenden Familien samt Dienerschaft, die der Phantasie des Baumeisters vorgeschwebt hatten, niemals auf, und die für sie erbauten Wohnstätten wurden von Anfang an von ärmeren Leuten bezogen. Es kam niemandem in den Sinn, Häuser zu bauen, die den Bedürfnissen der ärmeren Klassen angepaßt gewesen wären, und so richteten sich diese Leute eben, so gut es ging, in jenen verhältnismäßig weitläufigen Herrenhäusern ein und paßten sie den eigenen bescheidenen Bedürfnissen an. Matilda Good, die Freundin meiner Mutter, war eine typische Einwohnerin von Pimlico. Sie hatte jahrelang in den Diensten einer reichen, alten Dame in Cliffstone gestanden, und diese hatte ihr einige hundert Pfund hinterlassen –"

Der Herbergsvater war über alle Maßen erstaunt und öffnete den Mund zu einer Frage.

„Privatbesitz", erklärte Beryll in knappen Worten, „Erblassungsrecht. Vor zweitausend Jahren. Man machte ein Testament – du verstehst? Weiter, Sarnac."

„Diese Summe und ihre Ersparnisse", fuhr Sarnac fort, „hatten es ihr ermöglicht, ein Haus in Pimlico zu mieten und es mit Möbeln von einer gewissen schäbigen Eleganz einzurichten. Sie selbst bewohnte das Kellergeschoß und die Dachzimmer. Alle anderen Räume des Hauses hatte sie an reiche oder zumindest wohlhabende ältere Damen zu vermieten gehofft, entweder einzeln oder mehrere zusammen, je nach Bedarf, und sie hatte beabsichtigt, diese Mieterinnen zu bedienen und mit allem Nötigen zu versorgen und dabei ihren eigenen Lebensunterhalt und obendrein noch einen Gewinn herauszuschlagen – eine Beschäftigung, die ein ewiges Treppauf- und Treppabrennen nötig machte. Man könnte Matilda Good mit einer Ameise vergleichen, die beständig an einem Rosenstengel hinauf- und hinunterläuft, um ihre Blattläuse zu betreuen. Doch alte Damen von irgendwelchem nennenswerten Wohlstand zogen nicht nach Pimlico. Es lag sehr tief und dicht am Fluß und war infolgedessen besonders neblig, und die Kinder in seinen ärmeren Straßen waren rohe und ungezogene Bengel. So mußte sich Matilda Good mit weniger einträglichen und fügsameren Mietern zufriedengeben.

Ich erinnere mich noch genau, wie sie uns diejenigen schilderte, die sie damals hatte, als wir am Abend unserer Ankunft in ihrem vorderen Kellerzimmer saßen und einen Imbiß einnahmen. Ernest hatte die Einladung zum Essen abgelehnt; seine Aufgabe als Reisebegleiter war erledigt, und er hatte sich von uns verabschiedet. Mutter, Prue und ich, alle drei in düsteres Schwarz gekleidet, waren zunächst etwas steif und befangen, tauten aber bei Tee, Eiern und geröstetem Brot mit Butter langsam auf. Wir aßen mit großem Appetit, hörten dabei aber Matilda Good aufmerksam zu.

Sie kam mir an jenem Abend sehr würdig vor, geradezu wie eine Dame. Sie war viel größer als irgendein weibliches Wesen, das ich bis dahin kennengelernt hatte. Die Üppigkeit ihrer Formen erinnerte mehr an die Linien einer Landschaft als an die eines menschlichen Körpers. Daß sie an Krampfadern litt, das heißt, daß ihre Adern, und nicht nur die, sondern eigentlich ihr ganzer Körper, krankhaft und absonderlich erweitert waren, leuchtete einem ein, sobald man sie nur ansah. Sie war schwarz gekleidet, da und dort quollen nicht sehr saubere Spitzen aus ihrem Gewand hervor, und eine große, goldgeränderte Brosche hielt ihr Kleid am Hals zusammen. Sie trug eine goldene Kette, und ihren Kopf zierte ein sogenanntes Häubchen, ein Ding, das wie eine umgekehrte Austernmuschel aussah, aus mehreren Schichten schmutziger Spitze bestand und von einer schwarzen Samtschleife mit goldener Schnalle gekrönt wurde. Auch ihr Gesicht erinnerte mehr an eine Landschaft als an die Linien des menschlichen Schädels; sie hatte einen recht ansehnlichen Schnurrbart, einen herabhängenden, etwas boshaften Mund und zwei verschieden große, dunkelgraue Augen, die etwas schräg standen, mit sehr dichten und langen Wimpern. Sie saß seitwärts auf ihrem Stuhl. Mit dem einen Auge sah sie einen von der Seite an, das andere schien etwas über dem Kopfe des Angesprochenen Befindliches anzustarren. Sie sprach im Flüsterton und verfiel leicht in ein schnaufendes, aber nicht unfreundliches Lachen.

‚Du wirst auf meinen Treppen reichlich viel Bewegung machen, meine Liebe', sagte sie zu Prue, ‚reichlich viel. Manchmal, wenn ich abends zu Bett gehe, zähle ich die Stufen nach, um mich zu vergewissern, daß nicht am Ende tagsüber ihrer mehr geworden sind. Du wirst hier kräftige Beine bekommen, meine Liebe, darauf kannst du dich verlassen. Du mußt zusehen, daß sie nicht zu stark werden, verglichen mit deinem übrigen Körper. Zu diesem Zweck rate ich dir, immer irgend etwas zu tragen, sooft du die Treppe hinauf- oder hinuntergehst. Ho – ho. Das wird dich gleichmäßig kräftig machen, und zu tragen gibt's immer was, Stiefel, heißes Wasser, einen Eimer Kohlen oder ein Paket.'

‚Das Haus macht wohl viel Arbeit', meinte meine Mutter, die an ihren Röstbrotschnitten knabberte wie eine Dame.

‚Schrecklich viel Arbeit', erwiderte Matilda Good. ‚Ich will dir nichts vormachen, Martha, schrecklich viel Arbeit.'

‚Aber es ist ein Haus, das sich gut vermieten läßt', fuhr sie nach einer Weile fort, indem sie mich mit einem Auge ansah und mit dem anderen über mich wegblickte. ‚Ich hab alle Zimmer besetzt, seit vorigem Herbst hab ich ununterbrochen alle besetzt gehabt. Zwei Dauermieter wohnen schon volle drei Jahre bei mir, und zwar in meinen allerbesten Zimmern. Alles in allem muß ich wohl zufrieden sein. Na, und jetzt wird es mir ja wunderbar gehen, wo ich keines der gräßlichen Dienstmädchen mehr ins Haus zu nehmen brauche, die man hier gewöhnlich trifft. Mädel sind das, sage ich euch! Eine ist einmal auf einem Teetablett die Stiege heruntergerutscht, und eine andere hat mir unten in der Küche den Zucker abgeleckt, Stück für Stück – sie wußte, daß ich die Stücke zähle, aber daß ich merken würde, daß alle naß sind, daran hat sie nicht gedacht. Gräßliche Frauenzimmer hab ich im Haus gehabt, Martha! Alle Jahre kommen sie in Scharen aus den Schulen heraus, Gott ein Abscheu und den Menschen eine Plage. Ich kann's dir kaum schildern. Ein wahres Glück, wenn man einmal ein Mädchen sieht, das, wie ich wohl bemerke, etwas auf sich hält. Komm, nimm dir Brunnenkresse zu deinem Röstbrot, das wird deinem Teint guttun.'

Prue errötete und nahm von der angebotenen Brunnenkresse.

‚Im ersten Stock', fuhr Matilda Good fort, ‚hab ich eine Dame. Es kommt wirklich nicht oft vor, daß man eine Dame drei Jahre lang behält, denn die bilden sich ja immer ein, daß sie alles besser verstehen, aber die im ersten Stock, die hab ich drei volle Jahre, und sie ist eine wirkliche Dame – von Geburt aus. Bumpus heißt sie – Miss Beatrice

Bumpus. Ich weiß nicht, ob sie dir gefallen wird, Martha, wenn du sie das erstemal siehst. Man muß sie studieren. Ihre Familie stammt aus Warwickshire. Diese Bumpus sind richtige Adelige, sie gehen sogar auf die Jagd. Gleich, wenn sie dich das erste Mal sieht, Martha, wird sie dich bestimmt fragen, ob du für das Frauenstimmrecht bist.' Die flüsternde Stimme wurde weich und schmelzend, und ein einschmeichelndes Lächeln breitete sich über Matilda Goods ganzes Gesicht aus. ‚Wenn es dir nichts ausmacht, Martha, ist es am besten, du sagst ja.'

Meine Mutter trank eben die vierte Tasse Tee aus. ‚Ich weiß nicht', sagte sie dann, ‚ob ich ganz und gar für das Frauenstimmrecht bin.'

Die großen, roten Hände Matilda Goods, die bisher fast wie leblos in ihrem Schoße gelegen hatten, erhoben sich plötzlich samt Spitzenmanschetten und kurzen Unterarmen und fuchtelten durch die Luft, um Mutters Einwände zu zerstreuen. ‚Sei im ersten Stock dafür', flüsterte sie.

‚Wenn sie mich aber auszufragen beginnt?'

‚Sie wird sich niemals die Zeit nehmen, deine Antworten abzuwarten. Es wird nicht schwer sein, Martha. Ich werde dich niemals in irgendeine schwierige Lage bringen, wenn ich es vermeiden kann. Stimm du ihr nur mit einem kurzen Ja zu, und alles übrige wird sie selber sagen.'

‚Mutter', sagte Prue, zu schüchtern noch, um sich an Matilda Good selbst zu wenden, ‚Mutter, was ist das Frauenstimmrecht?'

‚Daß auch Frauen bei der Wahl der Parlamentsmitglieder ihre Stimme abgeben dürfen, meine Liebe', antwortete Matilda Good.

‚Wann werden wir denn das Stimmrecht kriegen?' fragte meine Mutter.

‚Überhaupt nicht, wahrscheinlich', meinte Matilda Good.

‚Und wenn aber doch, was hätten wir dann davon?'

‚Nichts', erwiderte Matilda Good verächtlich. ‚Trotzdem ist das eine große Bewegung, Martha, das darf man nicht vergessen. Miss Bumpus arbeitet Tag und Nacht dafür und schlägt sich mit Polizisten herum, und einmal war sie sogar eine Nacht lang im Gefängnis – alles nur, um uns Frauen das Stimmrecht zu verschaffen.'

‚Sie meint es wahrscheinlich sehr gut', bemerkte Mutter.

‚Im Parterre habe ich einen Herrn. Das Schlimmste an ihm sind seine Bücher, die man abstauben muß, Bücher über Bücher, sag ich dir. Nicht, daß er etwa viel in ihnen liest . . . Jetzt wird er wahrscheinlich gleich auf seinem Pianola zu spielen anfangen. Man hört es hier unten so gut, als ob man in dem Ding drin säße. Mr. Plaice heißt er. Er hat in Oxford studiert und arbeitet hier bei einem Verlag, Burrows and Graves. Eine ganz erstklassige Firma, hab ich mir sagen lassen, die sich nicht mit Annoncen abgibt oder mit irgend etwas Ordinärem. Über seinen Bücherbrettern hat er Photographien von griechischen und römischen Statuen und Ruinen hängen und Schilder mit Studentenwappen. Einige von den Statuen sind ganz nackt, aber trotzdem sind sie alle schön und fein, ganz fein, man sieht sofort, daß er auf der Universität war. Auch Photographien aus der Schweiz hat er, er macht Bergtouren in der Schweiz und versteht die Sprache dort. Er raucht, Abend für Abend sitzt er mit seiner Pfeife und schreibt oder liest und macht dabei mit einem Bleistift Notizen; er liest Manuskripte und sogenannte Bürstenabzüge. Pfeifen hat er, für jeden Tag in der Woche eine andere, und dazu ein Raucherservice aus wunderschönem Stein, der Serpentin heißt, grün mit roten Adern drin; ferner eine Tabaksdose und einen Topf für die Federn, mit denen er die Pfeifen putzt, und dann kleine Behälter für die Pfeifen, einen für jede, und alles aus dem Stein; wie ein Monument schaut das Ganze aus. Und beim Abstauben, weißt du, wenn man so ein Ding aus Serpentin fallen läßt, so zerbricht es wie Töpferware; fast jedes von den Mädeln, die ich gehabt hab, hat was zerbrochen an dem Tabaksfriedhof. Und eines mußt du wissen –' Matilda Good beugte sich vor und streckte die Hand aus, um Mutters Aufmerksamkeit noch stärker zu fesseln – ‚er ist nicht für das Frauenstimmrecht! Verstehst du?'

‚Ah, da muß man aber vorsichtig sein', meinte meine Mutter.

‚Ja, das muß man. Und dann hat er einige Schrullen, der Mr. Plaice, doch wenn man ein bißchen Rücksicht nimmt auf sie, sind sie nicht so schlimm. Eine dieser Schrullen ist, daß er vorgibt, jeden Tag zu baden. Jeden Morgen muß eine ganz niedrige Blechwanne voll kalten Wassers in seinem Zimmer aufgestellt werden, und er tut dann so, als ob er darin herumplantschte, ganz wild ist er dabei und macht einen Lärm wie ein Meerschwein, das eine Hymne singt. Er ist sehr stolz auf seine Wanne, wie er sie nennt, in Wirklichkeit sieht sie mehr einem Futternapf für einen Kanarienvogel ähnlich als einer Wanne. Und er sagt, das Bad muß so kalt sein wie nur möglich, und wenn auch Eis obendrauf schwimmt. Und dabei –'

Matilda Good neigte sich noch weiter vor, wodurch etwas wie ein Erdrutsch über der Armlehne ihres Sessels entstand; dazu nickte sie mit dem Kopf, und ihr Geflüster wurde noch vertraulicher. ‚Und dabei badet er garnicht wirklich', schnaufte sie.

‚Was? Steigt er nicht hinein in die Badewanne?'

‚Nein. Wenn er es einmal wirklich tut, dann sieht man nasse Fußspuren auf dem Fußboden. Er steigt nur manchmal wirklich hinein. Ich denke mir, daß er als junger Mensch an der Universität vielleicht jeden Tag gebadet hat. Trotzdem muß die Wanne tagaus, tagein aufgestellt werden, man muß das Wasser hinaufschleppen, das Bad einfüllen und nachher wieder ausgießen, und man darf ihn ja nicht fragen, ob das Wasser vielleicht ein bißchen wärmer sein soll. Wahrscheinlich darf ein Herr, der auf der Universität war, nach so was nicht gefragt werden. Dabei habe ich ihn einige Male erwischt, wie er im Winter sein Rasierwasser in die Wanne gegossen hat, nachdem er vorher eine Woche lang ungebadet herumgelaufen ist, aber einen Krug warmen Wassers für das Bad verlangen – er denkt nicht daran! Sonderbar, was? Aber das ist eben eine seiner Schrullen.'

,Manchmal bilde ich mir ein', fuhr Matilda Good noch vertraulicher fort, ,daß er vielleicht all die Berge in der Schweiz ebensowenig wirklich besteigt, wie er sein Bad nimmt . . .'

Sie wälzte die über die Armlehne des Stuhles hängenden Massen ihrer Person wieder in die ursprüngliche Lage zurück. ,Dieser Mr. Plaice hat, müßt ihr wissen', fuhr sie fort, ,eine Art zu reden, wie ein Geistlicher oder ein Lehrer, so zwischen den beiden, könnte man sagen, streng und überlegen. Wenn man zu ihm was sagt, so gibt er mitunter ein sonderbares Geräusch von sich: ,Arrr . . . Arrr . . . Arrr.' Es klingt fast so, wie wenn ein Pferd wiehert, als ob er einem zu verstehen geben wollte, daß er nicht viel von einem hält, das aber nicht geradeheraus sagen will und jedenfalls keine Zeit hat, einem ordentlich zuzuhören. Du mußt dich nicht ärgern darüber, es kommt daher, weil er so gebildet ist. Dann hat er auch die Gewohnheit, lang und herablassend zu einem zu reden und einem beleidigende Namen zu geben. Es fällt ihm manchmal ein, einen ,meine edle Abigail' zu nennen oder wenn man in der Früh an seine Tür klopft, zu rufen: ,Tritt ein, o rosenfingrige Aurora.' Wahrscheinlich bildet er sich ein, daß ein Dienstmädchen saubere und rosige Finger haben kann, trotzdem es in allen Zimmern einheizen muß. Auch mit mir macht er allerlei Späße. Er hat nicht die Absicht, unhöflich zu sein, glaubt vielmehr, seine Reden sind witzig. Er meint es sicher freundlich, will einen fühlen machen, daß er ganz zahm mit einem scherzt, wo er doch fürchterlich streng sein könnte, wenn er wollte. Ich denk mir immer, da er gut zahlt und eigentlich wenig Arbeit macht, werde ich mich hüten, mich mit ihm zu überwerfen. Manchmal frag ich mich allerdings auch, wie es ihm wohl ginge, wenn ich zu seinem Gerede nicht den Mund hielte, und wer von uns wohl den kürzeren zöge, wenn ich mich mit ihm einließe und ihm seine Scherzreden heimzahlte. Ich wüßte ihm herrliche Dinge zu sagen! Aber das', fuhr sie fort, indem sie über ihr ganzes breites Gesicht lächelte und dazu das eine Auge rollte, mit dem sie mich eben anblickte, ,ist nur so eine Phantasie, eine Phantasie, die man sich hier in diesem Hause eigentlich gar nicht erlauben sollte. Ich geb aber zu, daß ich mir so einen Wortwechsel mit ihm zuweilen ausmale. Wenn er zum Beispiel sagt – aber einerlei, was er sagt und was ich erwidern könnte . . . Ho ho . . . Er zahlt gut und zahlt auch regelmäßig, meine Liebe. Und er wird kaum so bald seine Stellung verlieren, glaub ich, oder sich eine andere suchen. Und so muß man eben seine Schrullen mit in den Kauf nehmen. Und außerdem –'

Matilda Good setzte die Miene eines Menschen auf, der eine Schwäche eingesteht. ,Sein Pianola, wißt ihr, das ist mir oft eine Freude, das muß ich ihm zugute halten, und dabei ist es fast der einzige Lärm, den er überhaupt macht. Außer, wenn er sich die Stiefel auszieht.'

,Das ist also Mr. Plaice. Im zweiten Stock wohnt nach vorn hinaus Ehrwürden Moggeridge mit seiner Frau. Sie sind schon fünf Monate lang bei mir, und es schaut so aus, als ob sie Wurzeln fassen wollten.'

,Doch nicht ein Geistlicher?' fragte meine Mutter in ehrfurchtsvollem Ton.

,Ein ganz armer Geistlicher', erwiderte Matilda, ,aber eben doch ein Geistlicher. Es gereicht uns allen zur Ehre, daß er hier wohnt. Ach, aber sie sind ganz arm, die beiden alten Leute. Er ist viele Jahre lang Hilfspfarrer oder etwas dergleichen gewesen in irgendeinem abseits gelegenen kleinen Nest, und er hat seine Stellung verloren. Ich kann ja nicht verstehen, daß jemand das Herz gehabt haben soll, ihn hinauszuwerfen. Vielleicht hat er irgend etwas angestellt, wer kann es wissen, er ist ein komischer alter Mann . . .

Fast jeden Samstag trottet er davon, um am Sonntag irgendwo als stellvertretender Geistlicher, wie das heißt, Gottesdienst zu halten, und wenn er dann zurückkommt, ist seine Erkältung gewöhnlich schlechter als je, und er hört nicht auf, zu schnauben und zu niesen. Es ist grausam, wie diese alten stellvertretenden Geistlichen behandelt werden, gewöhnlich holt man sie in einem offenen Wagen von der Bahnstation ab, und wenn das Wetter noch so miserabel ist, und dann gibt es im Pfarrhaus nur Tee, nicht einen Tropfen Alkohol gegen Erkältung. Und das nennt sich christliche Nächstenliebe! Aber was will man machen . . . Den ganzen Tag humpeln die zwei da oben herum und kochen sich, so gut es geht, ihr bißchen Essen über dem Feuer in ihrem Zimmer. Gewöhnlich wäscht sie sich auch ihr Zeug selber. So leben sie irgendwie, die zwei armen Alten. Verlassen und vergessen. Aber sie machen mir sehr wenig Mühe, und wie gesagt, er ist immerhin ein Geistlicher. Und dann das Hinterzimmer im zweiten Stock, da wohnt eine Deutsche, die unterrichtet – was immer einer gerade lernen will, glaub ich. Sie ist erst einen Monat hier, und ich weiß nicht recht, ob ich sie eigentlich mag oder nicht, aber sie kommt mir ganz anständig vor und recht zurückgezogen, und schließlich, wenn man ein Zimmer leer stehen hat, darf man eben nicht wählerisch sein.

Das ist also die ganze Gesellschaft, meine Liebe. Und morgen wollen wir anfangen. Ihr geht jetzt hinauf und richtet euch in euren zwei Zimmern oben ein. Es ist da ein kleines für Mortimer und ein größeres für dich und Prue. Ihr findet Haken an der Wand für eure Kleider, auch Vorhänge sind da, damit die Sachen nicht verstauben. Mein Zimmer ist neben eurem. Ich werde euch meinen alten Wecker geben und euch zeigen, wie er zu stellen ist, und morgen sind wir dann Punkt sieben unten. Du, Martha, und ich und Prue. Der junge Herr hat die Vorrechte seines Geschlechts und kommt erst um halb acht herunter! Ja, ja, Martha, ich bin auch eine Frauenrechtlerin – ganz wie Miss Bumpus. Zu allererst muß das Feuer hier angemacht werden, und da müssen wir zusehen, daß wir die Asche ordentlich wegputzen, sonst bringen wir den Teekessel nie zum Kochen. Dann kommt das Einheizen in den anderen Zimmern, Stiefelputzen, in den Vorderzimmern abstauben, und dann die Frühstücke. Mr. Plaice kriegt seines Punkt acht, ja nicht später, Miss Bumpus ihres um halb neun, und wir müssen das Tablett von Mr. Plaice möglichst schnell wieder kriegen, denn wir sind mit den Teelöffeln sehr knapp. Fünf habe ich im ganzen. Bevor mein letzter Mieter im dritten Stock ausgezogen ist, habe ich sieben gehabt, feiner Herr, was? Die Alten machen sich ihr Frühstück selbst, und Mrs. Buchholz bekommt eine Tasse Tee und ein Butterbrot, sobald wir mit dem Aufräumen fertig sind. Das ist unser Programm, Martha.‘

‚Ich werde mir alle Mühe geben, Tilda‘, sagte meine Mutter, ‚das weißt du ja.‘

‚Hallo!‘ rief Matilda und zeigte auf die Decke. ‚Nun fängt das Konzert an. So einen Bums gibt es immer, wenn er die Pedale von dem Pianola herunterläßt.‘

Gleich darauf drang Klavierspiel durch die Decke zu der unterirdischen Teegesellschaft herunter – ich kann es schwer beschreiben.

Zu dem wenigen wirklich Guten, was jenes Zeitalter besaß, gehörte seine Musik; auf manchen Gebieten hat die Menschheit sehr früh große Vollkommenheit erreicht. Ich glaube, in der Edelsteinschleiferei und der Goldschmiedekunst ist das, was vor vielen Jahrtausenden im Ägypten der siebzehnten Dynastie geleistet wurde, kaum jemals übertroffen worden, und die Bildhauerei zeitigte ihre wunderbarsten Blüten in Athen vor der Zeit Alexanders des Großen. Ich bezweifle, daß es heute schönere oder edlere Musik gibt als die herrlichen Tonwerke aus jenem fernen Zeitalter der Verwirrung. Was Mr. Plaice uns als erstes hören ließ, waren Bruchstücke aus Schumanns *Karneval;* diese Komposition wird heute noch gespielt, und es war die erste gute Musik, die ich zu hören bekam. Die Blechmusik der Kapelle auf der Promenade von Cliffstone hatte mir keinen großen Eindruck gemacht, ich hatte sie eigentlich nur als fröhlichen Lärm empfunden. Ich weiß nicht, ob euch klar ist, was ein Pianola war. Es war eine Art Klavier, dessen Hämmer mittels perforierter Rollen in Bewegung gesetzt wurden, und das Instrument diente dem Gebrauch von Leuten, die weder lesen konnten, noch geschickt genug waren, richtig Klavier zu spielen. Die meisten Menschen jener Zeit waren nämlich unglaublich ungeschickt. Das Ding machte verschiedene Nebengeräusche, und manche Töne und Akkorde klangen verschwommen und unrein, aber im großen und ganzen machte Mr. Plaice seine Sache recht gut, und das Ergebnis seiner Bemühung drang durch die Zimmerdecke zu uns. Es hätte schlimmer sein können, wie man damals zu sagen pflegte.

Mit der Erinnerung an jenes Musikstück kommt mir sofort auch das Bild des Kellerzimmers, in dem wir damals saßen, lebendig in den Sinn – ich glaube, beim Klang irgendeiner Schumannschen Komposition wird's mir so gehen, solang ich lebe. Deutlich sehe ich das Zimmer vor mir, sehe den kleinen Kamin, mit einer besonderen Vorrichtung für den Teekessel über dem Feuer, die Röstgabel daneben, das Kamingitter aus Stahl, die Asche dahinter, den fleckigen, kleinen Spiegel über dem Kaminsims, kleine Porzellanhunde davor und das Gaslicht in einer matten Glaskugel, die von der Decke herabhing und das Teegeschirr auf dem Tisch beleuchtete. (Jawohl, das Haus hatte Leuchtgas; elektrisches Licht kam damals eben erst auf . . . Liebste Iris, ich kann wirklich nicht meine Geschichte unterbrechen, um dir zu erklären, was Leuchtgas war! Du solltest das auch längst gelernt haben.)

Matilda Good saß da und lauschte in einer Art von idiotischer Ekstase den Tönen, die aus dem oberen Stockwerk zu uns herunterdrangen. Ihr Häubchen wackelte, sie wiegte den Kopf und lächelte. Mit den Händen vollführte sie rhythmische Bewegungen der beifälligen Freude, und das eine Auge blickte mich froh, Verständnis suchend an, indes das andere die schmutzige Tapete hinter mir betrachtete. Ich war tief bewegt. Meine Mutter und Prue hingegen saßen in ihren schwarzen Kleidern da und bemühten sich, ihren Gesichtern einen andächtigen Ausdruck zu geben; sie sahen sehr korrekt und fein aus, genauso hatten sie fünf Tage vorher bei Vaters Beerdigung in der Kirche gesessen.

‚Sehr schön', flüsterte Mutter, als ob sie eine zum Gottesdienst gehörende Formel hersagte, sobald das erste Stück zu Ende war . . .

Ich legte mich an jenem Abend in meinem Dachkämmerchen zur Ruhe, indes Bruchstücke aus Schumann, Bach und Beethoven mir abwechselnd durch den Kopf summten. Ich war mir klar darüber, daß ein neuer Lebensabschnitt für mich begonnen hatte . . ."

„Juwelen und Geschmeide", sagte Sarnac, „Skulpturen und Musik – das waren die ersten wunderbaren Anzeichen dessen, was der Mensch aus dem Leben machen kann. Es waren, ich erkenne es jetzt, die verheißungsvollen Anfänge, die Samen einer neuen Welt im dunklen Schoß der alten."

## 6

„Der nächste Morgen zeigte uns eine neue, emsig tätige Matilda Good in einem losen und nicht sehr sauberen braungrauen Kattunschlafrock und mit einer Art Turban aus bedruckter Seide auf dem Kopf. Dieses Kostüm behielt sie den ganzen Tag an, abgesehen davon, daß sie am Nachmittag ihr Haar in Ordnung brachte und ein Häubchen aus baumwollener Spitze aufsetzte. (Das schwarze Kleid und das Häubchen aus Zwirnspitze sowie die Brosche dienten, wie ich bald merkte, nur für den Sonntag und für irgendwelche besonderen Anlässe während der Woche.) Meine Mutter und Prue hatten grobe Schürzen um, die Matilda vorsorglich für sie angeschafft hatte.

Im Kellergeschoß des Hauses ging es geschäftig zu, und einige Minuten vor acht mußte Prue mit Matilda zu Mr. Plaice hinaufgehen, um zu lernen, wie sie ihm das Frühstück zu servieren habe. Ich machte seine Bekanntschaft etwas später, als ich ihm eine Abendzeitung hinaufbrachte. Er war ein großer, schlanker Mann mit gebeugtem Rücken und einem leichenblassen Gesicht, das aussah, als bestünde es nur aus Profil. Er witzelte über meinen zweiten Vornamen, den er zu aristokratisch für mich fand, und begleitete seine Reden mit jenen sonderbaren schnaubenden Tönen, die ich bereits aus Matilda Goods Schilderung kannte.

Im Verlauf der nächsten Wochen wurde es klar, daß Matilda Good ein für sie ganz ausgezeichnetes Geschäft gemacht hatte, als sie uns ins Haus genommen hatte. Meine Mutter bekam keinerlei Entlohnung für ihre Arbeit, und es zeigte sich, daß sie für den Dienst in einem Logierhause vortrefflich geeignet war. Sie arbeitete so tüchtig, als ob sie am Gewinn des Unternehmens beteiligt wäre, und Matilda gab ihr nur gelegentlich ein bißchen Geld, etwa, wenn sie irgendeinen Weg zu machen hatte oder sich etwas kaufen wollte, das sie dringend benötigte. Prue hingegen hatte mit unerwarteter Hartnäckigkeit darauf bestanden, daß sie einen Lohn bekommen müsse, und hatte ihren Anspruch durchgesetzt, indem sie auf Stellungssuche ausgezogen war und fast bei einer Schneiderin aufgenommen worden wäre. Nach einiger Zeit wurde Matilda eine ihren Mietern unsichtbare, im Kellergeschoß waltende oberste Hausherrin, und alle Arbeit in den oberen Stockwerken blieb meiner Mutter und Prue überlassen. Mitunter kam Matilda den ganzen Tag aus ihrem unterirdischen Reich nicht hervor und stieg erst des Abends, wenn sie, wie sie zu sagen pflegte, ins Bett torkelte, die Treppen hinauf.

Sie versuchte sehr schlau, auch mich zu Dienstleistungen in ihrem Haus heranzuziehen. Ich mußte Kohleneimer die Treppen hinaufschleppen, Stiefel putzen und mich überhaupt nützlich machen. Eines Tages fragte sie mich, ob ich nicht einen hübschen Anzug mit Knöpfen haben wolle – es war damals nämlich Sitte, daß kleine Jungen, die man als Diener verwendete, eng anliegende Anzüge aus grünem oder braunem Tuch trugen, mit zwei dichten Reihen goldener Knöpfe über Brust und Magen. Doch erinnerte mich der Vorschlag zu sehr an Chessing Hanger, wo ich eine heftige Abneigung gegen allen ‚Dienst' und gegen ‚Livreen' gefaßt hatte, und ich beschloß, mir irgendeine andere Stellung zu suchen, bevor Matilda Good ihre Absichten würde durchsetzen können. Merkwürdigerweise bestärkte mich ein Gespräch mit Miss Beatrice Bumpus in meinem Entschluß.

Miss Bumpus war eine schlanke, junge Dame von etwa fünfundzwanzig Jahren. Sie hatte kurzes, braunes Haar, das sehr hübsch von ihrer breiten Stirn zurückfiel; ihre Nase zeigte Sommersprossen, und ihre hellen, braunen Augen waren freundlich und lebhaft. Gewöhnlich trug sie ein Kostüm aus kariertem Wollstoff, bestehend aus einem ziemlich kurzen Rock und einer Jacke von sehr männlichem Schnitt. Dazu hatte sie grüne Strümpfe und braune

Schuhe an – ich hatte bis dahin noch niemals grüne Strümpfe gesehen –, und sie pflegte ganz in derselben Haltung vor ihrem Kamin zu stehen wie Mister Plaice ein Stockwerk tiefer vor dem seinen; oder sie saß an einem Schreibtisch am Fenster und rauchte Zigaretten. Sie fragte mich, was ich zu werden gedächte, und ich antwortete mit einer Bescheidenheit, die man mir, als meinem Rang entsprechend, beigebracht hatte, ich hätte darüber noch gar nicht nachgedacht.

Darauf erwiderte Miss Bumpus: ‚Lügner.'

Eine solche Bemerkung kann entweder tödlich oder heilsam sein, und ich sagte: ‚Miss, ich – ich möchte gerne etwas lernen und weiß nicht recht, wie ich das anstellen soll. Ich weiß nicht, was ich beginnen soll.'

Miss Bumpus hob bedeutungsvoll die Hand und blies den Rauch ihrer Zigarette durch die Nase. Dann sagte sie: ‚Du darfst dich auf keine Sackgassenbeschäftigung einlassen.'

‚Ja, Miss.'

‚Weißt du denn, was eine Sackgassenbeschäftigung ist?'

‚Nein, Miss!'

‚Eine Beschäftigung, die einen Lohn einbringt, aber zu nichts führt. Eine der zahllosen Fallen der blödsinnigen Pseudo-Zivilisation, die die Menschheit geschaffen hat. Nimm niemals eine Arbeit an, die zu nichts führt, und steck dir ein hohes Ziel. Ich muß über deinen Fall nachdenken, Harry Mortimer, vielleicht kann ich dir helfen . . .'

Diesem Gespräch folgte eine ganze Reihe weiterer, und Miss Bumpus gewann beträchtlichen Einfluß auf meine Jugend. Sie erklärte mir, daß es trotz der vorgerückten Jahreszeit verschiedene Abendkurse gebe, die ich mit Nutzen besuchen könnte. Sie erzählte mir von allerlei hervorragenden und erfolgreichen Menschen, die ihre Laufbahn so bescheiden und mit so geringen Hoffnungen begonnen hatten, wie ich die meine, und sagte, ich hätte es verhältnismäßig leicht, da mir doch durch mein Geschlecht keinerlei Hindernisse in den Weg gelegt würden. Sie fragte mich, ob ich Interesse für die Frauenstimmrechtsbewegung hätte, und gab mir Karten für zwei Versammlungen, bei denen ich sie sprechen hörte. Sie sprach meiner Meinung nach sehr gut und wehrte die Angriffe verschiedener Personen, die ihre Rede unterbrachen, erfolgreich ab. Ich klatschte ihr Beifall, bis mich die Hände schmerzten. Etwas in ihrer leichten und mutigen Haltung dem Leben gegenüber erinnerte mich an Fanny, was ich ihr eines Tages auch sagte, und bevor ich recht wußte, wie mir geschah, hatte ich ihr, wenn auch stockend und beschämt, die Geschichte unserer Familienschande erzählt. Sie zeigte großes Interesse.

‚Sah sie Prue ähnlich?'

‚Nein, Miss.'

‚Sie war hübscher?'

‚Viel hübscher. Prue kann man ja eigentlich überhaupt nicht hübsch nennen.'

‚Na, hoffentlich geht's ihr gut', sagte Miss Bumpus. ‚Sie hat ganz recht gehandelt, hoffentlich hat sie keine Enttäuschung erlebt.'

‚Ich würde viel darum geben, wenn ich wüßte, daß es Fanny gutgeht . . . Ich hab Fanny sehr gern, Miss . . . Ach, und ich würde was drum geben, wenn ich sie wiedersehen könnte . . . Und nicht wahr, Miss, Sie sagen meiner Mutter nicht, daß ich Ihnen von Fanny erzählt habe? Es ist mir nur so entschlüpft.'

‚Mortimer', sagte Miss Bumpus, ‚du bist ein anhänglicher Kerl. Ich wünschte, ich hätte auch so einen kleinen Bruder. Sei ganz ruhig, ich werde nichts verraten.'

Ich fühlte, daß wir Freundschaft miteinander geschlossen hatten, und die Überzeugung, daß den Frauen das Stimmrecht gewährt werden müsse, wurde meine erste politische Ansicht. Ich folgte ihrem Rat und zog Erkundigungen ein über Kurse in der Nähe, in denen Geologie, Chemie sowie Französisch und Deutsch gelehrt wurde, und sehr schüchtern brachte ich schließlich die Frage meiner weiteren Ausbildung im Kellergeschoß zur Sprache.“

## 7

Sarnacs Blick glitt über die vom Feuer beschienenen Gesichter seiner Zuhörer.

„Meine Geschichte muß euch höchst verwunderlich scheinen. Es ist aber eine Tatsache, daß ich, noch keine vierzehn Jahre alt, gegen die Vorstellungen und Wünsche meiner Familie um meine Bildung kämpfen mußte. Matilda und meine Mutter zogen das ganze Haus von oben bis unten mit in den Streit hinein. Außer Miss Bumpus und Mrs. Buchholz waren alle gegen mich.

‚Bildung‘, sagte Matilda und wiegte den Kopf mit mißbilligendem Lächeln. ‚Bildung! Die ist ja ganz schön für Leute, die nichts Besseres zu tun haben. Aber du willst doch vorwärtskommen in der Welt, du mußt verdienen, mein Junge.‘

‚Je mehr ich aber gelernt habe, desto besser werde ich verdienen können.‘

Matilda spitzte verächtlich die Lippen und wies gegen die Decke, über der sich das Zimmer von Mr. Plaice befand. ‚Das hat man von der Bildung, mein Junge. Ein Zimmer, das mit Büchern vollgestopft ist, und ein kleinwinziges Gehalt, so winzig, daß man sich das ganze Jahr kaum irgendeine Freude leisten kann. Nur die Nase kann man hochtragen, aus Stolz auf die Bildung. Was du brauchst, mein Junge, ist eine Anstellung in einem Geschäft, nicht Bildung.‘

‚Und wer soll denn für die Kurse zahlen?‘ fragte meine Mutter. ‚Das möchte ich wissen.‘

‚Ja, das möchten wir alle wissen', meinte Matilda Good.

‚Wenn ich nichts mehr lernen darf –' stieß ich hervor, ließ aber meinen verzweifelten Satz unbeendet; ich war dem Weinen nahe. In meiner Unwissenheit verharren zu müssen, war mir fast so, als ob ich zu lebenslänglichem Kerker verurteilt worden wäre. Ich war nicht der einzige, der solches erlitt, Tausende von armen vierzehn- oder fünfzehnjährigen Jungen damals waren klug genug, um ihre trostlose Unwissenheit zu empfinden, und wußten doch nicht genug, um einen Fluchtweg aus der geistigen Vernichtung zu finden.

‚Hört doch nur', sagte ich schließlich, ‚wenn ich tagsüber irgendeine Arbeit bekomme, darf ich dann eine Abendschule besuchen und mir sie selbst bezahlen?'

‚Wenn du genug verdienst', sagte Matilda, ‚warum schließlich nicht? Es ist nicht schlimmer als ins Kino gehen oder irgendeinem Mädel Süßigkeiten kaufen.'

‚Zuallererst mußt du aber hier etwas für dein Zimmer bezahlen und für dein Essen, Mortimer', sagte Mutter. ‚Es wäre unfair gegen Miss Good, wenn du das nicht tätest.'

‚Das weiß ich wohl', entgegnete ich, und mein Mut sank immer mehr. ‚Ich werde für Kost und Quartier zahlen, irgendwie wird's schon gehen, ich möchte niemandem zur Last fallen.'

‚Was glaubst du nur eigentlich, daß es dir nützen wird?' fragte Matilda Good. ‚Vielleicht wirst du einiges lernen, das gebe ich ja zu, und ein Zeugnis bekommen und allerlei Ideen, die nicht zu deinem Stand passen. Alle deine Energie wirst du auf die Lernerei verschwenden, anstatt zu trachten, daß du es zu einer guten Stellung bringst. Und du wirst einen krummen Rücken kriegen und kurzsichtig werden und ewig unzufrieden sein. Aber mach, was du willst. Das Geld, das du dir selbst verdienst, kannst du ausgeben, wie du willst . . .'

Mr. Plaice machte mir auch nicht gerade Mut. ‚Nun,

mein edler Mortimer', sagte er, ,du strebst ja, A r r, wie ich höre, ein höheres Studium an.'

,Ich weiß sehr wenig und möchte gern noch etwas dazulernen.'

,Und so die Masse des halbgebildeten Proletariats vermehren, wie?'

Das klang nicht gut. ,Hoffentlich nicht', erwiderte ich.

,Und was für Kurse willst du denn besuchen, Mortimer?'

,Irgendwelche.'

,Du hast gar keinen Plan, kein bestimmtes Ziel?'

,Ich denke mir, man wird mich in der Schule beraten.'

,So, so, du willst an Gelehrsamkeit in dich aufnehmen, was immer man dir dort zu geben bereit ist? Wahrhaftig, ein unersättlicher Appetit! Aber indes du – indes du, A r r, an der reichhaltigen Tafel des Wissens schwelgst und einige Zeit mit den Kindern der wohlhabenden Stände wetteiferst, wird dich wohl irgendwer erhalten müssen. Findest du es nicht ein bißchen grausam gegen deine gute Mutter, die sich Tag und Nacht für dich abmüht, wenn du deinerseits nicht auch nützliche Arbeit leistest, wie? Unter den Dingen, Mortimer, die man in den vielgeschmähten Privatschulen lernt, gibt es ein Spiel namens C r i c k e t, nicht wahr? Nun frage ich dich, verträgt sich diese – diese deine Abneigung, deiner Familie zu helfen, indem du möglichst bald tüchtig verdienst, A r r, mit dem Ehrgefühl eines Cricketspielers? Von einem Harry würde ich eine solche Aufführung wohl erwarten, nicht aber von einem Mortimer, mußt du wissen. N o b l e s s e o b l i g e. Überleg es dir einmal genau, mein Junge. Die Bildung mag ja eine schöne Sache sein, es gibt aber auch so etwas wie Pflicht. Und viele von uns müssen sich mit einem Leben bescheidener Arbeit zufriedengeben, viele von uns, Menschen, die unter glücklicheren Umständen vielleicht Großes geleistet hätten . . .'

Die Moggeridges redeten mir in gleichem Sinne, wenn auch in etwas sanfteren Tönen zu. Meine Mutter hatte auch ihnen von der Sache erzählt. Ich verspürte in der Regel keine Neigung, längere Zeit in der Atmosphäre der beiden Alten zu verweilen, sie hatten eine altmodische Angst vor Zugluft, und infolgedessen umgab sie stets ein sonderbar modriger Geruch. Sie waren, um es geradeheraus zu sagen, recht schmutzige, alte Leute. Wahrscheinlich hatten sie in bezug auf Reinlichkeit schon in jungen Jahren an sich und ihre Umgebung keine sehr hohen Anforderungen gestellt und diese mit zunehmendem Alter immer niedriger heruntergeschraubt. Ich pflegte ihr Zimmer recht hastig zu betreten und ebenso rasch wieder zu verschwinden.

Doch hatten die beiden gebrechlichen und erbärmlichen Alten eine sehr eindrucksvolle Art, mit sozial niedriger Stehenden umzugehen – das hatten sie in einem halben Jahrhundert geistlicher Führerschaft unter willfährigen Bauern wohl gelernt. ‚Guten Morgen, Sir und Madam', sagte ich, indem ich einen Eimer Kohlen absetzte und den leer gewordenen Eimer vom vorigen Tage aufnahm.

Mrs. Moggeridge näherte sich mir mit schwankenden Schritten, als wolle sie meinen Rückzug aufhalten. Sie hatte silberweißes Haar, ein verrunzeltes Gesicht und zusammengekniffene, rotgeränderte Augen. Sie war kurzsichtig und trat, wenn sie mit mir sprach, stets ganz nahe an mich heran, so daß mir ihr Atem ins Gesicht blies. Sie streckte eine zappelige Hand aus, um mich zum Stehenbleiben zu nötigen, und begann mit zitternder Stimme zu sprechen. ‚Und wie geht's Master Morty heute?' fragte sie in gütig herablassendem Ton.

‚Danke, Madam, sehr gut', erwiderte ich.

‚Ich habe etwas recht Betrübliches über dich gehört, Morty, etwas recht Betrübliches.'

‚Das tut mir leid, Madam', sagte ich, hatte aber nicht

den Mut, hinzuzufügen, daß meine Angelegenheiten sie nichts angingen.

‚Man sagt mir, daß du unzufrieden seist, Morty, daß du die Gnade Gottes nicht zu schätzen wissest.‘

Mr. Moggeridge saß in einem Lehnstuhl am Kamin. Er war in Hemdärmeln und Pantoffeln und las Zeitung. Nun blickte er über seine silbergeränderten Brillengläser hinweg zu mir herüber und begann in salbungsvollem Ton zu sprechen.

‚Es betrübt mich, zu hören, daß du deiner lieben Mutter Kummer bereitest‘, sagte er, ‚sehr betrübt mich das. Sie ist eine gute, fromme Frau.‘

‚Ja, Sir‘, entgegnete ich.

‚Nicht alle Jungen haben heutzutage das Glück, so liebevoll und gewissenhaft erzogen zu werden wie du. Vielleicht wirst du eines Tages einsehen, was du deiner Mutter verdankst.‘ “

(„Jetzt erst beginne ich es wirklich einzusehen“, unterbrach Sarnac seine Erzählung.)

„‚Man sagt mir, du habest dir einen phantastischen Plan zurechtgelegt, wollest Kurse besuchen, anstatt dich einer Arbeit zuzuwenden, die deinem Stand entspricht. Stimmt das?‘

‚Ich hab das Gefühl, daß ich zuwenig weiß, Sir‘, erwiderte ich. ‚Ich möchte gern noch etwas lernen.‘

‚Wissen bedeutet nicht immer Glück, Morty‘, sagte Mrs. Moggeridge, indem sie ganz nahe – viel zu nahe – an mich herantrat.

‚Und was für Kurse verlocken dich denn dazu, die Achtung zu vergessen, die du deiner guten Mutter schuldest?‘ fragte Mr. Moggeridge.

‚Das weiß ich noch nicht, Sir. Es gibt Abendkurse in Geologie, Französisch und dergleichen mehr.‘

Der alte Mann machte eine abwehrende Handbewegung und setzte eine Miene auf, als ob *ich* derjenige gewesen wäre, der einen üblen Geruch ausströmte. ‚Geologie!‘ wiederholte er. ‚Französisch – die Sprache Voltaires. Laß dir eines gesagt sein, mein Junge: deine Mutter hat völlig recht, wenn sie dich diese Kurse nicht besuchen lassen will. Die Geologie – die Geologie ist von Anfang bis zu Ende falsch, sie hat in den letzten fünfzig Jahren mehr Schaden angerichtet als sonst irgend etwas. Sie untergräbt den Glauben, sie sät Zweifel. Ich weiß, was ich sage, Mortimer; ich habe es mit eigenen Augen gesehen, wie diese Wissenschaft das Leben braver Menschen zerstört und ihre Seele der ewigen Verdammnis preisgegeben hat. Ich bin ein alter, gebildeter Mann und habe die Werke vieler dieser sogenannten Geologen studiert – Huxley, Darwin und wie sie alle heißen –, ich habe ihre Bücher sehr, sehr sorgfältig und mit größter Duldsamkeit gelesen, und ich sage dir, sie i r r e n, einer wie der andere, sie irren hoffnungslos. Kann solches Wissen dir Nutzen bringen? Wird es dich glücklich machen? Oder besser? Nein, mein Junge. Ich aber weiß etwas, was dir von größtem Nutzen sein kann. Etwas, das älter ist als die Geologie, älter und besser. Sarah, reiche mir, bitte, das Buch, das dort liegt. Ja‘, fügte er ehrfurchtsvoll hinzu, ‚d a s Buch.‘

Seine Frau reichte ihm eine schwarzgebundene Bibel, deren Deckel zum Schutz gegen Abnutzung an den Rändern mit Metall besetzt war. ‚Mein lieber Junge‘, sagte er, ‚nimm dieses Buch – dieses wohlvertraute alte Buch, nimm es mit meinem Segen. Es enthält alles Wissen, das zu erwerben sich lohnt, alles Wissen, das du hier auf Erden brauchen wirst. Du wirst immer wieder etwas Neues in dem Buch entdecken, immer wieder etwas Schönes.‘ Er hielt mir die Bibel hin.

Das Geschenk anzunehmen, schien mir der beste Weg, so rasch als möglich aus dem Zimmer herauszukommen. Darum nahm ich es und sagte: ‚Vielen Dank, Sir.‘

‚Versprich mir, daß du es lesen wirst.‘

‚O gewiß, Sir.‘

Ich wandte mich zum Gehen, aber die beiden waren in Geberlaune.

‚Mortimer‘, sagte Mrs. Moggeridge, ‚versprich auch mir, daß du dort Kraft suchen wirst, wo Kraft zu finden ist, und daß du dich bemühen wirst, deiner lieben, tapferen Mutter fortan ein besserer Sohn zu sein.‘ Und sie reichte mir eine außerordentlich harte, gelbe, kleine Orange.

‚Danke, Madam‘, sagte ich, verstaute ihre Gabe in meiner Hosentasche, nahm die Bibel in die eine Hand, den leeren Kohleneimer in die andere und ging.

Wütend kehrte ich ins Kellergeschoß zurück und legte meine Geschenke auf eine Fensterbank. Irgend etwas trieb mich dazu, die Bibel aufzuschlagen. Auf der Innenseite des Deckels sah ich die halb ausradierten, aber doch noch leserlichen Umrisse eines Aufdrucks in violetter Tinte: ‚Wartesaal-Bücherei‘, und zerbrach mir den Kopf, was das bedeuten mochte.“

„Und was bedeutete es denn?“ fragte Iris.

„Ganz genau weiß ich es auch heute noch nicht“, entgegnete Sarnac. „Vermutlich hatte der ehrwürdige Herr das heilige Buch auf einer seiner Reisen als stellvertretender Geistlicher in irgendeiner Eisenbahnstation erworben.“

„Was soll das heißen?“ fragte Iris.

„Nichts anderes, als was ich sage. Mr. Moggeridge war in vieler Hinsicht recht sonderbar, und seine Frömmigkeit ging, glaube ich, nicht sehr tief. Er war – ich will nicht sagen unehrlich, hatte aber Anfälle von, nun ja, Habsucht. Und gleich vielen alten Leuten jener Zeit zog er ein anregendes Getränk einem nahrhaften vor; vielleicht hat das seine ethischen Begriffe durcheinandergebracht. Absonderlich war zum Beispiel – Matilda Good hatte das als erste bemerkt –, daß er auf seine Reisen fast nie einen Regenschirm mitnahm, bei der Heimkehr aber stets einen in der Hand trug. Einmal hatte er sogar zwei, als er nach Hause kam. Doch behielt er seine Regenschirme nie lange, er nahm sie auf einen langen Spaziergang mit und kehrte ohne sie zurück, und zwar stets in fröhlichster Laune. Ich erinnere mich, daß ich eines Tages gerade im Zimmer der alten Leute war, als er von einem solchen Ausflug heimkam. Es hatte geregnet, und sein Rock war ganz naß. Mrs. Moggeridge zwang ihn, sich umzukleiden, und klagte dabei, daß er nun schon w i e d e r seinen Regenschirm verloren habe.

‚Nicht v e r l o r e n', hörte ich den alten Mann mit unendlich sanfter Stimme sagen, ‚nicht verloren, meine Liebe, nicht verloren. Aber trotzdem dahin . . . dahin, bevor es zu regnen anfing . . . Der Herr hat's gegeben . . . der Herr hat's genommen.'

Er schwieg eine Weile, den Rock in der Hand. In Hemdsärmeln stand er am Kamin, den einen Arm auf das Kaminsims gestützt, den Fuß auf dem Kamingitter, und sein ehrwürdiges, bärtiges Gesicht starrte ins Feuer. Er schien tief in ernste Gedanken versunken. Dann bemerkte er in etwas weniger feierlichem Ton: ‚Zehn Shilling und sechs Pence. Ein sehr guter Regenschirm.'"

## 8

„Mrs. Buchholz war ein armes, mageres, jammervolles Geschöpf von etwa fünfundvierzig Jahren. Ihr Schreibtisch war von Schriftstücken bedeckt, die irgendeinen dunklen Rechtshandel betrafen. Sie riet mir nicht geradezu von meinem Plan ab, betonte aber sehr nachdrücklich, daß es aussichtslos sei, sich ohne die Kenntnis der deutschen Sprache irgendwelche ‚Kultur' aneignen zu wollen. Ich glaube, dieser Behauptung lag eine verzweifelte Hoffnung zugrunde, daß ich bei ihr Unterricht im Deutschen nehmen würde.

Bruder Ernest war absolut gegen meine ehrgeizigen Pläne. Er war schüchtern, und das Reden fiel ihm schwer. Er nahm mich in ein Varieté mit und verbrachte einen ganzen langen Abend mit mir, ohne daß er die Sache zur Sprache brachte. Erst auf dem Heimweg, fünf Minuten von der Haustür, fing er davon an.

‚Was ist das nur für eine Geschichte mit dir, Harry – du bist unzufrieden mit deiner Bildung?‘ fragte er. ‚Du hast doch, denke ich, einen recht guten Unterricht genossen.‘

‚Ich hab das Gefühl, daß ich viel zu unwissend bin‘, erwiderte ich. ‚Ich kenne weder Geschichte noch Geographie, noch sonst irgend etwas. Nicht einmal die Grammatik der englischen Sprache kann ich ordentlich.‘

‚Du kannst genug‘, meinte Ernest. ‚Du weißt genug, um Arbeit zu bekommen. Mehr Kenntnisse würden dich nur hochnäsig machen. Und wir brauchen weiß Gott nicht noch mehr hochnäsige Leute in der Familie.‘

Ich verstand sehr wohl, daß er auf Fanny anspielte, doch nannte selbstverständlich weder er noch ich ihren mit Schmach bedeckten Namen.

‚Jedenfalls werd ich wohl darauf verzichten müssen‘, sagte ich bitter.

‚Sehr richtig, Harry. Ich wußte ja, daß du im Grunde ein vernünftiger Kerl bist. Wohin man einmal gestellt worden ist, dort muß man bleiben.‘

Die einzige, die mir half, mich gegen geistige Vernichtung zu wehren, war Miss Beatrice Bumpus; doch nach einiger Zeit sollte mir auch dieser Trost genommen werden. Meine Mutter begann Miss Bumpus in schmutziger und ganz unglaublicher Weise zu verdächtigen. Ich blieb nämlich, müßt ihr wissen, mitunter zehn Minuten oder noch länger oben bei ihr im Zimmer, und eine so moralische Frau wie meine Mutter, erzogen zur allerpeinlichsten Vorsicht der Trennung zwischen männlichen und weiblichen Wesen, konnte sich nicht vorstellen, daß zwei junge Menschen verschiedenen Geschlechtes Gefallen aneinander finden und gerne beisammen sind, wenn nicht irgendeine unanständige Vertraulichkeit zwischen ihnen besteht. Die anständigen Leute jener Zeit befanden sich infolge des ihnen auferlegten Zwanges in einem Zustand dauernder Überreiztheit und hatten daher die übertriebensten Vorstellungen von den Gelüsten und Neigungen und von der unkontrollierbaren Doppelzüngigkeit normaler menschlicher Wesen. So begann meine Mutter die umständlichsten Manöver, um Prue an meiner Statt hinaufzuschicken, sooft Miss Bumpus etwas zu bestellen oder zu überbringen war. Und wenn sie einmal wirklich oben in ihrem Zimmer ein paar Worte mit mir sprach und ich, meine Schüchternheit überwindend, ihr antwortete, so beschlich mich bald immer stärker das Gefühl, daß meine Mutter, die arme, irregeführte Frau, draußen auf dem Treppenabsatz stand und in angstvoller Neugierde an der Tür horchte, bereit, plötzlich hereinzustürzen, um Miss Bumpus bloßzustellen, ihr wilde Beschuldigungen an den Kopf zu werfen und sich den Angriffen auf meine moralische Reinheit zu widersetzen. Wahrscheinlich wäre mir all das gar nicht zu Bewußtsein gekommen, wenn meine Mutter mich nicht immer wieder mit Fragen und Warnungen überschüttet hätte. Nach ihrer Meinung hatte eine richtige Erziehung junge Menschen in bezug auf alles, was das Geschlechtsleben betrifft, in sorgfältig behüteter Unwissenheit zu halten, begleitet von Schamhaftigkeit und erbärmlicher Angst. Darum waren ihre warnenden Reden gleichzeitig sehr eindringlich und seltsam unklar. Wozu ich denn immer so lange da oben bei dieser Frau bliebe? Ich sollte auf das, was sie zu mir sagte, nicht hören, ich müßte sehr vorsichtig sein da oben. Ehe ich mich versehe, könnte ich da in üble Geschichten verwickelt werden; es gebe Frauen auf dieser Welt, so schamlos, daß man beim bloßen Gedanken an sie erröten müßte. Sie, meine Mutter, hätte sich stets die allergrößte Mühe gegeben, mir alles Böse und Häßliche fernzuhalten."

„Die arme Frau war verrückt!" rief Salaha.

„All die zahllosen Irrenhäuser, die es damals gab, hätten nicht ein Zehntel der Engländer zu fassen vermocht, die in dieser Hinsicht ebenso verrückt waren wie meine Mutter."

„Mir ist, als wäre alle Welt damals nicht bei Sinnen gewesen", meinte Heliane. „Alle die Menschen, von denen du erzählst, Miss Bumpus vielleicht ausgenommen, sprachen über die Frage deiner Bildung wie Wahnsinnige! Hatte denn keiner von ihnen ein Gefühl dafür, wie abscheulich, wie niederträchtig es ist, das geistige Wachstum eines jungen Menschen zu unterbinden?"

„Es war eine Welt der Unterdrückung und der Ausflüchte. Solange euch das nicht klar ist, könnt ihr das damalige Leben überhaupt nicht verstehen."

„Aber daß alle so einsichtslos waren, einer wie der andere!" meinte Beryll.

„Die meisten waren es. Es war eine von Furcht gebeutelte Welt. ‚Unterwirf dich', flüsterte die Angst ihnen zu, ‚tu dies nicht und jenes nicht, auf daß du nicht Anstoß erregst. Und vor deinen Kindern – v e r b i r g, was du nur kannst.' Was ich euch von der Erziehung des Harry Mortimer Smith erzähle, gilt für die überwiegende Mehrheit aller Menschen, die damals auf Erden lebten. Ihr Geist wurde nicht nur ausgehungert und vergiftet, er wurde mit Füßen getreten und verstümmelt. Die damalige Welt war grausam und verworren, schmutzig und krank, denn sie war von erbärmlichster Furcht geknechtet und hatte nicht den Mut, irgendwelche Abhilfe auch nur ins Auge zu fassen. Man pflegte damals in Europa ganz absonderliche Geschichten von der Grausamkeit der Chinesen zu erzählen. Eine davon besagte, daß in China kleine Kinder in großen Porzellankrügen aufgezogen würden, damit ihr Körper groteske Formen annehme und sie später auf

Jahrmärkten für Geld gezeigt oder an reiche Leute verkauft werden könnten. Es steht fest, daß die Chinesen aus irgendeinem dunklen Grunde jungen Frauen die Füße verkrüppelten, und dies mag der Ursprung jenes greulichen Märchens gewesen sein. Die Kinder Englands aber wurden auf ganz dieselbe Weise geistig zu Krüppeln gemacht ... Ihr könnt es mir glauben! Indem ich euch davon erzähle, höre ich auf, Sarnac zu sein, und all der Kummer, all der Zorn des geistig unterdrückten und in seinem Streben gehemmten Harry Mortimer Smith wird wieder lebendig in mir."

„Hast du denn schließlich irgendwelche Kurse besucht?" fragte Heliane. „Hoffentlich gelang es dir."

„Es dauerte ein oder zwei Jahre, bis es soweit war. Miss Bumpus tat für mich, was sie konnte. Sie lieh mir eine Menge Bücher, und trotz einer ganz sinnlosen Zensur von seiten meiner Mutter las ich alles mit wilder Gier. Doch wurden – ich weiß nicht, ob ihr das verstehen werdet – meine Beziehungen zu Miss Bumpus durch die Auslegung, die meine Mutter ihnen gab, allmählich vergiftet. Ihr werdet wohl begreifen, daß sich ein Junge in meiner Lage in eine so reizende und ihm so freundlich gesinnte junge Frau verlieben, oder richtiger gesagt, daß er eine schwärmerische Verehrung für sie empfinden mußte. Heutzutage gilt die erste schwärmerische Neigung eines jungen Mannes meist einer Frau, die älter ist als er. Sein Gefühl ist nicht sosehr Liebe als eben, wie gesagt, schwärmerische Verehrung. Wir suchen zunächst kaum eine Lebensgefährtin, sondern vielmehr eine gnädige Göttin, die sich liebevoll-hilfreich zu uns neigt. Natürlich war ich verliebt in Miss Bumpus. Aber ich dachte mehr daran, ihr zu dienen oder für sie in den Tod zu gehen, als sie zu umarmen. Wenn ich ihr fern war, verstieg sich meine Phantasie manchmal so weit, daß ich davon träumte, ihre Hände zu küssen.

Und da kam nun meine Mutter, besessen von einem

abscheulichen Verdacht und von eifersüchtiger Angst um meine sogenannte Reinheit, und sprach in einer Weise von meinen demütig dankbaren Gefühlen, als ob es sich um den Trieb handelte, der eine Schmeißfliege zu einem Kehrichthaufen hinzieht. Wachsende Scham und Befangenheit trübte mein Verhältnis zu Miss Bumpus. Ich bekam rote Ohren in ihrer Gegenwart, die Zunge war mir gelähmt, und Möglichkeiten, an die ich ohne die Anspielungen meiner Mutter überhaupt niemals gedacht hätte, wurden in meiner Phantasie abscheulich lebendig. Ich träumte in grotesker Weise von Miss Bumpus. Als ich bald darauf eine Stellung außer Haus annahm, hatte ich nur selten mehr Gelegenheit, sie zu sehen. Aus einer individuellen Persönlichkeit und Freundin wurde sie mir, ganz gegen meinen Willen, immer mehr zu einem Symbol der Weiblichkeit.

Unter den Leuten, die sie besuchen kamen, fiel mir ein Mann von etwa vierunddreißig Jahren immer mehr auf, und ich wurde seinetwegen von heftiger und ohnmächtiger Eifersucht gequält. Er kam zum Tee zu ihr und blieb mitunter zwei Stunden oder noch länger. Meine Mutter ließ sich keine Gelegenheit entgehen, seine Besuche in meiner Anwesenheit zu erwähnen. Sie nannte ihn den Liebhaber der Miss Bumpus oder erging sich in anzüglichen Anspielungen: ‚Prue, heute war schon wieder ein gewisser Herr da. Ja, ja, wenn ein hübscher junger Mann zur Tür hereinkommt, fliegt das Frauenstimmrecht zum Fenster hinaus.‘ Ich bemühte mich, gleichgültig zu scheinen, errötete aber bis über die Ohren. Haß mischte sich in meine Eifersucht, und tage-, ja wochenlang vermied ich jede Gelegenheit, Miss Bumpus zu sehen. Mit wahrer Wut suchte ich nach irgendeinem Mädchen, das ihr Bild aus meiner Phantasie verdrängen würde."

Sarnac brach ab und starrte eine Weile ins Feuer. Seine Miene verriet belustigtes Bedauern. „Wie kleinlich und kindisch das alles jetzt scheint!“ sagte er. „Und wie bitter – oh, wie bitter es damals war!“

„Armer, kleiner Junge!“ sagte Heliane und strich ihm übers Haar. „Armer, verliebter, kleiner Junge!“

„Wie traurig, wie trostlos muß die damalige Welt allen jungen Geschöpfen geschienen haben!“ sagte Salaha.

„Trostlos und erbarmungslos“, ergänzte Sarnac.

## 9

„Meine erste Arbeit in London war die eines Laufburschen bei einem Tuchmacher in der Nähe des Victoriabahnhofes. Ich machte dort Pakete zurecht und trug sie an ihren Bestimmungsort. Etwas später wurde ich Gehilfe bei einem Drogisten namens Humberg, dessen Laden sich in der Lupus Street befand. Solch ein Drogist und Apotheker – das war im damaligen England dasselbe – war etwas ganz anderes als ein heutiger Apotheker, eher glich er dem Apotheker, wie wir ihn in Shakespeares Dramen und ähnlichen alten Literaturwerken finden. Er handelte mit Drogen, Giften, Arzneien, allerlei Gewürzen, Farbstoffen und dergleichen mehr. Ich hatte endlose Reihen von Flaschen zu spülen, verkaufte Drogen und Heilmittel, hielt eine Art Hinterhof in Ordnung und tat, was sonst von mir gefordert wurde.

Unter all den sonderbaren Läden, die es in London gab, war solch eine Drogerie und Apotheke, glaube ich, der allersonderbarste. Diese Art von Geschäften war seit dem sogenannten Mittelalter ziemlich unverändert geblieben, seit jener Epoche, in der das westliche Europa, abergläubisch, schmutzig, krank und degeneriert, der Reihe nach von den Arabern, den Mongolen und den Türken Prügel bekam, sich noch nicht auf die Ozeane hinauswagte, in schweren Eisenrüstungen kämpfte, sich hinter die Wälle seiner Städte und Schlösser duckte, stahl, vergiftete, mordete und folterte und sich dabei einbildete, die Fortsetzung des Römischen Reiches zu sein. Das westliche Europa jener Tage schämte sich seiner eigenen Sprachen und sprach lieber schlechtes Latein; es war zu feige, den Tatsachen ins Auge zu blicken, und schnüffelte lieber zwischen Rätseln und unleserlichen Pergamenten nach Weisheit. Männer und Frauen wurden lebendig verbrannt, wenn sie die Auswüchse des herrschenden Glaubens verlachten, und die Sterne des Himmels galten den Europäern von damals nicht mehr als ein Päckchen schmutziger Karten, aus denen die Zukunft geweissagt wird. In jene dunklen Tage also reichte die Tradition des Apothekers zurück, ihr kennt seine Gestalt aus ‚Romeo und Julia'; meine Zeit, die Zeit des Harry Mortimer Smith, war nur durch viereinhalb Jahrhunderte von der Shakespeares getrennt. Die Apotheker und die fast ebenso unwissenden Ärzte jener Tage arbeiteten einander in überheblicher Anmaßung in die Hände: die einen schrieben Rezepte, dunkle Phrasen und symbolische Wendungen, und die anderen stellten die Medizinen her. Im Schaufenster der Apotheke, in der ich arbeitete, standen riesige Glasflaschen voll rot, gelb und blau gefärbten Wassers und warfen einen mystischen Lichtschein auf das Straßenpflaster, sobald die Gaslampen des Ladens durch sie hindurchschienen."

„Gab's da auch einen ausgestopften Alligator?" fragte Iris.

„Nein, über ausgestopfte Alligatoren waren wir eben hinaus. Doch unterhalb der farbigen Flaschen im Schaufenster hatten wir erstaunliche Porzellangefäße mit vergoldeten Deckeln und geheimnisvollen Aufschriften – wartet einmal! Laßt mich einen Augenblick nachdenken! Eine lautete Sem. Coriand., eine andere Rad. Sarsap. Dann – was stand nur auf dem Tiegel in der Ecke?

Marant. Ar., und der am andern Ende trug den Namen C. Cincordif. Und hinter dem Ladentisch, so daß die Kunden ihn sehen konnten, stand ein Schrank mit hübschen, kleinen Schubladen, die auch wieder goldene Aufschriften trugen: Pil. Rhabarb., Pil. Antibil. und so weiter. Und dann gab es noch endlose Reihen von Flaschen im Laden, mit Ol. Amyg. und Tinct. iod., Flaschen über Flaschen, sage ich euch, geheimnisvoll und wunderbar. Ich erinnere mich nicht, daß Mr. Humberg jemals etwas aus all diesen gelehrten Schubladen und Flaschen genommen oder gar etwas daraus verkauft hätte. Die wirklich gangbaren Artikel waren saubere, kleine Päckchen von ganz anderem Aussehen; sie standen auf dem Ladentisch aufgeschichtet, nette, anziehend zurechtgemachte kleine Päckchen mit verlockenden Aufschriften wie: wohlriechende und verdauungsfördernde Zahnpasta von Gummidge; Hoopers Hühneraugenpflaster; Luxtones Frauentee; Allheil-Pillen von Tinker und dergleichen mehr. Diese Mittel wurden von den Kunden offen und laut verlangt, sie waren unsere Hauptartikel. Mitunter gab es aber auch Verhandlungen im Flüsterton, die ich niemals ganz verstand. Ich wurde stets unter irgendeinem Vorwand in den Hof hinausgeschickt, sobald ein Kunde mit irgendwelchen geheimnisvollen Anliegen auftauchte, und ich kann nicht umhin, zu vermuten, daß Mr. Humberg die seinem Beruf gesetzten Grenzen gelegentlich überschritt und Ratschläge und Unterweisungen erteilte, die dem Gesetz nach das Vorrecht der Ärzte waren. Ihr müßt bedenken, daß viele Dinge, die wir heutzutage jedermann schlicht und klar lehren, damals als Tabu galten – man stellte sie als dunkel und geheimnisvoll und höchst schmählich und schmutzig hin.

Meine Tätigkeit in dem Apothekerladen erweckte in mir bald den heftigen Wunsch, Latein zu lernen. Ich unterlag der Suggestion, daß die lateinische Sprache der Schlüssel zu allem Wissen sei, ja daß eine Feststellung erst dann echten Wert bekomme, wenn sie lateinisch abgefaßt wird. Für ein paar Kupfermünzen kaufte ich mir in einer antiquarischen Buchhandlung ein abgegriffenes altes Elementarbuch der lateinischen Sprache, von einem Namensvetter Smith verfaßt, und machte mich mit großem Eifer an das Studium. Ich fand, daß die gefürchtete Sprache weit verständlicher, vernünftiger und ehrlicher war als die anderen, in denen ich mich bis dahin versucht hatte, das in seiner schillernden Mannigfaltigkeit verwirrende Französisch und das derbe Deutsch mit seinen hustenden Lauten. Latein war eine tote Sprache, sozusagen nur das Skelett einer Sprache, scharf ausgeprägt in Formen und Wendungen; es machte keine Umwege und entschlüpfte einem, wie es lebendige Sprachen tun. Nach einiger Zeit konnte ich einzelne Wörter auf unseren Flaschen und Schubladen oder in den Inschriften der Denkmäler in der Westminster-Abtei verstehen, ja sogar ganze Sätze bauen. Ich erstand allerlei lateinische Bücher in verschiedenen Antiquariaten, manche davon konnte ich lesen, manche auch nicht. Ich erwarb ein Geschichtsbuch, das Julius Cäsar, der erste der Cäsaren, verfaßt hatte, jener Abenteurer, der die letzten Spuren der römischen Republik vernichtet hat, und ein Neues Testament in lateinischer Sprache, und kam mit beiden ziemlich gut zurecht. Ein lateinischer Dichter jedoch, Lucrez mit Namen, machte mir schwere Mühe, ich konnte seinen Satzbau nicht verstehen, nicht einmal mit Hilfe einer englischen Versübersetzung, die das Buch auch enthielt, gelang mir dies. Doch las ich die englische Übersetzung mit größtem Interesse. Es ist höchst bemerkenswert, daß dieser Lucrez, ein alter römischer Dichter, der zwei Jahrtausende vor meiner Zeit – also vier vor der jetzigen – lebte, eine weit richtigere und verständlichere Darstellung des Weltalls und der Anfänge des menschlichen Lebens gibt, als die alten semitischen Legenden, die mir in unserer Sonntagsschule beigebracht worden waren.

Zu den absonderlichsten Eigentümlichkeiten der Tage, da ich als Harry Mortimer Smith auf Erden wandelte, gehörte die Vermengung von Ideen der verschiedensten Zeitalter und Phasen der menschlichen Entwicklung; sie war bei der Unregelmäßigkeit und Zufälligkeit der bestehenden äußerst dürftigen Erziehung unvermeidlich. Verstockte Pedanterie verwirrte in der Schule wie in der Kirche den Geist des Menschen, Europäer des zwanzigsten Jahrhunderts der christlichen Zeitrechnung vermengten die Theologie der Pharaonen und die Weltschöpfungsgeschichte der Priester-Könige von Sumerien mit der Politik des siebzehnten Jahrhunderts und der Ethik des Cricketplatzes und des Preisboxerrings, und das in einer Welt, die bereits Flugzeuge und Telephone besaß.

Mein Fall ist typisch für die Beschränktheiten der Zeit. In einer Periode stetig um sich greifender neuer Errungenschaften war ich bemüht, mich mit Hilfe der lateinischen Sprache zu dem sehr mangelhaften Wissen des sogenannten Altertums durchzuringen. Ich begann mich auch mit Griechisch abzumühen, brachte es darin aber niemals sehr weit. Einmal in der Woche hatten wir früher Geschäftsschluß, und ich benützte diese Gelegenheit, um einen Abendkurs für Chemie zu besuchen. Und diese Chemie, entdeckte ich, hatte kaum etwas mit der Chemie in meinem Drogistenladen zu tun. Was ich da über Kraft und Materie erfuhr, gehörte einem anderen, einem neueren Zeitalter an. Ich war fasziniert von der Offenbarung des Weltalls, in dem ich lebte, gab meine griechischen Studien auf und suchte in den schmutzigen Antiquariaten fortan nicht mehr nach lateinischen Klassikern, sondern nach modernen wissenschaftlichen Büchern. Daß Lucrez weniger veraltet war als die Genesis, erkannte ich sehr wohl. Unter den Büchern, aus denen ich viel lernte, war eines von einem Autor namens Gregory, es trug den Titel Physiographie; ferner eine Schöpfungsgeschichte von einem gewissen Clodd. Ich weiß nicht, ob es besonders gute Bücher waren, sie kamen mir zufällig in die Hand und sagten meinem Verstand zu. Ist es euch klar, unter welch ungeheuerlichen Bedingungen die Menschheit damals lebte? Ein junger Bursche mußte gierig und verstohlen, wie ein Mäuschen, das Futter sucht, sich abmühen, um auch nur zu den Kenntnissen über das Weltall und über sich selbst zu gelangen, die bis dahin erworben worden waren! Ich weiß noch genau, wie ich zum ersten Male von den Unterschieden und Ähnlichkeiten zwischen Affen und Menschen las und von den daraus sich ergebenden Spekulationen über die Beschaffenheit einer niedrigeren Menschenart, die dem eigentlichen Menschen vorangegangen ist. Ich hatte das davon handelnde Buch in die Apotheke mitgenommen und las es in einem Schuppen im Hof. Mr. Humberg hielt in seinem Privatzimmer hinter dem Laden sein Mittagsschläfchen, horchte dabei aber mit einem Ohr, ob nicht die Ladenglocke ertöne, und ich meinerseits spitzte beide Ohren, eines nach der Ladenglocke, das andere nach dem Hinterzimmer hin, und las dabei zum ersten Male von den Kräften, die mich zu dem gemacht hatten, was ich war – eigentlich aber hätte ich Flaschen auswaschen sollen.

In der Mitte unseres Schaukastens hinter dem Ladentisch befand sich eine Reihe besonders eindrucksvoller Glasgefäße, geschmückt mit wunderschönen Aufschriften in goldenen Lettern: Aqua Fortis, Amm. Hyd. und dergleichen Namen mehr. Als ich eines Tages eben den Laden ausfegte, sah ich, wie Mr. Humberg diese Gefäße kritisch betrachtete. Er hielt eines gegen das Licht und schüttelte mißbilligend den Kopf, weil der Inhalt ganz flockig war. ‚Harry', sagte er, ‚du siehst hier diese Reihe Flaschen?'

‚Jawohl.'

‚Gieß sie aus, und füll frisches Wasser ein.‘ Ich starrte ihn an, den Besen in der Hand und entsetzt über eine derartige Verschwendung. ‚Werden sie nicht explodieren, wenn ich sie schüttle?‘ fragte ich.

‚Explodieren!‘ rief Mr. Humberg. ‚Sie enthalten weiter nichts als abgestandenes Wasser. Seit Jahrzehnten war nichts anderes in den Flaschen. Die Arzneistoffe, die ich wirklich brauche, stehen da hinten – es sind heutzutage auch ganz andere als seinerzeit. Wasch die Flaschen aus – und dann wollen wir sie mit frischem Wasser füllen. Sie müssen da stehen, denn sie machen sich gut, und die alten Weiber, die zu uns kommen, wären trostlos, wenn sie sie nicht mehr sehen könnten.‘“

ZWEITER TEIL

# Liebe und Tod des Harry Mortimer Smith

## Fanny taucht wieder auf

### 1

„Und nun“, sagte Sarnac, „komme ich auf das Wesentliche im Leben jener Zeit zu sprechen und kann euch schildern, was Liebe in jener übervölkerten, schmutzigen, furchterfüllten Welt, in jenem London des Nebels und des bernsteinfarbigen Sonnenlichtes gewesen ist. Sie war ein karges, wildes, scheues und dabei waghalsiges Gefühl in einem dunklen Wald der Grausamkeit und Unterdrückung und alterte schnell, verkümmerte, wurde bitter und düster. Mich aber ereilte der Tod so früh, daß ich mit einer lebendigen Liebe im Herzen starb . . .“

„Um zu neuem Leben zu erwachen“, sagte Heliane sanft.

„Zu neuem Leben und zu neuer Liebe“, sagte Sarnac und tätschelte ihr Knie. „Doch hört weiter . . .“

Er nahm ein Stück Holz, das aus dem Feuer gefallen war, warf es in die hellen Flammen und sah zu, wie es aufloderte.

„Ich glaube, das erste Wesen, in das ich mich verliebte, war meine Schwester Fanny. Als Knabe von elf oder zwölf Jahren war ich wirklich in sie verliebt. Um dieselbe Zeit war ich aber auch in eine nackte Gipsnymphe verliebt, die tapfer auf einem wasserspeienden Delphin in einem öffentlichen Garten von Cliffstone saß. Sie lächelte mit zurückgeworfenem Kopf, den einen Arm winkend hochgehoben, und ihr Lächeln war das Süßeste, ihr Körper das Lieblichste, das man sich vorstellen konnte; ihr Rücken schien mir besonders reizend. An einer bestimmten Stelle konnte man sie von hinten betrachten und dabei die sanfte Kurve ihrer lächelnden Wange sehen, ihre lustige kleine Nasenspitze und die sanfte Rundung ihrer Brust unter dem erhobenen Arm. Ganz heimlich schlich ich immer wieder an diesen Platz, denn das Gefühl von Scham, mit dem man in jener Zeit vollgesogen war, verbot einem, dergleichen harmlos und frei zu betrachten, und ich konnte mich nicht sattsehen an ihr.

Eines Tages, als ich meine Nymphe in dieser Weise anbetete – halb gegen sie, halb gegen ein Blumenbeet gewendet, so daß ich sie von der Seite sehen konnte –, bemerkte ich einen ältlichen Herrn mit breitem, bleichem Gesicht auf einem Gartenstuhl, der sich nach vorne beugte und mich mit einem Ausdruck ekelhafter List betrachtete, als ob er mich ertappt und mein Geheimnis erraten hätte. Er sah aus wie der leibhaftige Geist der Lüsternheit. Da ergriff mich wilder Schrecken, ich stürzte fort und ging nie wieder in jenen Garten. Es war, als ob ein Engel mit flammendem Schwert mich von ihm ferngehalten hätte, oder die Angst, dem scheußlichen alten Kerl wieder zu begegnen . . .

Nachdem ich nach London übersiedelt war, beherrschte Miss Beatrice Bumpus meine Phantasie. Sie war mir Venus und alle Göttinnen, und das Gefühl für sie wurde noch stärker, als sie schon fort war. Denn sie war von uns weggezogen, um, wie ich glaube, den jungen Mann zu heiraten, den ich haßte. Sie gab die Arbeit für das Frauenstimmrecht auf und wurde ohne Zweifel von der jagdliebenden Familie Bumpus in Warwickshire freudig willkommen geheißen, wahrscheinlich schlachtete man einen fetten Fuchs zur Feier ihrer Heimkehr. Doch ihr fröhliches, offenes, jungenhaftes Gesicht blieb lange noch in meinen Träumen lebendig. Immer wieder rettete ich ihr bei wilden Abenteuern in allen Weltteilen das Leben, und manchmal befreite auch sie mich aus Gefahr. Über fürchterlichen

Abgründen und auf steilen Klippen klammerten wir uns aneinander, bis ich müde einschlief. Und wenn ich der siegreiche Mahomet war, dann trat sie nach der Schlacht aus der Schar gefangener Frauen hervor und antwortete auf meine Behauptung, ich würde sie niemals lieben, durch Zigarettenrauch hindurch mit dem Wort ‚Lügner!'

Ich hatte keinen Umgang mit Mädchen meines Alters, solange ich Laufbursche bei Mr. Humberg war; die Abendschule und meine Lektüre hielten mich von Bekanntschaften auf der Straße ab. Nur wenn ich manchmal meine Aufmerksamkeit nicht auf meine Bücher konzentrieren konnte, schlüpfte ich aus dem Hause und begab mich in die Victoria Street, wo im Glanz elektrischer Lampen ein nächtlicher Bummel abgehalten wurde. Schulmädchen, kleine Flittchen, Laufburschen und Soldaten promenierten dort und sprachen einander an. Obwohl ich mich von manchen Mädchen, die an mir vorüberhuschten, angezogen fühlte, war ich doch zu schüchtern und zu wählerisch, um mich in diese Gesellschaft zu mischen. Ein heftiges Verlangen in mir trieb mich etwas Starkem und Schönem entgegen, doch immer, wenn ich mich der Wirklichkeit näherte, verflüchtigte sich dieses Verlangen."

2

„Noch vor Ablauf eines Jahres waren in der Pension in Pimlico verschiedene Veränderungen eingetreten. Die armen alten Moggeridges bekamen Grippe – eine Epidemie, die in jenen Tagen dauernd, wenn auch bald stärker, bald schwächer, herrschte – und erlagen einer als Folge der Krankheit auftretenden Lungenentzündung. Sie starben kurz nacheinander, in einem Abstand von drei Tagen, und meine Mutter und Prue waren die einzigen Trauernden bei ihrem armseligen Begräbnis. Mrs. Buchholz verschwindet aus meiner Geschichte – ich weiß nicht genau, wann sie das Haus verließ, noch wer ihr Nachfolger wurde. Miss Beatrice Bumpus ließ die Sache des Frauenstimmrechts im Stich und zog fort; der erste Stock wurde von einem nur zeitweilig auftauchenden Paar gemietet, das meiner Mutter äußerst verdächtig erschien und sie zu bösen Auseinandersetzungen mit Matilda Good veranlaßte.

Die neuen Mieter zogen nämlich nicht richtig, mit großem Gepäck, ein, sondern erschienen für einen oder zwei Tage, um dann für eine Woche oder länger wieder zu verschwinden; auch kamen oder gingen sie meist nicht miteinander. Das löste moralische Bedenken bei meiner Mutter aus, sie begann anzudeuten, daß die beiden am Ende nicht richtig verheiratet seien, und verbot Prue, die Zimmer des ersten Stockwerkes zu betreten. Darüber kam es zu einem Streit mit Matilda.

‚Was ist das für eine Geschichte mit Prue und dem ersten Stock?' fragte Matilda. ‚Du setzt ihr Flausen in den Kopf.'

‚Ich bemühe mich, sie davor zu bewahren', erwiderte Mutter; ‚sie hat doch Augen.'

‚U n d Finger.' Matildas Antwort enthielt irgendeine dunkle Anspielung. ‚Was hat Prue denn gesehen?'

„Allerlei.'

‚Was zum Beispiel?' fragte Matilda.

‚Zum Beispiel, daß s e i n e Sachen e i n Monogramm haben und i h r e ein anderes. Aber keines von beiden hat ein M, und sie haben sich doch als Milton eingeschrieben. Und dann die Art, wie die Frau mit einem spricht; als ob sie fürchtete, daß man etwas bemerken könnte, freundlich und ein wenig ängstlich. Aber das ist noch nicht alles, lange noch nicht alles; ich bin nicht blind; und Prue ist nicht blind. Das ist ein Geküsse und Getue zu den verschiedensten Tageszeiten, oft gleich, nachdem sie gekommen sind. Sie können kaum erwarten, bis man aus dem Zimmer draußen ist. Ich bin doch nicht ganz dumm, Matilda. Ich war doch verheiratet!'

‚Was geht das uns an? Wir sind doch eine Pension und stecken nicht unsere Nasen in alles. Und wenn das Ehepaar Milton seine Wäsche auch mit hundert verschiedenen Monogrammen gezeichnet hätte, was schert es uns? In meinem Buch steht bei ihrem Namen immer ‚im voraus bezahlt', und das genügt mir in bezug auf ihre Moral. Du taugst wirklich nicht zur Angestellten in einer Pension, Martha, wirklich nicht, es ist nicht leicht, mit dir auszukommen, du hast kein ‚savoir-faire'. Was für Geschichten du gemacht hast wegen des Jungen und Miss Bumpus, geradezu lächerlich war das! Und nun scheinst du dich wegen Prue und Mrs. Milton noch mehr aufzuregen. Sie ist eine Dame, verstehst du? – was du auch sagen magst, und obendrein eine liebenswürdige Frau. Ich wünschte, du würdest dich mehr um d e i n e Angelegenheiten kümmern, Martha, und Mr. und Mrs. Milton in Frieden lassen. Und wenn sie schon nicht richtig verheiratet sind, so wirst du es doch nicht zu verantworten haben. Du kannst dich ja dann beim Jüngsten Gericht mit ihnen auseinandersetzen. Vorläufig tun sie eigentlich niemandem etwas Böses, ein ruhigeres und anspruchsloseres Paar habe ich schon lange nicht in meinem Hause gehabt.'

Meine Mutter antwortete nichts.

‚Habe ich vielleicht nicht recht?' fragte Matilda herausfordernd.

‚Es ist bitter, ein so schamloses Weib bedienen zu müssen', sagte meine Mutter trotzig und mit weißen Lippen.

‚Es ist noch bitterer, ein schamloses Weib geheißen zu werden, nur weil man auf einigen Wäschestücken noch das Monogramm aus der Mädchenzeit hat', erwiderte Matilda. ‚Rede doch nicht solchen Unsinn, Martha.'

‚Und wieso hat e r verschiedene Monogramme? Hat er

etwa auch seinen Mädchennamen auf seinen Pyjamas?' fragte meine Mutter nach einer Pause.

,Du verstehst gar nichts, Martha', sagte Matilda, ein Auge gehässig auf meine Mutter gerichtet, indes das andere, die Frage überdenkend, in die Ferne blickte. ,Ich habe mir das schon oft gedacht, nun aber sag ich es dir einmal: Du verstehst rein gar nichts. Ich habe die Absicht, Mr. und Mrs. Milton so lange als möglich bei mir zu behalten, und wenn du zu zimperlich bist, sie zu bedienen, dann wird sich jemand anderer dafür finden. Ich wünsche nicht, daß meine Mieter beleidigt werden, ich wünsche nicht, daß man ihnen ihre Wäsche unter die Nase reibt. Und überhaupt, vielleicht hat er sich seine Pyjamas ausgeliehen oder hat sie geschenkt bekommen – von jemandem, dem sie nicht paßten. Oder er hat Geld geerbt und plötzlich seinen Namen geändert, das geschieht oft, du kannst es in der Zeitung lesen. Oder in der Wäscherei wird was verwechselt, bei manchen Wäschern ist das gang und gäbe. Mr. Plaice zum Beispiel kam mit einem Kragen vom Urlaub zurück, der war mit F gezeichnet. Und so was ist für dich ein verdächtiges Anzeichen! Ich hoffe, du wirst jetzt nicht auch gegen Mr. Plaice Anklage erheben und sagen, er führt am Ende ein Doppelleben und ist kein richtiger Junggeselle. Überleg dir die Sache doch besser, Martha, und denk nicht immer gleich was Böses. So leicht kann jemand einem verdächtig vorkommen und doch unschuldig sein. Aber du denkst g e r n Schlechtes von den Leuten, ich hab das oft und oft bemerkt, du schwelgst förmlich darin. Du hast nicht die Spur christlicher Nächstenliebe in dir.'

,Was soll man tun, wenn man mit der Nase auf gewisse Dinge gestoßen wird? Man kann nicht anders, als sie sehen', sagte meine Mutter schon etwas kleinlaut.

,D u kannst nicht anders', sagte Matilda. ,Es gibt Leute, die können nicht weiter sehen als ihre Nase, und trotzdem sehen sie zuviel. Und je besser ich dich kennenlerne, desto mehr komme ich zu der Ansicht, daß du zu dieser Sorte gehörst. Auf jeden Fall bleiben die Miltons hier; wenn einer geht, so ist das wer anderer. Ich hoffe, du hast mich verstanden, Martha.'

Meine Mutter war sprachlos. Sie beherrschte sich und ließ von ihrem Thema ab. Mehrere Tage lang war sie verstimmt und sprach nur, wenn es unbedingt notwendig war oder wenn man sie etwas fragte. Matilda schien das weiter nicht zu rühren. Ich bemerkte, daß meine Mutter noch steifer wurde, als Prue bald nach der geschilderten Auseinandersetzung zu den Miltons hinaufgehen mußte, doch erhob sie keinen weiteren Einspruch."

## 3

„Bald darauf tauchte plötzlich Fanny wieder auf.

Ein bloßer Zufall schenkte sie mir wieder. All unsere früheren Beziehungen waren gelöst worden, als wir von Cliffstone nach London zogen. Mein Bruder Ernest war Fannys Bote.

Wir saßen im Kellerzimmer beim Abendbrot. Dieses Mahl war gewöhnlich sehr gemütlich, Matilda Good machte es meist durch gebratene oder geröstete Kartoffeln oder irgendein anderes Gemüse in Butter schmackhaft; solche Leckerbissen waren erfreuliche Beigaben zu Speck, Brot, Käse und Dünnbier. Und gewöhnlich las sie uns irgend etwas aus der Zeitung vor und besprach das Gelesene – sie hatte wirklich eine lebhafte Intelligenz –, oder sie holte mich über meine Lektüre aus. Sie hatte großes Interesse an Mordfällen und ähnlichem, und unter ihrem Einfluß wurden wir alle zu großen Richtern, die Motive und Beweise untersuchten. ‚Du magst meine Ansicht krankhaft nennen, Martha', sagte sie, ‚aber es gibt keinen Mord, der nicht ganz und gar in der menschlichen Natur begründet ist. Ganz und gar. Und manchmal kommt mir vor, daß wir gar nicht wissen, wozu ein Mensch fähig ist, ehe er nicht einen oder zwei Morde begangen hat.'

Dergleichen Reden hatten fast immer die beabsichtigte Wirkung auf meine Mutter. ‚Es ist mir unbegreiflich, wie du so etwas sagen kannst, Matilda', empörte sie sich.

Wir hörten den Lärm eines Autos oben auf der Straße. Mein Bruder Ernest kam die Küchentreppe herunter, und Prue öffnete ihm die Tür. Er erschien in Chauffeuruniform, Lederjacke und Gamaschen, die Mütze in der Hand.

‚Hast du heut abend frei?' fragte Matilda.

‚Ich soll sie vom Court Theatre um elf Uhr abholen', sagte Ernest. ‚Und so dachte ich, ich könnte vorbeikommen, mich wärmen und ein wenig schwatzen.'

‚Willst du nicht einen Bissen essen?' fragte Matilda. ‚Prue, hol einen Teller, Messer und Gabel und ein Glas. Ein Glas von d i e s e m Bier wird dem Chauffeur nicht schaden. Nun, wir haben dich ja seit endloser Zeit nicht mehr gesehen!'

‚Ich danke Ihnen vielmals, Miss Good', sagte Ernest, der immer sehr höflich mit Matilda war. ‚Ich bin viel herumgefahren in letzter Zeit, aber ich hätte Sie gern schon längst besucht.'

Es wurde ihm ein Imbiß gereicht, und das Gespräch schlief eine Weile ein; man machte ein- oder zweimal den Versuch, es in Gang zu bringen, aber es brach gleich wieder ab. Ernests Miene verriet Nachdenklichkeit, und Matilda betrachtete ihn prüfend.

‚Und was hast du uns mitzuteilen, Ernie?' fragte sie plötzlich.

‚Nun', sagte Ernest, ‚das ist aber merkwürdig, daß Sie mich danach fragen, denn ich hab tatsächlich was mitzuteilen. Etwas – wie soll ich mich ausdrücken – etwas sehr

Merkwürdiges.‘

Matilda füllte sein Glas von neuem.

‚Ich hab Fanny gesehen‘, platzte es aus Ernest heraus.

‚Nein‘, entfuhr es Mutter, und einen Augenblick schwiegen alle.

‚So?‘ sagte Matilda, legte die Arme auf den Tisch und neigte sich vornüber. ‚Du hast Fanny gesehen! Sie war ein hübsches, kleines Geschöpf, ich erinnere mich ihrer ganz gut. Und wo hast du sie gesehen, Ernie?‘

Ernest hatte einige Mühe, seine Geschichte in Worte zu kleiden. ‚Es war Dienstag vor einer Woche‘, sagte er nach einer Pause.

‚Ist sie etwa so eine aus der Victoria Street?‘ fragte Mutter, nach Atem ringend.

‚Hast du sie zuerst gesehen oder sie dich?‘ fragte Matilda.

‚Dienstag war es gerade eine Woche‘, wiederholte mein Bruder.

‚Hast du mit ihr gesprochen?‘

‚Damals nicht, nein!‘

‚Hat sie etwas zu dir gesagt?‘

‚Nein.‘

‚Wie hast du denn gewußt, daß es unsere Fanny war?‘ fragte Prue, die aufmerksam zugehört hatte.

‚Ich hab geglaubt, sie führt dieses schändliche Leben im Ausland, da wir doch so nahe von Boulogne waren‘, sagte meine Mutter. ‚Ich hab gedacht, diese Mädchenhändler hätten wenigstens die Anständigkeit, ein Mädchen aus seiner Heimat wegzubringen . . . Fanny in London auf der Straße! In unserer Nähe! Ich hab ihr vorausgesagt, wieweit es mit ihr kommen wird, immer und immer hab ich ihr's gesagt. Heirate einen ehrlichen Mann, hab ich ihr gesagt, sie aber war habgierig und dickköpfig . . . dickköpfig und eitel . . . Sie hat doch nicht etwa versucht, dir nachzugehen und herauszufinden, wo wir wohnen?‘

Ernests Gesichtsausdruck verriet Hilflosigkeit. ‚Es war nichts Derartiges, Mutter', sagte er, ‚es war ganz anders. Gar nicht so, wie du denkst –'

Er begann umständlich in der Brusttasche seiner enganliegenden Lederjacke zu kramen und brachte schließlich einen ziemlich schmutzigen Brief zum Vorschein. Er hielt ihn in der Hand, hatte aber offenbar weder Lust ihn vorzulesen, noch ihn uns auszuliefern. Doch die Tatsache, daß er ihn in der Hand hielt, schien sein sehr dürftiges Erzählertalent zu beleben. ‚Am besten erzähle ich es vom Anfang an', meinte er. ‚Es war gar nicht so, wie ihr vermutet. Dienstag vor einer Woche war es.'

Matilda legte die Hand beschwichtigend auf den Arm meiner Mutter. ‚Es war wohl am Abend?' fragte sie.

‚Ich hatte jemanden zu einem Dinner und wieder zurückzufahren', sagte mein Bruder. ‚Ihr dürft nicht vergessen, ich habe Fanny seit fast sechs Jahren nicht mehr gesehen. Sie aber hat mich erkannt.'

‚Du mußtest also Leute zu einem Dinner hinbringen und dann wieder abholen?'

‚Ja, auf Bestellung', sagte Ernest. ‚Ich sollte nach Nummer 102 Brantismore Gardens fahren und eine Dame und einen Herrn abholen, um sie nach Church Row zu bringen und sie dann um halb elf dort wieder abholen. So fuhr ich also nach Brantismore Gardens und sage dem Portier – es war eines von den großen Häusern, wo die Portiers Livree tragen –, daß ich unten bin und warte. Der Portier telephoniert hinauf. Nach einer Weile kommen eine Dame und ein Herr aus dem Haus, und ich stelle mich zum Auto und öffne den Schlag, wie ich das immer mache. Bis dahin war alles ganz wie gewöhnlich. Der Herr hatte einen Frack an, wie die meisten abends, und sie einen pelzbesetzten Mantel; und sie war schön frisiert, mit etwas Glänzendem im Haar. Von Kopf bis Fuß eine Dame.'

‚Und das war Fanny?' fragte Prue.

Ernest kämpfte einige Augenblicke stumm mit seinem schwierigen Thema. ‚Nein, das war mir noch nicht klar', sagte er dann.

‚Du willst wohl sagen, daß du sie nicht gleich erkannt hast?' meinte Matilda.

‚Nein. Aber sie sah mich an, schien ein wenig zurückzufahren und stieg ein. Ich sah, daß sie sich im Auto nach vorne beugte und mich anguckte, während er einstieg. Tatsache ist, daß ich mir nichts dabei gedacht habe. Ich hätte das alles wieder vergessen, wenn sich nicht später etwas ereignet hätte. Es war auf dem Rückweg, und ich bemerkte, wie sie mich wieder anguckte . . . Ich fuhr wieder nach Brantismore Gardens Nummer 102. Er steigt aus und sagt zu mir: ‚Warten Sie hier noch einen Augenblick', und hilft ihr aus dem Wagen. Es sah zuerst so aus, als ob sie Lust hätte, mit mir zu sprechen, aber dann tat sie es doch nicht. Doch dieses Mal denke ich mir: ‚Lady, dich habe ich schon einmal wo gesehen.' Komisch, an Fanny hab ich dabei keinen Augenblick gedacht; nur, daß sie unserem Harry ein bißchen ähnlich sieht, fuhr mir durch den Kopf, doch daß es Fanny sein könnte – nein. Sie gingen die Stufen zum Tor hinauf – dort ist so eine Vorhalle, wie man sie in den Häusern mit mehreren Wohnungen hat. Dann besprachen sie sich eine Weile unter dem Licht drinnen und sahen mich dabei immer wieder an. Dann gingen sie hinauf.'

‚Und da hast du sie immer noch nicht erkannt?' fragte Prue.

‚Ungefähr eine Viertelstunde später kommt er die Stufen herunter, im Frack, den Mantel über dem Arm, und sieht nachdenklich drein. Er gibt mir eine Adresse in der Nähe der Sloane Street an, dort steigt er aus, gibt mir ein Trinkgeld – ein ziemlich großes Trinkgeld – und bleibt dann vor mir stehen, als ob er etwas sagen wollte und nicht recht wüßte, was. ‚Ich habe mein Konto beim Garagenbesitzer,‘ beginnt er, ‚lassen Sie die Fahrt aufschreiben.‘ Und dann: ‚Sie sind nicht mein gewöhnlicher Chauffeur, wie heißen Sie?‘ ‚Smith‘, sagte ich. ‚Ernest Smith?‘ fragt er. ‚Ja‘, sage ich. Und erst, wie ich schon wegfahre, frage ich mich: Wie zum Teufel . . . entschuldigen Sie, Miss Good.‘

‚Macht nichts, macht nichts‘, sagte Matilda, ‚weiter‘.

‚Wie zum Kuckuck weiß der Mann, daß ich Ernest heiße? Fast wäre ich mit einem Taxi auf dem Sloane Square zusammengestoßen, so verdutzt war ich. Und erst um drei Uhr früh, als ich wach im Bett lag und über die Geschichte nachdachte, kam mir in den Sinn‘, Ernests Gesichtsausdruck zeigte, daß er nun zum überraschenden Höhepunkt seiner Geschichte kam, ‚daß die junge Dame, die ich gefahren hatte, niemand anderer war als –‘

Er hielt einen Augenblick inne.

‚Fanny‘, flüsterte Prue.

‚Eure Schwester Fanny‘, rief Matilda.

‚Unsere Fanny‘, sagte Mutter.

‚Niemand anderer als unsere Fanny!‘ sagte Ernest triumphierend und blickte um sich, um unser Erstaunen über diese verblüffende Eröffnung zu genießen.

‚Ich hab mir schon gedacht, daß es Fanny sein wird‘, meinte Prue.

‚War sie sehr geschminkt?‘ fragte Matilda.

‚Lang nicht so geschminkt wie die meisten Damen‘, sagte Ernest. ‚Fast alle schminken sich heutzutage, Leute von Namen, Gemahlinnen von Bischöfen, Witwen, alle, und an ihr fiel mir nicht auf, daß sie besonders geschminkt war. Im Gegenteil: frisch sah sie aus, wenn auch etwas blaß, so wie Fanny immer ausgesehen hat.‘

‚Und war sie wirklich wie eine Dame angezogen?‘

‚Fabelhaft fein‘, sagte Ernest, ‚geradezu fabelhaft. Aber nicht im geringsten auffallend.‘

‚Und das Haus, zu dem du sie geführt hast, da war wohl großer Lärm, wie? Gesang und Tanz und offene Fenster?‘

‚Nein, es war ein ruhiges, vornehmes Haus; geschlossene Läden und gar kein Lärm, ein Privathaus. Die Leute, die die Gäste ans Tor begleiteten, waren sehr fein. Ich hab auch einen Butler gesehen, er kam zum Auto heraus, das war nicht so einer, der nur für den Abend gemietet ist, sondern ein richtiger Butler. Die anderen Gäste hatten ein Privatauto mit einem ältlichen, würdigen Chauffeur, alles feine Leute, sag ich euch.‘

‚Das sieht nicht nach einem Straßenmädchen aus‘, meinte Matilda, zu meiner Mutter gewandt. ‚Was für einen Eindruck machte denn er?‘

‚Ich will von ihm nichts hören‘, sagte meine Mutter.

‚Wohl so eine Art liederlicher Lebemann, wie? Und etwas beschwipst?‘ fragte Matilda.

‚Jedenfalls war er nüchterner als die Herren, die man sonst von Dinners abholt. Ich kann das beim Trinkgeldgeben bemerken. Die meisten von ihnen – oh, oft ganz hohe Herrschaften – sind – so in der Nacht – wie soll ich es nur sagen – ein wenig komisch, wissen mit der Wagentür nicht recht Bescheid und mit ihrer Brieftasche auch nicht. Er hingegen – nein, ich kenn mich nicht recht aus mit ihm. Und dann dieser Brief.‘

‚Ja, der Brief‘, sagte Matilda. ‚Lies ihn doch, Martha.‘

‚Wie hast du diesen Brief bekommen?‘ fragte meine Mutter, ohne ihn anzurühren. ‚Sie hat ihn dir doch nicht etwa selbst gegeben?‘

‚Er kam letzten Donnerstag mit der Post. An mich adressiert: ‚Ernest Smith.‘ In die Garage. Es ist ein merkwürdiger Brief. Sie fragt nach uns allen. Ich kann aus der ganzen Geschichte nicht klug werden, ich hab mir den Kopf darüber zerbrochen, und weil ich weiß, wie böse Mutter auf Fanny ist, hab ich mich lange nicht entschließen können . . .‘

Seine Stimme erstarb.

‚Jemand‘, sagte Matilda inmitten der eingetretenen

Stille, ‚jemand wird den Brief wohl vorlesen müssen.‘

Sie sah auf meine Mutter, lächelte sonderbar mit herabgezogenen Mundwinkeln und streckte Ernest die Hand hin.“

## 4

„Es war Matilda, die den Brief las. Meiner Mutter Abscheu davor war zu offenkundig. Ich entsinne mich noch, wie Matilda ihr rotes Gesicht über den gedeckten Tisch und dabei ein wenig zur Seite neigte, um bei dem schwachen Gasflämmchen, das das Zimmer erhellte, besser sehen zu können. Neben ihr stand Prue, neugierig und immer wieder unruhig zu Mutter hinüberblickend, wie ein Kapellenmitglied zum Dirigentenstab hinüberschaut. Mutter saß zurückgelehnt, mit einem abweisenden Ausdruck in ihrem bleichen Gesicht, und Ernest, der sich auf seinem Stuhl breitmachte, zeigte eine gleichgültige Miene, die gleichsam seinen Ausspruch von vorhin bekräftigte: Ich kann aus der Geschichte nicht klug werden.

‚Also, laßt einmal sehen‘, sagte Matilda, und überflog das Schriftstück, bevor sie vorzulesen begann . . .

‚*Mein lieber Ernie*, schreibt sie . . .

*Mein lieber Ernie!*

*Es war wunderbar, Dich wiederzusehen. Ich konnte es kaum glauben, auch noch, nachdem Mr. – Mr.* – Sie hat den Namen zuerst geschrieben und hat dann wohl gefunden, es sei besser, ihn wieder auszustreichen. Also, Mr. Soundso – *Dich nach Deinem Namen gefragt hatte. Ich hatte schon gefürchtet, ich hätte Euch alle für immer verloren. Wo lebt Ihr? Und wie geht es Euch? Du weißt, ich war in Frankreich und Italien. In vielen wunderschönen Orten. Als ich zurückkam, fuhr ich nach Cliffstone, ich wollte Euch alle wiedersehen. Der Gedanke, Euch ohne ein Wort des Abschieds verlassen zu haben, war mir unerträglich.*'

,Das hätte ihr früher einfallen können', sagte meine Mutter.

,*Mrs. Bradley erzählte mir von dem Unglück unseres armen Vaters und von seinem Tod, ich hatte nichts davon gewußt. Ich ging auf den Friedhof zu seinem Grab und weinte mich dort gründlich aus; ich konnte nicht anders. Armer, alter Vater! Und so ein grausamer Tod. Ich habe ihm Blumen hingelegt und mit Ropes, dem Friedhofswärter, abgemacht, daß er das Gras regelmäßig abmäht.*'

,Und er, der Ärmste', sagte meine Mutter, ,der da drunten liegt, er wollte sie lieber tot zu seinen Füßen sehen, als lebendig und in Schande, hat er immer gesagt. Und nun legt sie Blumen auf sein Grab! Er wird sich drin umgedreht haben.'

,Vielleicht denkt er nun anders, Martha', sagte Matilda beschwichtigend. ,Man kann das nicht wissen. Vielleicht ist man im Himmel nicht mehr so grausam und wünscht einem Menschen nicht gleich den Tod, vielleicht wird man dort oben gütiger. Nun, wo bin ich stehngeblieben? Hier – *regelmäßig abmäht.*

*Niemand weißt dort, wo Mutter und Ihr alle wohnt, niemand hat Eure Adresse. Ich fuhr sehr traurig nach London zurück, ich konnte mich nicht damit abfinden, Euch so ganz verloren zu haben. Frau Bradley sagte mir, daß Mutter, Prue und Morty zu Bekannten nach London gezogen seien, aber wohin, wußte sie nicht. Und nun auf einmal, nach fast zwei Jahren, taucht Ihr wieder auf. Es ist fast zu schön, um wahr zu sein. Wo sind die anderen? Besucht Morty eine ordentliche Schule? Prue muß ja schon ganz erwachsen sein. Ich möchte sie gerne alle wiedersehen und ihnen, wenn möglich, helfen. Lieber Ernie, bitte, sag Mutter und den anderen, daß es mir gut geht und daß ich glücklich bin. Ein Freund hilft mir. Es ist der, den Du gesehen hast. Ich bin weder verkommen noch schlecht. Ich führe ein sehr ruhiges Leben. Ich habe ein kleine Wohnung, und ich lese eine Menge und bilde mich. Ich arbeite sehr fleißig; ich habe eine Prüfung gemacht, eine Universitätsprüfung, Ernie. Ich kann schon recht gut Französisch, Italienisch und ein wenig Deutsch und lerne auch Musik. Ich habe ein Klavier und möchte Dir und Morty einmal etwas vorspielen. Morty hat doch Musik immer so gern gehabt! Wie oft denke ich an Euch. Erzähle Mutter von mir, zeige ihr den Brief, und laß mich bald von Euch hören. Denk nichts Häßliches von mir. Weißt Du noch, wie lustig es oft war in der Kinderzeit, Ernie? Wie wir uns zu Weihnachten im Laden verkleidet haben und Vater uns nicht erkannte? Und wie Du mir zum Geburtstag ein Puppenhaus machtest? Oh! Ernie, und dann ‚Käsekuchen', weißt Du noch?!*

Was war das, Käsekuchen?' fragte Matilda.

‚Das war irgendein dummes Spiel mit Passanten auf der Straße, ich erinnere mich nicht mehr genau daran, aber wir lachten viel dabei, manchmal kugelten wir uns geradezu.'

‚Nun kommt sie nochmal auf Morty zurück', sagte Matilda.

*‚Ich möchte Morty gern helfen, wenn er immer noch studieren will. Ich könnte das jetzt sehr gut. Ich vermute, daß er kein Kind mehr ist. Vielleicht hat er schon viel gelernt. Sag ihm alles Liebe. Auch Mutter grüße von mir und bitte sie, nicht allzu böse von mir zu denken.*

*Fanny.*

Fanny. Gedruckte Adresse auf dem Briefpapier. Schluß.'

Matilda ließ den Brief auf den Tisch fallen. ‚Nun?' wandte sie sich in herausforderndem Ton an meine Mutter. ‚Mir scheint, daß diese junge Frau auf den richtigen Mann gestoßen ist den e i n e n anständigen unter zehntausend. Er scheint besser für sie zu sorgen als ein gewöhnlicher Ehemann. Was beabsichtigst du zu tun, Martha?'

Matilda richtete ihren vorgebeugten Oberköper langsam auf, lehnte sich in den Stuhl zurück und betrachtete meine Mutter mit einem etwas boshaft-ironischen Ausdruck."

## 5

„Ich wandte den Blick von Matildas spöttischem Gesicht den gespannten Zügen meiner Mutter zu.

‚Sag, was du willst, Matilda, das Mädchen lebt in Sünde.‘

‚Nicht einmal das ist unbedingt bewiesen‘, meinte Matilda.

‚Du glaubst doch nicht etwa, daß er –?‘ begann Mutter und brach wieder ab.

‚Es gibt auf dieser Welt doch auch großmütige Menschen‘, sagte Matilda.

‚Nein‘, rief meine Mutter, ‚wir brauchen ihre Hilfe nicht. Ich würde mich schämen, etwas von ihr anzunehmen, solange sie mit diesem Manne lebt.‘

‚Anscheinend lebt sie ja gar nicht mit ihm. Aber sprich weiter.‘

‚Schmutziges Geld‘, fuhr Mutter fort, ‚Geld, das sie von ihm hat. Das Geld einer Mätresse!‘

Sie redete sich in Wut: ‚Ich würde lieber sterben, als ihr Geld berühren.‘

Schließlich fand sie Worte, um auszudrücken, wie sie das Ganze sah. ‚Sie verläßt ihr Vaterhaus, sie bricht ihres Vaters Herz, sie tötet ihn. Ja, ja, sie bringt ihn ums Leben; nachdem sie fort war, war er nicht mehr derselbe. Sie lebt in Schamlosigkeit und Luxus. Sie entblödet sich nicht, sich von ihrem eigenen Bruder zum Haus ihrer Schande fahren zu lassen.‘

‚Das hat sie wohl nicht beabsichtigt‘, warf Matilda ein.

‚Er hat ja nicht anders können, der Arme. Und dann schreibt sie diesen Brief! Diesen Brief! Frech nenne ich ihn, frech und unverschämt. Ohne ein Wort der Reue, nicht ein einziges Wort der Reue. Hat sie etwa den Anstand, zu sagen, sie schäme sich ihrer selbst? Nein. Sie gibt zu, daß sie noch immer mit einem liederlichen Kerl lebt und gar nicht die Absicht hat, dieses Leben aufzugeben. Sie prahlt noch damit und bietet uns ihre freundliche Hilfe an! Uns, die sie in Schmach und Schande gestoßen hat! Weshalb haben wir Cherry Gardens verlassen und uns in London verstecken müssen? Ihretwegen! Und nun möchte sie in einem Auto daherkommen, die Stufen heruntertänzeln, aufgedonnert und angestrichen, und ihrer armen Mutter freundlich guten Tag sagen. Haben wir ihretwegen nicht schon genug gelitten? Jetzt will sie uns noch besuchen, um mit ihrem Reichtum zu protzen. Es ist unerhört! Wenn sie hierher kommen will – aber ich bezweifle, daß sie es wagt – , dann muß sie in härenem Gewand kommen, Asche auf dem Haupt und auf den Knien rutschend.'

,Das wird sie nicht tun, Martha', sagte Matilda.

,Dann soll sie bleiben, wo sie ist. Wir wollen ihre Schande nicht sehen. Sie hat ihren Weg gewählt, soll sie doch dabei bleiben. Aber hierher kommen! Was soll man denn den Leuten sagen?'

,Das lass mich nur machen', meinte Matilda unbekümmert.

,W a s soll ich den Leuten sagen? Und Prue? Und Mr. Pettigrew, den sie im Geselligkeitsverein kennengelernt hat und zum Tee einladen will? Wie soll sie dem erklären, was für eine feine Dame sie zur Schwester hat? Ein Kebsweib! Ja, Matilda, das ist der richtige Name für sie. Ein Kebsweib! Hübsch, sie so Mr. Pettigrew vorzustellen. Meine Schwester – ein Kebsweib! Er würde auf und davon rennen; er würde außer sich sein vor Entsetzen. Prue dürfte sich im Geselligkeitsverein nicht mehr blicken lassen. Und Ernie! Was soll der sagen, wenn seine Kollegen in der Garage ihm unter die Nase binden, daß seine Schwester ein Kebsweib ist?'

,Sorge dich darum nicht', sagte Ernest sanft, aber fest,

‚niemand bindet mir in der Garage irgend etwas unter die Nase. Das traut sich keiner, außer er hat Lust, seine Zähne zu schlucken.'

‚Und dann haben wir noch Harry. Er geht in seine Schule. Wenn jemand das dort erfährt – seine Schwester ein Kebsweib – man würde ihn wahrscheinlich die Kurse nicht mehr besuchen lassen.'

‚Das würde ich mir nicht gef . . .', begann ich, meinen Bruder nachahmend. Doch Matilda schnitt mir das Wort mit einer Gebärde ab. Und diese weit ausholende Gebärde umschloß auch meine Mutter, die übrigens am Ende ihrer Rede zu sein schien.

‚Ich weiß nun, Martha', sagte Matilda, ‚was du von Fanny hältst. Ich nehme an, das ist ganz natürlich. Doch dieser Brief –'

Sie nahm den Brief wieder auf. Sie spitzte die Lippen und wiegte ihren großen Kopf hin und her. ‚Nie im Leben wird man mich glauben machen, daß das Mädchen, das diesen Brief schrieb, ein schlechtes Herz hat. Du bist sehr bitter gegen Fanny, Martha, sehr bitter.'

‚Trotz allem –', hob ich von neuem an, doch Matildas Hand unterbrach mich wieder.

‚Bitter!' schrie meine Mutter. ‚Ich kenne sie! Sie kann so unschuldig tun, als ob nichts geschehen wäre. Und alles so drehen, als ob nicht sie, sondern der andere im Unrecht wäre . . .'

Matilda nickte. ‚Ich verstehe', sagte sie. ‚Aber warum sollte sich Fanny die Mühe genommen haben, diesen Brief zu schreiben, wenn sie euch nicht wirklich lieben würde? Als ob sie es notwendig hätte, sich um euch zu kümmern! Ihr seid ihr doch keine Hilfe! In ihrem Brief steckt Güte, Martha, und noch etwas mehr als Güte. Willst du sie zurückstoßen? Sie und die angebotene Hilfe? Auch wenn sie nicht auf den Knien rutscht und bereut? Willst du nicht wenigstens ihren Brief beantworten?'

‚Ich will ihr nicht schreiben und nichts von ihr hören. Nein! Solange sie ein Kebsweib ist, ist sie nicht meine Tochter. Ich wasche meine Hände in Unschuld. Und was ihre Hilfe anbetrifft – alles Schwindel! Wenn sie uns hätte helfen wollen, dann hätte sie Mr. Crosby geheiratet, der ein braver, anständiger Mann war.‘

‚Also schön, da kann man nichts machen‘, sagte Matilda.

Mit einem Ruck wandte sie sich zu Ernest: ‚Und was willst du tun, Ernie? Bist du auch dafür, sich von Fanny abzuwenden? Willst du die Käsekuchen für immer vergessen haben und von deiner Schwester nie mehr etwas wissen?‘

Ernest lehnte sich zurück, steckte die Hände in die Hosentaschen und blieb einige Augenblicke in Nachdenken versunken. Dann sagte er: ‚Es ist sehr peinlich.‘

Matilda half ihm nicht weiter.

‚Ich muß auch an meine Braut denken‘, fuhr er fort und wurde über und über rot.

Meine Mutter wandte den Kopf heftig gegen Ernest und sah ihn scharf an. Er zeigte eine unbewegliche Miene und vermied ihren Blick.

‚Oh, oh‘, rief Matilda, ‚das ist ja eine große Neuigkeit. Und wer ist deine Auserwählte, Ernie?‘

‚Hm! Ich hab eigentlich nicht die Absicht gehabt, schon jetzt von ihr zu erzählen. Ihr Name tut vorläufig nichts zur Sache; sie hat ein kleines Modenwarengeschäft, mehr will ich nicht verraten. Ich habe nie ein klügeres und netteres Mädchen gesehen; wir haben uns bei einer kleinen Tanzunterhaltung kennengelernt, wir sind einig, wenn auch nicht öffentlich verlobt. Aber wann wir heiraten wollen, ist noch unbestimmt. Ich habe ihr Verschiedenes geschenkt, einen Ring und so weiter, aber selbstverständlich habe ich nie etwas von Fanny erzählt, Familienangelegenheiten hab ich mit ihr noch nicht besprochen. Sie weiß nur, daß wir ein

Geschäft hatten, daß wir Verluste erlitten haben und daß Vater durch einen Unglücksfall umgekommen ist. Das ist alles. Aber Fanny – über Fanny mit ihr zu sprechen, wär mir schon peinlich. Ich möchte aber auch nicht hart gegen Fanny sein.‘

‚Ich verstehe‘, sagte Matilda. Sie schaute Prue stumm fragend an und las die Antwort aus deren Gesicht. Dann nahm sie den Brief wieder auf und wiederholte langsam und mit starker Betonung: ‚102 Brantismore Gardens‘, als ob sie sich die Adresse ins Gedächtnis einprägen wollte. ‚Im obersten Stockwerk, sagtest du, Ernie?‘ . . .

Dann wandte sie sich zu mir: ‚Und was denkst d u in dieser Sache zu tun, Harry?‘

‚Ich möchte Fanny sehen‘, sagte ich. ‚Ich glaube nicht –‘

‚Harry‘, sagte meine Mutter, ‚ich verbiete dir ein für alle Mal, ihr in die Nähe zu kommen. Ich will nicht, daß du verdorben wirst.‘

‚Verbiete es ihm nicht, Martha‘, sagte Matilda, ‚das hat keinen Zweck, denn er wird doch hingehen. Jeder Junge mit einem Funken Gefühl und Mut wird auf diesen Brief hin zu ihr gehen. 102 Brantismore Gardens‘ – noch einmal nannte sie deutlich die Adresse –, ‚das ist nicht sehr weit von hier‘.

‚Ich verbiete dir, sie zu besuchen, Harry‘, wiederholte meine Mutter. Zu spät erfaßte sie die ganze Bedeutung des Briefes. Sie griff nach ihm. ‚Ich will nicht, daß dieser Brief beantwortet wird. Ich werde ihn verbrennen, wie es sich gehört, und seinen Inhalt zu vergessen trachten, ihn aus meinem Gedächtnis streichen. Da!‘

Sie stand auf, und ein Schluchzen unterdrückend, warf sie Fannys Brief ins Feuer. Dann nahm sie die Feuerzange, um ihn tiefer in die Ofenglut hineinzustoßen. Wir alle starrten schweigend auf den Brief, der sich zusammenrollte, braun wurde, in einer hellen Flamme aufloderte und im Augenblick darauf knisternd zu Asche zerfiel. Mutter setzte sich schweigend wieder hin. Nach einem wilden Kampf mit ihrer Rocktasche zog sie ein armseliges, schmutziges, altes Taschentuch hervor und begann zu weinen, leise zuerst, dann immer heftiger. Wir anderen sahen entsetzt diesem Ausbruch zu.

‚Du darfst Fanny nicht besuchen, Harry, wenn Mutter es dir verbietet', sagte Ernest schließlich ruhig, aber nachdrücklich.

Matilda schaute mich herausfordernd an.

‚Ich werde sie doch besuchen', sagte ich, und empfand Angst, daß mir im nächsten Augenblick unmännliche Tränen aus den Augen stürzen würden.

‚Harry', schrie Mutter schluchzend, ‚du wirst mir das Herz brechen! Erst Fanny, dann du!'

‚Siehst du!' sagte Ernest.

Mutter hielt im Schluchzen inne, als ob sie meine Antwort abwarten wolle. Mein dummes kleines Gesicht muß sehr rot gewesen sein, und die Stimme wollte mir nicht gehorchen, aber ich sagte doch, was ich sagen wollte:

‚Ich werde zu Fanny gehen und sie geradeheraus fragen, ob sie wirklich ein schlechtes Leben führt.'

‚Und wenn sie ja sagt?' fragte Matilda.

‚Dann werde ich ihr vernünftig zureden', sagte ich. ‚Ich werde alles tun, um sie zu retten. Auch – auch wenn ich arbeiten müßte, um sie zu erhalten . . . Sie ist doch meine Schwester . . .'

Und nun weinte ich ein Weilchen.

‚Ich kann nicht anders, Mutter', schluchzte ich, ‚ich muß zu ihr.'

Mühsam gewann ich meine Fassung wieder.

‚So, so', sagte Matilda und blickte mich an. In ihrem Blick lag mehr Ironie und weniger Bewunderung als ich meiner Meinung nach verdiente. Sie wandte sich zu meiner Mutter: ‚Man könnte nicht schöner sprechen, als Harry gesprochen hat. Ich glaube, du mußt ihn gehen lassen. Er wird alles tun, um sie zu retten, sagt er. Weiß Gott, vielleicht gelingt es ihm, Reue in ihr zu erwecken.'

‚Gerade das Gegenteil wird geschehen', sagte Mutter und trocknete sich die Augen. Ihr Tränenstrom war versiegt.

‚Ich kann mir nicht helfen', sagte Ernest, ‚ich halte es für verkehrt, wenn Harry zu ihr geht.'

‚Auf keinen Fall darfst du von deinem Vorhaben lassen, weil du die Adresse vergessen hast', sagte Matilda. ‚Das wäre schäbig. Wenn du Fanny aufgeben willst, mußt du es aus freiem Willen tun, aber nicht aus Vergeßlichkeit. 102 Brantismore Gardens. Schreib dir's lieber auf.'

Ich ging zu dem Tisch in der Ecke, auf dem meine Bücher lagen, und tat, wie sie mir geraten. Und zwar schrieb ich die Adresse auf das Vorsatzblatt des Elementarbuchs der lateinischen Sprache von Smith."

## 6

„Mein erster Besuch bei Fanny fiel ganz anders aus, als die rührenden Szenen, die ich mir vorher in der Phantasie ausgemalt hatte. Ich ging am zweitnächsten Tag nach Ernests Erzählung etwa um halb acht Uhr abends, auf dem Heimweg von der Apotheke, zu ihr. Das Haus kam mir sehr nobel vor. Ich stieg über eine mit Teppichen belegte Treppe zu ihrer Wohnung hinauf und läutete; sie öffnete selbst.

Es war mir sofort klar, daß die lächelnde junge Frau unter der Tür jemand anderen erwartet hatte als den tölpelhaften Jüngling, der vor ihr stand. Sie hatte zunächst nicht die leiseste Ahnung, wer er war, und ihre strahlende Miene wurde kühl abweisend. ‚Was wünschen Sie, bitte?' sagte sie, indes ich sie schweigend anstarrte.

Sie hatte sich sehr verändert, sie war gewachsen.

Allerdings war ich nun noch größer als sie. Ihr welliges braunes Haar war von einem schwarzen Samtband mit einer Art Brosche aus funkelnden Steinen zusammengehalten; Gesicht und Lippen hatten frischere Farben als ehedem. Sie trug ein leichtes Kleid von grünblauer Farbe mit weiten Ärmeln; man sah ihren hübschen Nacken und Hals und ihre weißen Arme. Sie erschien mir wie ein zauberhaft schönes Wesen, sanft, strahlend und duftend – für einen Barbaren der Londoner Straßen gleich mir war sie eine Märchengestalt, ihre Anmut überwältigte mich. Ich räusperte mich. ‚Fanny', sagte ich heiser, ‚kennst du mich nicht?'

Sie zog die Brauen zusammen, und schon umspielte ihr entzückendes altes Lächeln ihre Lippen. ‚Das ist ja Harry', rief sie, zog mich in ihr kleines Vorzimmer und umarmte und küßte mich. ‚Mein lieber, kleiner Bruder Harry! Wie groß bist du geworden! Ich kann es kaum glauben!'

Dann ging sie an mir vorbei, schloß die Tür, kam zurück und betrachtete mich nachdenklich.

‚Warum hast du mir nicht geschrieben, daß du zu mir kommen willst? Ich sehne mich so sehr danach, mich mit dir auszusprechen, erwarte aber Besuch. Der kann jeden Augenblick da sein. Was soll ich nun tun? . . . Hm.'

Der kleine Vorraum, in dem wir standen, war hell und freundlich, die weißen Wände waren mit hübschen japanischen Bildern geschmückt. Ein Ständer für Mäntel und Hüte und ein alter Eichenschrank standen darin, auch bemerkte ich einige Türen, von denen zwei halb offen standen. Durch die eine konnte ich ein Sofa und einen Tisch mit Kaffeegeschirr sehen, durch die andere einen Spiegel und einen mit Kattun überzogenen Lehnstuhl. Fanny schien zu überlegen, in welches dieser beiden Zimmer sie mich führen solle. Schließlich schob sie mich in das erste und machte die Tür hinter uns zu.

‚Du hättest mir schreiben sollen, daß du mich besuchen

willst', sagte sie. ‚Ich möchte für mein Leben gern jetzt mit dir plaudern, aber es kommt jemand zu mir, der für sein Leben gern m i t m i r plaudert. Aber einerlei, nützen wir die Zeit schnell aus. Wie geht es dir? Aber das kann ich dir ansehen. Doch wie steht's mit deinen Studien? Und wie geht's Mutter? Was ist aus Prue geworden? Und ist Ernest noch immer so jähzornig wie früher?'

Ich versuchte alle ihre Fragen zu beantworten. So gut es ging, schilderte ich ihr Matilda Good und deutete ihr möglichst rücksichtsvoll Mutters Unversöhnlichkeit an. Dann begann ich ihr von meiner Beschäftigung in der Apotheke zu erzählen und von meinen Studien in Latein und Chemie, doch inmitten meines Berichtes sprang sie auf und horchte.

Man hörte das Geräusch eines Schlüssels in der Eingangstür.

‚Mein zweiter Gast', sagte sie, zögerte einen Augenblick und schlüpfte dann aus dem Zimmer. Ich betrachtete mir die Möbel und die Kaffeemaschine, die auf dem Tisch summte. Sie hatte in der Eile die Tür angelehnt gelassen, und so hörte ich nur zu deutlich das Geräusch eines Kusses und dann eine männliche Stimme. Ich fand diese Stimme angenehm.

‚Ich bin müde, kleine Fanny. Oh, ich bin todmüde; die neue Zeitung ist des Teufels. Wir haben alles ganz falsch angepackt, aber ich werde sie doch durchdrücken. Wenn ich nicht diese Freude, diese Ruhe hier bei dir hätte, müßte ich verrückt werden. Der Kopf brummt mir vor lauter Artikel-Überschriften. Bitte, nimm meinen Mantel. Danke. Ich rieche Kaffee . . .'

Es kam mir vor, als hielte Fanny ihren Besucher davon ab, das Zimmer, in dem ich stand, zu betreten. Ich hörte, wie sie sehr schnell etwas über einen Bruder sagte.

‚Ach, zum Kuckuck!' rief der Mann fröhlich. ‚Schon wieder einer! Wieviel Brüder hast du denn, Fanny? Schick ihn weg. Ich habe nicht länger als eine Stunde Zeit, meine Liebste –'

Die Tür fiel mit einem Knall zu – Fanny mußte bemerkt haben, daß sie offen gestanden hatte. Das weitere Gespräch konnte ich nicht mehr hören.

Bald erschien Fanny wieder, errötet, mit glänzenden Augen und etwas verlegen. Man sah ihr an, daß sie eben nochmals geküßt worden war.

‚Harry', sagte sie, ‚es ist mir schrecklich peinlich, dich wegzuschicken und dich zu bitten, ein anderes Mal wiederzukommen. Du mußt aber verstehen, dem anderen Besuch habe ich den heutigen Abend schon früher versprochen. Macht's dir was aus, Harry? Ich sehne mich nach einer langen Unterhaltung mit dir. Hast du Sonntag frei, Harry? Nun, dann komm Sonntag um drei zu mir, ich werde ganz allein sein, und wir können uns einen richtigen guten Nachmittagstee gönnen. Ist's dir recht, Harry?'

Ich sagte, daß mir alles recht sei. Meine ethischen Wertungen waren offenbar innerhalb dieser kleinen Wohnung andere als draußen.

‚Du hättest wirklich erst schreiben sollen, anstatt so unvermittelt aus der Dunkelheit aufzutauchen.'

Als ich mit ihr durch den Vorraum ging, war niemand zu sehen, nicht einmal ein Mantel oder ein Hut. ‚Gib mir einen Kuß, Harry', sagte sie. Und ich küßte sie nur allzu gern. ‚Macht's dir bestimmt nichts aus, daß ich dich wegschicke?' fragte sie unter der Tür nochmals.

‚Nicht das geringste', sagte ich. ‚Ich hätte schreiben sollen!'

‚Sonntag um drei', rief sie mir noch nach, als ich die teppichbelegte Treppe hinunterging.

‚Sonntag um drei', rief ich zurück.

Unten in der Halle des Treppenhauses brannte ein Feuer in einem Kamin, und ein Mann saß da, bereit, einen Wagen oder ein Auto herbeizurufen, falls jemand es wünschte. Der Wohlstand und die Behaglichkeit des Ganzen machten großen Eindruck auf mich, ich war geradezu stolz, aus einem so schönen Haus auf die Straße treten zu können. Erst als ich ein Stück Weges zurückgelegt hatte, fiel mir ein, wie weit ich mich von meinem ursprünglichen Plan entfernt hatte.

Ich hatte Fanny nicht gefragt, ob sie ein schlechtes Leben führe, und ihr nicht die geringsten Vorstellungen gemacht. Die Rolle, die ich mir zurechtgelegt hatte, die Rolle des starken, schlichten und entschlossenen jüngeren Bruders, der die schwache, aber liebenswerte Schwester aus entsetzlicher Erniedrigung rettet, war mir in dem Augenblick, da Fanny mir die Tür geöffnet hatte, gänzlich aus dem Gedächtnis entschwunden. Da stand ich nun, den ganzen langen Abend vor mir, und meiner Familie hatte ich nichts weiter zu berichten, als daß zwischen Romantik und Wirklichkeit ein ungeheurer Unterschied besteht. Ich beschloß, meiner Familie vorläufig gar nichts zu erzählen, sondern lieber einen langen Spaziergang zu machen und dabei über die Sache mit Fanny gründlich nachzudenken. Ich wollte so spät heimkommen, daß meine Mutter keine Gelegenheit mehr zu einem Kreuzverhör und zu langem Ausfragen hätte.

Ich schlug den Weg zum Themsekai ein, denn das verhieß einen Weg ohne Menschenmengen, Feierlichkeit und stellenweise Schönheit, geeignet für einen nachdenklichen Spaziergang.

Ich muß mich wundern, wenn ich mir nun die verschiedenen Phasen meiner Stimmung an jenem Abend ins Gedächtnis zurückrufe. Zuerst beherrschte mich die fröhliche Wirklichkeit, aus der ich kam: Fanny, hübsch, wohlhabend, freundlich und selbstsicher, in ihrer hell beleuchteten, geschmackvoll möblierten Wohnung, und die freundliche und vertrauensvolle Stimme, die ich gehört hatte –: das waren Tatsachen, die ich hinnehmen und respektieren mußte. Es war erfreulich, nach mehr als zwei Jahren scheußlicher Phantasiegespinste die Schwester in Wirklichkeit vom Schicksal unbesiegt, geliebt und gehegt wiederzufinden. Und dann die Aussicht auf eine lange Unterhaltung am Sonntag! Ich wollte ihr alles erzählen, was ich inzwischen getan hatte und was ich zu tun gedachte. Wahrscheinlich waren die beiden miteinander verheiratet, aber aus irgendeinem dunklen Grunde nicht imstande, diese Tatsache der Welt mitzuteilen – vielleicht würde mir Fanny am Sonntag in tiefstem Vertrauen davon erzählen, und ich würde dann nach Hause gehen, Mutter das Geheimnis zuflüstern und sie in größtes Erstaunen versetzen. Aber noch während ich diesen Gedanken freudig ausspann, wuchs in mir klar und kalt die bedeutungsvolle Gewißheit, daß die beiden nicht verheiratet waren, und die Schatten langgehegter Mißbilligung begannen sich über den ersten hellen Eindruck von Fannys kleinem Heim zu senken. Unzufriedenheit mit der Rolle, die ich gespielt hatte, stieg in mir auf; ich hatte mich ja in einer Weise behandeln und vor die Tür setzen lassen, als wäre ich ein kleiner Junge und nicht ein hilfreicher und moralisch überlegener Bruder. Ich hätte unbedingt irgend etwas, wenn auch nur ein kurzes Wort über meine moralischen Überzeugungen sagen sollen. Ich hätte auch dem Mann gegenübertreten müssen, dem Bösewicht, der ohne Zweifel in dem Zimmer mit dem Spiegel und dem kattunüberzogenen Lehnstuhl gelauert hatte. Er hatte es vermieden, mir zu begegnen, weil er mir nicht ins Gesicht zu sehen wagte. Von dieser plötzlich veränderten Auffassung ausgehend, begann ich nun einen neuen Traum der Anklage und Rettung zu spinnen. Was hätte ich wohl zu dem Bösewicht sagen müssen? ‚Und so, mein Herr, sehe ich Sie endlich –'

Etwas dergleichen.

Meine Phantasie begann mich fortzureißen. Ich stellte

mir vor, wie der Bösewicht, in tadelloser Abendtoilette, die, wie meine Romane mich gelehrt hatten, meist ein Zeichen allerärgster Verderbtheit war, unter der Flut meiner schlichten Rede erzittern würde. ‚Sie haben sie', würde ich sagen, ‚aus dem bescheidenen, aber reinen Heim ihrer Familie gerissen, Sie haben ihrem Vater das Herz gebrochen' – ich bildete mir tatsächlich ein, daß ich etwas derartiges sagen würde! ‚Und was haben Sie aus ihr gemacht? Ein Spielzeug, eine Puppe, die nun verzärtelt wird, solange es Ihrer Laune gefällt, und die Sie schließlich achtlos beiseite werfen werden –' oder: ‚beiseite schleudern werden!'

Ich entschloß mich für ‚schleudern'.

Gestikulierend und halblaut vor mich hinsprechend, wanderte ich das Themseufer entlang."

„Aber im Grunde wußtest du damals schon, daß das Unsinn war?" fragte Iris.

„Ja, im Grunde wohl. Doch in jenen alten Tagen dachten die Menschen eben so."

## 7

„Auch mein zweiter Besuch bei Fanny", fuhr Sarnac fort, „war voll unerwarteter und unerprobter Erlebnisse. Der Teppich in dem schönen Treppenhaus schien alle moralisierende Taktlosigkeit zu dämpfen. Als sich die Tür öffnete und ich meine liebe Fanny wiedersah, freundlich und froh, da vergaß ich die strenge Befragung, mit der ich unsere zweite Unterredung hatte einleiten wollen. Sie zog mich an den Haaren, küßte mich, nahm mir Hut und Mantel ab, sagte, daß ich sehr gewachsen sei, und maß sich mit mir im Spiegel. Dann schob sie mich in das helle kleine Wohnzimmer. Dort war ein Teetisch vorbereitet, wie ich noch nie im Leben einen gesehen hatte. Es gab kleine Sandwiches mit Schinken, andere mit Pastete, Erdbeermarmelade, zwei Sorten Kuchen und obendrein noch kleine Biskuits. ‚Lieb von dir, Harry, daß du gekommen bist. Aber ich weiß nicht, irgendwie hatte ich das Gefühl, daß du ganz bestimmt kommen würdest.‘

‚Wir zwei haben immer zusammengehalten‘, sagte ich.

‚Immer‘, stimmte sie ein. ‚Mutter und Ernie hätten mir wirklich ein paar Worte schreiben können. Nun, vielleicht tun sie es später. Hast du je einen elektrischen Teekessel gesehen, Harry? Das hier ist einer. Bitte, stecke den Kontakt an – hier, siehst du.‘

‚Ich weiß, ich kenne das‘, sagte ich und tat, wie sie gebeten. ‚Ich hab in meinem Abendkurs eine Menge über Elektrizität und Chemie gelernt. Und in der Tothill Street ist ein Laden voll solcher Sachen.‘

‚Ich dachte mir, daß du über derlei Bescheid weißt‘, sagte sie. ‚Ich hoffe, du hast schon recht viel gelernt.‘ Und damit waren wir bei der mir so wichtigen Frage angelangt, was ich gelernt hatte und noch zu lernen gedachte.

Es war eine Freude, mit jemandem sprechen zu können, der wirklich Verständnis für meinen Wissensdurst hatte. Ich erzählte von mir, von meinen Träumen und Ambitionen, und während ich sprach, griff mein Arm – ich war doch ein Junge, der noch wuchs – immer wieder nach den verlockenden Schüsseln. Fanny beobachtete mich lächelnd und lenkte mich durch Fragen auf die Dinge, die sie wissen wollte. Und als wir genug geschwatzt hatten, führte sie mich zu ihrem Pianola, ich suchte mir unter den vorhandenen Noten ein Stück von Schumann heraus, das ich schon längst durch Mr. Plaice kannte, und hatte nun die Freude, es unter Fannys Anleitung selbst spielen zu können. Diese Pianolas waren ganz leicht zu handhaben. Bald konnte ich so spielen, daß es mir gelang, auszudrücken, was ich fühlte.

Fanny lobte meine rasche Auffassung. Sie räumte das Teegeschirr ab, während ich spielte, dann setzte sie sich zu mir, und wir stellten fest, daß wir in den zwei Jahren der Trennung beide viel über Musik gelernt hatten. Wir waren beide hingerissen von Bach – ich bemerkte zu meiner Beschämung, daß ich seinen Namen falsch ausgesprochen hatte – und von Mozart. Bald kam Fanny wieder auf meine Arbeit zu sprechen und fragte mich, was ich zu werden gedächte. ‚Du sollst nicht mehr allzulang bei dem alten Drogisten bleiben', meinte sie. ‚Was würdest du dazu sagen, wenn ich dir eine Arbeit verschaffte, bei der du es mit Büchern zu tun hast? Zum Beispiel Bücher verkaufen oder in einer Bibliothek mithelfen oder eine Beschäftigung in einer Firma, die Bücher und Zeitungen veröffentlicht? Hast du nie daran gedacht, selbst etwas zu schreiben?'

‚Ich habe schon öfter Verse gemacht', gestand ich, ‚auch habe ich einmal einen Brief über Abstinenz an die Daily News geschickt. Aber sie haben ihn nicht gedruckt.'

‚Hast du nie davon geträumt, zu schreiben?'

‚Du meinst, Bücher wie Arnold Bennett? O ja!'

‚Du wußtest aber nicht, wie du das anfangen sollst?'

‚Ja, es ist so schwer, anzufangen', sagte ich, als ob das das das einzige Hindernis gewesen wäre.

‚Du solltest deine alte Drogerie verlassen', begann sie wieder. ‚Wenn ich jemand wüßte, der eine interessantere Arbeit für dich hätte, Harry, würdest du sie annehmen?'

‚Ich glaube schon.'"

„Warum sagst du nicht einfach ja?" unterbrach Iris.

„Ach! Das war eine damals gebräuchliche Redewendung, eine gekünstelte Abschwächung", erklärte Sarnac.

„Aus meiner Schilderung könnt ihr sehen, wie völlig ich mich wieder von meiner vorgefaßten Meinung und meinen Plänen entfernt hatte. Wir plauderten den ganzen Abend und nahmen in Fannys kleinem Speisezimmer ein köstliches kaltes Abendessen ein. Fanny zeigte mir, wie man mit ganz feingeschnittenen Zwiebeln, Weißwein und Zucker einen wunderbaren Salat zurechtmacht. Nachher setzten wir uns wieder an dieses Wunder, das Pianola. Schließlich nahm ich – sehr ungern – Abschied. Als ich auf der Straße stand, hatte ich, wie das vorige Mal, das Gefühl, plötzlich in eine andere Welt gestoßen worden zu sein, in eine kältere, leerere, härtere Welt mit völlig andersgearteten moralischen Werten. Wieder empfand ich eine heftige Abneigung dagegen, gleich nach Hause zu gehen und mir die Erinnerung an den schönen Abend durch erbarmungslose Fragen zerstören zu lassen. Und als ich endlich doch nach Hause kam, log ich: ‚Fanny wohnt sehr hübsch und ist sehr glücklich. Ich bin mir nicht sicher, aber nach allem, was sie mir andeutete, vermute ich, daß der Mann sie binnen kurzem heiraten wird.‘

Unter dem feindseligen Blick meiner Mutter bekam ich heiße Wangen und Ohren.

‚Hat sie dir das gesagt?‘

‚So ungefähr‘, log ich. ‚Ich hab' es so halb und halb aus ihr herausbekommen.‘

‚Aber er ist doch schon verheiratet!‘ meinte Mutter.

‚Ja, ja, ich glaube, es ist was dran!‘

‚Was dran!‘ rief Mutter zornig. ‚Sie hat einer anderen Frau den Mann weggenommen. Er gehört seiner angetrauten Frau für immer und ewig, gleichgültig, was er ihr vorzuwerfen hat. ‚Was Gott zusammengefügt hat, soll der Mensch nicht trennen.‘ Das hab ich gelernt, und daran glaub ich. Er ist älter als sie, er hat sie auf Abwege geführt. Aber so lange sie bei ihm bleibt, ist ihre Sünde so groß wie die seine. Hast du ihn gesehen?‘

‚Nein, er war nicht da.‘

‚Er hatte wohl nicht den Mut. Das spricht immerhin für die beiden. Und wirst du noch einmal hingehen?‘

‚Ich habe es so gut wie versprochen.‘

‚Das ist gegen meinen Willen, Harry. Bedenke, jedesmal, wenn du zu ihr gehst, bist du ungehorsam. Verstehst du? Laß dir das gesagt sein, ein für allemal.‘

‚Sie ist doch meine Schwester', sagte ich störrisch.

‚Und ich bin deine Mutter. Obwohl heutzutage eine Mutter nicht mehr ist als Dreck unter den Füßen ihrer Kinder. Sie heiraten? Warum denn? Das hat er doch nicht notwendig! Er wird die nächste heiraten. Prue, nimm den Rest der Kohlen aus dem Feuer und dann komm zu Bett.'"

## 8

„Und nun", sagte Sarnac, „muß ich euch von einem merkwürdigen geschäftlichen Unternehmen erzählen, von der Firma Crane & Newberry im Thunderstone House. Auf Fannys dringende Vorstellungen hin verließ ich nämlich Mr. Humberg samt seinen Flaschen mit den goldenen Etiketten, in denen nichts außer Wasser enthalten war, und nahm eine Stelle bei Crane & Newberry an. Diese Firma war ein Verlag, der Zeitungen, Zeitschriften und Bücher veröffentlichte, und Thunderstone House glich einem Springquell bedruckten Papiers, der tagtäglich eine riesenhafte Flut von Lesestoff über das englische Volk ergoß."

„Vergeßt nicht, ich spreche von der Welt vor zweitausend Jahren", sagte Sarnac. „Ihr seid ohne Zweifel allesamt fleißige Kinder gewesen und habt brav Geschichte gelernt. Doch aus großer Entfernung gesehen, erscheinen die Dinge stark verkürzt: Veränderungen, die sich nur ganz langsam, im Verlaufe mehrerer Menschenalter, und inmitten dichter Wolken des Zweifels, der Mißverständnisse und des allgemeinen Widerstandes vollzogen, dünken uns heute leicht und selbstverständlich. Man hat uns gelehrt, daß die wissenschaftliche Methode zunächst im Bereich materieller Dinge und erst später auf dem Gebiete der Psychologie und der Beziehungen der Menschen untereinander angewandt wurde; daß also eine vielfältige Verarbeitung des Stahles, Eisenbahnen, Automobile, der Telegraph und Flugzeuge, mit einem Wort die materiellen Grundlagen des neuen Zeitalters bereits zwei oder drei Generationen bestanden, ehe soziale und politische Ideen und Erziehungsmethoden den Bedürfnissen der neuen Zeit angepaßt wurden. Handel und Gewerbe hatten eine überraschende Steigerung erfahren, die Bevölkerung der Erde in ungeahntem Maße zugenommen, es gab Verwirrung und Konflikte, heftige soziale Spannungen, Revolutionen und große Kriege, ehe man auch nur die Notwendigkeit einer Neugestaltung der menschlichen Beziehungen auf wissenschaftlicher Grundlage erkannte. Es ist leicht, diese Entwicklung in allgemeinen Begriffen zu erkennen, aber sehr schwer zu schildern, welche Angst, wieviel Leid und welche Not der Prozeß blinder Anpassung für die zahllosen Millionen Menschen bedeutete, die mitten in den Wirbel jener Übergangsphase hineingeboren wurden. Wenn ich jetzt auf das Zeitalter zurückblicke, in dem mein früheres Leben sich abspielte, muß ich immer wieder an eine Menschenmenge in dem in Pimlico so häufigen Nebel denken. Keiner konnte seinen Weg überblicken, jeder tastete sich langsam und schwerfällig von einem sichtbaren Ding zum anderen weiter, und alle fühlten sich unbehaglich und gereizt.

Uns ist es heute völlig klar, daß in jenem fernab liegenden neunzehnten Jahrhundert die Zeit ungebildeter Arbeitssklaven, unwissender Schwerarbeiter bereits vorbei war; Maschinenkraft war an Stelle der Menschenkraft getreten. Das neue Zeitalter mit seinem weit vielfältigeren und gefährlicheren Leben, diese viel reicher und mannigfaltiger gewordene Welt, erforderte eine geistig und moralisch gebildete Bevölkerung. Damals aber war dies durchaus nicht klar. Widerwillig nur und in ungenügendem Maße ließen die gebildeten und wohlhabenden Stände der sich rasch vermehrenden Menge des Volks Wissen und

Aufklärung zukommen und bestanden überdies darauf, daß der Volksunterricht eine besondere Form habe, sich in einer neuen Art von Schule vollziehe. Ich habe euch ja erzählt, was für Kenntnisse mir in der Schule beigebracht wurden, Lesen, Schreiben, die Anfangsgründe des Rechnens, sogenannte Geographie und so weiter. Dieser Unterricht wurde durch die Notwendigkeit eines möglichst frühen Gelderwerbs im Alter von dreizehn oder vierzehn Jahren abgebrochen, gerade in dem Zeitpunkt also, da Wißbegier und Forschungstrieb sich zu regen beginnen. Mehr hatte die Menschheit auf dem Gebiet der Volkserziehung und -Bildung bis zum Anbruch des zwanzigsten Jahrhunderts nicht erreicht. Scharen von Menschen konnten gerade eben lesen und schreiben, sie waren vertrauensselig und unkritisch und dabei sehnten sie sich so sehr danach, mehr zu lernen, mehr Einsicht und Wissen zu erwerben, daß es direkt rührend war. Die Gesellschaft tat nichts, um diese vagen Ambitionen der Menschenmengen, die sich ihrer selbst noch nicht voll bewußt waren, zu befriedigen; es blieb dem Privatgeschäft überlassen, aus dem dumpfen Wissensdrang des Volkes Gewinn zu schlagen. Eine ansehnliche Zahl großer Verlagsfirmen war entstanden und lebte von dem neuen Lesepublikum, das dieser sogenannte Elementarunterricht geschaffen hatte.

Zu allen Zeiten haben die Menschen Geschichten gerne gelesen, deren Stoff aus dem wirklichen Leben gegriffen ist. Die Jungen sind stets begierig, mehr von der Bühne zu erfahren, auf der sie ihre Rolle zu spielen beginnen, sie wollen ein Bild von den Aussichten und Möglichkeiten des Daseins gewinnen, ein lebhaft und dramatisch bewegtes Bild, das sie ihre eigenen Reaktionen vorausahnen läßt. Und ältere Leute wollen mit Hilfe von Erzählungen, Schilderungen und Diskussionen ihre Erfahrungen ergänzen und ihr Urteil erweitern. Die Literatur besteht nicht erst, seit die Menschheit Schriften zu entwickeln begann, nein, eigentlich hob sie schon an, als die Sprachen so weit ausgebildet waren, daß Rezitation und Geschichtenerzählen möglich wurden. Und stets hat die Literatur den Menschen das gesagt, was ihr Geist aufnehmen konnte, stets hatte sie ihren Gegenstand nicht so sehr in der Wildnis der Wirklichkeit gesucht, als vielmehr im erwartungsvollen Gemüt ihrer Hörer oder Leser, der Personen also, die zahlen können. Aus diesem Grunde sind viele Werke der Literatur jedes Zeitalters wertlos und vergänglich und nur insoferne, als sie die Wünsche und Grenzen der Vorstellungskraft der betreffenden Generation beleuchten, für den Historiker oder den Psychologen späterer Zeiten von Interesse. Die volkstümliche Literatur des Zeitalters, in dem Harry Mortimer Smith lebte, war umfangreicher, zynischer und unaufrichtiger, schlechter in ihrer billigen Minderwertigkeit und alles in allem hohler als irgendeine, die die Welt bis dahin gesehen hatte.

Ihr werdet mich possenhafter Übertreibung zeihen, wenn ich euch erzähle, wie verschiedene Leute dadurch reich wurden, daß sie, den unklaren Bedürfnissen der Scharen von neuen Lesern entgegenkommend, die übergroßen Städte der atlantischen Welt mit Lesestoff versorgten. Ein gewisser Newnes zum Beispiel soll eines Tages im Kreise seiner Familie eine interessante kleine Anekdote vorgelesen und daraufhin bemerkt haben: ‚Diese Geschichte ist wirklich ein Leckerbissen!' Diese witzige Namengebung brachte ihn auf den Gedanken, eine Wochenschrift zu gründen, die interessante kleine Geschichtchen, Ausschnitte aus Büchern und Zeitungen und dergleichen mehr enthalten sollte, und eine hungrige Menge war gerne bereit, ihren Wissensdrang und ihre Neugier mit dieser Art von geistiger Nahrung zu stillen. Auf diese Weise entstand eine der meistgelesenen Londoner Zeitschriften mit dem Titel ‚Tit-Bits', das heißt ‚Leckerbissen', deren Inhalt von einem emsigen und ziemlich schlecht bezahlten Stab von Mitarbeitern aus tausenderlei Quellen zusammengestellt wurde, und Newnes machte ein Vermögen und wurde in den Adelsstand erhoben. Sein erster Erfolg stachelte ihn zu weiteren Experimenten mit dem neuen Lesepublikum an. Er gründete eine Monatszeitschrift, in der er hauptsächlich Erzählungen ausländischen Ursprungs veröffentlichte. Sie wurde anfangs nicht sehr viel gekauft, bald aber begann ein gewisser Doktor Conan Doyle für sie zu schreiben, und zwar Geschichten über Verbrechen und deren Entdeckung, die das Blatt und ihn selbst berühmt machten. In jenen Tagen hatte fast jeder nur halbwegs intelligente Mensch Interesse an Morden und ähnlichen Verbrechen, die noch sehr häufig vorkamen. Sie waren auch tatsächlich ein sehr fesselndes Thema für die damaligen Menschen, denn richtig behandelt, beleuchteten solche Fälle besser als sonst irgend etwas Probleme der Gesetzgebung, Erziehung und Regierung unserer chaotischen Gesellschaft. Auch die ärmsten Leute hielten sich wenigstens ein Wochenblatt, um sich an geheimnisvollen Morden und Ehebruchsgeschichten zu ergötzen, getrieben vom instinktiven Bedürfnis, die Beweggründe, die den Verbrecher zur Tat trieben, zu erkennen und die bestehenden Verbote zu beurteilen. Conan Doyles Geschichten jedoch enthielten nicht viel Psychologie; er verwirrte die Fäden seiner Geschichte, um sie in überraschender Weise wieder zu entwirren, und über der gespannten Neugier auf den Ausgang vergaßen seine Leser das eigentliche Problem.

Unmittelbar auf Newnes folgte eine ganze Schar weiterer Zeitungsgründer, darunter ein gewisser Arthur Pearson und die Gebrüder Harmsworth, die von ganz bescheidenen Anfängen zu Ansehen und Reichtum emporstiegen; ihrer ersten Zeitung, einer kleinen Wochenschrift, die den Titel ‚Antworten' führte, lag die Idee zugrunde, daß man gerne die Briefe anderer Leute liest. Aus unseren Geschichtsbüchern könnt ihr erfahren, daß zwei dieser Harmsworths,

Männer von großer Energie, in den Adelsstand erhoben wurden und eine bedeutende Rolle in der Politik spielten; ich aber habe euch von ihnen nur zu erzählen, daß sie eine Unzahl von Zeitungen und Zeitschriften ins Leben riefen, um das schallende Gelächter des Laufburschen, das Herz des Fabrikmädels, den Respekt der Aristokratie und das Vertrauen der Neureichen zu gewinnen. Ihr Unternehmen war eine riesige Fabrik schlampiger Druckerzeugnisse. Unsere Firma im Thunderstone House war älter als die Newnes-, Pearson- und Harmsworth-Konzerne. Schon im achtzehnten Jahrhundert hatte sich ein allgemeiner Wissensdrang geltend gemacht, und ein gewisser Dodsley, ein ehemaliger Bedienter, der Verleger geworden war, brachte unter dem Titel ‚Der Gefährte des jungen Mannes' ein volkstümlich lehrhaftes Werk heraus. Unser Gründer, Crane, tat ein gleiches in den frühen Tagen des Zeitalters der Königin Victoria. Sein ‚Hauslehrer', in monatlichen Lieferungen, hatte großen Erfolg, ebenso ein weiteres Werk, betitelt ‚Kreis der Wissenschaften', ferner eine Wochenschrift und anderes mehr. Seine beiden Hauptrivalen waren die Verleger Cassell und Routledge; doch obwohl er mit einem viel geringeren Kapital arbeitete als sie, konnte er jahrelang mit ihnen konkurrieren. Dann kam eine Zeit, da die Gründung zahlreicher neuer volkstümlicher Verlage Crane und seine Zeitgenossen in den Hintergrund drängte. Schließlich aber wurde die Firma von einem gewissen Sir Peter Newberry umgestaltet, gewann neues Leben und gelangte bald wieder zu ansehnlichem Wohlstand, indem sie eine ganze Menge von Zeitschriften herausbrachte, in denen kleine Novellen erschienen, und billige Zeitungen für Frauen, junge Mädchen und Kinder. Der ‚Hauslehrer' erlebte eine moderne Erneuerung und enthielt nun eine besondere Anleitung zur Ausbildung des Gedächtnisses, daneben brachte Sir Peter Newberry ein weiteres Werk heraus, betitelt ‚Der Weg zum Erfolg', und schließlich nahm der

Verlag sogar die Veröffentlichung leicht verständlicher wissenschaftlicher Handbücher in Angriff.

Ihr könnt euch kaum vorstellen, welche Unmenge von gedrucktem Zeug es in der damaligen Welt gab, die Menschheit erstickte fast unter all dem gedruckten Schund, wie sie ja auch an einem Überschuß von minderwertigen Menschen und von schlechten Gebrauchsgegenständen, Kleidern und anderem krankte; in allem und jedem gab es zuviel des Mittelmäßigen und Schlechten. Und das Gute war unglaublich selten! Ich kann euch nicht schildern, wie wunderbar es für mich ist, aufs neue hier unter euch zu sitzen, nackt und einfach, in einem schönen und zweckmäßigen Zimmer, und klar und ungeschminkt zu sprechen. Das Gefühl, einer schauderhaften Umgebung entronnen zu sein, befreit zu sein von allem möglichen üblen und nutzlosen Kram, ist herrlich. Wir lesen dann und wann ein Buch, sprechen und lieben natürlich und ehrlich, arbeiten, denken und forschen mit einem richtig ernährten und wohlgelüfteten Gehirn, leben mit allen unseren Sinnen und all unseren Fähigkeiten und haben das Leben fest und sicher in der Hand. Das zwanzigste Jahrhundert aber stand unter schwerem Druck. Diejenigen, die Mut genug besaßen, kämpften mit aller Kraft, um Wissen zu erringen und vorwärtszukommen, und ihnen verkauften wir unseren weder sehr klaren noch nützlichen ‚Hauslehrer' und unsern ‚Weg zum Erfolg', ein niedriges Machwerk. Die große Mehrzahl der damaligen Menschen jedoch verlor den Zusammenhang mit dem wirklichen Leben auf eine Art und Weise, die heute nur mehr den Psychologen bekannt ist. Sie wandten ihre Aufmerksamkeit von der Wirklichkeit ab und gaben sich Hirngespinsten hin. In einem Tagtraum befangen, gingen sie ihres Weges, einem Tag-traum, in dem sie nicht sie selbst waren, sondern weit edlere und sehr romantische Wesen, und der besagte, daß die Dinge um sie herum sich alsbald völlig ändern und zu einer dramatischen Szene gestalten würden, in der sie selbst die Hauptrolle zu spielen gedachten. Die Novellen und populären Romane, die in den Zeitschriften von Crane und Newberry veröffentlicht wurden und die Haupteinnahmsquelle der Firma bildeten, förderten jene Träumereien, waren sozusagen Betäubungsmittel des Geistes. Heliane, hast du jemals irgendwelche Erzählungen aus dem zwanzigsten Jahrhundert gelesen?"

„Die eine oder die andere", erwiderte Heliane. „Es ist, wie du sagst. Ich glaube, ich besitze etwa ein Dutzend solcher Geschichten. Ich will dir meine kleine Bibliothek gelegentlich zeigen."

„Höchstwahrscheinlich ist etwa die Hälfte von uns, ich meine von Crane & Newberry. Es wird lustig sein, sie wieder zu sehen. Der größte Teil des phantastischen Zeugs, das Crane & Newberry herausbrachten, wurde von Mädchen und Frauen und von einem gewissen Typ schwächlicher Dichterlinge geschrieben. Diese sogenannten Autoren lebten in London oder auf dem Lande und sandten ihre Manuskripte per Post an das Thunderstone House, und die Firma veröffentlichte die Erzählungen teils in ihren Zeitschriften, teils in Buchform. Thunderstone House war ein weitläufiges Gebäude in der Tottenham Court Road und hatte einen großen Hof, in dem riesige Lastwagen Papierrollen abluden, während andere unsere fertigen Produkte davonführten. Das ganze Gebäude bebte von dem Lärm und dem Gestampfe der Druckereien. Mein erster Besuch dort ist mir bis auf den heutigen Tag in lebhafter Erinnerung. Der Haupteingang befand sich in einer engen Seitenstraße; auf dem Weg dahin kam ich an einem schmutzigen Wirtshaus und am Bühneneingang eines Theaters vorbei."

„Welche Arbeit solltest du übernehmen – Bücher einpacken? Oder Botengänge tun?" fragte Beryll.

„Ich sollte tun, was ich konnte. Und binnen kurzem

gehörte ich dem Redaktionspersonal an."

„Hast du populärwissenschaftliche Bücher redigiert?"

„Jawohl."

„Warum aber stellte man einen ungebildeten jungen Kerl wie dich an?" fragte Beryll. „Ich kann wohl verstehen, daß die Belehrung der neuen Klassen von Lesern und die Beantwortung ihrer ersten simplen Fragen im großen und ganzen eine eher improvisierte Sache war, es gab aber doch gewiß an den damaligen Universitäten gebildete Männer genug, die diese Publikations- und Belehrungsarbeit hätten auf sich nehmen können!"

Sarnac schüttelte den Kopf. „Erstaunlicherweise war dem nicht so", sagte er. „Wohl gingen Leute genug aus den Universitäten hervor, doch waren sie für jene Arbeit nicht geeignet."

Seine Zuhörer sahen höchst verwundert drein.

„Die Masse der Männer, die, mit schönen Titeln versehen, aus Oxford und Cambridge hervorgingen, glichen den Flaschen des Mr. Humberg, in denen sich trotz der Aufschriften in Goldbuchstaben weiter nichts befand als abgestandenes Wasser. Der pseudo-gebildete Mann der alten Zeit konnte weder lehren noch schreiben noch irgend etwas erklären. Er war aufgeblasen, herablassend, langweilig, furchtsam und unklar in seinen Darlegungen, er hatte keinerlei Verständnis für die Bedürfnisse oder das Wesen der Allgemeinheit. Die Herausgeber der neuen Zeitschriften und Tagesblätter entdeckten, daß der Laufbursche, der sich zu einem gewissen Bildungsgrad durchgerungen hatte, ein klügerer und besserer Arbeiter, dabei verhältnismäßig bescheiden und sehr fleißig war, bemüht, selbst zu lernen und sein Wissen andern mitzuteilen. Die Herausgeber unserer Zeitschrift, die Redakteure unserer Fortsetzungsromane und anderer Publikationen und so weiter waren fast alle aus den niedrigen Ständen hervorgegangen, kaum einer von ihnen besaß eine sogenannte akademische Bildung, dafür hatten die meisten einen begeisterten Bildungseifer, und einem wie dem anderen war eine Kühnheit eigen, die dem Gelehrten fehlte . . .“

Sarnac dachte eine Weile nach. „In Großbritannien, ebenso wie auch in Amerika, gab es zu der Zeit, die ich euch schildere, zwei Bildungswelten nebeneinander, zweierlei Traditionen geistiger Kultur. Da war einmal der große überschäumende Boom des neuen Publikations- und Zeitungswesens, des Kinos usw., ein noch recht primitiver geistiger Aufbruch, das den neuen Elementarschulen des neunzehnten Jahrhunderts sein Entstehen verdankte. Daneben bestand das alte aristokratische Bildungswesen des siebzehnten und achtzehnten Jahrhunderts, dessen Tradition in das augustinische Zeitalter Roms zurückreichte. Die beiden Richtungen vermengten sich nicht. Auf der einen Seite standen Leute aus dem Volk, ausgestattet mit dem geistigen Mut und der geistigen Kraft – sagen wir eines Aristoteles oder Plato, so mangelhaft auch ihr tatsächliches Wissen sein mochte; auf der anderen die akademisch Gebildeten, die sich als Erben der griechischen Antike empfanden, vergleichbar den Gelehrten aus den Tagen der römischen Sklaverei, die man kaufen und verkaufen konnte. Dieser akademisch Gebildete besaß die feinen Sitten des einstigen Haushaltssklaven, dieselbe unterwürfige Ehrfurcht vor einem Gönner, einem Fürsten oder Patrizier, dieselbe pedantische Sorgfalt in kleinen Dingen und dieselbe Furcht vor der unbegrenzten weiten Wirklichkeit. Er kritisierte gleich einem Sklaven in höhnischen Anspielungen, er stritt wie ein Sklave und verachtete, wen seine sklavische Gesinnung zu verachten wagte. Er war nicht imstande, der Mehrheit der Gesellschaft zu dienen. Die Schar neuer Leser, die arbeitenden Massen, die ‚Demokratie‘, wie man damals zu sagen pflegte, mußte sich ohne ihn zu Einsicht und Wissen durchdringen.

Der Gründer unserer Firma, Crane, hatte die erzieherische Aufgabe solcher Unternehmungen wie das seine wohl erkannt. Sir Peter Newberry aber war durch und durch Geschäftsmann und einzig und allein darauf bedacht, den Vorsprung, den neuere Verlagsfirmen uns abgewonnen hatten, wieder wettzumachen. Er hatte schwer gearbeitet, seine Leute schlecht bezahlt und Erfolg gehabt. Nun war er seit einigen Jahren tot, und der Hauptteilhaber und Direktor der Firma war sein Sohn Richard. Dieser trug den Spitznamen ‚die Sonne', wohl wegen seines im Gegensatz zum Vater sehr heiteren und herzlichen Wesens. Er war sich der moralischen Verantwortlichkeit bewußt, die hinter der äußerlichen Unverantwortlichkeit eines volkstümlichen Verlegers lag. Er arbeitete wenn möglich noch härter als sein Vater, aber er bezahlte seine Leute gut; er war bemüht, dem neuen Lesepublikum ein wenig voranzueilen, anstatt hinter ihm zurückzubleiben; die Zeiten wandelten sich in einem ihm günstigen Sinne, und er hatte noch mehr Erfolg als sein Vater. Ich arbeitete einige Monate bei Crane & Newberry, ehe ich ihn zu Gesicht bekam, Spuren seiner Persönlichkeit jedoch konnte ich schon bei meinem Antrittsbesuch im Thunderstone House entdecken. Gleich im ersten Bürozimmer, das ich betrat, hingen nämlich Sprüche an der Wand, in klaren schwarzen Lettern gedruckt und auf Karton aufgeklebt. Es war das seine Art, dem Haus seinen persönlichen Stempel aufzudrücken.

Da stand zum Beispiel: ‚Wir führen – die anderen ahmen uns nach.' Oder: ‚Wenn du im Zweifel darüber bist, ob etwas zu gut sein könnte, dann drucke es ruhig.' Ein dritter Spruch lautete: ‚Wenn einer auch weniger weiß als du, so ist das noch lange kein Grund, ihn so zu behandeln, als wäre er ein ausgemachter Narr; sei versichert, daß es etwas gibt, was er doch besser versteht als du.'"

## 9

„Ich brauchte einige Zeit, bis ich aus dem Hof des Thunderstone House in das Büro gelangte, an dessen Wänden jene Sprüche hingen. Fanny hatte mir aufgetragen, nach Mr. Cheeseman zu fragen. Als ich nach längerem Suchen eine Tür zu einer Treppe fand – sie war mir zuerst durch zwei große Lastwagen verborgen gewesen –, stellte ich meine Frage an eine sehr kleine junge Dame, die in einer Art Glaskäfig saß. Sie hatte ein rundes Gesicht und eine lustige rote Knopfnase. Wie mir langsam klar wurde, war sie damit beschäftigt, eine ausländische Marke von einem Briefumschlagstückchen abzulösen, indem sie die Kehrseite des Papiers emsig beleckte. Sie unterbrach diese Beschäftigung nicht, sondern fragte mich nur mit den Augen nach meinem Anliegen.

‚Sisibebell?‘ sagte sie schließlich, immer noch leckend.

‚Wie bitte?‘

‚Osibebellsin?‘

‚Ich kann Sie leider nicht verstehen‘, erwiderte ich.

‚Der Junge muß taub sein‘, sagte sie, legte die Marke hin und schöpfte Atem für einen deutlich gesprochenen Satz. ‚Ob Sie bestellt sind?‘

‚Ach so‘, sagte ich, ‚gewiß doch, ja. Ich soll heute zwischen zehn und zwölf nach Mr. Cheeseman fragen.‘

Sie nahm den Kampf mit der Briefmarke wieder auf. ‚Sammeln Sie auch Marken?‘ fragte sie. ‚Es ist sehr interessant. Mr. Cheeseman hat ein kleines Handbuch darüber geschrieben. Sie suchen Arbeit, wie? Da werden Sie wohl noch etwas warten müssen. Wollen Sie bitte diesen Fragebogen ausfüllen. Eine Formalität, auf der wir bestehen müssen. Hier ein Bleistift.‘

Der Zettel verlangte die Angabe meines Namens und meines Anliegens. Ich schrieb, daß ich eine literarische Tätigkeit anstrebte.

‚Ach Gott, ach Gott', rief die junge Dame, als sie das las. ‚Ich dachte, Sie wollten in die Expeditionsabteilung. Hörst du, Florence', wandte sie sich an ein anderes, weitaus größeres Mädchen, das eben die Treppe herunterkam, ‚sieh dir den einmal an, der sucht literarische Beschäftigung.'

‚So eine Unverschämtheit!' sagte die zweite junge Dame, nachdem sie mich angeguckt hatte, und setzte sich mit einem Stück Kaugummi im Mund und einem eben vom Verlag herausgebrachten Kurzroman in der Hand in den Glaskäfig. Die junge Dame mit der Knopfnase widmete sich wieder ihrer Marke. Zehn Minuten lang stand ich da, bis die Kleinere sich herbeiließ zu bemerken: ‚Nun muß ich den Zettel wohl zu Mr. Cheeseman hinauftragen', und mit meinem Formular verschwand.

Nach ungefähr fünf Minuten kehrte sie zurück. ‚Mr. Cheeseman hat nur einen Augenblick Zeit für Sie', sagte sie und führte mich die Treppe hinauf und einen Gang entlang, durch dessen Glasfenster man in eine Druckerei sehen konnte, dann wieder eine Treppe hinunter und einen dunklen Gang entlang in einen kleinen Raum mit einem großen Schreibtisch, einigen Stühlen und Bücherregalen voll Paperbacks. Die Tür in ein anschließendes Zimmer stand offen. ‚Setzen Sie sich hier', sagte das Mädchen mit der Knopfnase.

‚Ist das Smith?' fragte eine Stimme. ‚Kommen Sie herein.'

Ich trat ein, und das Mädchen mit der Knopfnase verschwand aus meinem Gesichtskreis.

Ich erblickte einen Herrn, der in einem tiefen Lehnstuhl vor seinem Schreibtisch saß und in die Betrachtung einiger recht kräftiger Zeichnungen versunken war, die auf einem Brett längs der Wand aufgestellt waren. Sein rotes Gesicht war ernst, er runzelte die Brauen und kniff den breiten Mund fest zusammen. Sein borstiges Haar stand nach allen Windrichtungen in die Höhe; er hielt den Kopf zur Seite geneigt und kaute am Ende eines Bleistiftes. ‚Ich weiß nicht', sagte er halblaut vor sich hin, ‚ich weiß nicht.' Ich wartete darauf, angesprochen zu werden. ‚Smith', murmelte er, sah mich aber immer noch nicht an. ‚Harry Mortimer Smith. Smith, haben Sie eine Volksschule besucht?'

‚Ja, Sir', sagte ich.

‚Sie sollen literarische Neigungen haben?'

‚Ja, Sir.'

‚Dann kommen Sie mal her, stellen Sie sich neben mich und sehen Sie sich diese verdammten Bilder da an. Haben Sie je ein solches Zeugs gesehen?'

Ich stellte mich neben ihn hin und verharrte in prüfendem Schweigen. Die Zeichnungen waren, wie ich nun merkte, Entwürfe für das Deckblatt einer Zeitschrift, und auf jedem von ihnen stand in großen Buchstaben: ‚Die neue Welt.' Eines der Blätter war von Flugzeugen, Dampfern und Automobilen bedeckt, zwei andere zeigten nur je ein Flugzeug, ein weiteres stellte einen knieenden Mann dar, der die aufgehende Sonne begrüßte, doch ging sie hinter ihm auf. Das nächste zeigte eine zur Hälfte beleuchtete Erdkugel und das letzte einen Arbeiter, der in der Morgendämmerung zur Arbeit schreitet.

‚Smith', sagte Mr. Cheeseman, ‚S i e sind es, der dieses Magazin kaufen soll, nicht ich. Welches von diesen Deckblättern gefällt Ihnen am besten? Sie sollen die Wahl treffen. Fiat experimentum in corpore vile.'

‚Womit ich gemeint bin?' fragte ich belustigt.

Seine gesträubten Augenbrauen verrieten ein flüchtiges Erstaunen. ‚Heutzutage sind offenbar dieselben Sätze in aller Leute Mund', bemerkte er. ‚Welches Blatt also finden Sie am anziehendsten?'

‚In diesem da mit den Flugzeugen scheint mir die Idee ein wenig zu plump zum Ausdruck gebracht', sagte ich.

‚Hm', meinte Mr. Cheeseman, ‚das findet »die Sonne«

auch. Dieser Umschlag würde sie also nicht zum Kauf reizen?'

‚Ich glaube nicht. Die Sache ist zu grob aufgetragen.'

‚Und die Erdkugel?'

‚Das erinnert mich zu sehr an einen Schulatlas, Mr. Cheeseman.'

‚Geographie und Reisebeschreibungen sind aber doch interessant?'

‚Interessant wohl, aber nicht verlockend.'

‚Hm, hm, interessant, aber nicht verlockend. Aus dem Munde der Kinder . . . Dann müssen wir also den Arbeiter nehmen. Würden Sie sich den kaufen?'

‚Es soll eine Zeitschrift über Erfindungen, Entdeckungen und den Fortschritt im allgemeinen sein, nicht wahr?'

‚Ganz richtig.'

‚Ich finde die Morgendämmerung ganz gut, aber ich glaube nicht, daß der Arbeiter besonders attraktiv scheint. Er sieht aus, als hätte er Rheumatismus, und ist recht plump. Warum lassen Sie ihn nicht lieber weg und begnügen sich mit der Morgendämmerung?'

‚Nur diese blaßrosa Wolkenstreifen? Dann würde das Blatt wie ein Stück Schinken aussehen, Smith.'

Mir kam ein Einfall. ‚Wie, wenn man die Morgendämmerung in eine frühere Jahreszeit versetzte? Knospen an den Bäumen und schneeige Berge im Hintergrund. Und mitten drin eine Hand, eine große Hand – mit ausgestrecktem Zeigefinger.'

‚Eine Hand, die nach oben weist?'

‚Nein, nicht nach oben, sondern vorwärts und vielleicht ein wenig aufwärts. Ich glaube, dergleichen würde Neugierde erwecken.'

‚Ja, das glaube ich auch. Eine Frauenhand?'

‚Irgendeine Hand.'

‚Würden Sie das kaufen?'

‚Ich würde mich darauf stürzen, wenn ich das Geld

dafür hätte.‘

Mr. Cheeseman kaute einige Augenblicke lang mit nachdenklichem, aber freundlichem Gesicht an seinem Bleistift. Dann spuckte er eine Menge kleiner Holzspänchen über den Tisch und bemerkte: ‚Was Sie sagen, Smith, gibt genau meine Ansicht wieder. Interessant.‘ Er drückte auf die Klingel auf seinem Schreibtisch, und ein Mädchen erschien. ‚Bitten Sie Mr. Prelude zu mir . . . Also, Sie möchten hierher ins Thunderstone House kommen, Smith? Man sagt mir, daß Sie einige wissenschaftliche Bildung besitzen. Lernen Sie tüchtig weiter. Unser Publikum interessiert sich immer mehr für Wissenschaft. Ich habe hier einige wissenschaftliche Bücher stehen, lesen Sie die durch, und streichen Sie an, was Ihnen interessant scheint.‘

‚Werden Sie Arbeit für mich haben, Mr. Cheeseman?‘

‚Ich werde wohl Arbeit für Sie finden müssen. Befehl ist Befehl. Sie können in jenem Zimmer sitzen . . .‘

Wir wurden durch Mr. Prelude, einem langen dünnen Menschen mit blassem Gesicht und melancholischer Miene, unterbrochen.

‚Mr. Prelude‘, sagte Cheeseman und deutete mit einer Handbewegung nach den Skizzen hin, ‚das Zeug taugt nichts. Es ist – es ist zu banal. Wir brauchen etwas Frischeres, etwas Phantasievolles auf dem Deckblatt. Ich stelle mir ungefähr folgendes vor: ein einfaches, ruhiges Bild. Hauptsächlich Farbenwirkung. Eine ferne Gebirgskette, über der die Sonne aufgeht. Ein stilles, blaues Tal und rosig gefärbte Wolken. Verstehen Sie? Im Vordergrund vielleicht Bäume, knospende Bäume. Ein Frühlingsmorgen – verstehen Sie? Und all das ganz zart, gewissermaßen nur als Hintergrund gemeint. Dann eine große Hand quer über das ganze Blatt, eine Hand, die nach etwas Fernem weist. Verstehen Sie?‘

Er sah Prelude mit einem Ausdruck schöpferischer

Begeisterung an. Dieser blickte mißbilligend drein. ,,Der Sonne' wird es gefallen', bemerkte er.

,Es ist das Richtige', entgegnete Mr. Cheeseman.

,Warum nicht dieses hier mit den Flugzeugen?' fragte Prelude.

,Warum nicht gleich lieber eine Schar Mücken?'

Prelude zuckte die Achseln. ,Ich finde, daß eine Zeitschrift über den Fortschritt unbedingt ein Flugzeug oder einen Zeppelin auf dem Titelblatt haben sollte', sagte er. ,Doch wie Sie meinen.'

Cheeseman schien etwas bestürzt über die Zweifel seines Kollegen, hielt jedoch an seiner Idee fest. ,Wir wollen eine Skizze machen lassen', sagte er. ,Wie ist's mit Wilkinson?'

Die beiden sprachen eine Zeitlang darüber, ob dieser Wilkinson als Deckblattzeichner in Frage komme. Dann wandte sich Cheeseman wieder zu mir.

,Nebenbei bemerkt', sagte er, ,diesen jungen Mann hier sollen wir beschäftigen. Ich weiß noch nicht, was er kann, aber er scheint ein heller Kopf zu sein. Ich denke, er könnte zuerst einmal diese wissenschaftlichen Bücher da durchlesen. Was ihm gefällt, wird auch das Publikum interessieren. Ich kann das Zeug nicht lesen, ich hab keine Zeit dazu.'

Mr. Prelude betrachtete mich prüfend. ,Man weiß nie, was man kann, ehe man's nicht versucht hat', sagte er. ,Verstehen Sie was von Wissenschaft?'

,Nicht sehr viel', sagte ich. ,Ein wenig habe ich mich mit Physiographie, Chemie und Geologie befaßt, und ich habe eine Menge gelesen.'

,Sie brauchen hier nicht viel zu wissen', sagte Prelude. ,Es ist sogar besser für Sie, wenn Sie nicht zu viel wissen. Durch Bildung wird man intellektuell, intellektuelles Zeug ist für Zehntausende gut, Crane & Newberry jedoch arbeiten für Hunderttausende. Nicht etwa, daß wir hier für völlig Ungebildete arbeiten. ,Erzieherisch und fortschrittlich', ist unsere Devise – aber nicht mehr, als dem Profit günstig ist. Schauen Sie sich diesen Spruch hier an: ,Wir führen.' Trotzdem aber, Mr. Cheeseman, seien wir ehrlich: was am besten zieht, ist ein hübsches Mädchen auf dem Titelblatt, so wenig bekleidet, wie aus Schicklichkeitsgründen gerade noch möglich. Sehen Sie einmal her – wie heißen Sie?"

,Smith ist mein Name.'

,Smith, stellen Sie sich einmal vor, Sie finden all diese Titelblätter auf einem Zeitungsstand. Und nun würde Ihnen noch dies hier gezeigt. Was würden Sie kaufen?"

Er hielt mir die Sommernummer einer Zeitschrift hin, deren Deckblatt zwei junge Damen in eng anliegendem Badekostüm am sandigen Meeresstrand aufwies.

,Ich schwöre, Smith kauft sich dies', sagte Prelude triumphierend.

Ich schüttelte den Kopf.

,Sie wollen doch nicht etwa behaupten, daß Ihnen das nicht gefällt?" sagte Mr. Cheeseman, während er sich in seinem Stuhl herumdrehte und mit dem abgekauten Bleistiftende auf das Bild wies.

Ich überlegte.

,In der Zeitschrift selbst steht dann doch nichts über die jungen Damen', sagte ich schließlich.

,Ha', rief Cheeseman, ,da sind Sie geschlagen, Prelude.'

,Keineswegs. Er hat ja sicher ein halbes Dutzend gekauft, bevor er das herausgefunden hat. Und die meisten Leser vergessen das Titelblatt über dem Text.' "

## 10

„Meine Einführung in das Thunderstone House war weitaus weniger schwierig, als ich befürchtet hatte. Daß meine Meinung über jene Deckblatt-Skizzen der Mr.

Cheesemans so nahe gekommen war, bedeutete einen guten Anfang, und einige Fälle ähnlicher Übereinstimmung stärkten meinen Mut. Die Arbeit im Verlag interessierte mich vom ersten Augenblick an, und meine geistige Entwicklung machte, wie das in der Jugend oft zu geschehen pflegt, einen großen Sprung vorwärts. Als ich Mr. Humberg verließ, war ich noch ein Junge; nachdem ich etwa sechs Wochen bei Crane & Newberry gewesen war, fühlte ich mich schon als tüchtigen und verantwortungsvollen jungen Mann. Ich gewann eigene Meinungen und lernte bald selbstsicher zu schreiben, sogar meine Handschrift verlor die knabenhaft unausgeprägten oder überpedantischen Züge und wurde fest und charakteristisch. Ich begann auf meine Kleidung zu achten und darauf, was für einen Eindruck ich wohl auf andere machte.

Sehr bald schon schrieb ich kurze Beiträge für unsere kleineren Wochen- und Monatshefte und machte Vorschläge für Artikel und sogenannte Beilagen, die Mr. Cheeseman verfaßte. Die achtzehn Shilling wöchentlich, mit denen ich begonnen hatte, wurden ruckweise auf drei Pfund erhöht; das war damals ein recht hohes Gehalt für einen Jungen von noch nicht achtzehn Jahren. Fanny interessierte sich lebhaft für meine Arbeit und legte außerordentliches Verständnis für den Zeitungsbetrieb an den Tag. Sie schien Cheeseman ebenso wie Prelude und meine anderen Kollegen vom Hörensagen zu kennen, denn wenn ich sie im Gespräch erwähnte, wußte sie stets sofort, um wen es sich handelte.

Eines Tages waren ich und ein anderer Junge namens Wilkins im Zimmer neben Mr. Cheeseman mit einer sonderbaren Arbeit beschäftigt. Eine der Autorinnen, die für unsere Firma arbeiteten, hatte für unsere Zeitschrift ‚Das Paradies des Lesers‘ eine Erzählung geschrieben, und diese war vom Drucker bereits gesetzt, als man entdeckte, daß die Verfasserin aus Versehen einem der Hauptbösewichte darin den Namen eines bekannten Rechtsanwalts gegeben hatte, der noch dazu gleich seinem erdichteten Namensvetter ein Landhaus in einem Dorf besaß, das ebenfalls ganz ähnlich hieß, wie der betreffende Ort in der Geschichte. Der berühmte Rechtsanwalt hätte dieses sonderbare Zusammentreffen als Verleumdung auffassen und Skandal machen können. So hatten Wilkins und ich den Bürstenabzug durchzusehen – einer kontrollierte den anderen – und überall den Namen des berühmten Rechtsanwalts abzuändern. Um der Arbeit eine lustige Seite abzugewinnen, machten wir ein Spiel daraus: jeder las Seite um Seite seines Bürstenabzugsexemplars so schnell als möglich, rief den Namen ‚Reginald Flake' laut aus, sobald er auf ihn stieß, und wer zuerst rief, bekam jedesmal einen Punkt. Ich war um einige Punkte voran, als ich auf dem Gang eine Stimme hörte, die mir merkwürdig bekannt vorkam. ‚Sie liegen alle auf meinem Schreibtisch. Wenn Sie vielleicht eintreten wollen . . .', hörte ich Mr. Cheeseman sagen.

‚Oh, oh', rief Wilkins, ‚das ist ‚die Sonne'.'

Ich wandte den Kopf, als die Tür sich öffnete, und sah, wie Mr. Cheeseman einen vornehm aussehenden jüngeren Mann mit regelmäßigen, schönen Zügen und einem braunen Haarschopf eintreten ließ. Er trug eine Brille, deren große runde Gläser leicht gelblich gefärbt waren. Als er mich erblickte, kam ein Ausdruck in sein Gesicht, als würde er mich erkennen, verschwand aber gleich wieder. Entweder kannte er mich oder ich hatte ihn an irgend jemand erinnert. Er folgte Cheeseman durch das Zimmer, plötzlich wandte er sich scharf um.

‚Ach, natürlich', sagte er lächelnd und ging ein paar Schritte auf mich zu. ‚Sie sind der junge Smith. Wie geht es Ihnen hier?'

‚Ich arbeite hauptsächlich für Mr. Cheeseman', sagte ich

und stand auf.

Er drehte den Kopf zu Cheeseman.

‚Sehr zufriedenstellend, Sir, lebhafte Auffassung, Interesse, wird sich hier gut einarbeiten.'

‚Es freut mich, das zu hören, freut mich sehr. Jeder hat hier eine Chance, aber bevorzugt wird keiner. Auf Tüchtigkeit allein kommt es an. Es wäre schön, wenn Sie es bis zum Direktor brächten, Smith. Wir werden Sie mit Freude bei uns oben begrüßen.'

‚Ich werde mein Bestes tun.'

Er zögerte noch einen Augenblick, lächelte wieder sehr freundlich und ging dann in Cheesemans Zimmer . . .

‚Wo sind wir?' fragte ich. ‚Mitte der Fahne zweiunddreißig? Und wir stehen zweiundzwanzig zu neunundzwanzig.'

‚Kennen Sie ihn denn?' fragte Wilkins in erregtem Flüsterton.

‚Ich kenne ihn nicht', sagte ich und wurde rot. ‚Ich habe ihn nie gesehen.'

‚Nun, e r aber kennt Sie.'

‚Er hat wohl von mir gehört.'

‚Von wem denn?'

‚Wie zum Kuckuck soll ich das wissen?' fragte ich unnötig heftig.

‚Oh', sagte Wilkins. Er dachte nach. ‚Aber –'

Er blickte in mein verwirrtes Gesicht und fragte nicht weiter.

Bei dem Reginald-Flake-Spiel jedoch überholte er mich und schlug mich am Ende siebenundsechzig zu zweiundvierzig."

## 11

„Meiner Mutter verheimlichte ich, wie ich zu meiner Stellung im Thunderstone House gekommen war. So konnte sie ein wenig stolz auf mich sein und sich über mein wachsendes Gehalt freuen. Bald war ich in der Lage, meinen Beitrag zum Unterhalt zu verdoppeln, später erhöhte ich ihn noch weiter. Ich trat mein Dachstübchen an Prue ab und bekam dafür das Zimmer, das einst die alten Moggeridges bewohnt hatten. Es wurde für mich als Wohn- und Schlafzimmer neu eingerichtet, und bald besaß ich mehrere volle Bücherborde und einen eigenen Schreibtisch.

Ich verheimlichte meiner Mutter auch meine häufigen Besuche bei Fanny – warum hätte ich sie nutzlos quälen sollen? Wir machten kleine Ausflüge miteinander, denn Fanny fühlte sich, wie ich bald bemerkte, recht oft einsam. Newberry war ein sehr beschäftigter Mann, und es war nichts Seltenes, daß er sie zehn oder vierzehn Tage lang nicht sehen konnte. Sie hatte zwar einige Freundinnen und besuchte Kurse und Vorlesungen, trotzdem hätte sie manchmal tagelang mit niemand anderem als dem Dienstmädchen gesprochen, das jeden Morgen zu ihr kam, wenn ich nicht gewesen wäre. Ich bemühte mich, den Umgang mit Fanny meiner Mutter völlig zu verbergen, aber dann und wann deckte ihr Argwohn meine Schwindeleien auf. Doch Ernie und Prue konnten, unberührt von der Familienschande, dem Ruf der Liebe folgen. Bald waren sie beide verlobt, und seine Braut sowie ihr Bräutigam wurden eines Sonntags in den ersten Stock zum Tee geladen – Mr. und Mrs. Milton hatten dies freundlich erlaubt, da sie wie gewöhnlich fort waren. Ernies Freundin – ihren Namen habe ich gänzlich vergessen – war eine hübsch gekleidete, selbstgefällige junge Dame mit einer ungeheuren Kenntnis von Leuten aus der damaligen sogenannten ‚Gesellschaft'. Sie sprach frei und auf eine modische Art, bestritt den größten Teil der Konversation und erwähnte in ihrer Rede recht oft die großen Pferderennen, Monte Carlo und den Hof. Prues Mr. Pettigrew war ernster; von allem, was er sagte, erinnere ich mich nur an seine Versicherung, daß die Menschheit in wenigen Jahren dahin gekommen sein werde, Umgang mit den Toten zu pflegen. Er war ein sogenannter Chiropodologe und in chiropodologischen Kreisen recht angesehen."

„Halt!" rief Beryll. „Was ist denn das? Du redest ja Unsinn, Sarnac. Was ist chiropodologisch – Hand? – Fuß? – Wissenschaft?"

„Ich dachte mir, daß ihr das fragen würdet", sagte Sarnac lächelnd. „Chiropodologie hieß die Kunst der Hand- und Fußpflege, des Hühneraugenschneidens insbesondere."

„Was sind Hühneraugen?" fragte Stella.

„Hühneraugen waren schmerzlich verwachsene Schwielen, die die Menschen durch schlechtsitzende Schuhe an den Füßen bekamen. In Mr. Humbergs Laden wimmelte es von Mitteln gegen Hühneraugen. Wir können uns dieses Übel heute kaum mehr vorstellen, damals aber verbitterte es das Leben zahlloser Menschen."

„Aber warum trug man denn schlechtsitzende Schuhe?" fragte Beryll. „Doch nein – verzeih. Ich weiß schon. Es war eine verrückte Welt, in der man aufs Geratewohl Schuhe herstellte, ohne sich vorher die betreffenden Füße anzusehen. Und dann zog man die schmerzenden Dinger zu Anlässen an, bei denen heutzutage kein vernünftiger Mensch mehr Schuhe tragen würde. Fahr fort, Sarnac."

„Wo war ich nur stehengeblieben?" sagte dieser. „Ach ja, ich erzählte von der Teegesellschaft im ersten Stock. Man sprach von allem möglichen, nur nicht von meiner Schwester Fanny. Kurze Zeit darauf wurde meine Mutter krank und starb.

Es kam ganz plötzlich. Sie hatte sich erkältet und wollte nicht zu Bett. Als sie sich dann doch hinlegte, hielt sie es nicht lange im Bett aus, denn sie mußte an die viele Hausarbeit denken, die nun Prue allein zu verrichten hatte.

Die Erkältung artete in eine Lungenentzündung aus, dieselbe Krankheit, die die Moggeridges dahingerafft hatte, und drei Tage später war sie tot.

Als das Fieber sie befiel, verwandelte sie sich aus einer blassen, harten, unnahbaren Frau in ein erbarmungswürdiges Geschöpf mit heißen, roten Wangen. Ihr Gesicht wurde kleiner und sah jünger aus, die Augen glänzten und bekamen einen Ausdruck, der mich an Fanny erinnerte, wenn sie unglücklich war. All mein trotziger Widerstand gegen die Mutter schmolz dahin, als ich sah, wie sie, auf hochaufgetürmte Kissen gestützt, nach Atem rang. Ich fühlte, daß es mit ihrem mühseligen Leben und all ihrem Haß zu Ende gehe. Matilda Good wurde wieder zu der guten alten Freundin aus der Jugendzeit, sie nannten einander aufs neue mit ihren Kosenamen ‚Tilda' und ‚Marty'. Trotz ihrer Krampfadern lief Matilda fünfzigmal am Tag die Treppen auf und ab, und sie schickte uns teure Dinge kaufen – je teurer, desto besser –, um alles mögliche, wovon sie dachte, daß es meiner Mutter Freude machen könnte. Doch die verschiedenen Gaben standen traurig unberührt auf dem Tischchen neben dem Bett. Ein- oder zweimal, als das Ende nahte, verlangte Mutter nach mir; als ich gegen Abend kam und mich über sie beugte, flüsterte sie heiser: ‚Harry, mein Junge, versprich mir . . . versprich mir . . .'

Ich setzte mich zu ihr und nahm die Hand, die sie mir hinstreckte, und so schlief sie ein.

Was ich ihr versprechen sollte, sagte sie mir nie. Ob sie mir ein Gelübde abzuzwingen wünschte, das mich für immer von Fanny trennen sollte, oder ob sie ihre Meinung von der Tochter im Schatten des Todes geändert und ihr noch eine Botschaft schicken wollte, das weiß ich bis auf den heutigen Tag nicht. Vielleicht wußte sie selber nicht recht, was ich ihr versprechen sollte, vielleicht hatte sie nur den Wunsch, noch einmal ihre Herrschaft über mich auszuüben. Noch einmal bäumte sich der Wille in ihr auf, um gleich darauf in nichts zusammenzusinken. ‚Versprich mir.' Fannys Namen sprach sie nicht aus, und wir hatten nicht den Mut, meine Schwester zu ihr zu bringen. Ernest kam und küßte sie, kniete an ihrem Bett nieder und brach plötzlich in lautes Schluchzen aus, denn er war ein großes Kind. Und wir alle mußten mit ihm weinen. Er war ihr Erstgeborener und ihr Lieblingskind; er hatte sie in frohen, weniger verbitterten Tagen gekannt und war ihr stets ein guter Sohn gewesen.

Bald lag sie steif und still da, unheimlich still, wie meines Vaters Laden an Sonntagen. Alle Arbeit und Mühe, aller Kummer des Lebens war für sie vorbei. Nun war ihr Antlitz weder jung noch alt, ein marmornes Bild des Friedens. Alle kleinliche Gehässigkeit war daraus geschwunden. Es war mir nie eingefallen, darüber nachzudenken, ob sie schön sei oder nicht. Nun aber fand ich Fannys feine, regelmäßige Züge in ihrem Gesicht; sie sah wie Fanny aus, nur unbeweglich, unbewegt.

Ich stand neben ihrem leblosen Körper und empfand einen Kummer, der zu groß und zu tief war, als daß ich hätte Tränen vergießen können, einen Schmerz, der nicht ihrem Dahinschwinden, sondern dem Elend ihres Lebens galt. Denn nun begriff ich, daß in ihr nie irgend etwas Hassenswertes gewesen war; zum ersten Mal erkannte ich ihre Hingabe, ihre irregeleitete Leidenschaft für das Rechte und die stumme fehlgeleitete, gequälte und quälende Liebe ihres Herzens. Sogar ihr Groll gegen Fanny war Liebe, wenn auch verkehrt und verschüttet; die gefallene Tochter war ihr ein abscheulicher Wechselbalg, den man ihr an Stelle des hübschen und klugen kleinen Mädchens untergeschoben hatte, jenes Mädchens, das ein Muster weiblicher Tugend hätte werden sollen. Und wie bitter und oft hatten wir alle, Ernest ausgenommen, die Mutter in ihren unerschüttlich strengen Grundsätzen beleidigt, Fanny und ich offen, Prue heimlich! Prue hatte nämlich kleine Diebereien begangen – ich will euch nicht mit einem Bericht darüber langweilen, wie Matilda den Unfug eines Tages entdeckte.

Aber lange vor der Zeit, da wir Kinder die Mutter zu kränken begannen, muß sie eine noch viel schlimmere Enttäuschung erlebt haben. Mit welchen Träumen von männlicher Würde und prächtigen Charaktereigenschaften möchte sie wohl die Gestalt meines armen, faselnden, tölpelhaften und schwachmütigen Vaters umgeben haben, in den Tagen, da die beiden in Sonntagskleidern miteinander spazierengegangen waren und das Beste und Schönste voneinander gedacht hatten? Er muß damals ein großgewachsner und hübscher Junge gewesen sein und dürfte durch seine Art, sich fromm und bieder zu geben, ihr Vertrauen gewonnen haben. Wie entsetzlich muß der derbe, plumpe, schrullige, unwissende und unzulängliche Mensch, so lieb er war, ihre sehr bestimmten und engumrissenen Erwartungen enttäuscht haben!

Und dann Onkel John Julip, der wunderbare, angebetete ältere Bruder mit den Manieren eines sporttreibenden Barons, der langsam zur Gestalt eines betrunkenen Diebes herabgesunken war. Alle ihre Ideale waren zusammengebrochen – arme Seele! In den Straßen Londons verkaufte man damals bunte, aufgeblasene Ballons, ein Kinderspielzeug, das dem kleinen Besitzer in kurzer Frist eine schlimme Enttäuschung bereitete. Das Leben, das meiner Mutter zuteil geworden war, glich jenen bunten Luftballons. Es war geplatzt und zusammengeschrumpft, und nichts war davon übriggeblieben als ein verrunzeltes, nutzloses Etwas. Vorzeitig gealtert, müde, stets geschäftig, nur von dem einen gehorsamen Sohn geliebt, hatte sie ihre letzten Lebensjahre verbracht.

Ja, der Gedanke an Ernest war mir ein Trost. Sein Gehorsam und seine Anhänglichkeit hatten ihr einziges

Glück ausgemacht.“

Sarnac hielt inne. „Es ist mir unmöglich“, sagte er dann, „die Erinnerung an das Sterbebett meiner Mutter von einer Reihe von Betrachtungen über ihr Wesen zu trennen, die sich mir in jener Stunde aufdrängten. Ich habe sie euch bisher nur als meine, als unser aller Widersacherin geschildert, als eine harte, fast lieblose Frau; das war ihre Rolle in meiner Geschichte. Im Grunde aber war sie nichts anderes als das Produkt und das Opfer ihrer Zeit; eine verworrene Welt hatte aus der ihr eigenen zähen Ausdauer blinde Unduldsamkeit gemacht und ihr leidenschaftlich-sittliches Empfinden auf häßliche und unfruchtbare Ziele gerichtet. Wenn Fanny, Ernest und ich den Unbilden des Lebens Widerstandskraft entgegensetzten, wenn wir aus eigenem Antrieb nach Wissen strebten und Ehrfurcht vor allem Großen und Edlen empfanden, so hatten wir solche Charakterfestigkeit von ihr geerbt; alle Rechtschaffenheit in uns stammte von ihr. Und wenn unsere Jugend durch ihre moralische Strenge verbittert worden war, so hatte die leidenschaftliche Mütterlichkeit in ihr unsere Kindheit beschützt. Unser Vater allein hätte uns wohl lieb gehabt und bestaunt und sich nicht viel um uns gekümmert. Sehr früh schon hatte jene haßerfüllte Furcht vor dem Geschlechtsleben, die das ganze christliche Zeitalter verdunkelte, und die angstvolle Flucht in den drückenden Zwang einer stereotypen Ehe – einer Ehe in ihrer strengsten Form, der man, leicht hineingeraten, ebenso schwer zu entrinnen vermochte wie einer eisernen Falle mit listig verborgenen Widerhaken – den freien Geist meiner Mutter unbarmherzig in Fesseln geschlagen und ihre glücklicheren Lebensimpulse verkümmern lassen. Sie war bereit, alle ihre Kinder in das Feuer dieses Molochs zu schleudern, wenn sie dadurch nur ihre Seelen retten konnte, und sie tat dies mit um so bittererem Grimm, als sich in der Tiefe ihres Herzens vieles dagegen wehrte.

Solche Betrachtungen, etwas unklarer vielleicht, als ich sie jetzt vorbringe, gingen Harry Mortimer Smith, meinem einstigen Ich, durch den Kopf, als er am Totenbett seiner Mutter stand. Das Gefühl sinnloser Trennung und der Gedanke an entschwundene Möglichkeiten quälten ihn – quälten mich. So vieles hätte ich zu sagen gehabt und hatte es nicht gesagt. Günstige Augenblicke, die meine Mutter und mich einander hätten näherbringen können, hatte ich ungenützt verstreichen lassen. Ich hatte meine, den ihren entgegengesetzten Ansichten stets allzu schroff vorgebracht; ich hätte so viel gütiger mit ihr sein und trotzdem meinen eigenen Weg gehen können. Da lag sie nun, eine schwache, kleine, alte Frau, mager, abgenützt und vorzeitig gealtert. Wie oft hatte ich sie in trotziger Auflehnung verletzt, nicht ahnend, daß niemand eine Mutter so tief verwunden kann wie das Kind, das sie in die Welt gesetzt hat. In der Dunkelheit hatte ich so gehandelt, nichts begreifend, und auch sie begriff nicht recht, was sie tat. Und nun war es zu spät – die Tür zwischen uns hatte sich geschlossen, für immer geschlossen. Für immer . . .“

## 12

„Die einundeinhalb Jahre, die zwischen dem Tod meiner Mutter und dem Anfang des ersten Weltkrieges lagen – das ist der Krieg vor dem Giftgaskrieg und der großen Verwüstung –, bedeuteten für mich schnelles Wachstum, geistig ebenso wie körperlich. Ich blieb bei Matilda Good, weil ich diese schwerfällige, kluge und freundliche Frau fast wie eine zweite Mutter lieben gelernt hatte. Ich war nun wohlhabend genug, um den ganzen zweiten Stock zu bewohnen, ich hatte ein eigenes Wohnzimmer neben meinem Schlafzimmer, aber zum Frühstück oder Abendessen kam ich immer noch ins Erdgeschoß hinunter, weil ich gern mit Matilda plauderte. Prue hatte Mr. Pettigrew geheiratet, und an ihrer und Mutters Stelle taten nun zwei emsige graue Frauen die Hausarbeit – sie waren Schwestern, die eine eine alte Jungfer, die andere die Frau eines heruntergekommenen Preisboxers.

Mein bester Kamerad war in jenen Jahren meine Schwester Fanny. Das Bündnis aus der Kindheit wurde erneuert und verstärkt. Wir brauchten einander, wir konnten einander besser helfen, als ihr oder mir sonst irgend jemand. Bald hatte ich herausgefunden, daß Fannys Leben in zwei sehr ungleiche Teile zerfiel. Sie hatte Stunden, manchmal auch Tage frohen Glückes mit Newberry, der sie sehr liebte und ihr alle Zeit widmete, die er erübrigen konnte. Er machte sie auch mit Freunden bekannt, von denen er wußte, daß sie ihr Achtung entgegenbringen und ihr Geheimnis bewahren würden. Daneben aber verbrachte sie viele, viele Tage in ereignisloser Einsamkeit und war dann ganz sich selbst überlassen. Sie war tapfer, treu und hingebungsvoll, aber ehe sie mich wieder traf, dürfte sie diese langen Zwischenzeiten öde, gefährlich, ja manchmal fast unerträglich gefunden haben. Oft und oft hatte sie nichts, wofür es sich zu leben lohnte, nichts Freudiges, nichts Beglückendes, außer dem Briefchen, das Newberry ihr fast täglich schrieb, ein paar hastige Worte, eilig aufs Papier geworfen. Und je liebevoller er mit ihr war, desto schwerer wurde ihr die Wartezeit. Gerade weil er sie innig liebte, weil er fröhlich und reizend und das Zusammensein mit ihm eine Freude war, schienen ihr die langen Trennungszeiten um so düsterer und öder."

„Hatte sie denn keine Arbeit?" fragte Heliane.

„Und keine Studiengenossinnen oder Freundinnen?" fügte Iris hinzu.

„In ihrer Lage war das nicht möglich. Eine unverheiratete Frau einfacher Herkunft mit einem Liebhaber – nein."

„Aber gab es denn nicht viele, die in derselben Lage

waren wie sie? Ohne Zweifel doch!"

„Gewiß, aber sie bildeten keine geschlossene Klasse, weil ja ihre Lebensführung als schmählich galt. Newberry und Fanny waren Liebende von der Art der heutigen; sie überwanden die Schwierigkeiten, die sich ihnen in den Weg stellten, und schließlich heirateten sie auch, glaube ich, gemäß der Sitte ihrer Zeit. Aber sie waren eine Ausnahme, sie wußten, was ihnen paßte, und hatten Mut. Die meisten dieser ungesetzlich miteinander lebenden Paare unterlagen der Langeweile und den Versuchungen der Zeit, in der sie getrennt waren. Vergessen und Eifersucht waren die Klippen, an denen ihr Glück zerschellte. Die Mädchen knüpften in Zeiten, da sie allein waren, Beziehungen zu irgendeinem anderen Mann an, der erste Liebhaber argwöhnte solche Untreue und machte sich aus dem Staube. Von der Eifersucht der damaligen Menschen werde ich euch noch viel zu berichten haben; sie galt nicht als etwas Häßliches, sondern vielmehr als eine hohe und rühmliche Leidenschaft. Man ließ sich von ihr beherrschen und war noch stolz darauf. Sehr viele jener ungesetzlichen Bündnisse entsprangen nicht einmal wirklicher Liebe, sondern waren unehrlich und lasterhaft. Menschen, deren Leben zwischen übergroßer Erregung und Langeweile geteilt war, und die überdies unter der allgemeinen Mißachtung litten, griffen nur zu leicht zu Betäubungsmitteln oder verfielen dem Genuß des Alkohols. Trotzige Herausforderung war die leichteste Haltung in ihrer Lage. Die in sogenannter ‚freier Liebe' lebten, waren aus der Gesellschaft ausgestoßen und fühlten sich von anderen sozial Geächteten, die schlechter und unglücklicher waren als sie selbst, angezogen. Ihr versteht nun wohl, warum meine Schwester Fanny einsam war und sich von anderen Menschen fernhielt, obwohl sie einer recht zahlreichen Gruppe angehörte?

Die gesetzliche Ehe der alten Welt verfolgte zweifellos den Zweck, Liebende dauernd aneinander zu fesseln. In zahllosen Fällen hielt sie aber die falschen Leute zusammen und trennte wirklich Liebende. Doch darf man nicht vergessen, daß Kinder damals als Gottesgeschenk galten; in der Tat waren sie nur Zufälle des Geschlechtsverkehrs. Das rückt die Frage in ein anderes Licht. Es gab keine anständigen Schulen für die Kinder, sie hatten keine Zufluchtsstätte, wenn die Eltern auseinandergingen und das Heim auflösten. Wir, die wir so geborgen sind, können uns kaum vorstellen, wie unsicher das Leben in jenen Tagen war. Es ist entsetzlich, sich auszudenken, welche Gefahren ein unbeschütztes Kind damals bedrohten. Auch wir leben heutzutage meist zu zweit; früher oder später findet jeder einen Gefährten, und die Ehe ist eine natürliche und notwendige, nicht aber eine durch Gesetze erzwungene Beziehung. Kein Priester und keine Religion könnte mich fester an Heliane binden, als ich an sie gebunden bin. Bedarf es eines Buches oder eines Altars, um die Axt und den Griff zusammenzufügen? . . .

Das alles aber ändert nichts an der Tatsache, daß meine Schwester Fanny entsetzlich unter ihrer Einsamkeit litt, ehe sie mich wiederfand.

Sie war voll Wissensdrang und Unternehmungslust. Meine freie Zeit benützten wir dazu, alle möglichen Sehenswürdigkeiten inner- und außerhalb Londons zu besuchen. Wir gingen in Museen und Bildergalerien und durchstreiften Parks, Gärten und Heideland. Ohne sie hätte ich das alles wohl nicht kennengelernt, auch Fanny allein hätte kaum etwas davon gesehen, denn in jener Welt der irrsinnigen Unterdrückung konnte sie ohne Begleitung nicht gut ausgehen. Überall gab es verstohlene Schürzenjäger, blödsinnige Kerle, die ein so hübsches Mädchen wie Fanny belästigten; sie wäre unbegleitet beständig der Gefahr ausgesetzt gewesen, verfolgt und angesprochen zu werden, und das hätte ihr alle Freude an der Kunst und der Natur verdorben.

Zu zweit jedoch genossen wir mannigfaltige interessante Eindrücke. Das alte London besaß viele Parks und Gärten, sie waren von besonderem Reiz und ungeahnter Schönheit. Da gab es zum Beispiel einen gewissen Richmond Park, den wir oft besuchten, mit vielen schönen alten Bäumen, weiten Rasenplätzen und von Farnkraut überwucherten Winkeln, die im Herbst in bunter Farbenpracht leuchteten, und eine Menge Wild lebte darin. Wenn man euch zweitausend Jahre zurück in jenen Park versetzte, so würdet ihr das Gefühl haben, in einem nordländischen Garten von heute zu sein. Zwar waren die großen Bäume, so wie fast alle Bäume jener Zeit, von Schwamm und Moder angegriffen, jedoch Fanny und ich bemerkten das nicht. Uns schienen sie gesunde Bäume. Von dem Gipfel eines Hügels hatte man einen wundervollen Ausblick auf die Windungen der Themse. Dann gab es in Kew eigentümliche alte Gärten und Blumenkulturen. Ich entsinne mich noch sehr deutlich eines wirklich schönen Felsengartens und prächtiger Glashäuser – die herrlichsten Blumen der damaligen Welt waren dort vereinigt. Es gab Fußpfade durch ein dschungelartiges Gewirr von Rhododendren – primitive kleine Rhododendren – in allen Farben, die Fanny und mich entzückten. Dann war dort ein Gasthaus, wo man an kleinen Tischen im Freien Tee trinken konnte. In jener frostigen, von Keimen geschwängerten Welt hatte man entsetzliche Angst vor Zugluft, Erkältungen und Husten, und es war ein ganz besonderes und seltenes Vergnügen, im Freien etwas zu sich zu nehmen.

Wir besuchten Museen und Gemäldegalerien und sprachen über die Bilder und tausenderlei Dinge miteinander. Ich erinnere mich eines Gespräches im Hampton Court, einem wunderlichen alten Palast, aus roten Ziegeln erbaut und von wildem Wein bewachsen, der in einem alten Garten an der Themse stand. Es gab da Blumenbeete, die ganz von halbwilden Krautgewächsen überwuchert waren.

Wir gingen an ihnen vorüber bis zu einer niedrigen Mauer, die sich längs des Flusses hinzog, und setzten uns dort nieder. Nach einer kleinen Weile begann Fanny plötzlich – wie jemand, der lang unter erzwungenem Stillschweigen gelitten hat – von der Liebe zu sprechen.

Sie fing damit an, mich über die Mädchen, die ich da oder dort, insbesondere im Thunderstone House kennengelernt hatte, auszufragen. Ich schilderte ihr einige. Meine beste Freundin war Milly Kimpton, die bei uns im Kontor arbeitete. Wir gingen öfter miteinander Tee trinken oder unternahmen dergleichen mehr gemeinsam. ‚Das ist nicht Liebe', sagte Fanny, ‚wenn man einander Bücher leiht. Du hast noch keine Ahnung davon, was Liebe ist. Aber die Reihe kommt auch an dich, Harry, auch an dich. Warte nur nicht zu lange, Harry. Es gibt nichts Wunderbareres auf der Welt, als jemanden liebzuhaben. Man spricht nicht darüber. Viele Menschen wissen gar nicht, was ihnen entgeht. Es ist ein Unterschied, wie zwischen nichts sein und etwas sein, wie zwischen Tod und Leben. Wenn du jemanden wirklich liebst, so scheint dir alles schön und gut, und niemand kann dir etwas anhaben; liebst du aber keinen, dann ist alles schlecht, alles verkehrt. Aber Liebe ist etwas Sonderbares, Harry, sie ist schrecklich und wundervoll zugleich. Manchmal scheint sie plötzlich erloschen, und das ist dann fürchterlich. Sie entgleitet einem irgendwie, sie verläßt einen, und man bleibt elend und klein zurück, o wie elend! Man kann nicht zurück zu ihr, und man möchte auch gar nicht; man ist kalt und freudlos, das Leben hat keinen Sinn mehr. Dann kommt sie mit einem Mal wieder wie die aufgehende Sonne, und man ist wie neugeboren.'

Mit einer Art verzweifelter Schamlosigkeit begann sie nun von Newberry zu sprechen und davon, wie sehr sie ihn liebe. Sie streute kleine, unbedeutende Einzelheiten über sein Tun und Lassen ein. ‚Er kommt zu mir, so oft er kann', sagte sie und wiederholte das immer wieder. ‚Er ist mein ganzes Leben. Du ahnst nicht, was er mir ist . . .'

Dann gewann die ständig in ihr schlummernde Furcht vor einer Trennung die Oberhand.

‚Vielleicht', sagte sie, ‚wird es immer so weitergehen wie jetzt . . . wenn es immer so weitergeht, dann ist es mir ganz gleich, ob er mich heiratet oder nicht. Das ist mir überhaupt gleichgültig, selbst wenn er mich am Ende doch verläßt. Ich würde das Ganze ein zweites Mal auf mich nehmen und mich dabei glücklich preisen, selbst wenn ich im vorhinein wüßte, daß ich verstoßen und allein gelassen würde.'

Sonderbare kleine Fanny! Ihr Gesicht war gerötet und Tränen standen ihr in den Augen. Ich fragte mich, was wohl geschehen sein mochte.

‚Er wird mich nie verlassen, niemals. Er kann es nicht, er kann es nicht. Er ist fast doppelt so alt wie ich, und trotzdem kommt er zu mir, wenn er Kummer hat. Einmal – einmal weinte er sogar bei mir. Ihr Männer seid so stark und trotzdem so hilflos . . . Ihr braucht eine Frau, zu der ihr flüchten könnt . . . Vor einiger Zeit – hm, vor kurzer Zeit war er – war er krank. Sehr krank. Er hat oft Augenschmerzen, und zuweilen hat er Angst davor. Das letzte Mal hatte er plötzlich sehr arge Schmerzen, und da bildete er sich ein, er könne nicht mehr sehen. Er kam sofort zu mir, Harry, er rief einen Wagen herbei und kam zu mir, er tastete sich die Treppe hinauf und bis an meine Tür. Ich pflegte ihn in meinem verdunkelten Zimmer, bis der Schmerz vorüber war. Er ging nicht nach Hause, Harry, wo ihn Diener erwartet hätten und er eine Pflegerin und ärztliche Hilfe hätte haben können, er kam zu mir. Zu mir! Er ist mein Mann, er weiß, daß ich mein Leben für ihn hingeben würde. Das würde ich, Harry, ich würde mich in Stücke schneiden lassen, wenn ihn das glücklich machen könnte. Die Schmerzen waren es eigentlich nicht, weißt du. Er ist nicht einer von denen, die Schmerzen nicht ertragen können oder sich vor allem Möglichen fürchten, aber mit einem Mal hatten ihn Angst und Schrecken befallen. Nie hatte er sich vor etwas gefürchtet, nun fürchtete er sich vor dem Blindwerden. Er hatte nicht den Mut, zu einem Augenarzt zu gehen. Er, der große, starke Mann, war wie ein kleines Kind, Harry, das sich vor der Dunkelheit grault. Er hatte Angst, daß man ihn in seiner Wohnung festhalten und er vielleicht nicht mehr zu mir kommen können würde. Er dachte, er würde seine geliebten Zeitungen und Zeitschriften nicht mehr wiedersehen. Der Schmerz peinigte ihn, und er suchte Hilfe bei mir. Ich brachte ihn dazu, zu einem Augenarzt zu gehen. Ich führte ihn einfach hin, ohne mich wäre er nicht gegangen. Er hätte dem Übel seinen Lauf gelassen, und trotz all seines Geldes und seiner angesehenen Stellung hätte ihn keine Menschenseele betreut. Und dann wäre er vielleicht wirklich blind geworden, ich meine, wenn er nicht rechtzeitig zum Arzt gegangen wäre. Ich gab vor, seine Sekretärin zu sein, und wartete im Wartezimmer auf ihn. Ich hatte große Angst, daß sie ihm wehtun würden, und horchte die ganze Zeit mit klopfendem Herzen. Ich schaute die alten Illustrierten dort an und tat so, als wäre es mir ganz gleichgültig, was im Nebenzimmer geschehe. Und dann kam er lächelnd heraus, mit einem grünen Schirm über den Augen, und ich mußte steif und kalt dastehen und warten, was er sagen würde. Der grüne Schirm jagte mir einen Schrecken ein, o Gott! Ich hielt den Atem an, ich dachte, das Gefürchtete sei eingetreten. ‚Es ist lange nicht so schlimm, wie wir dachten, Miss Smith‘, sagte er leichthin. ‚Haben Sie das Auto warten lassen? Ich fürchte, Sie werden mir den Arm reichen müssen.‘ ‚Oh, bitte sehr‘, sagte ich scheinbar gleichgültig und streckte ihm höflich-kühl den Arm hin. Es waren nämlich Leute im Wartezimmer, und man kann nie wissen. Ich benahm mich ehrfurchtsvoll! Ich, die ich ihn wohl tausendmal in den Armen gehalten habe! Als wir endlich sicher im Auto saßen, rückte er den Augenschirm in die Höhe, schlang die Arme um mich, drückte mich an sich und weinte. Seine Tränen benetzten mich, und er hielt mich fest. Er war so froh, weil er mich wieder hatte und noch sehen konnte und wieder an seine Arbeit denken durfte. Der Arzt hatte ihm gesagt, daß für seine Augen allerhand zu geschehen habe, daß aber sein Augenlicht nicht gefährdet sei. Und nun geht es ihm seit Monaten ganz gut.'

Sie saß da und blickte in die Ferne, über den glänzenden Fluß hin.

,Wie könnte er mich je verlassen, nach einer so schweren, gemeinsam verlebten Zeit?"

Ihr Ton klang zuversichtlich, trotzdem aber erschien sie selbst meinen jugendlich unerfahrenen Augen klein und einsam, als sie da oben auf der alten roten Mauer saß.

Ich dachte an den unermüdlich arbeitenden Mann mit der großen Schildpattbrille und an allerlei, was man sich in Thunderstone House über ihn zuflüsterte. Und da schien es mir, als ob kein Mann jemals gut genug sei für die Frauen auf dieser Welt.

,Wenn er müde ist oder Kummer hat', sagte Fanny zuversichtlich und ruhig, ,dann wird er immer wieder zu mir zurückkommen.'"

## Eine Heirat in Kriegszeiten

### 1

„Und nun", sagte Sarnac, „kommt ein Kostümwechsel. Bis jetzt habt ihr euch mich gewiß als einen unbeholfenen Jüngling von siebzehn oder achtzehn Jahren vorgestellt, in einen jener schlecht sitzenden Anzüge gezwängt, die damals als sogenannte Konfektionsware serienweise hergestellt wurden. Ich trug einen weißen Kragen um den Hals, eine schwarze Jacke und dunkelgraue Hosen aus einem verschwommen gemusterten Stoff, und mein Hut war eine schwarze Halbkugel mit einem kleinen Rand. Nun aber veränderte sich mein Kostüm, ich bekam ein anderes, noch schlechter sitzendes Gewand: die Khakiuniform des jungen britischen Soldaten im Weltkrieg gegen Deutschland. Im Jahre 1914 bewegte sich, von unbekannter Hand geführt, ein Zauberstab, der Zauberstab einer politischen Katastrophe, drohend über ganz Europa, und das Angesicht der damaligen Welt verwandelte sich mit einem Mal. Die Überfülle an Menschen und Dingen wich einem plötzlichen Hinmorden und Zerstören. Und die ganze Generation junger Männer, die, wie ich euch erzählt habe, fix und fertig aus den Kaufläden von Cheapside hervorgegangen schien, wurde nun in Khaki gekleidet und marschierte reihenweise nach den Schützengräben, die sich alsbald in endlosen Linien über den größten Teil Europas zogen. Jener Krieg war nämlich anders als irgendeiner zuvor, mit Gräben, Stacheldraht, Bomben und großen Kanonen. Im Wirrsal jener Welt war eine neue Phase eingetreten. Stellt euch vor: eine Flüssigkeit, allmählich immer heißer werdend, kommt plötzlich zum Sieden und beginnt schnell und heftig überzukochen; oder man gelangt auf einer Rodelbahn im Gebirge nach einer langen Strecke des sachten Gleitens mit einem Mal zu einem steilen Abhang und saust in wilden Kurven zu Tale: so ungefähr war es. Es war das alte Bergab, nur zu dramatischer Heftigkeit gesteigert.

Aber nicht nur die Kleidung, sondern die allgemeine Stimmung veränderte sich völlig. Noch heute kann ich mich an die bedrückte Aufregung jener Augusttage erinnern, als der Krieg begann, und erinnere mich deutlich, wie ungläubig wir Engländer die Nachricht aufnahmen, daß unsere kleine Armee von den deutschen Truppen wie ein Kätzchen, das man mit dem Besen scheucht, zurückgetrieben worden und daß die französische Front zusammengebrochen sei. Im September sammelten sich dann die Gegner Deutschlands zu einem neuen Angriff. Anfangs waren wir britischen Jünglinge nur aufgeregte Zuschauer gewesen, doch als die Nachrichten von den Anstrengungen und Verlusten unserer Armee kamen, füllten sich die Werbeämter; Tausende und aber Tausende meldeten sich, und schließlich zählten die britischen Freiwilligen Millionen. Ich ging mit der Menge.

Es mag euch seltsam erscheinen, daß ich den Weltkrieg gegen Deutschland mitmachte, als Soldat focht und verwundet wurde, geheilt wieder an die Front ging und an der letzten großen Offensive teilnahm; daß mein Bruder Ernest Sergeant wurde, eine Auszeichnung für Tapferkeit bekam und wenige Wochen vor Abschluß des Waffenstillstandes fiel; daß meine Lebensumstände durch den Krieg völlig verändert wurden, daß er aber trotz alledem in der Geschichte meines Lebens eigentlich keine wesentliche Rolle spielt. Wenn ich nun daran zurückdenke, erscheint mir jener Weltkrieg nicht anders als irgendein geographisches oder atmosphärisches Faktum, ich meine, wie die

Tatsache etwa, daß einer zehn Meilen von seiner Arbeitsstätte entfernt wohnt oder bei Aprilwetter Hochzeit hält. Der muß dann eben täglich zehn Meilen weit fahren oder, wenn er bei Regen aus der Kirche tritt, seinen Regenschirm aufspannen. Das wirkliche Leben jedoch wird davon in keiner Weise beeinflußt. Der Weltkrieg tötete Millionen von Menschen, machte andere zu Krüppeln, wir verarmten alle und die Welt geriet durch ihn aus den Fugen. Im Grunde jedoch bedeutete er nichts weiter als das Verschwinden so und so vieler Menschen und eine Steigerung der allgemeinen Angst, Not und Verwirrung. Das Wesen der Menschen die am Leben bleiben, ihre Leidenschaften, ihre Unwissenheit, ihre verkehrte Denkungsart, bestand unverändert weiter. Unwissenheit und falsche Vorstellungen hatten den Weltkrieg ausgelöst, und diese Unwissenheit und die falschen Vorstellungen endeten nicht mit ihm. Als er zu Ende war, erschien die Welt weit verworrener und schäbiger als zuvor, doch war es im Grunde immer noch dieselbe erbärmliche, vom Zufall regierte Welt, geldgierig, zänkisch, verlogen patriotisch, idiotisch, fruchtbar, schmutzig, von Krankheiten geplagt, gehässig und dünkelhaft. Es hat zweier Jahrtausende der Forschung, der Erziehung, der Übung, des Denkens und der Arbeit bedurft, ehe sich eine wesentliche Veränderung zeigte.

Ich muß zugeben, daß der Beginn des Weltkrieges den Eindruck erweckte, als ob er ein Ende und einen Anfang bedeuten würde. Wir erlebten große Tage, wir Briten ebenso wie alle anderen Völker. Und wir machten große Worte. Wir glaubten allen Ernstes – ich spreche nur von den einfachen Leuten aus dem Volk –, daß der Imperialismus Mitteleuropas durchaus im Unrecht und wir, seine Gegner, durchaus im Recht seien. Hunderttausende von Männern gaben freudig ihr Leben hin, in der aufrichtigen Überzeugung, daß durch ihren Sieg eine neue Weltordnung empordämmern werde. Und dieser Glaube war nicht nur in Großbritannien, sondern bei allen Völkern, bei beiden kriegführenden Parteien lebendig. Ich bin auch überzeugt, daß die Jahre 1914, 1915 und 1916 wirklich weitaus mehr Heldentaten, Opfer- und Edelmut, heroische Arbeit und heroische Geduld bewiesen hatten, als irgendeine andere Zeitspanne von drei Jahren in der Geschichte der Menschheit vor jenem Kriege und Jahrhunderte nachher. Die jungen Leute waren bewunderungswürdig; in Scharen gingen sie in einen ehrenvollen Tod. Dann aber begann man die Sinnlosigkeit und Verlogenheit des Kampfes allmählich einzusehen, und jene falsche Morgendämmerung erlosch in den Herzen der Menschen. Zu Ende des Jahres 1917 war die ganze Welt enttäuscht und trostlos, eine einzige Hoffnung nur war ihr geblieben: der Idealismus der Vereinigten Staaten von Amerika und die noch unerprobte Größe des Präsidenten Wilson. Wie dann auch sie versagte, wißt ihr aus unseren Geschichtsbüchern; ich will darüber im Augenblick nichts weiter sagen. Ein Gott an Stelle jenes Mannes hätte die Welt schon im zwanzigsten Jahrhundert vereinigen und ihr Jahrhunderte tragischer Kämpfe ersparen können. Präsident Wilson aber war kein Gott . . .

Ich halte es auch für überflüssig, euch den Krieg zu schildern, so wie ich ihn sah. Jene sonderbare Phase im Leben der Menschheit ist ja so oft beschrieben worden, zahlreiche Bilder, Photographien und Aufzeichnungen darüber sind uns erhalten. Von Iris abgesehen, haben wir wohl alle eine Menge darüber gelesen. Ihr wißt, daß das Leben sich vier ganze Jahre lang auf die Schützengräben konzentrierte, die an allen Grenzen Deutschlands quer durch ganz Europa verliefen. Ihr wißt, daß Tausende Kilometer Landes in Wüsteneien von Schlammlöchern und Stacheldrahtverhauen verwandelt wurden. Selbstverständlich liest heutzutage kein Mensch mehr die Berichte der Generale, Admirale und Politiker jener Zeit; alle diese offiziellen Kriegsschilderungen schlafen, wie es sich gebührt, einen ewigen Schlaf in den Kellergewölben unserer großen Bibliotheken. Doch habt ihr wohl eines der menschlichen Dokumente jener Zeit gelesen, etwa ‚Das Feuer' von Barbusse oder die ‚Geschichte eines Kriegsgefangenen' von Arthur Green, und wahrscheinlich habt ihr auch Photographien und Filme gesehen, oder Bilder von Nevinson, Orpen, Muirhead Bone und Will Rothenstein. Diese und andere Bücher und Bilder schildern wahrheitsgetreu, wie Verzeiflung gleich dem Schatten einer Sonnenfinsternis die Bühne des Lebens verdunkelte.

Das menschliche Gemüt hat jedoch die Kraft, schmerzliche Eindrücke zu mildern oder ganz wegzuwischen. Den Großteil zweier langer Jahre verbrachte ich in jenen fürchterlichen, von Kanonen starrenden Landstrichen, in denen die Kämpfer ein gehetztes Leben des ewigen Versteckenspielens führten, und doch bedeutet mir dieser Abschnitt meines Lebens heute weniger als manche Tage aus Friedenszeiten. Ich habe in einem Schützengraben zwei Menschen mit dem Bajonett getötet und denke nun daran, als ob es ein anderer getan hätte und es mich nichts anginge. Viel deutlicher erinnere ich mich, wie übel mir wurde, als ich später entdeckte, daß meine Hand und mein Ärmel voll Blut waren, und wie ich, da ich kein Wasser finden konnte, um mich reinzuwaschen, meinen Arm im Sand rieb. Das Leben in den Gräben war entsetzlich unbequem und furchtbar öde, und ich weiß, daß mir die Zeit da draußen unendlich lang wurde; es ist mir von all den endlosen Stunden hauptsächlich nur die Langeweile im Gedächtnis haften geblieben. Ich erinnere mich des Schrekkens, der mir durch alle Glieder fuhr, als zum ersten Mal in meiner Nähe eine Bombe platzte, erinnere mich, wie sich langsam Rauch und Staub erhoben, eine Röte inmitten des Rauches aufstieg und es dann für kurze Zeit ganz dunkel um mich wurde. Diese Bombe platzte in einem von der Sonne beschienenen Feld, in dem ich gelbblühendes Unkraut und Stoppeln unterscheiden konnte. Ich weiß jedoch nicht mehr, was vorher und nahher geschah. Platzende Bomben und Schrapnelle zerrütteten, je weiter der Krieg fortschritt, meine Nerven immer mehr, hinterließen jedoch immer schwächere Erinnerungsbilder in meinem Gedächtnis.

Zu den lebendigsten Erinnerungen aus jener Zeit zählt die Erregung, in der ich mich befand, als ich zum ersten Mal Urlaub bekam. Eine Gruppe älterer Freiwilliger, die Armbinden trugen, geleiteten meine Abteilung im Marschschritt vom Victoriabahnhof zur Untergrundbahn, einem der Hauptverkehrsmittel Londons. Ich war noch ganz verdreckt vom Schützengraben, zum Waschen und Bürsten war keine Zeit mehr gewesen; und ich trug mein Gewehr und andere Ausrüstungsgegenstände. Wir stiegen in einen hellerleuchteten Wagen erster Klasse, in dem eine Anzahl von Leuten in Abendkleidung saß, um zu einem Diner oder ins Theater zu fahren. Ein stärkerer Gegensatz läßt sich kaum denken; wenn Iris damals in all ihrer Lieblichkeit vor mir erschienen wäre, hätte es nicht erstaunlicher für mich sein können. Da saß ein junger Mann, nicht viel älter als ich, zwischen zwei prächtig gekleideten Frauen. Er trug eine weiße Schleife unter seinem rosigen Kinn, ein seidenes Halstuch, einen schwarzen Mantel mit langem Kragen und einen Zylinderhut. Wahrscheinlich war er untauglich oder krank, aber er sah ebenso kräftig aus wie ich. Einen Augenblick lang empfand ich das Verlangen, ihm etwas Demütigendes zu sagen; ich glaube aber, daß ich es nicht tat. Ich erinnere mich nur an das Verlangen, es zu tun. Aber ich sah ihn an und dann die braunen Flecken auf meinem Ärmel, und auf einmal überwältigte mich die Freude über das Wunder, daß ich noch lebte.

Nein, nein, ich sagte ihm nichts, denn ich befand mich

in einem Zustand intensiver Freude. Die anderen Burschen waren lustig und lärmend, einige auch etwas betrunken, ich aber war von stiller Erregung erfüllt. Es kam mir vor, als hörte, sähe, begriffe ich mit einem Mal unendlich viel schärfer, als je zuvor. Fanny wollte ich am nächsten Tage besuchen, diesen Abend aber hoffte ich Hetty Marcus zu sehen, das Mädchen, das ich liebte. Ich war mit einer Heftigkeit in sie verliebt, die nur junge Soldaten, wenn sie aus dem Schlamm von Flandern kamen, verstehen konnten."

## 2

„Wie", fragte Sarnac, „wie soll ich euch Hetty Marcus schildern, das dunkeläugige, zarte und launige Geschöpf, das mir in jenem Leben vor zeitausend Jahren Liebe und Tod brachte?

Irgendwie ähnelte sie Heliane. Sie war vom gleichen Typus: in ihren Augen glänzte es ebenso dunkel, sie hatte dieselbe stille Art; sie sah aus wie eine hungrige Schwester Helianes. Ein heimliches Feuer lebte in ihrem Blut.

Ja, ja, und sie hatte auch dieselben kurzen kleinen Finger; schaut sie euch einmal an.

Ich traf sie auf jenen Hügeln, über die ich als Kind mit dem Vater gewandert war, um Gemüse und Obst aus Lord Brambles Gärten zu stehlen. Ehe ich nach Frankreich abkommandiert worden war, hatte ich einen kurzen Urlaub bekommen. Ich verbrachte ihn nicht, wie ihr etwa glaubt, in London mit Matilda Good und Fanny, sondern mit ein paar Kameraden, die sich das leisten konnten, in Cliffstone. Ich weiß nicht, wie ich euch erklären soll, warum ich gerade nach Cliffstone fuhr. Ich war sehr aufgeregt bei dem Gedanken, daß ich nun wirklich in den Krieg ziehen sollte, ich wollte tapfere und wunderbare Taten vollbringen, zugleich aber hatte ich schreckliche Angst vor dem Tod. Ich dachte nicht an Wunden oder Schmerzen, fürchtete mich davor nicht, aber ich empfand ein tiefes Grauen, eine wilde Auflehnung bei dem Gedanken, sterben zu müssen, ehe ich richtig gelebt, ehe ich genossen hatte, was mir das Beste im Leben schien. Ich hatte mir stets Liebe und wunderbare Erlebnisse mit Frauen erhofft und war nun von leidenschaftlicher Angst erfüllt, ich könnte um solches Glück betrogen werden. All den jungen Burschen um mich herum ging es ganz ebenso. Der Einfall, daß wir nach dem in der Nähe unseres Ausbildungslagers gelegenen Cliffstone mit seiner Musikkapelle, seiner Promenade und seinen reizenden Mädchen fahren könnten, stammte von mir. Es war mir, als ob wir gerade dort noch etwas vom Leben erhaschen könnten, ehe die Bomben uns zerreißen oder der Schlamm Flanderns uns verschlingen würde. So stahlen wir uns aus dem Kreis der Verwandten und Freunde fort, das Feuer sich auflehnenden Lebenshungers in Hirn und Blut.

Ihr könnt euch nicht vorstellen, wie viele Millionen erbarmungswürdiger junger Leute in Europa damals von wilder Gier erfüllt waren, das Geheimnis und die Wunder der Liebe auszukosten, ehe sie starben. Ich will euch nicht von den Kneipen erzählen, in denen Prostituierte uns auflauerten, noch von schäbigen Abenteuern am mondbeschienenen Strand. Ich will euch nicht von den Verlockungen berichten, denen wir ausgesetzt waren, nicht von unserer Unwissenheit, nicht von den Krankheiten, die uns drohten. Das alles ist zu häßlich, und es ist ja jetzt vorbei und überwunden, die Menschen leiden nicht mehr darunter. Wir tappten damals im Finstern, die heutige Menschheit wandelt im Licht. Einer meiner Kameraden erfuhr ein böses Mißgeschick, die anderen hatten häßliche Erlebnisse; nur ich entging, durch Zufall mehr als durch eigenes Verdienst, einem erniedrigenden Abenteuer. Mich hatte im entscheidenden Augenblick ein Ekel erfaßt, und ich war davongegangen. Auch hatte ich nicht getrunken, wie die anderen, weil eine Art Stolz mich gewöhnlich von übermäßigem Alkoholgenuß abhielt.

Doch befand ich mich in einem Sturm peinvoller Erregung. Ich glitt trotz dem Ekel, der mich erfüllte, in einen Abgrund sinnlichen Verlangens, und in solcher Not flüchtete ich mich in meine Erinnerung an die Kinderzeit. Ich ging nach Cherry Gardens, um unser altes Haus wiederzusehen, und an meines Vaters Grab, das dank der Fürsorge Fannys sauber und hübsch gehalten war. Dann kam mir der Einfall, über die Downs zu wandern und dabei einen Nachklang des wundergläubigen Gefühls der Erwartung in mir wachzurufen, das ich einst bei meinem ersten Gang über jene Hügel verspürt hatte. Es war mir – ich weiß nicht, ob ihr das verstehen könnt –, als würden gerade dort Liebe und Romantik meiner warten. Ich gab die Absicht, die mich nach Cliffstone geführt hatte, nicht auf, ich war nur über einen schmutzigen Sumpf auf meinem Weg hinweggesprungen. Als Kind hatte ich, entzückt von der Pracht der goldenen Sommersonnenuntergänge, geglaubt, der Himmel beginne dort oben auf den Downs. So war es natürlich, daß ich nun, auf der Suche nach einem romantischen Abenteuer, jene Hügel bestieg, die einzige wirklich liebliche Landschaft, die ich jemals gesehen hatte.

Und ich fand das Abenteuer.

Ein Zittern durchlief meinen Körper, aber ich war durchaus nicht erstaunt, als ich Hetty auf dem Kamm der Hügelkette auftauchen sah. Sie kam ein Stück den Abhang herunter und stand dann, die Hände auf dem Rücken, Sonnenlicht auf ihrem Haar, und blickte über Wälder und Kornfelder hinweg auf Blythe, auf die Sümpfe des Marschlandes und auf das ferne Meer hinaus. Sie hatte den Hut abgenommen und hielt ihn hinter sich in den Händen. Sie trug eine elfenbeinfarbige Seidenbluse, die den Hals frei ließ, und es war, als sähe man durch den dünnen Stoff hindurch ihren bloßen Körper.

Sie ließ sich in eine sitzende Stellung gleiten und blickte bald in die Welt, bald pflückte sie von den kleinwinzigen Blümchen, die im Rasen das Dünenlandes wuchsen.

Eine Weile stand ich und starrte zu ihr hinüber. Dann erfaßte mich ein wildes Verlangen, mit ihr zu sprechen. Mein Weg führte in vielen Kurven den Abhang hinauf und unweit der Stelle, wo sie saß, über den Hügelkamm hinüber. Ich folgte dem Weg, indem ich immer wieder stehen blieb, als ob ich das Land und das Meer betrachtete. Auf der Höhe angelangt, verließ ich den Pfad und schlenderte mit plump zur Schau getragener Gleichgültigkeit den Kamm entlang, um endlich, etwa sechs Schritte von ihr entfernt, haltzumachen. Ich tat so, als ob ich sie gar nicht sähe, und ballte die Hände zu Fäusten, um meine Selbstbeherrschung zu bewahren. Sie hatte mich längst erblickt und saß nun regungslos und sah mich an, schien aber nicht im geringsten bestürzt über meine Annäherung. Sie hatte dein feines Gesicht, Heliane, und deine dunklen Augen; niemals, nicht einmal an dir, habe ich ein so stilles Antlitz gesehen. Es war nicht hart oder starr, nein, nur ruhig, tiefruhig, still wie ein schönes Bild.

Ich zitterte am ganzen Körper, mein Herz schlug schnell, aber ich behielt meine Fassung.

‚Gibt es irgendwo eine schönere Aussicht?' fragte ich. ‚Der dunkelblaue Fleck auf dem glänzenden Wasser, der fast wie ein Floß aussieht, ist Denge Neß, nicht wahr?'

Sie antwortete nicht gleich, sondern betrachtete mich mit einem unergründlichen Ausdruck. Dann sprach sie und lächelte dabei: ‚Sie wissen ebensogut wie ich, daß das Denge Neß ist.'

Ich lächelte gleichfalls. Schüchterne Ausflüchte waren bei ihr fehl am Platz. Ich trat einen Schritt näher, um das

Gespräch fortzuführen. ‚Ich kenne diese Aussicht seit meinem zehnten Lebensjahr. Ich wußte aber nicht, daß außer mir noch jemand den Blick von hier oben schätzt.‘

‚Mir geht es ganz ebenso‘, erwiderte sie. ‚Ich bin heute vielleicht zum letzten Mal gekommen‘, fügte sie hinzu. ‚Ich gehe fort von hier.‘

‚Auch ich gehe fort.‘

‚Dort hinüber?‘ fragte sie und deutete mit dem Kopf gegen jene Stelle des Horizonts, wo Frankreich gleich einer Wolke am Himmel zu sehen war.

‚Ungefähr in einer Woche.‘

‚Ich gehe auch nach Frankreich, aber wohl nicht so bald. Ich will in das Frauen-Hilfsarmeekorps eintreten, und da werde ich bestimmt mit der Zeit auch hinüberkommen. Ich trete morgen ein. Wie kann man zu Hause bleiben, wenn all ihr Jungens hinüberzieht, um euch –‘

Sie wollte sagen: ‚– um euch töten zu lassen‘, verschluckte aber das Wort und beendete den Satz mit ‚– um euch in Gefahr und Elend zu stürzen‘.

‚Man muß es tun‘, sagte ich.

Sie betrachtete mich mit leicht zur Seite geneigtem Kopf. ‚Sagen Sie mir‘, fragte sie, ‚gehen Sie gern hinüber?‘

‚Nicht im geringsten. Mir ist der ganze scheußliche Krieg verhaßt. Aber man kann nicht anders, die Deutschen haben uns das eingebrockt, und wir müssen mitmachen.‘

Diese Ansicht hatten wir Engländer alle während des Krieges. Aber ich will mich nicht damit aufhalten, euch die wirklichen Ursachen eines Kampfes auseinanderzusetzen, der sich vor zweitausend Jahren abspielte. ‚Die Deutschen haben den Krieg angezettelt. Ich gehe sehr ungern an die Front. Ich hätte viel lieber meine Arbeit fortgesetzt. Nun geht alles drunter und drüber.‘

‚Alles geht drunter und drüber‘, wiederholte sie und dachte ein Weilchen nach. ‚Auch ich gehe sehr ungern an die Front.‘

‚Es dauert nun Wochen und Wochen, Monate und Monate', klagte ich. ‚Und die Langeweile! Der Drill, das Salutieren, die albernen Offiziere! Wenn sie uns doch nur zusammentrieben, hinausschickten und töten ließen, ohne so viel Geschichten zu machen! Wenn die ganze Sache nur bald zu Ende käme, so daß man entweder tot wäre oder wieder zu Hause und was Vernünftiges anfangen könnte. So viel Zeit wird vergeudet. Ein Jahr stecke ich nun in dem stumpfsinnigen Getriebe und bin immer noch nicht in Frankreich drüben. Wenn ich den ersten deutschen Soldaten zu Gesicht bekomme, werde ich ihm, glaube ich, um den Hals fallen wollen, so froh werde ich sein. Aber leider werde ich ihn töten müssen oder er mich, das wird das Ende vom Lied sein.'

‚Und trotzdem kann man nicht zu Hause bleiben', sagte sie.

‚Der Krieg ist etwas Fürchterliches', fuhr sie fort. ‚Zweimal schon habe ich hier oben einen Luftangriff erlebt. Ich wohne hier ganz in der Nähe. Die Luftangriffe werden jetzt immer häufiger, ich weiß gar nicht, wie das noch werden soll. Man kann jede Nacht die Scheinwerfer sehen, die wie Riesenarme eines Betrunkenen über den Himmel schwanken, über den ganzen Himmel. Doch schon vorher beginnen die Fasane in den Wäldern zu glucksen und zu schreien; die hören es immer zuerst. Dann wachen andere Vögel auf und beginnen ängstlich zu zwitschern. Und dann fangen in der Ferne die Kanonen an, ganz leise nur zuerst, pam, pam, wie das Bellen eines heiseren Hundes, dann wird eine um die andere lauter, je näher der Angriff kommt. Manchmal kann man das Surren der Gothas deutlich hören. Hinter jenem Gutshof dort steht eine große Kanone, auf die wartet man, und wenn sie losgeht, dann ist es, als verspürte man einen Stoß auf die Brust. Man kann eigentlich nicht viel anderes sehen als die Scheinwerfer. Ein Flackern am Himmel – und Sternraketen. Die Kanonen aber, die toben. Es ist irrsinnig, aber doch großartig. Es packt einen. Entweder hat man eine wilde Angst oder man ist außer sich vor Aufregung. Ich kann nicht schlafen. Ich gehe in meinem Zimmer auf und ab und möchte ins Freie. Zweimal bin ich auch wirklich hinausgelaufen in die mondhelle Nacht, während rings um mich alles zitterte, und bin lange herumgewandert. Einmal ist ein Schrapnell in unserem Obstgarten niedergegangen wie ein zischender Regen. Die Rinde der Apfelbäume wurde abgeschält, Äste und Zweige weggerissen und ein Igel getötet. Ich fand den armen Kerl in der Früh – ganz zerfetzt der Körper. Ein unerwarteter Tod. Ich fürchte mich nicht so sehr vor dem Tode, fürchte die Gefahr nicht. Doch den schrecklichen Aufruhr, das Beben, das in der Luft liegt, das kann ich nicht ertragen. Auch bei Tag packt es mich manchmal. Man kann die Kanonen drüben zwar nicht deutlich hören, aber man f ü h l t sie . . .'

‚Unser altes Dienstmädchen', fuhr sie fort, ‚glaubt, das Ende der Welt sei gekommen.'

‚Für uns kann es auch das Ende sein', sagte ich.

Sie antwortete nicht.

Ich blickte in ihr Gesicht, und meine erregten Sinne begannen zu toben.

Und dann sprach ich mit einer Einfalt und Offenheit zu ihr, wie das in jenem scheuen und unklaren Zeitalter nur selten geschah. Dabei schlug mir das Herz heftig. ‚Seit Jahren', sagte ich, ‚habe ich von der Liebe zu einem Mädchen geträumt, und diese Liebe hätte die Krone meines Lebens werden sollen. Ich habe auf sie gewartet. Ich habe wohl ein paar Freundinnen gehabt, aber das war nicht Liebe. Und nun bin ich nahe daran fortzuziehen. Da hinaus. Und gerade in dem Augenblick, da mir alle Hoffnung geschwunden ist, treffe ich jemanden . . . Bitte, halten Sie mich nicht für verrückt. Und denken Sie nicht, daß ich lüge. Ich liebe Sie. Ja, wirklich. Sie erscheinen mir vollkommen schön. Ihre Augen, Ihre Stimme, alles. Ich möchte Sie anbeten . . .‘

Ich konnte einige Augenblicke kein Wort mehr hervorbringen. Ich stürzte auf den Rasen nieder und blickte in ihr Antlitz. ‚Verzeihen Sie‘, sagte ich, ‚ich bin ein dummer, junger Soldat, der plötzlich von Liebe erfaßt worden ist, oh, von ganz verzweifelter Liebe.‘

Sie betrachtete mich mit ernstem Gesicht. Sie sah weder erschreckt, noch verwirrt aus. Vielleicht klopfte ihr das Herz schneller als ich ahnte. Ihre Stimme klang gepreßt, als sie nach einer Weile wieder sprach.

‚Wie können Sie nur so zu mir reden? Sie haben mich ja kaum erst gesehen . . . Wie können Sie mich lieben? Es ist unmöglich, daß man sich so schnell verliebt.‘

‚Ich habe Sie schon lange genug gesehen –‘

Ich konnte nicht sprechen. Ich sah ihr in die Augen. Sie senkte den Blick vor dem meinen, und ein warmes Rot färbte ihre Wangen. Sie biß sich auf die Lippen.

‚Sie‘, sagte sie mit ganz leiser Stimme, ‚Sie sind nur in die Liebe verliebt.‘

‚Wie dem auch sei, ich bin verliebt‘, sagte ich.

Sie pflückte wieder einige der winzigen Blumen und behielt sie achtlos in der Hand.

‚Ist das heute Ihr letzter Tag?‘ fragte sie, und mir begann das Herz schneller zu klopfen.

‚Es wird vielleicht der allerletzte sein, der mir das Glück bringen kann, von dem ich träume. Wer weiß es . . .? Der letzte für lange Zeit jedenfalls. Kann es Sie verletzen, sich einen Tag lang von mir lieben zu lassen? Warum sollten Sie nicht gut sein zu mir? Freundlich wenigstens? Ich verlange gar nicht viel. Wenn wir zum Beispiel miteinander spazieren gingen? Einen recht langen Spaziergang miteinander machten? Wenn wir den größten Teil des Tages miteinander verbrächten? Vielleicht könnten wir irgendwo etwas zu essen bekommen . . .‘

Sie saß da und betrachtete mich ernst.

‚Wenn ich das täte', sagte sie, gleichsam zu sich selbst. ‚Nehmen wir an, ich täte es –'

‚Was wäre Schlimmes dabei?'

‚Was wäre Schlimmes dabei?' wiederholte sie und blickte mir in die Augen.

Wenn ich älter und erfahrener gewesen wäre, hätte ich wohl aus ihrem warmbewegten Gesicht und dem Ausdruck ihrer Augen erraten können, daß auch sie an jenem Tage verliebt war, verliebt in die Liebe, und daß die Begegnung sie ebenso erregte wie mich. Plötzlich lächelte sie und zeigte sich mit einem Mal bereit gleich mir. Ihre Befangenheit war verschwunden.

‚Ich komme mit', entschied sie und erhob sich mit anmutiger Leichtigkeit. Doch als sie die wilde Bewegung sah, mit der ich aufsprang, sagte sie: ‚Sie müssen aber brav sein. Wir wollen nur spazierengehen und miteinander plaudern . . . Warum sollten wir das nicht? . . . Wenn wir uns nur vom Dorf fernhalten.'"

## 3

„Es würde eine sonderbare Geschichte abgeben, wenn ich euch erzählen wollte, wie wir zwei Kinder jenen Tag verbrachten, wie wir, die wir einander so wenig kannten, daß wir einer des anderen Namen nicht wußten, doch schon so innig miteinander verbunden waren. Das Wetter war schön und mild, und wir wanderten westwärts, bis wir auf einem Bergrücken angekommen waren, der gegen einen silberglänzenden und von Bäumen eingesäumten Kanal abfiel. Wir gingen auf dem Grat weiter und gelangten in ein Dorf und zu einem freundlichen Gasthaus, wo wir Zwieback, Käse und Äpfel zum Frühstück bekamen. Nach dem ersten offenen Gespräch hatte uns eine gewisse Schüchternheit befallen, dann erzählte Hetty von ihrem Heim und ihrem Leben. Erst nachdem wir miteinander gegessen hatten, fühlten wir uns frei und vertraut. Und als die Sonne sank und unser Tag seinem goldenen Ende entgegenging, umarmten wir einander plötzlich, während wir auf einem gefällten Baum im Walde saßen. Ich lernte von ihr, wie süß und wunderbar ein Kuß der Liebe sein kann."

## 4

Sarnac schwieg eine Weile.

„Zweitausend Jahre sind seitdem vergangen, mir aber scheinen es nicht mehr als sechs. Wieder sitze ich in jenem Wald in den langen, warmen Schatten des Abends, und noch einmal werden all die Träume und Pläne in mir lebendig, die erwachten, als ich Hettys Körper in meinen Armen und ihre Lippen auf den meinen fühlte. Bis jetzt konnte ich euch meine Geschichte fast wie ein verwunderter und unbeteiligter Betrachter erzählen, gleichsam als zeigte ich euch die Vergangenheit durch ein Fernrohr. Ich habe euch vielleicht viel zu viel von Fanny und Matilda Good erzählt, weil ich eine Art Scheu davor empfand, von Hetty zu sprechen. Sie ist mir so frisch im Gedächtnis, daß ich, wenn ich ihren Namen nenne, meine, sie müßte hier vor mir auftauchen. Störend tritt sie zwischen mich und Heliane, die ihr so ähnlich und doch auch wieder so unähnlich ist. Ich liebe sie wieder und hasse sie wieder, als ob ich noch der Zeitungsschreiber von damals wäre, der kleine Redaktionsgehilfe aus dem Thunderstone House im längst entschwundenen alten London . . .

Und nun kann ich euch die Dinge und Geschehnisse nicht mehr so beschreiben wie bisher. Es ist nicht mehr, als ob ich auf Vergangenes zurückblickte. Die Erinnerung ist leidvoll lebendig in mir, sie schmerzt und quält mich. Ich liebte Hetty, sie war mir alles Glück der Liebe. Ich heiratete sie, ich ließ mich von ihr scheiden, ich bereute diese Scheidung, und ich wurde ihretwegen getötet.

Es ist mir, als wäre ich erst gestern getötet worden . . .

Ich heiratete sie, während ich nach meiner Verwundung einige Zeit in der Heimat verbrachte, um dann wieder an die Front zu gehen. Ich war am Arm verwundet worden –"

Sarnac hielt inne und befühlte seinen Arm. Heliane sah ihn scharf an und tastete dann mit der Hand von seiner Schulter bis zum Ellbogen hinunter, wie um sich von seiner Unversehrtheit zu überzeugen. Die anderen brachen beim Anblick ihrer offensichtlichen Besorgnis und dann Erleichterung in Gelächter aus, besonders der Herbergsvater war belustigt.

„Ich wurde wirklich verwundet, wenn auch nur leicht. Ich könnte allerlei von den Krankenschwestern und dem Spital, in dem ich lag, erzählen und von der durch das Erscheinen eines Unterseebootes hervorgerufenen Panik auf dem Schiff, das mich nach England brachte . . . Ich heiratete Hetty, ehe ich wieder ins Feld zurückging, denn wir waren nunmehr wirklich ein Liebespaar, und es bestand die Möglichkeit, daß sie ein Kind bekommen würde. Überdies gewann sie durch die Heirat Anspruch auf eine staatliche Unterstützung, falls ich getötet werden sollte. In jenen Tagen, da so viele junge Leute eines gewaltsamen Todes starben, herrschte auf der ganzen Welt ein Liebes- und Heiratsfieber, und eine Unzahl überstürzter Ehen wurde geschlossen.

Sie war nicht, wie sie gewünscht hatte, nach Frankreich hinübergeschickt worden, sondern fuhr einen Wagen für das Beschaffungsministerium in London. Wir verbrachten zwei Tage wilder Leidenschaft auf dem Pachthof ihrer Mutter in Payton Links, einem Weiler bei Chessing Hanger. Mehr Zeit war uns nicht vergönnt. Ich weiß nicht, ob ich euch gesagt habe, daß Hetty die einzige Tochter eines Landwirtes war. Frau Marcus, ihre Mutter, war Witwe. Hetty war ein kluges Kind gewesen; sie hatte einige Zeit an einer Volksschule unterrichtet und war recht belesen und unternehmend für ein Mädchen vom Lande. Erst als wir zu heiraten beabsichtigten, hatte sie ihrer Mutter brieflich von mir erzählt.

Die Mutter fuhr uns von der Bahnstation zu ihrem Hof, und nachdem ich ihr das Pony ausspannen geholfen hatte, änderte sich ihre vorsichtig-zurückhaltende Haltung und sie sagte: ‚Nun, es hätte schlimmer sein können. Sie sehen ganz gut aus und haben recht breite Schultern für einen Stadtmenschen. Umarmen Sie mich, mein Junge. Zwar ist der Name Smith recht gewöhnlich im Vergleich zu Marcus, und ich kann mir auch nicht recht denken, wie eine Stellung in so einem windigen Unternehmen wie ein Verlag Mann und Frau ernähren soll. Ob Sie alt genug sind für Hetty, wird die Zeit beweisen.‘

Die Zeit sollte sehr bald beweisen, daß ich nicht alt genug für Hetty war, obwohl ich mich leidenschaftlich dagegen verwahrte, für zu jung zu gelten.

Verglichen mit den damaligen Menschen sind wir heutzutage äußerst einfach und offen. Unsere Einfalt und Offenheit würde bei ihnen Anstoß erregt haben. Nicht nur, daß sie ihren Körper mit allen möglichen sonderbaren Kleidungsstücken bedeckten, auch ihre Gedanken verhüllten, entstellten und verbargen sie. Und während heute die ganze Welt über Freiheit und notwendige Einschränkung auf sexuellem Gebiet die gleichen einfachen und sauberen Ansichten hat, gab es bei den Menschen der alten Zeit die mannigfachsten und kompliziertesten Gesetze, die noch dazu halb geheimgehalten und nur halb eingestanden wurden. Nicht nur, daß sie halb geheimgehalten wurden, sie wurden auch nicht wirklich befolgt, waren eher unbewußt als klar konzipiert und bestimmt. Und unter diesen Gesetzen war kaum eines, das die Freiheit des Nebenmenschen zu achten gebot oder den schlimmsten Auswüchsen der Eifersucht eine Grenze gesetzt hätte. Während Hettys Ansichten über Liebe und Ehe erst von der Lebensauffassung ihrer bäuerlichen Umgebung, später von gierig verschlungenen Romanen und Gedichten bestimmt worden waren, um sich schließlich in der laxen Atmosphäre des Londons der Kriegszeit total zu verändern, hatte ich mir trotz meiner Liebe und meines Vertrauens zu Fanny, fast ohne es zu wissen, die strengen Grundsätze meiner Mutter zu eigen gemacht. Hetty hatte, wie man in jenen Tagen zu sagen pflegte, ein viel künstlerischeres Temperament als ich. Ich für mein Teil glaubte mehr gefühls- als verstandesmäßig, daß die Anbetung eines Mannes für eine Frau ihm, sobald ihre Liebe gewonnen war, vollkommene Herrschaft über sie gäbe, und daß das Problem völliger gegenseitiger Treue durch unbedingte Ergebenheit ihrerseits erleichtert werde. Sie sollte sozusagen, wo immer sie ging, von einem zwar unsichtbaren, aber deshalb doch wirksamen klösterlichen Bann umgeben sein. Ferner wurde stillschweigend angenommen, daß sie, ehe sie dem ihr vorherbestimmten und nunmehr siegreichen Liebhaber begegnet war, noch niemals an Liebe gedacht habe. Lächerlich und unmöglich, werdet ihr sagen. Doch Heliane, die die alten Romane studiert hat, kann euch bezeugen, daß das die damaligen Moralbegriffe waren.“

Heliane nickte. „Ja, ja, so dachten sie damals“, sagte sie.

„Nun, Hetty war zwar nur ein halbes Jahr älter als ich, in Dingen der Liebe aber war sie mir weit voraus und wurde hierin meine Lehrerin. Während ich über Atome, Darwin, wissenschaftliche Forschung und Sozialismus gelesen hatte, hatte sie aus offenen und versteckten Anspielungen in alten Romanen, in den Dichtungen Shakespeares und vielen anderen den Honig sinnlicher Leidenschaft gesogen. Und nicht nur aus Büchern, wie ich jetzt erkenne.

Sie nahm mich, wie man ein Tier fängt und zähmt, und meine Sinne und meine Phantasie wurden ihr untertan. Unsere Flitterwochen waren zauberhaft und wunderbar. Sie freute sich an mir und machte mich trunken vor Seligkeit. Und dann trennte ich mich von ihr in märchenhaft verzauberter Stimmung, den salzigen Geschmack ihrer Tränen auf den Lippen, und begab mich wieder für die letzten fünf Kriegsmonate an die Front.

Ich sehe sie sie jetzt noch vor mir, schlank wie ein Junge in ihren Khaki-Breeches und ihrer Chauffeurjacke, wie sie meinem Zug nachwinkte, als er vom Bahnhof in Chessing Hanger abfuhr.

Sie schrieb mir entzückende, launige Liebesbriefe, die in mir schmerzliche Sehnsucht nach ihr wachriefen, und gerade in den Tagen, da wir gegen die sogenannte Hindenburg-Linie der Deutschen anstürmten, kam einer, in dem sie mir sagte, daß wir ein Kind bekommen. Sie habe bisher darüber geschwiegen, schrieb sie, weil sie sich nicht ganz sicher gewesen sei. Nun aber sei sie sicher. Ob ich sie noch lieben würde, wenn sie nun nicht mehr schlank und grazil sein werde? Ob ich sie noch lieben würde! Ich war von ungeheuerem Stolz erfüllt.

Ich schrieb zurück, daß mir meine Stellung im Thunderstone House gesichert bleibe, daß wir bestimmt ein kleines Haus finden würden, ein ‚trautes kleines Heim' in irgendeinem Londoner Vorort, und daß ich sie über alles lieben und zärtlich behüten würde. Ihre Antwort war zugleich zärtlich und absonderlich. Sie schrieb, ich sei zu gut mit ihr, viel zu gut, und wiederholte mit außerordentlicher Leidenschaft, daß sie mich liebe, daß sie niemals einen anderen geliebt habe und niemals einen anderen lieben würde, daß ihr meine Abwesenheit schrecklicher sei, als sie sagen könne, daß ich Himmel und Erde in Bewegung setzen möge, um freizukommen, und zu ihr zurückkehren und sie nie, nie, nie wieder verlassen solle. Nie habe es sie nach meiner Umarmung so sehr verlangt wie gerade jetzt. Ich konnte nicht zwischen den Zeilen dieses leidenschaftlichen Ausbruchs lesen. Er schien mir nichts weiter als eine neue Stimmung unter ihren vielen wechselnden Launen.

Im Thunderstone House wollte man mich sobald als möglich wieder zurück haben; der Krieg hatte Macht und Einfluß der Zeitungsherausgeber beträchtlich gehoben. Drei Monate nach Abschluß des Waffenstillstandes wurde ich aus dem Heer entlassen und fand daheim eine sehr sanfte, zärtliche und hingebungsvolle Hetty, eine neue Hetty, die mir noch wunderbarer schien als die alte. Und sie liebte mich offenkundig leidenschaftlicher als je zuvor. Wir mieteten eine möblierte Wohnung in Richmond, einem an der Themse und in der Nähe eines großen Parks gelegenen Teil Londons, aber wir suchten vergebens nach einem hübschen kleinen Haus, in dem unser Kind das Licht der Welt erblicken sollte. Kleine Häuser waren damals sehr schwer zu bekommen.

Und langsam fiel ein dunkler Schatten über die strahlende Helle unserer Wiedervereinigung. Die Tage, da Hettys Kind geboren werden sollte, verstrichen. Es kam zwei volle Monate später, viel zu spät, als daß es mein Kind hätte sein können."

## 5

„Wir werden heute von frühester Kindheit an dazu erzogen, gegenüber unseren Mitmenschen verständnisvoll und tolerant zu sein, unsere unsteten Triebe im Zaum zu halten, und sehr früh schon lehrt man uns die Gefahren unserer komplizierten Natur kennen. Ihr werdet nur schwer begreifen, wie rauh und unredlich die Menschen der alten Zeit waren. Wir heute sind weitaus besser erzogen.

Ihr werdet euch kaum vorstellen können, welch ein plötzlicher Sturm von Versuchung, Erregung und Vergessen sich in Hettys zur Liebe erwachten Natur erhoben und sie zur Treulosigkeit gegen mich verleitet hatte. Und noch unerklärlicher wird euch das Gemisch von Furcht und verzweifelter Verlogenheit erscheinen, das sie eine offene Aussprache mit mir nach meiner Rückkehr vermeiden ließ. Aber wenn sie auch, anstatt mich argwöhnen und schließlich entdecken zu lassen, was geschehen war, ein ehrliches Geständnis abgelegt hätte, so würde sie, fürchte ich, doch nicht mehr Erbarmen oder Verständnis für ihren traurigen und häßlichen Fehltritt in mir gefunden haben.

Heute weiß ich, daß Hetty vom Tag meiner Heimkehr an versuchte, mir von ihrem Unglück zu erzählen, das Bekenntnis jedoch nicht über die Lippen brachte. Halbe Andeutungen in ihren Worten und ihrem Gehaben sanken gleich Samen in mein Gemüt und keimten dort. Meine Rückkehr hatte sie leidenschaftlich erregt und beglückt, und die ersten Tage, die wir miteinander verbrachten, waren die glücklichsten in meinem ganzen damaligen Leben. Fanny besuchte uns einmal und lud uns zu sich, und wir gingen zum Abendessen zu ihr. Auch sie war an jenem Tage aus irgendeinem mir unbekannten Grunde besonders glücklich, und Hetty gefiel ihr sehr. Als sie mich zum Abschied küßte, flüsterte sie mir zu: ‚Sie ist ein liebes Geschöpf. Ich dachte, ich würde auf deine Frau eifersüchtig sein, Harry, nun aber habe ich sie sehr lieb.‘

Ja, eine Woche lang waren wir über alle Maßen glücklich. Wir gingen zu Fuß in unsere Wohnung zurück, anstatt ein Taxi zu nehmen, denn Hetty sollte viel gehen. Ja, eine Woche des Glückes war es oder fast zwei. Dann wurde der Schatten des Argwohns dichter und tiefer.

In der Dunkelheit der Nacht, im Bett liegend, fand ich endlich den Mut, offen mit Hetty zu sprechen. Ich war erwacht und lag lange Zeit ganz still, in starrem Entsetzen über die Erkenntnis dessen, was geschehen war. Dann setzte ich mich im Bett auf und sagte: ‚Hetty. Das Kind ist nicht von mir.‘

Sie antwortete sofort. Es war klar, daß auch sie wach gelegen hatte. Sie antwortete mit erstickter Stimme, als hätte sie das Gesicht in die Kissen gedrückt: ‚Nein.‘

‚Hast du nein gesagt?‘

Sie machte eine Bewegung, und ihre Stimme wurde klarer.

‚Ich habe nein gesagt. O mein Junge, mein Mann, ich wünschte, ich wäre tot. Ich bete zu Gott, daß er mich sterben lassen möge.‘

Ich saß still, und sie sagte nichts mehr. Wie zwei durch Furcht erstarrte Tiere in Dschungel verharrten wir regungslos inmitten eines ungeheuerlichen Schweigens und einer ungeheuerlichen Dunkelheit.

Endlich machte Hetty eine Bewegung. Ihre Hand tastete nach mir, ich aber wich zurück. Einen Augenblick schwankte ich zwischen zwei verschiedenen Regungen des Gefühls, dann ließ ich meiner Wut freien Lauf: ‚Wagst du es, mich zu berühren?!‘ schrie ich, sprang aus dem Bett und begann im Zimmer auf und ab zu rennen.

‚Ich wußte es‘, brüllte ich. ‚Ich wußte es längst, ich fühlte es! Und dich habe ich geliebt! Du Betrügerin! Du schlechtes, du verlogenes Frauenzimmer!‘“

## 6

„Ich habe euch im ersten Teil meiner Geschichte berichtet, wie meine Familie sich benahm, als Fanny uns verließ, habe euch geschildert, wie wir alle damals eine halb geheuchelte Empörung zur Schau trugen, gewissermaßen als hätten wir Angst gehabt, daß eine neue und störende Erkenntnis die Schranken unserer Scheinmoral durchbrechen könnte. In der tragischen Krise, die zwischen Hetty und mir ausgebrochen war, benahm ich mich nun ganz genau so, wie seinerzeit meine Eltern sich in unserer Kellergeschoßküche in Cherry Gardens aufgeführt hatten. Ich lief im Zimmer umher und schleuderte ihr Beleidigungen ins Gesicht. Ich übersah geflissentlich, daß sie gebrochen war und weinte, daß sie mich ohne Zweifel liebte und daß ihr Schmerz auch mir weh tat; es ging mir einzig und allein darum, die harte Pflicht gegen meinen beleidigten Stolz zu erfüllen.

Schließlich, ich weiß nicht mehr, wann, zündete ich das Gaslicht an, und die Szene spielte nun bei der wässerigen Beleuchtung des victorianischen Zeitalters weiter. Ich begann mich anzukleiden, denn nie mehr wieder wollte ich neben Hetty im Bett liegen. Sobald ich angekleidet sein und gesagt haben würde, was ich zu sagen hatte, wollte ich das Haus für immer verlassen. Trotz der zornigen Empörung und den Beschimpfungen, die ich für nötig hielt, mußte ich also meine verschiedenen Kleidungsstücke suchen, das Hemd über den Kopf ziehen und meine Stiefel zuschnüren. Infolgedessen traten Pausen in meinem Getobe ein, und Hetty hatte die Möglichkeit, auch etwas zu sagen.

‚Es geschah an einem einzigen Abend', sagte sie. ‚Du darfst nicht denken, ich hätte die Absicht gehabt, dich zu betrügen. Es war sein letzter Tag, bevor er ins Feld ging, und er war so verzweifelt. Gerade der Gedanke an dich veranlaßte mich, nett und freundlich mit ihm zu sein. Zwei von unseren Mädchen gingen an dem Abend mit ihren Liebsten aus. Sie forderten mich auf mitzukommen, und auf die Art lernte ich ihn kennen. Alle drei waren Offiziere und Schulkameraden; alle drei aus London. Sie mußten am nächsten Tage nach Frankreich abgehen – gerade so wie du. Es kam mir unfreundlich vor, die Einladung abzulehnen.'

Ich kämpfte eben mit Kragen und Kragenknöpfen und versuchte, gleichzeitig sarkastisch zu sein. ‚Ich verstehe', sagte ich, ‚unter diesen Umständen war das, was du tatest, ein Gebot der Höflichkeit . . . O Gott!'

‚Hör doch nur, wie es geschehen ist, Harry. Schrei mich eine Minute lang nicht an. Nach dem Abendessen lud er mich in seine Wohnung ein. Er sagte, die anderen kämen auch; er schien mir ganz harmlos.'

‚Sehr harmlos!'

‚Er sah aus wie einer, der bestimmt getötet werden wird. Er tat mir leid. Er war so blond wie du, noch blonder, jener Abend erschien mir damals ganz anders als jetzt. Er nahm mich in die Arme und küßte mich. Ich wehrte mich, aber ich fand nicht die Kraft, wirklich Widerstand zu leisten. Ich war mir nicht ganz klar darüber, was ich tat.'

‚Nein, darüber warst du dir nicht klar! Das ist das erste Wort, das ich dir glaube.'

‚Du hast kein Mitleid mit mir, Harry, doch vielleicht ist das nur gerecht. Ich hätte die Gefahr voraussehen müssen. Aber wir sind nicht alle so stark wie du. Es gibt Menschen, die hin und her gerissen werden, und mancher tut zuweilen etwas, das er im Grunde selbst verabscheut. Es war wie ein plötzliches Aufwachen, als ich begriff, was geschehen war. Er sagte, ich solle bei ihm bleiben; ich aber rannte aus seiner Wohnung weg. Und ich hab ihn seither nicht wieder gesehen. Er hat mir zwar geschrieben, aber ich hab ihm nicht geantwortet.'

‚Er wußte, daß du die Frau eines Soldaten bist.'

‚Ja, er wußte es. Er ist ein schlechter Kerl. Er hatte das alles geplant, während wir beim Abendessen saßen, und dann hat er gefleht und Versprechungen gemacht und gelogen. Er sagte, er wolle nur einen Kuß haben, einen einzigen Kuß zum Abschied. Und mit dem Kuß fing es an. Ich hatte Wein getrunken, und ich bin an Wein nicht gewöhnt. O Harry! Mein Junge, mein Mann, wenn ich nur gestorben wäre! Ehe ich dich kannte, Harry, habe ich mich auch mitunter von einem Jungen küssen lassen und hab mit ihm herumgespielt. Ich fand das nicht so schlimm, auch diesmal nicht – bis es zu spät war.'

‚Bis es zu spät war!' wiederholte ich.

Ich setzte mich auf den Rand des Bettes und starrte in Hettys verzweifeltes Antlitz. Sie schien mir mit einem Male erbarmungswürdig und schön. ‚Ich glaube, ich sollte hingehen und den niederträchtigen Kerl totschlagen', sagte ich. ‚Ich verspüre aber noch größere Lust, dich umzubringen.'

‚Ja, töte mich', erwiderte sie. ‚Es wäre mir nur recht.'

‚Wie heißt er? Und wo ist er jetzt?'

‚Er ist ganz unwichtig. Wenn man dich aufhängt, dann meinetwegen, nicht aber seinetwegen', sagte Hetty, ‚das wäre er nicht wert. Ich sage dir, er ist nichts. Er ist ein schmutziger Unfall, der mir zugestoßen ist.'

‚Du hast wohl Angst um ihn?'

‚Um i h n !' rief sie. ‚Ich habe Angst um d i c h. Dich will ich beschützen.'

Ich starrte sie an. Wieder schwankte ich unentschlossen zwischen zwei Gefühlen, und wieder trug die Wut in mir den Sieg davon. ‚Mein Gott!' schrie ich und wiederholte aufspringend mit noch lauterer Stimme: ‚Mein Gott!' Und dann brüllte ich sie an. ‚Ich hab mir das alles wohl selber zuzuschreiben. Wußte ich denn überhaupt etwas von dir, als ich dich heiratete? Wahrscheinlich war ich nicht der erste und wahrscheinlich wird e r nicht der letzte sein. Was für ein Unterschied, wer es ist? Du wirst wohl von Herzen froh gewesen sein, einen so dummen Kerl wie mich gefunden zu haben!' Und so weiter. Und während ich tobte, rannte ich wieder im Zimmer auf und ab.

Sie saß mit unordentlichem Haar und tränenerfüllten Augen im Bett und betrachtete mich still und traurig. ‚O Harry, o mein Junge!' sagte sie immer wieder, indes meine plumpe Phantasie mich immer neue Vorwürfe und Schimpfworte erfinden ließ. Von Zeit zu Zeit rannte ich zu ihr hin und beugte mich über sie. ‚Seinen Namen sag mir', schrie ich. Sie aber schüttelte den Kopf.

Endlich war ich fertig angekleidet. Ich sah auf die Uhr. ‚Fünf', sagte ich.

‚Was willst du tun?' fragte sie.

‚Ich weiß nicht. Auf jeden Fall fortgehen. Hier kann ich nicht bleiben. Ich würde ersticken. Ich werde meine Sachen zusammenpacken und fortgehen. Irgendwo werde ich wohl eine Unterkunft finden. Es dämmert schon. Bleib du nur liegen. Ich setze mich ins Nebenzimmer, bis es heller wird. Ich kann mich auch eine Weile aufs Sofa legen.'

‚Dort ist aber nicht eingeheizt', sagte sie, ‚und es ist kalt, die Asche ist noch nicht einmal aus dem Kamin gefegt. Und du mußt doch Kaffee trinken.'

Sie blickte mich kummervoll an.

Und dann erhob sie sich schwerfällig aus dem Bett, schlüpfte in ihre Pantoffeln und zog einen bunten Morgenrock an, der vor zehn Tagen noch unser beider Entzücken gewesen war. Demütig ging sie an mir vorbei, ihr armer, schwerer Körper schien müde. Sie holte etwas Holz herbei, kniete vor dem Kamin hin und begann die Asche vom vorangegangenen Tag herauszufegen. Ich tat nichts, sie daran zu hindern, sondern machte mich daran, meine Bücher und verschiedene Dinge, die ich mitzunehmen gedachte, zusammenzusuchen.

Langsam nur begann sie die Lage der Dinge zu erfassen. Mitten im Feueranzünden wandte sie sich fragend zu mir. ‚Du wirst mir doch ein wenig Geld dalassen?' sagte sie.

Das war mir ein neuer Anlaß, sie zu beschimpfen. ‚Ja, ja, ich werd dir schon Geld dalassen', zischte ich höhnisch. ‚Ich habe ja wohl die Verpflichtung, dich auszuhalten, bis wir geschieden sind. Dann wird das s e i n e Sache sein oder die des nächsten Liebhabers.'

Sie beschäftigte sich mit dem Feuer, füllte den Wasserkessel und setzte ihn zum Kochen auf. Dann ließ sie sich auf einen Lehnstuhl neben dem Kamin nieder. Ihr Gesicht war blaß und erschöpft, doch vergoß sie keine Tränen mehr. Ich ging zum Fenster, zog den Rolladen hoch und starrte auf die Straße hinaus, auf der die Laternen noch brannten. Alles war kahl und öde in der kalten, unheimlichen Farblosigkeit der ersten Dämmerung.

‚Ich werde zu Mutter ziehen', sagte sie und zog fröstelnd den Morgenrock fester um die Schultern. ‚Es wird schrecklich für sie sein, wenn sie erfährt, was geschehen ist, aber sie ist gütig, gütiger als sonst irgendwer . . . Ich werde zu ihr gehen.'

‚Du kannst gehen, wohin du willst', sagte ich.

‚Harry!' sagte sie. ‚Ich habe nie, niemals einen anderen Mann liebgehabt als dich. Wenn ich – das Kind töten könnte – wenn ich dir damit ein Gefallen täte –'

Ihre Lippen waren weiß. ‚Ich habe allerlei versucht. Zu einigen Mitteln aber, von denen ich hörte, konnte ich mich nicht entschließen. Und nun ist es schon ein lebendiges Wesen . . .'

Einige Augenblicke hindurch starrten wir einander schweigend an.

‚Nein!' sagte ich schließlich. ‚Ich kann mich nicht damit abfinden, ich kann es nicht ertragen. Und es ist nun nicht mehr zu ändern. Du schwindelst mir etwas vor. Wie soll ich wissen, was die Wahrheit ist? Du hast mich einmal betrogen und kannst mich wieder betrügen. Du hast dich diesem Schwein hingegeben, und wenn ich hundert Jahre alt werde, kann ich dir das nie verzeihen. Du hast dich ihm hingegeben. Wie kann ich wissen, ob nicht du ihn verführt hast? Du hast dich weggeworfen, du kannst gehen. Geh dorthin, wo du dich entehren ließest. Es gibt Dinge, die ein anständiger Mann nicht vergeben kann, Dinge, die zu schmutzig sind, um vergeben zu werden. Er hat dich mir gestohlen, du hast es zugelassen, nun mag er dich haben. Ich wünschte –. Wenn du nur einen Funken Ehrgefühl im Leibe hättest, so würdest du mich nicht zu dir zurückkommen lassen haben. Oh, an diese letzten zwei Wochen hier zu denken! Du – du – mit diesem Geheimnis auf dem Herzen! Wie schmutzig, pfui, wie schmutzig ist das Ganze! Du – die ich so geliebt habe!‘

Ich weinte.“

Sarnac hielt inne und starrte ins Feuer. „Ja“, hob er nach einer Weile wieder an, „ich weinte. Und – so erstaunlich es ist – nichts anderes als Selbstmitleid ließ mich diese Tränen vergießen.

All die Zeit betrachtete ich das, was geschehen war, nur von meinem Standpunkt aus. Für die Tragödie, die sich im Herzen Hettys abspielen mußte, war ich blind. Und das Groteske dabei war, daß sie mir inzwischen Kaffee kochte, und daß ich ihren Kaffee trank, als er fertig war. Am Ende wollte sie mir noch einen Kuß geben, einen Abschiedskuß, wie sie sagte. Ich aber stieß sie zurück. Ich schlug sie, als sie sich mir näherte. Eigentlich wollte ich sie nur zurückstoßen, aber meine Hand schlug zu, eh' ich mich dessen versah. ‚Harry!‘ flüsterte sie. Wie vom Donner gerührt stand sie da und sah zu, wie ich mich zu gehen anschickte, dann wandte sie sich plötzlich um und stürzte ins Schlafzimmer.

Ich schlug die Wohnungstür krachend zu, ging die Treppe hinunter und in die morgendlich leeren Straßen von Richmond hinaus; öde lagen sie im rosigen Licht des Morgendämmers, kein einziger Wagen war noch zu sehen.

Ich trug meinen Koffer zu dem Bahnhof, von welchem aus ich nach London fahren wollte. Der Koffer war schwer, ich hatte eine Menge Dinge hineingestopft; ich schleppte ihn mühsam und fühlte mich dabei als tragisch mißbrauchter, aber ehrenwerter Mann. Einer, der schweres Unrecht erlitten, seine Ehre aber gerettet hat.“

## 7

„Oh, ihr ärmsten Menschenkinder!" rief Stella. „Ihr ärmsten, bemitleidenswerten und mitleidslosen Geschöpfe! Diese Geschichte tut mir weh. Ich könnte sie nicht ertragen, wenn sie mehr wäre als ein Traum. Warum nur wart ihr alle so hart zueinander, ein jeder so taub gegen den Kummer des anderen?"

„Wir verstanden es nicht besser. Unsere heutige Welt ist gemäßigter. Mitleid und Nachsicht umgeben uns von unserer frühesten Kindheit an. Man erzieht uns dazu, an die anderen zu denken, man lehrt uns, fremden Schmerz nachzuempfinden. Vor zweitausend Jahren aber standen Männer und Frauen der rohen Natur noch sehr nahe; unsere Triebe packten uns, ehe wir uns dessen versahen. Wir atmeten verpestete Luft ein, unsere Nahrung war vergiftet, unsere Leidenschaften ergriffen uns wie ein böses Fieber. Wir fingen eben erst an, Menschlichkeit zu erlernen."

„Aber hat denn nicht Fanny –?" begann Iris.

„Ja", fiel Salaha ein, ‚hat denn nicht Fanny, die doch mehr von Liebe wußte, dich belehrt und dich zu Hetty zurückgeschickt, damit du der Ärmsten verzeihen und ihr helfen mögest?"

„Fanny hörte nur m e i n e Darstellung dessen, was geschehen war", erwiderte Sarnac. „Den wirklichen Sachverhalt begriff sie erst, als es schon zu spät war, die Scheidungsklage zurückzuziehen. Ich erzählte ihr, Hetty habe, während ich draußen im Schützengraben lag, in London ein verworfenes Leben geführt; sie war wohl entsetzt, als sie das hörte, zweifelte aber nicht an meinen Worten.

‚Und sie schien ein so liebes Geschöpf', sagte Fanny,

‚schien dich so innig zu lieben. Merkwürdig, wie verschieden geartet die Frauen doch sind. Es gibt Frauen, die verwandeln sich, kaum daß man sie zehn Schritte weit an der nächsten Straßenecke aus dem Gesicht verliert. Mir hat deine Hetty wirklich gefallen, Harry. Es war etwas Reizendes an ihr, was immer sie getan haben mag. Nicht im Traum wäre mir jemals eingefallen, zu denken, daß sie dich betrügen könnte. Unglaublich, in London herumzustreifen und sich mit fremden Männern einzulassen! Mir ist's so, als hätte sie auch mir Unrecht getan.'

Auch Matilda Good war voll herzlichen Mitgefühls. ‚Eine Frau gerät gewöhnlich nicht nur einmal auf Abwege', sagte sie. ‚Du tust ganz recht daran, ein Ende zu machen.' Die Miltons seien eben im Begriffe, auszuziehen, ich könne also, wenn ich wolle, das erste Stockwerk wieder für mich haben. Ich war nur zu froh, daß ich in mein altes Heim zurückkehren durfte.

Hetty packte vermutlich ihre Habe, so gut sie konnte, zusammen, Sie verließ Richmond und zog zu ihrer Mutter nach Payton Links, und dort wurde ihr Kind geboren.

Und nun", fuhr Sarnac fort, „will ich euch sagen, was mich das Allerbemerkenswerteste in meiner Geschichte dünkt. Soweit ich mich erinnere, empfand ich all die Zeit von jener Nacht an bis zu meiner Scheidung kein einziges Mal Mitleid mit Hetty; nicht das geringste Wohlwollen, von Liebe gar nicht zu reden, regte sich in mir. Und trotzdem war ich in meinem Traum so ziemlich derselbe Mensch wie heute, ein Mann der gleichen Art wie jetzt. Beleidigter Stolz jedoch und eine wahnwitzige Eifersucht rissen mich zu einem Vorgehen hin, dessen Gehässigkeit uns heute kaum begreiflich ist. Ich tat, was ich konnte, um eine Form der Scheidung durchzusetzen, die Hetty geradezu zu einer Heirat mit Sumner – das war der Name des Mannes – zwang, denn ich hatte in Erfahrung gebracht, daß er ein Mensch von hoffnungslos schlechtem Charakter war, und dachte infolgedessen, er werde sie für alle Zeit unglücklich machen und ihr Leben völlig zerstören. Ich wollte sie zur Strafe in diese Heirat hineinhetzen, sie sollte bitter bereuen, was sie mir angetan hatte. Gleichzeitig aber brachte mich der Gedanke, daß er sie aufs neue besitzen sollte, an den Rand des Wahnsinns. Wenn meinen Wünschen die Kraft verliehen gewesen wäre, sich zu verwirklichen, so würde Hetty entstellt und krank zu Sumner zurückgekehrt sein. Nur unter den gräßlichsten Umständen hätten sie zusammenkommen dürfen!"

„Sarnac", schrie Heliane, „wie konntest du so Entsetzliches auch nur träumen!"

„Träumen! So waren die Menschen, und so sind sie auch noch. Nur daß Erziehung und freies Glück uns erlöst haben. Achtzig Generationen bloß trennen uns von jenem Zeitalter der Verwirrung, und nicht mehr als ein paar tausend von dem haarigen Affenmenschen, der in den Urwäldern Europas den Mond anbellte. Damals herrschte der ‚Alte Mann' in Sinnenlust und wildem Zorn über die Herde seiner Frauen und Kinder. Er ist unser aller Urvater. Im Zeitalter der Verwirrung, das auf die großen Kriege folgte, so wie auch heute, war und ist der Mensch ein Abkömmling des haarigen alten Affenmenschen. Muß ich mich nicht jeden Tag rasieren? Und arbeiten wir nicht unausgesetzt mit aller Kraft und allem Wissen, das uns zu Gebote steht, an Erziehungsmethoden und Gesetzen, um das Tier in uns in Fesseln zu schlagen? Die Schulen aber in den Tagen des Harry Mortimer Smith waren noch nicht sehr weit hinaus über den Höhlenmenschen, die Wissenschaft begann eben erst zu keimen. Keinerlei sexuelle Erziehung wurde dem damaligen Menschen zuteil, er kannte nur Geheimhaltung und Verbote. Der Sittenkodex beruhte auf kaum verhüllter Eifersucht. Stolz und Selbstgefühl des Mannes waren immer noch aufs engste verknüpft mit dem körperlichen Besitz von Frauen – und durch eine

Art Wechselwirkung waren auch der Stolz und das Selbstgefühl der meisten Frauen mit dem körperlichen Besitz eines Mannes verknüpft. Dieser Besitz war dem allgemeinen Empfinden nach der Grundpfeiler des ganzen Lebens. Wer immer in dieser Hinsicht versagte, fühlte sich über alle Maßen erniedrigt und suchte blind nach irgendeinem, oft ganz törichten und absonderlichen Trost. Wir Ärmsten, wir verbargen unser Mißgeschick, wir stellten es in falschem Lichte dar und gingen meist einer ehrlichen Entscheidung der Sache aus dem Wege. Der Mensch ist ein Geschöpf, das unter jedweder Art von Spannung, Haß und Bosheit in sich entwickelt, und wir damaligen Menschen waren allesamt in verschiedenster Hinsicht schwersten Spannungen ausgesetzt.

Ich will aber Harry Mortimer Smith nicht weiter verteidigen. Er war, was die Welt aus ihm gemacht hatte – heute geht es uns nicht anders. In meinem Traum lebte ich in jener alten Welt, ich tat meine Arbeit, nahm mich äußerlich zusammen und verschwendete die ganze Kraft meiner verwundeten Liebe zu Hetty darauf, sie elend zu machen.

Und eines schien meinem verletzten Gemüt von besonderer Wichtigkeit: recht bald eine neue Geliebte zu finden, um den Zauber der Umarmungen Hettys zu zerstreuen, das quälende Verlangen nach ihr in mir zu töten. Ich redete mir ein, daß ich sie niemals wirklich geliebt hätte, und ging daran, sie durch irgendeine andere Frau aus meinem Herzen zu verdrängen, eine Frau, von der ich mir einreden konnte, daß sie meine wahre Liebe war. Ich suchte die Gesellschaft Milly Kimptons wieder auf, wir hatten vor dem Krieg recht gut zueinander gestanden, und es fiel mir nicht schwer, mir einzureden, daß ich seit jeher ein wenig in sie verliebt gewesen sei. Sie ihrerseits war tatsächlich seit langem in mich verliebt. Ich erzählte ihr die Geschichte meiner Ehe, und sie fühlte sich zusammen mit mir verletzt und beleidigt und über alle Maßen empört über die Hetty, die ich ihr schilderte.

Eine Woche nach meiner Scheidung von Hetty heiratete sie mich.“

## 8

„Milly war treu und gütig. Bei ihr fand ich Zuflucht vor den brennenden Qualen der Leidenschaft. Sie hatte ein offenes, ehrliches Gesicht, das niemals böse oder unzufrieden dreinsah; sie trug den Kopf hoch und lächelte in freundlicher Zuversicht und Selbstzufriedenheit zum Himmel empor. Sie war sehr blond und hatte recht breite Schultern für eine Frau. Sie war zärtlich, aber nicht leidenschaftlich; recht klugen Sinnes, interessierte sie sich für vielerlei, doch ohne dabei Temperament oder irgendeine Eigenart an den Tag zu legen. Sie war fast anderthalb Jahre älter als ich. Gleich bei meinem Eintritt in die Firma hatte sie für mich ungeschickten und unerfahrenen jungen Kerl ‚eine große Vorliebe gefaßt‘, wie man zu sagen pflegte. Sie hatte mitangesehen, wie ich mich sehr rasch zur Stellung des Mr. Cheeseman im Redaktionsbüro hinaufgearbeitet hatte – dieser selbst war in die Druckerei versetzt worden –, und mir gelegentlich in freundschaftlicher Weise geholfen. Wir waren beide sehr beliebt im Thunderstone House, und als wir heirateten, wurde für Milly, die ihre Stellung im Kontor nunmehr aufgab, ein Abschiedsessen veranstaltet. Es wurden Reden gehalten, und man überreichte uns ein schönes Hochzeitsgeschenk, Silberbesteck in einem messingbeschlagenen Kasten aus Eichenholz, der eine schmeichelhafte Inschrift auf dem Deckel trug. Unter den Angestellten des Thunderstone House, besonders den Mädchen, hatte anläßlich meiner ersten Eheschließung herzliches Bedauern für Milly und große Empörung über mich geherrscht, und nun betrachtete man die Tatsache, daß ich mein wahres Glück, wenn auch verspätet, erkannte, als einen romantischen und befriedigenden Abschluß der ganzen Geschichte.

Wir mieteten ein bequemes kleines Haus in einer zu einem einheitlichen Gebäudekomplex zusammengefaßten Gruppe von Einfamilienhäusern, die den Namen Chester Terrace trug und in nächster Nähe des Regent's Park, einer der inneren Parks von London, gelegen war. Milly besaß ein kleines Vermögen von fast zweitausend Pfund und konnte daher das Haus im Geschmack der Zeit recht hübsch einrichten. Und in diesem Heim gebar sie mir nach Ablauf eines Jahres einen Sohn, und ich trug meine ehrliche Freude über die Geburt des Jungen sehr deutlich zur Schau. Ihr werdet verstehen, wie wichtig es mir in meinem krankhaften Bemühen, Hetty in mir zu überwinden, sie ganz und gar zu vergessen, war, daß Milly mir ein Kind schenkte.

Ich arbeitete sehr fleißig während des ersten Jahres meiner Ehe und fühlte mich im großen und ganzen glücklich. Doch war es kein sehr reiches, kein sehr tiefes Glücklichsein; es war ein hartes und ziemlich oberflächliches Gefühl der Befriedigung. In gewissem Sinne liebte ich Milly recht herzlich; ihr Wert stand außer Zweifel, sie war aufrichtig, liebevoll und freundlich. Sie hing sehr an mir, und meine ritterliche Artigkeit ihr gegenüber machte sie glücklich. Sie half mir, tat, was sie konnte, um mir das Leben behaglich zu machen, und freute sich über Frische und Kraft meiner Arbeitsleistungen. Trotzdem war ich niemals ganz ungezwungen offen mit ihr. Ich vermochte ihr gegenüber meine Empfindungen niemals ganz freimütig zu äußern. Stets paßte ich, was ich zu ihr sagte, ihren Gefühlen und Ansichten an, und diese waren in jeder Hinsicht durchaus anders geartet als die meinen. Sie war in jeder Beziehung eine ausgezeichnete Gattin, nur eines war sie mir nicht: der geliebte Gefährte, nach dem sich das Herz eines jeden Menschen sehnt, jener Gefährte, mit dem man sich glücklich, frei und sicher fühlt. Solch ein Lebenskamerad war mir ja begegnet, ich hatte ihn aber von mir gestoßen. Kann man zweimal in einem Leben solches Glück finden?"

„Ich weiß nicht", sagte Heliane.

„Man muß sich hüten, es von sich zu stoßen", meinte Beryll.

„Nach vielen Jahren vielleicht", sagte Salaha, auf Sarnacs Frage eingehend, „wenn die Wunde geheilt und man selbst ein anderer geworden ist."

„Milly und ich waren herzlich befreundet, wirkliche Kameraden aber waren wir nicht. Hetty hatte ich schon am Abend unseres ersten gemeinsam verbrachten Tages, jenes Tages, da wir miteinander über die Hügel gewandert waren, von Fanny erzählt, und ihr Herz hatte sich sofort Fanny zugewandt, Fanny war ihrer Phantasie als ein liebes und tapferes Geschöpf erschienen. Milly jedoch erzählte ich erst kurz vor unserer Heirat von Fanny. Diese ängstliche Scheu in mir könne nicht als ein Mangel Millys gelten, werdet ihr sagen, ohne Zweifel aber war sie ein Mangel unserer Beziehung. Es war auch völlig klar, daß Milly Fannys besondere Lebensumstände nur mir zuliebe als annehmbar gelten ließ, sich nur mir zuliebe einer scharfen Kritik enthielt. Milly war eine überzeugte Anhängerin der Institution der Ehe; jede unverheiratete Frau war ihrer Meinung nach zu einem Leben unbedingter Keuschheit moralisch verpflichtet. ‚Ein Jammer, daß sie den Mann nicht heiraten kann', sagte sie im Vorgefühl kommender Schwierigkeiten. ‚Wie peinlich für sie und für alle ihre Bekannten. Es muß doch zum Beispiel sehr schwierig sein, sie jemandem vorzustellen.'

‚Das mußt du ja nicht tun', meinte ich.

‚Meine Leute sind sehr altmodisch, weißt du.'

‚Sie brauchen nichts davon zu erfahren.‘

‚Ja, das wäre wirklich angenehmer für mich, Harry.‘

Ich konnte über meine Liebe zu Fanny nicht frei sprechen, ernüchtert durch Millys offensichtliches Bemühen, die Sache mit großmütiger Nachsicht zu behandeln.

Noch schwieriger wurde es mir, ihr mitzuteilen, daß Newberry Fannys Geliebter war.

‚Ach, auf diese Weise bist du also ins Thunderstone House gekommen?‘ fragte sie, als ich auch diese Eröffnung endlich über die Lippen gebracht hatte.

‚Ja, durch Newberry bot sich mit diese Möglichkeit‘, gab ich zu.

‚Ich hatte gemeint, du habest aus eigener Kraft deinen Weg gemacht.‘

‚Das habe ich auch, sobald ich im Thunderstone House angestellt war. Ich habe nie irgendwelche Vorrechte genossen.‘

‚Ja – aber – Glaubst du, daß die Leute es wissen, Harry? Sie würden allerlei zu reden haben!‘

Sehr gescheit war Milly nicht, wie ihr seht. Nur um meine Ehre war sie ängstlich besorgt. ‚Ich glaube nicht, daß irgend jemand davon weiß‘, sagte ich. ‚Weder ich noch Fanny haben den Wunsch, das herauszuposaunen.‘

Jedenfalls war es klar, daß Milly die Lage als peinlich empfand. Es wäre ihr lieber gewesen, wenn es Fanny nicht gegeben hätte. Sie hatte nicht den geringsten Wunsch, meine Schwester, die ich so sehr liebte, kennenzulernen oder etwas Gutes an ihr zu finden. Den geplanten Besuch bei ihr schob sie eine ganze Woche lang immer wieder auf, und sie kam niemals von selbst auf Fanny zu sprechen, sondern überließ es mir, dieses Thema anzuschlagen. In allen anderen Dingen war sie reizend und zuvorkommend, aber Fanny versuchte sie, soweit sie nur konnte, aus unserem Leben zu verbannen. Sie begriff nicht, daß dadurch ein gut Teil meiner Gefühle auch in die Verbannung geschickt wurde.

Das Zusammentreffen der beiden war, als es endlich zustande kam, mehr zeremoniell als herzlich. Ich hatte ein Gefühl, als hätte sich ein wärmehemmender Vorhang nicht nur zwischen Milly und Fanny, sondern auch zwischen Fanny und mir gesenkt. Milly hatte sich ohne Zweifel vorgenommen, trotz der mißlichen Lage Fannys großmütig und freundlich zu sein, doch geriet sie, glaube ich, durch Fannys Kleidung und Einrichtung ein wenig aus der Fassung. Milly hatte nämlich eine Vorliebe für schöne Möbel, und ihr Interesse daran war in letzter Zeit, da wir uns bemüht hatten, unser Heim für eine ganz ansehnliche, aber doch nicht allzu große Summe so hübsch als möglich einzurichten, noch gewachsen. Ich hatte Fannys Möbel immer sehr hübsch gefunden, daß sie aber, wie Milly sich ausdrückte, ‚unerhört fein‘ seien, war mir niemals aufgefallen. Sie besaß unter anderem eine Mahagonikommode. Von diesem Stück behauptete Milly nachher, es müsse an die hundert Pfund wert sein, und sie fügte einen jener Aussprüche hinzu, die man wie einen Spinnwebfaden empfindet, der einem plötzlich ins Gewicht geweht wird: ‚Es scheint irgendwie unrecht.‘

Auch Fannys einfaches Kleid war, nach Millys Bemerkungen zu schließen, zu fein und kostbar. In jenen Tagen, da den Menschen reichlich viel Material zur Verfügung stand, die Handfertigkeiten aber unzulänglich waren, kosteten nämlich die einfachsten Kleider am allermeisten.

All das jedoch wurde mir erst später klar. Während unseres Besuches begriff ich nicht recht, warum sich in Millys Gehaben ein leiser Unterton des Grolles mischte, noch warum Fanny eine steife Höflichkeit zur Schau trug, die ich sonst durchaus nicht an ihr kannte.

‚Wie schön, daß ich Sie endlich kennenlerne‘, sagte Fanny. ‚Aus Gesprächen mit Harry weiß ich schon seit Jahren von Ihnen. Ich erinnere mich, daß er mir in

Hampton Court das erste Mal von Ihnen erzählte, lange vor – lange vor dem Krieg – und allem anderen. Wir saßen miteinander unten am Fluß, und da begann er von Ihnen zu sprechen.‘

‚Ja, ich erinnere mich auch daran‘, sagte ich, obgleich mir eigentlich der Teil unseres damaligen Gespräches, der sich auf Milly bezog, nicht im Gedächtnis haften geblieben war.

‚Wir pflegten damals lange Spaziergänge miteinander zu machen‘, fuhr Fanny fort, ‚er war der liebste Bruder, den man sich denken kann.‘

‚Ich hoffe, das wird er immer bleiben‘, sagte Milly sehr freundlich.

‚Ein Sohn ist ein Sohn, bis er eine Frau bekommt‘, meinte Fanny, ein altes Sprichwort zitierend.

‚Oh, sagen Sie das nicht‘, entgegnete Milly. ‚Ich hoffe, Sie werden uns recht oft besuchen.‘

‚Das will ich gerne‘, sagte Fanny. ‚Sie haben Glück gehabt, daß Sie unter den heutigen schwierigen Verhältnissen ein Haus gefunden haben.‘

‚Es ist noch nicht ganz fertig‘, sagte Milly. ‚Aber sobald wir alles fertig haben, müssen wir einen Tag finden, an dem Sie frei sind.‘

‚Ich bin fast immer frei‘, erwiderte Fanny.

‚Wir wollen einen Tag vereinbaren‘, fuhr Milly fort, offensichtlich entschlossen, unerwartete Besuche Fannys und somit ihr Zusammentreffen mit anderen Leuten zu verhindern.

‚Wie schön, daß Sie im Kontor angestellt waren und daher volles Verständnis für Harrys Arbeit haben‘, sagte Fanny.

‚Meine Familie war gar nicht damit einverstanden, daß ich mir eine Stellung suchte‘, sagte Milly, ‚aber es war ein Glück, daß ich es tat.‘

‚Ein Glück für Harry‘, meinte Fanny. ‚Lebt Ihre Familie

in London?‘

‚Nein, in Dorset. Meine Eltern waren sehr dagegen, daß ich nach London ging. Sie sind ein wenig altmodisch und fromm, müssen Sie wissen. Aber ich habe ihnen gesagt, entweder ich studiere oder ich suche mir eine Stellung. Zu Hause bleiben, Staub wischen und Blumen gießen, das mag ich nicht. Man muß zuweilen energisch sein mit seinen Leuten, finden Sie nicht auch? Glücklicherweise habe ich eine Tante in London, die mich gern aufnahm – allein hätte ich nicht wohnen dürfen, das wäre zu unschicklich gewesen. Und ich entschloß mich für eine Stellung in einem Geschäft anstatt für ein Studium, weil mein liebster Onkel, Onkel Hereward – er ist Vikar in Peddlebourne – gegen die Hochschulbildung der Frauen ist. Und dann war auch die finanzielle Seite der Frage in Betracht zu ziehen.‘

‚Wie interessant für Harry, Ihre Familie kennenzulernen‘, meinte Fanny.

‚Tante Rachel hat er vollkommen bestrickt‘, sagte Milly, ‚obwohl sie anfänglich sehr ablehnend war. Da ich nämlich der einzige Sproß der ganzen Familie Kimpton bin, hatten meine Leute ihre Ansprüche recht hoch gestellt und mir einen Gatten mit einem langen Stammbaum zugedacht.‘

Ich wunderte mich im stillen, daß Milly ihre Familie mit einem Mal als weiß Gott wie vornehm hinstellte – ihr Vater war Tierarzt in Wimborne –, aber ich wußte eben noch nicht, daß solch eine anmaßende Haltung ihr in Anbetracht von Fannys schöner Kleidung und Einrichtung nötig schien.

Dann sprachen die beiden in etwas gezwungenem Ton von den hygienischen und gesellschaftlichen Vorzügen des Stadtviertels, in dem Milly und ich wohnten. ‚Es ist für Freunde so leicht zu erreichen‘, sagte Milly. ‚Und eine Menge interessanter Leute wohnt in unserer nächsten Nähe, Schauspieler, Kritiker und Schriftsteller. Selbstverständlich muß Harry jetzt immer mehr Leute aus der Welt der Kunst und Literatur kennenlernen. Ich denke, wir werden uns einen Empfangstag einrichten müssen, an dem die Leute zum Tee kommen. So etwas ist freilich recht mühsam, aber notwendig, müssen Sie wissen. Harry muß Leute kennenlernen.‘

Sie lächelte mir halb stolz, halb gönnerhaft zu.

‚Harry kommt vorwärts in der Welt‘, sagte meine Schwester.

‚Ja, es ist ganz wunderbar‘, sagte Milly. ‚Sie haben einen wunderbaren Bruder an ihm.‘

Dann begann sie Fannys Wohnung zu loben, und Fanny schlug vor, ihr auch die anderen Zimmer zu zeigen. So blieb ich eine Weile allein; ich ging ans Fenster, starrte hinaus und wünschte mir dabei in der kindischen Art eines Mannes, die beiden möchten auf irgendeinem Wege dahin gelangen, ein wenig anders, ein wenig herzlicher miteinander zu sein. Liebten sie mich denn nicht beide? Und das sollte doch ein schwesterliches Band zwischen ihnen knüpfen!

Dann kam der Tee, einer jener wundervollen Tees, wie es sie bei Fanny gab. Ich aber war nicht mehr der heißhungrige Gast aus früheren Jahren. Milly lobte alles gleich einer Herzogin, die eine Staatsvisite macht.

‚Ich fürchte‘, sagte sie schließlich mit der Miene eines Menschen, dessen Zeit sehr in Anspruch genommen ist, ‚wir müssen nun gehen . . .‘

Ich hatte Fanny während der ganzen Dauer unseres Besuches genau beobachtet, und dabei hatte sich mir ein Vergleich zwischen der kühlen und zurückhaltenden Höflichkeit, die sie jetzt zeigte, und der natürlichen Herzlichkeit, mit der sie ein halbes Jahr früher Hetty empfangen hatte, aufgedrängt. Ich mußte unbedingt ein paar Worte mit ihr allein sprechen, und das sofort. Ich küßte sie zum Abschied – sogar ihr Kuß war anders als sonst –, auch Milly und sie küßten einander nach einem Augenblick des

Zögerns; dann ging ich mit Milly die Treppe hinunter, und oben fiel die Tür ins Schloß. ‚Ach, nun habe ich meine Handschuhe vergessen', sagte ich, als wir einen Stock tiefer angelangt waren. ‚Geh du nur hinunter, ich bin sofort wieder bei dir.' Und ich lief die Treppe nochmals hinauf.

Fanny öffnete mir nicht gleich.

‚Was ist denn, Harry?' fragte sie, als sie endlich erschien.

‚Meine Handschuhe', sagte ich. ‚Ach nein! Da habe ich sie ja in der Tasche. Wie dumm von mir! . . . Gefällt sie dir, Fanny? Du findest sie doch nett, nicht? Sie ist dir gegenüber ein wenig scheu, aber sie ist ein liebes Geschöpf.'

Fanny sah mich an. Ihr Blick schien mir hart. ‚O ja, sie ist sehr nett', sagte sie, ‚wirklich sehr nett. Und von i h r wirst du dich niemals scheiden lassen müssen, Harry.'

‚Ich – wollte so gerne wissen, wie du sie findest. Ich wäre so froh, wenn – wenn du sie liebgewännest. Ich hatte das Gefühl, als ob du nicht recht warm geworden wärst mit ihr.'

‚Dummer, alter Harry!' sagte Fanny, plötzlich in ihren alten Ton fallend. Sie nahm mich in die Arme und küßte mich, sie war wieder die liebevolle Schwester.

Ich ging einige Stufen hinunter und wandte mich dann nochmals um.

‚Es wäre mir schrecklich', sagte ich, ‚wenn du sie nicht nett fändest.'

‚Sie i s t nett', sagte Fanny. ‚Du kannst zufrieden sein, Harry, nur – für mich, weißt du, bedeutet es etwas wie einen Abschied. Ich werd nicht viel mehr von dir haben, jetzt, wo du alle deine freie Zeit mit deiner Frau verbringen wirst. Und sie hat ja so viele noble Beziehungen und wird dich mit allen möglichen Leuten bekanntmachen. Viel Glück, lieber alter Bruder! Oh, alles Glück der Erde!

In ihren Augen glänzten Tränen.

‚Gott gebe, daß du glücklich wirst, Harry – auf deine Art. Es ist – es ist so anders . . .‘

Sie brach ab, sie weinte.

Plötzlich schlug sie mir die Tür vor der Nase zu. Ich stand einen Augenblick lang verblüfft da, dann ging ich zu Milly hinunter.“

## Liebe und Tod

### 1

„Im Laufe der folgenden zwei Jahre lernte ich meine streng denkende Gattin immer mehr lieben und schätzen. Sie war auf eine bewußte und wohldurchdachte Art sehr tapfer, sehr vernünftig und ehrlich. Ich sah mit an, wie sie kämpfte, um unseren Sohn zur Welt zu bringen – es war kein leichter Kampf –, und die Geburt eines Kindes bedeutete damals ebenso wie heute eine Besiegelung des Bundes zwischen Mann und Frau. Wenngleich ihr ein volles Verständnis für mein Denken und Fühlen versagt blieb, so gewann ich meinerseits wenigstens Einsicht in das ihrige. Ich lernte ihren Ehrgeiz verstehen und vermochte mit ihr zu fühlen, was sie kränkte. Emsig arbeitete sie daran, unseren Haushalt zu führen, daß alles wie am Schnürchen lief. Sie liebte gute, ‚solide‘ Dinge und eine maßvolle Harmonie. In jener alten Welt mit ihrem Ballast von Besitztümern aller Art und ihrer sehr weitgehenden Haushaltsautonomie waren Dienstboten etwas sehr Wichtiges. Milly verstand es ausgezeichnet, die ihren den gesellschaftlichen Traditionen der Zeit entsprechend zu behandeln, das heißt, in einer gemessen freundlichen Art, die durchaus wohlwollend war, dabei aber jedwede Intimität ausschloß. Stets hatte sie Verständnis und Interesse für die internen Angelegenheiten des Thunderstone House, und meine Erfolge dort lagen ihr sehr am Herzen. ‚In spätestens zehn Jahren wirst du Direktor sein‘, sagte sie. Und ich arbeitete auch wirklich sehr fleißig, aber nicht nur aus ehrgeizigen Gründen. Ich hatte die Möglichkeiten, die mein Beruf bot, erkannt und glaubte an die erzieherische Bedeutung des Unternehmens, so wahllos es in vieler Hinsicht auch sein mochte. Newberry fand in mir einen Widerhall seiner eigenen Ideen. Er besprach neue Pläne mit mir und Abänderungen der alten Arbeitsmethoden. Immer stärker stützte er sich auf mich, und unsere Unterredungen wurden immer häufiger. Heute kommt es mir sehr sonderbar vor, daß in einer Art von stillschweigendem Übereinkommen meine Schwester Fanny zwischen uns niemals erwähnt oder auch nur auf sie angespielt wurde.

Ich veränderte mich während der ersten zweieinhalb Jahre meiner Ehe ziemlich stark. Mein Charakter reifte und festigte sich, und ich wurde ein Mann von Welt. Ich trat in einen guten Klub ein und entwickelte meine rednerische Begabung. Ich lernte eine bunte Menge von Menschen kennen, manche darunter waren recht vornehme Leute, und fühlte mich in jeder Gesellschaft frei und unbefangen. Mein trockener Humor trug mir den Ruf eines witzigen Menschen ein, und ich fühlte ein wachsendes Interesse an dem prahlerischen und unfruchtbaren Spiel der Parteipolitik. Mein Ehrgeiz wuchs. Ich war tätig und selbstzufrieden, und die böse Demütigung, die mir in sexueller Hinsicht widerfahren war, hatte ich fast völlig vergessen. Trotz alledem war ich kein wirklich glücklicher Mensch. Mein Leben glich einem hübschen, gut ausgestatteten Zimmer, das gegen Norden liegt; Vasen voll Schnittblumen schmückten es, aber kein Sonnenstrahl drang durch die Fenster."

## 2

„Zweieinhalb Jahre lang sah und hörte ich nichts von Hetty, und es lag nicht an mir, daß ich sie überhaupt noch einmal wieder zu Gesicht bekam. Ich tat, was ich konnte, um sie aus meinem Leben zu streichen; ich vernichtete die Photographien, die ich von ihr besaß, und auch sonst alles, was mich an sie hätte erinnern können. Wenn sie in meinen Träumereien auftauchte, zwang ich mich, an etwas anderes zu denken. Manchmal, wenn ich irgendeinen neuen Erfolg errang, durchzuckte mich der Gedanke, daß es eine Genugtuung für mich wäre, wenn sie davon wüßte. Häßlich? Ich gebe es zu. Aber sind wir heute im Grunde viel besser? Wir sind nur zivilisierter. Mitunter träumte ich von ihr, aber es waren stets zornerfüllte Träume, in denen sie erschien. Und ich pflegte meine Liebe zu Milly, sagte mir immer wieder, wie stolz ich auf sie sein dürfe. Da mein Einkommen wuchs, entwickelte Milly immer mehr Geschmack in ihrer Kleidung; sie wurde eine sehr hübsche und elegante Frau.

Die Menschen jener Tage hatten noch nicht gelernt, die Beweggründe ihres Handels zu analysieren; sie kannten sich selbst viel weniger als heutzutage. Ich hatte es mir in den Kopf gesetzt, Milly zu lieben, und blieb blind dagegen, daß Liebe nicht von unserem Willen abhängt. Fanny und Hetty liebte ich spontan, gegen diese Liebe hätte ich nicht ankämpfen können. Doch waren meine Tage nunmehr von meiner Arbeit und Milly so sehr ausgefüllt, daß mir kaum irgendwelche Zeit für Fanny übrigblieb. Und Hetty glich in meinem Herzen den armen verschrumpften Leichnamen jener Mönche, die einst in den Klöstern des christlichen Europa wegen irgendeines Vergehens eingemauert wurden. Zu meiner Verwunderung erwachte in mir jetzt ein Interesse für Frauen überhaupt. Ich fragte mich nicht, was es bedeuten mochte, daß ich so unstetet darin war. Ich schämte mich dieser Verlockungen, unterlag ihnen aber. Selbst in Millys Gesellschaft sah ich nach anderen Frauen und empfand ein unbestimmtes Gefühl der Erregung, wenn meine Blicke erwidert wurden.

Ich begann, auf eine neue Art Romane zu lesen, wußte

aber nicht, was mich zu dieser Lektüre hinzog; erst heute erkenne ich, daß ich sie um der Frauengestalten willen las, die ich in ihnen fand. Ich weiß nicht, Heliane, ob du dir darüber klar bist, in welchem Ausmaß die Romane und Schauspiele jener Zeit dazu dienten, Männern und Frauen Liebesphantome vorzuspiegeln, mit denen sie in ihren Träumen verschiedene Abenteuer erlebten. Die Ehrbaren und Erfolgreichen unter uns gingen würdevoll und zufrieden ihres Weges und besänftigten die matten Empörungsversuche ihrer darbenden Triebe und Wünsche mit solch dürftiger Nahrung.

Und gerade weil mein Auge so oft nach Frauen blickte, traf ich Hetty wieder. Es war im Frühling, im März oder in den ersten Tagen des April, als ich Hetty in einem öffentlichen Garten in der Nähe von Chester Terrace sah. Dieser Park lag nicht unmittelbar auf meinem Weg zu der Station der Untergrundbahn, die mich alltäglich von meinem Heim ins Büro und wieder zurück führte; ich hatte es aber nicht besonders eilig zu der Teegesellschaft, zu der Milly an jenem Nachmittag Gäste geladen hatte, und Wärme und Sonnenschein verlockten mich zu einem Spaziergang zwischen blühenden Bäumen und knospenden Sträuchern. Wir würden einen solchen Park heute einen Frühlingsgarten nennen. Er war klein, aber hübsch angelegt, zeigte ein Fülle von gelben und weißen Narzissen, Hyazinthen, Mandelblüten und dergleichen mehr und war von Kieswegen durchzogen; Bänke und Stühle luden den Spaziergänger zu längerer Betrachtung besonders schöner Beete ein. Auf einer der Bänke saß eine Frau, die mir den Rücken zukehrte und eine Rabatte betrachtete. Die Lieblichkeit ihrer anmutig nachlässigen Haltung fesselte mich. Der plötzliche Anblick solcher Schönheit griff mir oft ans Herz wie ein beschwörender Ruf, um gleich darauf ein schmerzliches Gefühl in mir wach werden zu lassen. Sie war ärmlich und einfach gekleidet, doch die häßliche Hülle glich nur dem geschwärzten Glas, das man benützt, um in die strahlende Sonne zu blicken.

Ich verlangsamte meine Schritte, indem ich an ihr vorüberging, und blickte dann zurück, um ihr Gesicht zu sehen. Da erblickte ich das ruhige Antlitz Hettys. Ernst und sorgenvoll saß sie da, kein Mädchen mehr, sondern eine Frau, betrachtete die Blumen vor sich und spürte meinen Blick nicht.

Ein Gefühl, das größer war als Stolz oder Eifersucht, ergriff mich. Ich tat noch einige Schritte, dann hielt ich inne und ging zurück; ich konnte nicht anders.

In diesem Augenblick wurde sie meiner gewahr. Sie blickte auf, Zweifel malte sich in ihren Zügen, und dann erkannte sie mich.

Sie betrachtete mich mit dem ihr eigenen unbewegten Gesicht, während ich herankam und mich neben sie setzte. Ich sprach mit einer Stimme, in der Erstaunen andere anstürmende Gefühle überlagerte. ‚Hetty', sagte ich, ‚ich konnte nicht an dir vorübergehen!'

Sie antwortete nicht gleich. ‚Bist du –?' begann sie und hielt wieder inne. ‚Wir mußten wohl wieder einmal zusammentreffen', sagte sie, ‚früher oder später. Du siehst aus, als ob du noch gewachsen wärst, Harry. Und es geht dir gut, nicht wahr?'

‚Wohnst du in diesem Teil von London?' fragte ich.

‚Nein, gegenwärtig in Camden Town', erwiderte sie. ‚Wir ziehen dauernd um.'

‚Hast du – hast du Sumner geheiratet?'

‚Was hätte ich sonst tun sollen? Ich hab den Becher bis zur Neige geleert, Harry!'

‚Und das Kind?'

‚Das Kind ist gestorben – und das ist gut. Armer kleiner Wurm. Und meine Mutter starb vor einem Jahr.'

‚Nun, du hast ja Sumner.'

‚Ja, ich habe Sumner.'

Vor diesem Zusammentreffen hätte ich jederzeit über den Tod von Sumners Kind frohlockt. Nun aber, da ich Hettys Elend sah, erstarb der alte Haß in mir. Ich blickte in ihr Gesicht, das so vertraut und doch so verändert schien, und mir war, als ob nach zweieinhalb Jahren der Gefühllosigkeit die Liebe in mir wiedererwachte. Wie traurig und unglücklich war sie doch – sie, die ich so innig geliebt und so bitter gehaßt hatte!

‚Kent und die Farm meiner Mutter, Harry – das liegt jetzt weit zurück', sagte sie.

‚Hast du es aufgegeben?'

‚Der Hof und die ganze Einrichtung – fast alles ist dahin. Sumner setzt bei den Rennen, er hat fast alles, was wir besaßen, verspielt. Eine Arbeit zu finden, weißt du, ist schwer, auf einen Gewinn zu hoffen, leichter. Aber man hofft vergebens . . .'

‚Ja, ja, mein Vater hat's ebenso gemacht', sagte ich. ‚Ich hätte Lust, alle Rennpferde Englands niederzuschießen.'

‚Es war schrecklich für mich, die Farm zu verkaufen', fuhr sie fort. ‚Aber ich tat's und zog in das schmutzige alte London. Sumner hat mich hierhergeschleppt, und er richtet mich zugrunde. Er kann nichts dafür, er ist nun einmal so und nicht anders. Aber wenn ein Frühlingstag kommt wie der heutige –! Da denke ich an Kent und an den Wind auf den Hügeln und den Schlehdorn an den Hecken, an die kleinen gelben Näschen der knospenden Primeln und die ersten Blättchen an den Fliederbüschen, und dann möchte ich weinen. Aber was nützt es mir? So ist es nun einmal, es gibt keinen Ausweg. Ich bin hergekommen, um die Blumen zu betrachten. Wozu eigentlich? Sie tun mir nur weh.'

Sie starrte auf die Blumen.

‚O Gott', sagte ich, ‚welch ein Jammer. Ich habe nicht gedacht –'

‚Was hast du nicht gedacht?' fragte sie und wandte mir

ihr stilles Antlitz zu. Das Wort erstarrte mir im Munde.

,Ich sehe nicht ein, warum es dich betrüben sollte', sagte sie. ,Ich hab mich selbst ins Unglück gestürzt, nicht du. Es war meine Schuld. Obgleich ich nicht weiß, warum Gott mir die Liebe für alles Gute und Schöne ins Herz gelegt hat und mir dann eine Falle stellte und mich töricht genug sein ließ, hineinzutaumeln –!'

Eine Zeitlang schwiegen wir beide.

,Daß ich dich so wiederfinden muß', hob ich schließlich wieder an, ,läßt mich mit einem Mal alles anders sehen. Weißt du, damals, in den vergangenen Tagen, da schien es mir, als wärest du mir in vieler Hinsicht stärker als ich. Ich hab es nicht verstanden . . . Nun weiß ich – nun begreife ich – ich hätte dich besser behüten sollen.'

,Oder Erbarmen mit mir haben. Ich war von Schmutz und Schmach bedeckt – ja, ja, das war ich, du aber hattest kein Erbarmen, Harry. Ihr Männer seid erbarmungslos gegen uns Frauen. Trotz allem liebte ich dich, Harry – all die Zeit liebte ich dich. In gewissem Sinne habe ich dich immer geliebt und liebe dich heute noch. Als ich vorhin aufblickte und dich auf mich zukommen sah – einen Augenblick lang sahst du ganz so aus wie mein alter Harry, einen Augenblick lang – es war, als ob mit einem Mal der Frühling Gestalt angenommen hätte . . . Aber solche Reden haben jetzt keinen Sinn mehr, Harry. Es ist zu spät.'

,Ja', stimmte ich zu. ,Zu spät . . .'

Sie sah mir ins Gesicht, während wir eine geraume Weile schwiegen. Dann hob ich wieder zu sprechen an und wog jedes meiner Worte. ,Bis heute', sagte ich, ,hatte ich dir nicht verziehen. Jetzt – jetzt, da ich dich hier sehe, wünsche ich – wünsche ich zu Gott –, ich hätte dir verziehen. Und hätte die Sache mit dir durchgefochten. Wir hätten – o Hetty, wenn ich dir damals verziehen hätte –?'

,Harry, mein Liebster', sagte sie leise, ,du möchtest doch

nicht, daß ich hier zu weinen anfange. Wir wollen davon nicht weiter sprechen. Erzähle mir lieber von dir. Ich habe gehört, daß du dich wieder verheiratet hast. Mit einer schönen Frau. Sumner sorgte dafür, daß mir das zu Ohren kam. Bist du glücklich, Harry? Du siehst aus, als ginge es dir gut, und nicht jeder kann das in dieser Nachkriegszeit sagen.‘

‚Ach, Hetty, man kann, wenn man will, finden, daß es mir recht gut geht. Ich arbeite sehr fleißig. Ich bin ehrgeizig geworden. Ich arbeite immer noch in derselben Firma und werde nun wohl bald Direktor werden. Ich bin recht schön vorwärtsgekommen, meine Frau – sie ist ein liebes Geschöpf und eine große Hilfe für mich . . . Doch, da ich dich nun wieder sehe . . . o Gott, Hetty! Wie haben wir doch alles verkehrt gemacht! So eine zweite Heirat, weißt du – ach, es ist nicht wie das erste Mal. Du und ich – wie soll ich es nur sagen? Ich bin so etwas wie ein Blutsbruder von dir, und daran ist nichts zu ändern. Der Wald damals – das kleine Wäldchen, in dem du mich küßtest! Oh, warum haben wir all das zerstört? Warum nur? Zwei Narren, denen ein so kostbares Gut geschenkt worden war! Das alles ist vorbei. Nun aber ist auch der Haß tot zwischen uns, auch der ist endlich vorbei. Wenn ich irgend etwas für dich tun könnte, Hetty, ich täte es.‘

Ein Abglanz der alten Lebhaftigkeit zeigte sich in ihrem Gesicht. ‚Wenn du Sumner töten, die ganze Welt in Stücke und die Erinnerung an die letzten drei Jahre wegblasen könntest . . . Es nützt nichts, Harry. Ich hätte rein bleiben müssen, und du – du hättest milder mit mir verfahren sollen.‘

‚Ich konnte nicht, Hetty.‘

‚Ich weiß, daß du nicht konntest. Und ich konnte nicht voraussehen, daß mein heißes Blut mich eines Abends verführen würde. Und so sitzen wir beide nun hier! Es ist, als ob wir einander nach dem Tode wiederbegegnet wären.

Der Frühling kommt, aber er kommt für andere Menschen. All diese kleinen Krokus-Trompetchen – wie eine winzige Blechmusikkapelle kommt mir das Beet vor – sie trompeten andere, neue Liebespaare herbei. Mögen die mehr Glück haben als wir!'

Wieder saßen wir eine Weile schweigend da. In mir regte sich eine leise Mahnung an Milly und ihre Teetassen. ‚Wie spät du doch kommst', würde sie sagen.

‚Wo wohnst du, Hetty?' fragte ich. ‚Wie lautet deine Adresse?'

Sie überlegte eine Weile und schüttelte dann den Kopf. ‚Es ist besser, wenn du es nicht weißt.'

‚Aber vielleicht kann ich irgend etwas für dich tun.'

‚Nein, nein, das würde nur Böses schaffen. Was ich mir eingebrockt habe, muß ich auslöffeln. Ich muß ertragen, was ich angerichtet habe. Was könntest du auch tun, um mir zu helfen?'

‚Nun', sagte ich, ‚auf jeden Fall ist meine Adresse leicht zu merken. Es ist dieselbe wie seinerzeit, als wir – wie in den Tagen, da wir miteinander – meine Adresse ist Thunderstone House. Vielleicht ist eines Tages irgend etwas –'

‚Es ist lieb von dir –'

Wir standen und sahen einander an. Alles rings um uns herum versank, nichts blieb übrig als wir zwei kummervollen und gequälten Menschenwesen. ‚Leb wohl, Hetty', sagte ich.

Unsere Hände fanden sich. ‚Ich wünsche dir alles Gute, Harry. Mir ist nicht zu helfen, aber ich bin froh, daß ich dich wieder gesehen habe, und daß du mir nun verziehen hast.'"

## 3

„Diese Begegnung übte eine tiefe Wirkung auf mich aus. Sie verbannte die ziellose Träumerei aus meinem Gemüt und befreite eine Unmenge verbotener Gedanken aus dem Gefängnis, in das ich sie eingeschlossen hatte. Ich dachte viel, unendlich viel an Hetty. Es waren unbestimmte und unmögliche Gedanken; sie kamen in der Nacht, auf meinem Weg ins Büro, ja sogar in Augenblikken der Ermattung während meiner Arbeitszeit. Immer wieder stellte ich mir neuerliche Begegnungen vor, plante Auseinandersetzungen, erfand ganz unwahrscheinliche Wechselfälle des Schicksals, die mir Hetty wieder schenkten. Ich versuchte solche Phantasien zu unterdrücken, doch es gelang mir nicht; sie tauchten immer wieder auf. Immer wieder ging ich in jenen Garten, der Umweg von der Bahn nach Hause wurde mir schließlich zur alltäglichen Gewohnheit. Mitunter schwenkte ich sogar von dem Hauptweg, der mich durch den Park führte, ab und verlor mich auf Seitenpfaden, weil ich in der Ferne zwischen Bäumen und Blumenbeeten eine einsame Frauengestalt erblickt hatte. Hetty aber kam nicht wieder.

Und während meine Gedanken sich immer mehr mit Hetty beschäftigten, wuchs in mir ein eifersüchtiger Haß gegen Sumner. Ich begehrte Hetty nicht für mich, aber auch Sumner sollte sie nicht haben. Die Feindseligkeit gegen Sumner war eine häßliche Unterströmung in meiner Reue und meiner wiedererwachten Liebe zu Hetty. E r war der Bösewicht, der mir Hetty weggenommen hatte, und ich überlegte nicht, daß ich selbst sie durch mein starrköpfiges Betreiben der Scheidung so gut wie gezwungen hatte, zu ihm zurückzukehren.

All dies Träumen, Brüten und zwecklose Planen, all dies Verlangen nach irgendwelchen neuen Beziehungen zwischen Hetty und mir verschloß ich in meiner Brust, keiner

Menschenseele sagte ich auch nur ein Wort davon. Doch bedrückte mich die Untreue gegen Milly, die darin lag, und ich machte sogar einen schwachen Versuch, ihr zu gestehen, daß ich Hetty wiedergesehen habe und daß ihre Armut und ihr Unglück mich erschütterten. Ich hatte den Wunsch, etwas von meinem Empfinden auf Milly zu übertragen, sie fühlen zu machen, was ich fühlte. Eines Tages ließ ich auf einem Spaziergang in der Umgebung Londons die Bemerkung fallen, daß ich während meines letzten Urlaubs vom Feld mit Hetty denselben Weg gewandert sei. ‚Wie es ihr jetzt wohl gehen mag?' fügte ich hinzu.

Milly antwortete nicht gleich, und als ich aufsah, entdeckte ich einen harten Ausdruck in ihrem geröteten Gesicht. ‚Ich hatte gehofft, du hast sie vergessen', sagte sie mit erstickter Stimme.

‚Der Weg hier hat die Erinnerung an sie in mir wachgerufen.'

‚Ich bemühe mich, niemals an sie zu denken. Du ahnst nicht, welche Demütigung diese Frau für mich bedeutet. Und nicht nur für mich', fügte sie hinzu, ‚sondern auch für dich.'

Sie sagte nichts weiter, aber es war klar, daß die bloße Erwähnung von Hettys Namen sie in heftige Erregung versetzt hatte."

„Ihr ärmsten Geschöpfe!" rief Iris. „Von welch irrsinniger Eifersucht wart ihr doch allesamt besessen!"

„Ich ging nicht zu Fanny, um mit ihr über Hetty zu sprechen. Ich hatte ihr Hetty als ein durch und durch verdorbenes Geschöpf geschildert und wußte nicht recht, wie ich ihr nun meine veränderte Meinung erklären sollte. Überdies sah ich sie nur selten, sie wohnte in einem weit von meinem Hause entfernten Stadtteil Londons. Ihre Beziehung zu Newberry war kein so unbedingtes Geheimnis mehr wie früher, und sie hatte einen Kreis von Bekannten und Freunden um sich versammelt. Aber gerade, daß die Beziehung kein Geheimnis mehr war, machte Millys Haltung zu meiner Schwester noch steifer. Sie fürchtete, daß ein Skandal in Zusammenhang mit Fanny meine Stellung in der Firma gefährden könnte. Newberry hatte ein Landhaus in der Nähe von Pangbourne gemietet, und Fanny verbrachte dort oft mehrere Wochen hintereinander, wodurch sie noch weiter aus unserem Bereich rückte.

Bald aber sollten sich die Dinge so entwickeln, daß ich mich eilends zu Fanny begab, um Rat und Hilfe zu holen."

## 4

„Es war Juli geworden, und ich hatte schon zu glauben begonnen, daß ich Hetty nie mehr wiedersehen würde. Da kam ein Brief von ihr, in dem sie mich um Hilfe bat. Ob ich sie eines Abends beim großen Brunnen des Parkes beim Zoologischen Garten treffen könne, fragte sie. Wir könnten dort Stühle mieten, und sie würde mir dann berichten, was sie auf dem Herzen habe. Sie bat mich, ihr nicht zu schreiben, denn Sumner sei sehr eifersüchtig; ich solle ihr vielmehr durch eine Anzeige im *Daily Expreß* unter der Chiffre ‚A B C D' Tag und Stunde des Zusammentreffens angeben. Ich gab in der Anzeige den nächsten Abend an, den ich frei hatte.

An Stelle der traurigen und mutlosen Hetty, die ich im Frühling getroffen hatte, fand ich nun ein nervöses und erregtes Geschöpf vor mir. ‚Wir wollen einen Platz suchen, wo wir nicht so leicht gesehen werden', sagte sie, als ich auf sie zukam. Sie nahm mich beim Arm und führte mich einen von der Hauptallee des Parkes abzweigenden Nebenweg entlang zu zwei abseits stehenden grünen Stühlen. Ich bemerkte, daß sie immer noch dasselbe schäbige Kleid trug wie bei unserer ersten Begegnung. Ihr Gehaben und die Art, wie sie mit mir sprach, waren anders als das letzte Mal. Sie war ungezwungen und zutraulich, als ob sie mir seither in der Phantasie oft begegnet wäre – was ohne Zweifel auch wirklich der Fall war.

‚Hast du alles, was du das letzte Mal zu mir sagtest, auch wirklich ernst gemeint, Harry?' hob sie an.

‚Gewiß.'

‚Willst du mir helfen, wenn du kannst?'

‚Ja, das will ich.'

‚Und wenn ich dich um Geld bäte?'

‚Das schiene mir nur selbstverständlich.'

‚Ich möchte von Sumner loskommen, und es bietet sich mir eine Gelegenheit. Jetzt wäre es möglich.'

‚Erzähle mir alles, Hetty. Ich will dir helfen, wie ich nur kann.'

‚Seit unserem letzten Zusammentreffen bin ich eine andere geworden, Harry. Vorher hatte ich mich in einem Zustand dumpfer Verzweiflung befunden. Ich nahm alles hin, wie es eben kam. Doch das Wiedersehen mit dir hat mich verändert; ich weiß selbst nicht, warum, aber es ist so. Vielleicht hätte ich mich auch ohne diese Begegnung verändert. Ich kann das Zusammensein mit Sumner nicht mehr ertragen, und jetzt bietet sich mir eine Chance, von ihm loszukommen. Ich werde aber eine Menge Geld brauchen – sechzig oder siebzig Pfund.'

Ich überlegte. ‚Das geht, Hetty. Wenn du etwa eine Woche oder, sagen wir, zehn Tage warten kannst.'

‚Du mußt nämlich wissen, ich habe eine Freundin, die einen Kanadier geheiratet hat. Sie ist hiergeblieben, um die Geburt ihres Kindes abzuwarten, während er schon zurück mußte, und nun fährt sie ihm nach. Sie war krank, und weil sie noch nicht ganz bei Kräften ist, möchte sie die Reise nicht gern allein machen. Es wäre leicht für mich, als ihre Cousine oder ihre Gesellschafterin mit hinüberzufahren, nur brauche ich eine Ausstattung. Wir haben alles schon genau überlegt und besprochen. Sie kennt jemanden, der mir einen Paß beschaffen würde. Auf meinen Mädchennamen. Das ist mein Plan. Die Sachen, die ich brauche, ein paar Kleider und so weiter, könnte man in ihre Wohnung bringen lassen, und ich würde mich heimlich von zu Hause fortstehlen.'

‚Du willst deinen Mädchennamen wieder annehmen? Und drüben ein neues Leben beginnen?'

‚Ja . . .'

Ich saß da und überlegte. Der Plan gefiel mir. ‚Wegen des Geldes mache dir keine Sorgen', sagte ich.

‚Ich kann mit Sumner nicht weiterleben. Du hast ihn nie gesehen. Du weißt nicht, wie er ist.'

‚Er soll ein hübscher Kerl sein.'

‚Ja, ja. Oh, wie genau kenn ich sein Gesicht! Aufgedunsen, gerötet und schwach ist es. Er ist ein Lügner und ein Betrüger, und er bildet sich ein, er könne jedermann Sand in die Augen streuen. Er trinkt. Gott weiß, warum ich ihn geheiratet habe. Irgendwie schien es selbstverständlich, da du dich von mir hattest scheiden lassen. Das Kind sollte doch einen Vater haben . . . Aber es ekelt mir vor ihm, Harry, es ekelt mir vor ihm. Ich kann nicht mehr; ich kann's nicht mehr ertragen. Du weißt nicht, wie das ist – in der kleinen Wohnung – und bei dem heißen Wetter. Du weißt nicht, was das heißt, einen weinerlich-betrunkenen Mann von sich fernzuhalten . . . Wenn sich mir nicht jetzt dieser Ausweg geboten hätte, wäre vielleicht Ärgeres geschehen.'

‚Kannst du nicht sofort von ihm weggehen?' fragte ich. ‚Warum überhaupt noch zu ihm zurückkehren?'

‚Nein. Sowie ich aus dem Hause bin, muß ich London verlassen, sonst gibt es ein Unglück. Und es darf absolut nicht herauskommen, daß du mir geholfen hast. Er wird sofort an dich denken und darf nicht den geringsten

Anhaltspunkt dafür haben, daß du irgendwie die Hand mit im Spiele hattest. Das Geld, Briefe oder was immer es sei, darf nicht direkt von dir an mich gelangen. Und du mußt mir Bargeld beschaffen, nicht Schecks. Wir dürfen nicht miteinander gesehen werden. Sogar hier in diesem Park ist es gefährlich. Sumner hat sich mit einer Bande übler Kerle zusammengetan und verstrickt sich immer mehr in ihre Machenschaften. Sie begehen allerlei Schwindeleien bei den Pferderennen, betrügen die Buchmacher. Erpresser sind sie. Und sie laufen mit Revolvern in der Tasche herum und halten fest zusammen. Mit Wetten bei den Rennen fing es an. Nun wollen sie zurückgewinnen, was sie verloren haben; das sei ihr gutes Recht, behaupten sie . . . Wenn sie Wind davon bekommen, daß du etwas mit mir zu tun hast, lauern sie dir allesamt auf.‘

‚Schützengrabenkrieg in London. Das Risiko nehme ich auf mich.‘

‚Du sollst dich keinerlei Gefahr aussetzen und brauchst es auch nicht, wenn wir nur vorsichtig sind. Wüßtest du nicht irgend jemand, dem du das Geld für mich übergeben und bei dem ich es mir abholen könnte?‘

Ich dachte sofort an Fanny.

‚Ach ja‘, sagte Hetty, ‚da wäre ich völlig beruhigt. Und wie gerne möchte ich sie wiedersehen. Sie hat mir so gut gefallen . . . O Harry, wie lieb bist du doch mit mir! Ich verdiene all diese Güte gar nicht.‘

‚Unsinn, Hetty. I c h hab dich doch in den Schmutz gestoßen.‘

‚Ich sprang hinein.‘

‚Du fielst hinein. Und es ist wirklich keine sehr große Tat, Hetty, wenn ich dir nun die Hand reiche, damit du wieder herauskommst.‘“

## 5

„Am nächsten Tag ging ich zu Fanny, um sie auf Hettys Besuch vorzubereiten. In einem Lehnstuhl sitzend, hörte mir Fanny aufmerksam zu und beobachtete mich, während ich ihr meine Geschichte erzählte, ihr beichtete, wie ich Hettys Vergehen übertrieben hatte, und sie um Hilfe bat. ‚Ich hätte damals auch sie hören sollen, Harry, ehe ich deinen Worten Glauben schenkte‘, sagte sie. ‚Zwar kann ich auch heute noch nicht begreifen, wie eine Frau, wenn sie einen Mann liebt, sich von einem anderen auch nur küssen lassen mag; aber sie hatte ja, wie du mir nun sagst, an dem Abend getrunken. Und dann sind wir Frauen nicht alle gleich. Die Menschen sind eben verschieden. Manche Mädchen verlieren den Verstand, wenn sich irgendein Mann ihnen nur nähert. Du und ich, Harry, wir sind anders. Während du eben jetzt sprachst, fiel mir plötzlich ein, wie ähnlich wir beide doch unserer Mutter sind – obwohl sie immer mit mir gestritten hat. Und wenn wir uns nicht sehr in acht nahmen, können auch wir hart und unduldsam werden. Deine Hetty aber war jung, und sie hat nicht recht gewußt, was sie tat. Ein einziges Mal nur hat sie gesündigt und muß ihr ganzes Leben dafür büßen! . . . O hätte ich doch gewußt, wie es war, Harry!‘

Und nun begann sie von dem Eindruck zu sprechen, den Hetty auf sie gemacht hatte. Sie erinnerte sich an ihre Beseeltheit und ihre Lebhaftigkeit im Gespräch. ‚Als sie damals wegging, sagte ich mir, sie hat Intelligenz; sie ist die erste intelligente Frau, der ich begegnet bin. Etwas Poetisches ist an ihr. Alles, was sie sagt, klingt ein wenig anders als die Sätze, die man gewöhnlich hört. Was sie sagt, gleicht den Blüten an einem Strauch. Ist sie noch so?‘

‚Ich habe sie nie auf diese Weise betrachtet‘, erwiderte ich. ‚Aber du hast recht, es ist etwas Phantasievolles, etwas Poetisches an ihr. Auch neulich – als ich sie das erste Mal wieder traf – was war es nur, was mir besonders auffiel? Irgendeine Wendung –‘

‚Nein, nein, such nicht danach in deinem Gedächtnis. Originelle Aussprüche soll man nicht wiederholen. Sie blühen nur dort, wo sie wachsen, als abgeschnittene Blumen taugen sie nichts. Du und ich, Harry, wir sind nicht dumm, wir sind sogar ziemlich scharfsinnig, aber Hettys Art ist uns nicht gegeben.‘

‚Ja, ich habe ihr immer gerne zugehört.‘

Nun schilderte ich Fanny die Lage der Dinge ausführlich und erklärte ihr, auf welche Weise sie helfen könne. Ich sollte Hetty nicht mehr wiedersehen; Fanny sollte ihr die hundert Pfund geben, die wir gemeinsam für sie erübrigen konnten, sollte sich mit der Freundin Hettys ins Einvernehmen setzen und ihr bei der Abreise behilflich sein. Fanny hörte mich ernst an und willigte ein.

Dann versank sie in Gedanken.

‚Warum fährst du nicht selbst mit nach Kanada?‘ fragte sie plötzlich.“

## 6

„Einige Augenblicke lang antwortete ich nicht. Dann sagte ich: ‚Ich will nicht.‘

‚Ich sehe aber, daß du Hetty noch immer liebst.‘

‚Ja, ich liebe sie, aber mit ihr gehen – nein, das will ich nicht.‘

‚Du möchtest nicht wieder mit ihr vereint sein?‘

‚Es ist unmöglich. Warum stellst du mir eine so schmerzliche Frage? All das ist tot.‘

‚Wenn aber Vergangenes neu auferstehen könnte? Warum ist es unmöglich? Ist dein Stolz das Hindernis?‘

‚Nein.‘

‚Was sonst?‘

‚Milly.‘

‚Du liebst Milly nicht.‘

‚Ich will darüber nicht mit dir sprechen, Fanny. Ich liebe Milly.‘

‚Nicht so wie Hetty.‘

‚Ganz anders. Aber Milly vertraut mir. Sie ist mir treu. Ich würde eher Geld stehlen, Geld aus der Sparbüchse eines Kindes, als Milly verraten.‘

‚Es ist wunderbar, wie edelmütig Männer gegen eine Gattin sein können, die sie nicht lieben‘, meinte Fanny bitter.

‚Mit Newberry ist es anders‘, sagte ich. ‚Ich habe meinen kleinen Jungen und meine Arbeit. Und wenn du es auch nicht wahrhaben willst, ich liebe Milly.‘

‚Auf eine gewisse Weise wohl. Aber ist sie dir ein Kamerad? Ist sie dir eine Freude?‘

‚Ich vertraue ihr und liebe sie. Und was Hetty anbetrifft – du verstehst nicht, wie das jetzt ist. Ich liebe sie, ich liebe sie über alle Maßen. Aber sie und ich, wir sind wie zwei Geister, die einander im Mondschein begegnen. Wir sind tot füreinander und sind traurig. Es ist nicht im geringsten so wie in deinem Fall. Hetty lebt in einer Hölle, und ich würde alles tun, was ich nur kann, um sie aus dieser Qual zu befreien. Aber ich wünsche mir nicht einmal, mit ihr zusammenzutreffen. Ich will ihr nur aus all dem Schmutz, aus dem sinnlosen Leben, das sie führt, heraushelfen, damit sie irgendwo von neuem anfange. Mehr wünsche ich nicht und sie auch nicht. Wie könnten wir zwei, sie und ich, je wieder zueinander gelangen? Wie könnten wir je wieder Küsse der Liebe tauschen? Wir armen, besudelten Geschöpfe! Und ich – wie grausam ich doch war! – Du denkst an etwas anderes, Fanny, denkst nicht an Hetty und mich.‘

‚Möglich, daß ich das tue‘, sagte Fanny. ‚Ja, ja, ich geb es zu. Sie soll also nach Kanada auswandern und dort ein neues Leben beginnen – sie wird sich bald wieder frisch und gesund fühlen, und ihr alter Mut wird zurückkehren. Es ist wider die Natur, wenn eine Frau ihres Temperaments ohne einen Mann lebt, der sie liebt.‘

‚Möge sie leben und lieben‘, sagte ich. ‚Sie ändert ihren Namen. Ihre Freunde werden zu ihr halten, werden sie nicht verraten. Möge sie das Vergangene vergessen. Möge sie ein neues Leben beginnen.‘

‚Mit einem anderen Mann?‘

‚Vielleicht.‘

‚Der Gedanke daran macht dir nichts aus?‘

Ich fühlte mich getroffen, bezwang mich aber. ‚Habe ich irgendein Recht, mich gegen diese Vorstellung aufzulehnen?‘

‚Du wirst dich aber gegen sie auflehnen. Und wirst weiter mit dieser Frau leben, der du vertraust und die du achtest – und deren Gemüt dumpf ist, dumpf und trüb wie das Wasser in einem Tümpel.‘

‚Nein. Die die Mutter meines Sohnes ist, der man in jeder Hinsicht vertrauen darf, der ich Treue gelobt habe. Und dann habe ich meine Arbeit. Sie mag dir nichtig scheinen, mir aber bedeutet sie genug, um mich ihr ganz hingeben zu können. Meinst du denn, ich könnte Hetty nicht lieben, sie aus dem Netz, in das sie verstrickt ist, nicht befreien wollen, ohne etwas wiederaufleben zu lassen, das unmöglich ist?‘

‚Graue Montagmorgenstimmung‘, meinte Fanny.

‚Als ob nicht das ganze Leben grau und trüb wäre‘, erwiderte ich.“

„Und dann“, sagte Sarnac, „sprach ich eine Prophezeiung aus. Wann war es nur – vor zweitausend Jahren oder vor zwei Wochen? Ich saß in Fannys kleinem Wohnzimmer, ein Geschöpf der alten Welt, inmitten von Möbeln und Dingen der alten Welt, und ich sagte, daß Männer und Frauen nicht immer so leiden würden, wie sie damals litten. Ich sagte, daß wir immer noch arme Wilde seien, daß das erste trübe Licht der Zivilisation eben erst heraufdämmere und daß wir leiden müßten, weil wir roh und ungebildet seien und von unserem eigenen Wesen nichts wüßten; daß aber die Erkenntnis unseres Elends die Verheißung besserer Zeiten in sich berge und ein Tag kommen werde, da Erbarmen und Verständnis die Welt erleuchten und die Menschen sich und andere nicht mehr sinnlos quälen würden, quälen durch Gesetz und Zwang, durch Eifersucht und Haß, so wie es jetzt allüberall auf Gottes weiter Welt geschehe.

‚Heute ist die Welt noch zu dunkel', sagte ich, ‚als daß wir sehen könnten, wohin wir gehen, und jeder von uns strauchelt, schwankt und tut Unrecht. Jeder. Ist es nicht müßig, wenn ich mich frage, welcher Weg in meiner Lage der rechte sei? Was immer ich tue, ein Unrecht wird dabei sein. Ich sollte mit Hetty gehen, sollte wieder ihr Geliebter werden – oh, welches Glück wäre das! Warum sollte ich es leugnen? Aber ich soll auch bei Milly bleiben und bei meiner Arbeit. Rechter Weg oder linker Weg, beide führen zu Kummer und Reue. Aber es gibt kaum eine Seele auf dieser dunklen Erde, Fanny, die nicht früher oder später vor solch eine schwere Wahl gestellt würde. Ich will Milly nicht ins Unglück stürzen, ich k a n n es nicht, denn sie glaubt an mich und vertraut mir. Du bist meine geliebte Schwester Fanny, wir haben einander immer liebgehabt. Weißt du noch, wie du mich als kleinen Jungen zur Schule brachtest und meine Hand festhieltest, wenn wir eine Straße überquerten? Mach es mir jetzt nicht zu schwer. Hilf mir, damit ich Hetty helfen kann. Zerreiß mir nicht das Herz. Sie lebt, sie ist jung und ist – Hetty. Sie wenigstens kann da drüben nochmals von neuem anfangen.'"

# 7

„Ich sah Hetty doch noch einmal, ehe sie England verließ. Ich bekam einen Brief ins Thunderstone House, in dem sie mir ein Zusammentreffen vorschlug.

‚Du bist so lieb und gut mit mir gewesen', schrieb sie. ‚Es ist fast so schön, als ob Du mich niemals verlassen hättest. Du hast ein großmütiges Herz. Und Du hast mich wieder froh gemacht. Ich bin freudig erregt bei dem Gedanken an den großen Dampfer und an das Meer, und mein Herz ist voll Hoffnung. Wir haben eine Abbildung des Schiffes bekommen, es gleicht einem riesigen Hotel; und unsere Kabine ist auf dem Bild bezeichnet. Kanada wird wunderbar sein. Und wir fahren über New York, das doch einzig dasteht auf der Welt, mit seinen ungeheuren, fast in den Himmel ragenden Häusern. Und wie schön ist es, endlich wieder neue Sachen zu haben. Immer wieder lauf ich zu Fanny, nur um die Dinge berühren zu können. Ich bin erregt, ja, und dankbar und voll froher Hoffnung. Und, Harry, das Herz tut mir weh, so weh. Ich möchte Dich noch einmal wiedersehen. Ich verdiene es nicht, aber ich möchte es trotzdem. Mit einem Spaziergang fing es an zwischen uns, warum sollte es nicht mit einem Spaziergang enden? Donnerstag und Freitag wird die ganze Bande in Leeds sein. Da könnte ich fort, und es müßte nicht mit rechten Dingen zugehen, wenn jemand meine Abwesenheit bemerkte. Es wäre so schön, wenn wir unseren alten Spaziergang noch einmal machen könnten, das ist aber unmöglich, es ist zu weit. Wir wollen uns das aufsparen, bis wir beide ganz tot sind, Harry, dann werden wir dort als zwei kleine Luftwirbelchen über das Gras gleiten oder als zwei Distelfläumchen nebeneinander dahinschweben. Wir haben aber noch einen anderen großen Spaziergang miteinander gemacht, weißt Du noch, von Shere aus über die North Downs nach Leatherhead. Ganz in der Ferne konnten wir unsere heimatlichen South Downs sehen, Nadelwald und Heide gab's dort und Hügel hinter Hügel. Und dann der Rauch von verbranntem Herbstlaub!'

Ich sollte an Fannys Adresse antworten.

Selbstverständlich machten wir den Spaziergang, wir zwei halb wieder zum Leben erweckten Liebenden. Wir benahmen uns nicht wie ein Liebespaar, obwohl wir einander küßten, als wir uns trafen, und uns zum Abschied noch einmal zu küssen gedachten. Wir sprachen miteinander, wie die Seelen zweier Hingeschiedener von der Welt reden mögen, die einst wirklich war. Wir sprachen von hundert Dingen – auch von Sumner. Nun, da sie so nahe daran war, ihm zu entkommen, waren Furcht und Haß verflogen. Ein leidenschaftliches Verlangen nach ihr erfülle ihn, sagte sie, er bedürfe ihrer wirklich, und es sei traurig und sehr schlecht für ihn, daß sie ihn verabscheue und verachte. Das habe seine Selbstachtung verletzt. Das habe ihn gewalttätig und trotzig gemacht. Eine Frau, die ihn gern hätte, die über ihn wachte und für ihn sorgte, wie es einer liebenden Frau geziemt, die hätte etwas aus ihm machen können. ‚Ich aber habe ihn niemals gern gehabt, Harry, obwohl ich mir alle Mühe gab. Aber ich kenne ihn und weiß, was ihn schmerzt – innerlich meine ich. Ich weiß, daß er sich zuweilen über alle Maßen elend fühlt. Er leidet so gut wie ein anderer, obwohl er üble Dinge tut.' Er sei auch sehr eitel, sagte sie, und schäme sich seiner Unfähigkeit, einen ordentlichen Verdienst zu finden. Er treibe einem Leben des Verbrechens zu, und sie habe keine Macht über ihn, könne ihn nicht davor bewahren.

Ich sehe Hetty noch vor mir, höre noch ihre Stimme, wie sie einen breiten, von großen Rhododendronbüschen eingesäumten Reitweg entlangging und ernst, objektiv und gütig von dem Elenden sprach, der sie betrogen, verletzt und mißhandelt hatte. Es war eine neue Hetty, die ich da mit einem Male vor mir sah, und dabei doch auch immer noch die alte, meine Hetty, die ich über alles geliebt, die ich verstoßen und verloren hatte. Hellen Geistes war sie und lebendig, und ihr Verstand war stärker als ihr Wille.

Lange Zeit saßen wir auf dem Gipfel eines Hügels, der eine wundervolle Fernsicht bot, und gedachten vergangener Tage des Glücks in Kent, sprachen auch von der Zeit, die vor uns lag, von Hettys Fahrt über den Ozean, von Frankreich und von der ganzen weiten Welt. ‚Mir ist zumute', sagte sie, ‚wie in der Kinderzeit, wenn das Schuljahr zu Ende ging. Ich sehe etwas Neuem entgegen. Zieh den Mantel an, setz den Hut auf – das große Schiff wartet. Ich fürchte mich ein wenig, freue mich aber trotzdem. Ich wünschte – aber davon wollen wir nicht reden.'

‚Du wünschtest –?'

‚Wie könnt ich anders?'

‚Was meinst du –?'

‚Es hat keinen Sinn, es zu wünschen.'

‚Ich muß bei dem bleiben, was ich auf mich genommen habe. Ich muß durchhalten. Wenn du es aber wissen willst, Hetty, ich wünsche dasselbe wie du. O Gott! – Wenn Wünsche die Fesseln zerreißen könnten, die man trägt!'

‚Du hast deine Arbeit hier. Ich möchte dich gar nicht von hier fortnehmen, Harry, selbst wenn ich es könnte. Du bist tapfer, Harry, du wirst es überwinden und wirst die Arbeit tun, für die du geschaffen bist – und ich will hinnehmen, was kommt. Da drüben werde ich Sumner vergessen, glaube ich, und alles, was in der Zwischenzeit geschehen ist – und werde an dich denken und an unsere South Downs und an diese Stunde, da wir hier nebeneinander saßen.'

‚Vielleicht', fuhr sie fort, ‚sieht's im Himmel so aus wie hier. Eine weite Hügellandschaft, in die man endlich gelangt, wenn alle Mühe und Plage, alle Hoffnung und alle Enttäuschung, all das gierige Verlangen und all die grausame Eifersucht vorbei sind. Dann darf man sich niedersetzen und ausruhen. Und man ist nicht allein. Der Liebste ist auch da und sitzt neben einem. Ganz leise nur lehnt man sich Schulter an Schulter, nah beieinander sitzt man und ganz still, und alle Sünden sind einem vergeben. Alle Irrtümer und alle Mißverständnisse haben keine Bedeutung mehr, und die Schönheit ringsum ergreift und durchdringt einen; Hand in Hand gleitet man in sie hinein, miteinander vergißt man und schwindet dahin, bis nichts mehr von all dem Unglück, all der Qual und all der Trauer übrigbleibt, und nichts mehr von einem selbst als der Wind über den weiten Hügeln und Sonnenschein und immerwährender Friede . . .'

‚Aber all das', sagte sie, indem sie plötzlich aufsprang und nun hoch neben mir emporragte, ‚ist nichts als leeres Gerede. O Harry, Harry. Man fühlt diese Dinge, aber wenn man sie zu sagen versucht, dann sind es weiter nichts als Worte und Unsinn. Wir haben unseren Marsch nach Leatherhead kaum erst begonnen, und du mußt um sieben zurück sein. Steh also auf, Harry. Steh auf und komm. Du bist das Liebste, was es auf der Welt gibt, und ich bin so froh, daß du heute diesen Spaziergang mit mir machst. Ich hab ein wenig Angst gehabt, du würdest es vielleicht unvernünftig finden . . .'

Am späten Nachmittag kamen wir in einen kleinen Ort, der Little Bookham hieß, und dort tranken wir Tee. Eine Meile davon entfernt war eine Eisenbahnstation. Es sollte eben ein Zug nach London kommen, er fuhr in dem Augenblick ein, als wir den Bahnsteig betraten.

Bisher war alles gut gegangen, nun aber kam das erste Anzeichen drohenden Unheils. In Leatherhead blickten wir beide auf den Bahnsteig hinaus, als ein kleiner Mann dahertrabte, um in das Abteil neben uns einzusteigen. Es war ein gewöhnlich aussehender kleiner Kerl, wie ein Schnapsbudenbesitzer etwa, mit rötlichem Gesicht und einer Zigarre unter der roten Nase. Als er eben im Begriff war, einzusteigen, erblickte er uns. Zweifel erst und dann Erkennen malte sich in seinen Zügen, und Hetty wich zurück, als sie ihn sah.

‚Einsteigen!' rief der Schaffner und blies in seine Pfeife, und der kleine Kerl entschwand unserem Blick.

Hetty war erblaßt. ‚Ich kenne den Mann', sagte sie, ‚und er mich auch. Er heißt Barnado. Was soll ich tun?'

‚Nichts. Kennt er dich gut?'

‚Er ist drei- oder viermal bei uns gewesen!'

‚Vielleicht hat er dich nicht erkannt.'

‚Ich glaube doch. Wenn er nun in der nächsten Station zum Fenster kommt, um sich zu vergewissern – soll ich so tun, als ob ich nicht ich wäre? Ihn nicht zu kennen vorgeben?'

‚Wenn er aber trotz dieses Bluffs überzeugt ist, daß du es bist, so würde er sofort Verdacht schöpfen und erst recht zu deinem Mann rennen. Wenn du jedoch tust, als wäre nichts Besonderes dabei, etwa sagst, ich sei dein Vetter oder dein Schwager, dann denkt er sich wahrscheinlich nichts Schlimmes und erwähnt Sumner gegenüber gar nicht, daß er dich gesehen hat. Wenn ihm aber die Sache verdächtig vorkommt, rennt er womöglich noch heute abend zu Sumner. Übrigens fährst du ja schon morgen nach Liverpool. Es macht eigentlich gar nichts, wenn er dich erkennt.'

‚Ich denke an dich', sagte sie.

‚Ja, aber er weiß doch nicht, wer ich bin. Es hat mich doch keiner von der ganzen Bande je gesehen . . .'

Langsam fuhr der Zug in die nächste Station ein. Mr. Barnado erschien, die Zigarre im Mund, und in seinen Augen funkelte Neugier.

‚Verdammt will ich sein, sagte ich zu mir, wenn das nicht Hetty Sumner ist', rief er. ‚Wie man sich doch trifft!'

‚Mein Schwager, Mr. Dyson', stellte Hetty mich vor.

‚Wir haben eben gemeinsam seine kleine Tochter besucht.'

‚Ah, ich wußte gar nicht, daß Sie eine Schwester haben, Mrs. Sumner.'

‚Ich habe sie nicht mehr', erwiderte Hetty in einem schmerzlichen Ton, ‚Mr. Dyson ist Witwer.'

‚Das tut mir leid', sagte Mr. Barnado. ‚Wie ungeschickt von mir. Und wie alt ist denn Ihre kleine Tochter, Mr. Dyson?'

Ich war also gezwungen, mir eine halbverwaiste Tochter anzudichten und von ihr zu erzählen. Mr. Barnado hatte selbst drei Sprößlinge und wußte zu meinem Unbehagen viel über Kinder und ihre Entwicklungsphasen. Er war offenkundig das Muster eines Vaters. Ich zog mich, so gut ich konnte, aus der Klemme, bemühte mich, das Gespräch soviel als möglich auf Barnados Familie und von der meinen abzulenken, war aber doch recht sehr erleichtert, als er ausrief: ‚O Gott, schon Epsom! Sehr erfreut, Sie kennengelernt zu haben, Mr. – Mr. –?'

‚Verflucht!' dachte ich bei mir. Ich hatte den Namen vergessen.

‚Dixon', sagte Hetty hastig, und nach einer recht umständlichen Verabschiedung stieg Mr. Barnado endlich aus dem Wagen.

‚Gott sei Dank!' sagte Hetty, ‚Gott sei Dank, daß er nicht bis London mitgefahren ist. Du bist der schlechteste Lügner, Harry, der mir jemals begegnet ist. Aber es ist ja nichts Schlimmes geschehen.'

‚Nein, es ist nichts geschehen', stimmte ich ihr bei. Doch während der Fahrt bis zur Londoner Station, an der wir uns für immer trennen sollten, kamen wir noch einige Male auf die unliebsame Begegnung zu sprechen und wiederholten den tröstlichen Satz, daß ja nichts geschehen sei.

An der Station Victoria trennten wir uns ohne viel Rührung. Mr. Barnado hatte uns in die Atmosphäre des

Alltags zurückversetzt. Wir küßten einander nicht mehr, denn wir fühlten uns nun ringsum von beobachtenden Augen belauert. Die letzten Worte, die ich an Hetty richtete, waren: ‚Es ist alles in Ordnung' – ich sagte sie in einem geschäftlichen und beruhigenden Ton. Am nächsten Tage fuhr Hetty zu ihrer Freundin nach Liverpool und entschwand für immer aus meinem Leben."

## 8

„Drei oder vier Tage lang setzte mir die zweite Trennung von Hetty nicht sehr stark zu. Ich war noch zu sehr mit den Einzelheiten ihrer Abreise beschäftigt. Am dritten Tage schickte sie mir eine drahtlose Nachricht, wie man damals Telegramme nannte, ins Thunderstone House. ‚Gut abgefahren, schönes Wetter. Alles Liebe und tausend Dank', lautete es. Allmählich aber, als die Tage verstrichen, wuchs die Empfindung des Verlustes, ein Gefühl ungeheurer Einsamkeit verdichtete sich und lastete immer schwerer auf mir. Ich war überzeugt, daß kein menschliches Wesen außer Hetty mich jemals würde glücklich machen können – und ich hatte nun zum zweiten Mal auf das Zusammenleben mit ihr verzichtet. Es wurde mir klar, daß ich vom Schicksal Liebe verlangt hatte, ohne dafür etwas opfern zu wollen, und in jener alten Welt konnte Liebe nur um einen ungeheuren Preis erkauft werden. Wer Liebe wollte, mußte seine Ehre opfern oder die Arbeit, die ihm am Herzen lag, und mußte Demütigung und Kummer auf sich nehmen. Mir war der Preis zu hoch erschienen, und nun war Hetty von mir gegangen, und mit ihr schwand all das Zarte, Unnennbare aus meinem Leben, das das Wesen der Liebe ausmacht, all die kleinen süßen Worte, die beglückenden Zärtlichkeiten, die heiteren Gebärden und munteren Launen, die Augenblicke des Lachens, des

Stolzes und des vollkommenen Einanderverstehens. Tag für Tag wanderte meine Liebe ein Stück weiter gegen Westen. Und Tag und Nacht verfolgte mich das Bild eines großen Dampfers, der stampfend und keuchend über die Wasser des Atlantischen Ozeans fährt. Ich sah den schwarzen Rauch aus seinen Schornsteinen qualmen und im Wind verwehen, sah ihn bald im Tageslicht, bald hell erleuchtet unter dem Sternenhimmel immer weiterziehen.

Die reuevolle Sehnsucht in meinem Herzen war durch nichts zu stillen. Immer wieder träumte ich von einer Flucht über das Meer, träumte, wie ich plötzlich vor Hetty stehen und ihr sagen würde: ‚Hetty, ich habe es nicht mehr ertragen können, hier bin ich.‘ Dabei hielt ich aber tagaus, tagein zähe an dem Leben fest, für das ich mich entschieden hatte. Ich arbeitete unermüdlich im Thunderstone House, oft bis in die späte Nacht hinein, und versuchte, so gut ich konnte, meine Phantasie in andere Bahnen zu lenken, indem ich Pläne für zwei neue populärwissenschaftliche Zeitschriften entwarf. Ich ging mit Milly abends aus, in ein Restaurant oder ins Theater, oder wir besuchten Ausstellungen und dergleichen mehr. Aber mitten auf dem Rundgang durch eine Galerie zum Beispiel überraschte ich meinen aufsässigen Geist bei dem Gedanken, was Hetty wohl zu diesem oder jenem Kunstwerk gesagt hätte. Einmal entdeckte ich ein Bild, das die Landschaft der Downs darstellte, sonniges Hügelland unter leichten weißen Wolken – da war mir, als sähe ich Hetty leibhaftig vor mir.

Genau eine Woche nach Hettys Ankunft in New York begegnete ich zum erstenmal Sumner. Ich begab mich zur gewohnten Stunde ins Büro und bog eben aus der Tottenham Court Road in die kleine Seitenstraße ein, die nach dem Hof des Thunderstone House führte. In dem Gäßchen befand sich ein kleines Wirtshaus, und vor diesem standen zwei Männer, die anscheinend auf jemand warteten. Der eine von ihnen trat auf mich zu – es war ein kleiner Mann mit rötlichem Gesicht –, im ersten Augenblick erkannte ich ihn nicht.

‚Mr. Smith?' fragte er und musterte mich eigentümlich.

‚Sie wünschen?'

‚Nicht etwa Mr. Dyson oder Dixon, wie?' fuhr er grinsend fort.

‚Barnado!' erinnerte ich mich und erschrak. Es muß deutlich genug in meinem Gesicht zu lesen gewesen sein, daß ich ihn jetzt erkannte. Unsere Augen begegneten einander, und es stand kein Geheimnis mehr drin. ‚Nein, Mr. Barnado', entfuhr es mir unglaublich albern, ‚mein Name ist ganz einfach Smith.'

‚Entschuldigen Sie, Mr. Smith, entschuldigen Sie', sagte Mr. Barnado übertrieben höflich. ‚Ich bildete mir ein, ich hätte Sie schon irgendwo einmal getroffen.' Dann wendete er sich zu seinem Gefährten und fuhr mit etwas erhobener Stimme fort: ‚Er ist es, Sumner, so sicher wie zwei mal zwei vier ist.'

Sumner! Ich blickte auf den Mann, der mein Schicksal so unheilvoll beeinflußt hatte. Er war von meiner Größe und ähnelte mir in der Gestalt, war blond und hatte einen unsauberen Teint. Er trug einen abgenützten graukarierten Anzug und einen noch schäbigeren grauen Filzhut. Er hätte ganz gut ein heruntergekommener Halbbruder von mir sein können. Wir musterten einander neugierig und feindselig. ‚Ich fürchte, ich bin nicht der, den Sie suchen', sagte ich zu Barnado und ging meines Weges weiter. Eine sofortige Auseinandersetzung an Ort und Stelle schien mir nicht viel Sinn zu haben. Ich ahnte wohl, daß eine Begegnung unvermeidlich sein werde, wünschte aber, daß sie unter von mir selbst gewählten Umständen und erst, nachdem ich Zeit gehabt haben würde, die Lage zu überdenken, stattfinde. Ich hörte eine Bewegung hinter mir; dann sagte Barnado: ‚Halt den Mund, du Narr! Was du wissen willst, hast du herausgefunden.‘ Ich ging durch die Gänge und Räume des Thunderstone House in mein Zimmer, setzte mich in meinen Lehnstuhl und fluchte aus vollem Herzen. Seit Hettys Abreise hatte ich von Tag zu Tag zuversichtlicher geglaubt, daß mir wenigstens dies erspart bleiben würde. Ich hatte gedacht, daß Sumner endlich völlig aus meinem Leben gestrichen sei.

Ich nahm meinen Schreibblock und begann, die Lage schriftlich zu skizzieren. ‚Was vor allem im Auge zu behalten ist‘, schrieb ich oben auf ein Blatt.

‚I. Hettys Spur darf nicht aufgefunden werden.

II. Milly darf nichts von alledem erfahren.

III. Keiner Erpressung nachgeben.‘

Ich überlegte. ‚Wenn jedoch die Zahlung einer größeren Summe –‘, begann ich, strich das aber wieder durch.

Dann schrieb ich die wesentlichen Fragen nieder. ‚Was weiß S.? Welche Beweise gibt es? Wofür? Führt irgendeine Spur zu Fanny? Keine außer jener Fahrt im Zug. Er hat zwar Gewißheit, wird er aber irgend jemand anderen überzeugen können?‘

Dann nahm ich ein neues Blatt und überschrieb es: ‚Wie habe ich mich zu verhalten?‘

Ich begann allerlei Figuren und Arabesken auf mein Papier zu zeichnen, während ich überlegte. Schließlich zerriß ich die Blätter in kleine Stückchen und warf sie in den Papierkorb. Es klopfte. Eines unserer Mädchen erschien und überreichte mir einen Zettel, auf dem die Namen Fred Sumner und Arthur Barnado standen.

‚Die Herren haben nicht aufgeschrieben, in welcher Angelegenheit sie mich zu sprechen wünschen‘, bemerkte ich.

‚Sie sagten, Sie wüßten, worum es sich handelt.‘

‚Das ist keine Entschuldigung. Jeder hat das Formular auszufüllen. Sagen Sie, ich sei zu beschäftigt, um Fremde zu empfangen, die ihr Anliegen nicht vorher äußern. Und bitten Sie sie, das Formular vollständig auszufüllen.‘

In kurzer Zeit kam das Mädchen wieder. ‚Erkundigung über Mr. Sumners abgängige Frau‘, stand auf dem Formular.

Ich überlegte ruhig. ‚Ich glaube nicht, daß wir das Manuskript jemals hier gehabt haben. Sagen Sie, ich sei bis halb eins beschäftigt. Dann könne ich zehn Minuten für eine Unterredung mit Mr. Sumner erübrigen, mit Mr. Sumner allein, wohlgemerkt. Betonen Sie das. Ich sehe nicht ein, was Mr. Barnado dabei zu tun hätte. Und machen Sie ihm klar, daß ich ihn nur ausnahmsweise empfangen werde!‘

Das Mädchen kam nicht wieder. Ich wandte mich aufs neue meinen Überlegungen zu. Bis halb eins mochte ein gut Teil der Angriffslust verraucht sein. Beide Männer waren aus den Vorstädten Londons gekommen und würden nun auf der Straße oder in einer Schenke zu warten haben. Barnado würde vielleicht vor der angegebenen Zeit seinen Geschäften in Epsom nachgehen müssen. Seine Rolle war ja auch nur gewesen, meine Identität festzustellen. Auf keinen Fall wollte ich vor einem Zeugen mit Sumner sprechen. Wenn er wieder mit Barnado erschiene, würde ich ihn abweisen lassen. Ich hatte einen Plan für ein Gespräch mit Barnado allein und einen für Sumner allein, für beide zusammen aber hatte ich keinen.

Meine Verzögerungstaktik erwies sich als gut. Um halb eins kam Sumner allein. Er wurde in mein Zimmer geführt.

‚Setzen Sie sich‘, sagte ich kurz, lehnte mich in meinen Stuhl zurück, starrte ihm ins Gesicht und wartete schweigend darauf, daß er beginne.

Einige Augenblicke lang sagte er nichts. Er hatte offenbar erwartet, daß ich das Gespräch mit einer Frage eröffnen würde, und sich eine Entgegnung zurechtgelegt. In einen Stuhl gesetzt und angeschaut zu werden, brachte ihn ein wenig aus der Fassung. Er versuchte, mich zornig anzustarren, und ich betrachtete sein Gesicht so etwa, wie man eine Landkarte studiert. Und während ich das tat, fühlte ich, wie mein Haß schwand; er war nicht der Mann, Haß zu erwecken. Er hatte ein so armes, gemeines, dummes Gesicht, ganz hübsche, aber schwächliche Züge; von Zeit zu Zeit ging ein nervöses Zucken darüber. Sein strohfarbiger Schnurrbart war auf der einen Seite stärker gestutzt als auf der anderen, und seine recht schäbige Krawatte hatte sich verschoben und ließ den Kragenknopf und die Unsauberkeit des Kragens sehen. Er hatte den Mund ein wenig verzogen und in dem Bemühen, möglichst wild zu blicken, den Kopf vorgeschoben; er riß die wäßrig-blauen Augen auf, so weit er konnte, und starrte mich an.

‚Wo ist meine Frau, Smith?‘ sagte er schließlich.

‚Sie ist mir wie Ihnen unerreichbar, Mr. Sumner.‘

‚Wo haben Sie sie versteckt?‘

‚Sie ist fort‘, sagte ich. ‚Aber das ist nicht mein Werk.‘

‚Sie ist zu Ihnen zurückgekommen.‘

Ich schüttelte den Kopf.

‚Sie wissen, wo sie ist?‘

‚Sie ist fort, Sumner. Lassen Sie sie in Frieden. Geben Sie sie auf.‘

‚Ich sie aufgeben? Geben S i e sie auf! Ich denke nicht daran. Ich bin nicht von der Sorte. Da haben Sie das Mädel geheiratet und ihr schöngetan, und wie sie dann endlich einen trifft, der ein richtiger Mann ist, nicht so einer wie Sie, und der mit ihr umgeht, wie man mit einer Frau umgehen muß, kommen Sie daher, setzen sie vor die Tür, lassen sich von ihr scheiden, und das gerade dann, wo ihr Kind kommen soll, und nachher fangen Sie an, Ränke zu spinnen, um sie von dem Mann wieder loszukriegen, den sie liebt –‘

Er hielt inne, weil er nicht weiter wußte oder weil ihm

der Atem ausgegangen war. Er wollte mich in Wut versetzen und zu einer heftigen Gegenrede reizen. Ich sagte nichts.

‚Ich will Hetty zurückhaben', fuhr er fort. ‚Sie ist meine Frau, und ich will sie zurückhaben. Sie gehört mir. Und dieser Unsinn muß aufhören, je eher, desto besser.'

Ich lehnte mich vor und stützte die Ellbogen auf meinen Schreibtisch.

‚Sie werden sie nicht zurückbekommen', sagte ich sehr ruhig. ‚Wie wollten Sie es bewerkstelligen?'

‚Bei Gott, ich werde sie zurückbekommen – und wenn es mich den Kopf kostet.'

‚Schön. Was wollen Sie also tun?'

‚Was ich tun werde? Das ist sehr einfach. Ich bin ihr Gatte.'

‚Und?'

‚Sie haben sie.'

‚Nicht ein Zipfelchen von ihr.'

‚Sie ist abgängig. Ich werde auf die Polizei gehen.'

‚Gut. Gehen Sie zur Polizei. Und was kann die tun?'

‚Ich werde sie auf Sie hetzen.'

‚Da irren Sie. Die Polizei wird sich nicht im geringsten um mich kümmern. Wenn Sie die Polizei davon verständigen, daß Ihre Frau abgängig ist, dann müssen notwendigerweise Nachforschungen angestellt werden, und dabei wird man Ihrer Bande auf die Spur kommen. Die Polizei wird sehr erfreut sein über diese Chance. *Mich* wird man belästigen, meinen Sie? In *Ihrem* Haus wird man den Keller aufgraben, um nach dem Leichnam zu suchen. *Sie* werden verhört, *Ihre* Wohnung wird durchstöbert werden, und was die Polizei zu tun unterläßt, das werden Ihre Spießgesellen besorgen.'

Sumner lehnte sich vor und schnitt eine Grimasse, um seinen Worten stärkeren Nachdruck zu verleihen.

‚Mit *Ihnen* ist sie zuletzt gesehen worden', sagte er.

‚Dafür gibt es keinen Beweis.‘

Sumner stieß einen Fluch aus.

‚Er hat Sie g e s e h e n.‘

‚Das kann ich absolut bestreiten. Ihr Freund Barnado taugt nicht viel als Zeuge. Seien Sie nicht allzu sicher, daß er seine Behauptung aufrechthalten wird. Das Ganze sieht nicht gut aus. Eine Frau verschwindet, und da soll einer etwas noch dazu nicht sehr Stichhaltiges gegen den Mann aussagen, dem der Gatte der Vermißten feindselig gesinnt ist. Nein, Sumner, diesen Weg würde ich an Ihrer Stelle nicht einschlagen. Und selbst wenn Barnado zu Ihnen hält, was ist damit bewiesen? Wissen Sie sonst noch jemanden, der behauptet, mich mit Hetty gesehen zu haben? Sie werden niemanden finden! . . . ‘

Sumner streckte die Hand zu meinem Tisch hin aus. Er saß zu weit ab, um darauf schlagen zu können, darum schob er seinen Stuhl etwas näher heran. Dann schlug er los, aber die Wirkung war gering. ‚Hören Sie‘, sagte er und befeuchtete sich die Lippen, ‚ich will Hetty wiederhaben und werde sie wiederhaben. Sie sind jetzt wunderbar gelassen und tun sehr patzig, aber, bei Gott, ich werde Ihnen die Hölle noch heiß machen. Sie glauben, Sie können sie mir wegnehmen und mir dann noch was vorschwindeln. Da irren Sie sich aber gewaltig. Wenn ich nun n i c h t zur Polizei gehe? Wenn ich die Sache selber in die Hand nehme? Wenn ich in Ihre Wohnung komme und Ihrer Frau alles erzähle – he, was dann?‘

‚Das wäre unangenehm‘, sagte ich.

Er sah seinen Vorteil. ‚Aber schon sehr unangenehm.‘

Ich beobachtete den erzwungenen zornigen Ausdruck seines Gesichtes.

‚Ich werde sagen, daß ich von dem Verschwinden Ihrer Frau nichts weiß und daß Sie ein Lügner und Erpresser sind: Man wird mir glauben. Meine Frau wird mir ganz bestimmt glauben. Und sie würde mir auch glauben, wenn die Geschichte, die Sie vorbringen, weit weniger unwahrscheinlich wäre. Ein hübsches Paar Ankläger, Ihr Freund Barnado und Sie! Ich werde sagen, daß Sie ein Narr und von Eifersucht besessen seien, und wenn Sie mich allzu lange belästigen, dann werde i c h mich an die Polizei wenden, und es wäre mir nicht einmal sehr leid, wenn ich Ihnen diese Unannehmlichkeit bereiten müßte. Vergessen Sie nicht, daß ich eigentlich allerlei mit Ihnen abzurechnen hätte. Es wäre nur recht und billig, wenn Sie nun doch noch für Vergangenes bezahlen müßten.'

Ich hatte die Oberhand. Er war verwirrt und zornig, wirklichen Kampfesmut aber besaß er nicht. Das sah ich klar.

,Und Sie wissen, wo sie ist?' fragte er.

Ich war nun doch zu erregt, um vorsichtig zu sein. ,Ja, ich weiß, wo sie ist, und Sie werden sie nie wiedersehen – was immer Sie tun mögen. Und wie schon gesagt, was könnten Sie überhaupt tun?'

,Himmelherrgott!' schrie er. ,Meine eigene Frau!'

Ich lehnte mich mit der Miene eines Menschen in den Stuhl zurück, der eine Unterredung zum Abschluß gebracht hat. Ich sah auf meine Armbanduhr.

Er stand auf.

Ich blickte ihn belustigt an. ,Nun?' sagte ich.

,Hören Sie', stammelte er, ,ich laß mir das nicht gefallen. Bei Gott! Ich sage Ihnen, ich will Hetty wiederhaben, ich brauche sie. Ich will sie wiederhaben und werde mit ihr tun, was mir beliebt. Glauben Sie, daß ich mich so abfertigen lasse, ich? Sie gehört mir! Sie – niederträchtiger Dieb!'

Ich nahm den Entwurf einer Illustration in die Hand und betrachtete Sumner mit einem Ausdruck milder Nachsicht, der ihn in Wut versetzte.

,Hab ich sie nicht geheiratet? Was ich gar nicht nötig hatte. Wenn Sie sie haben wollten, warum zum Teufel haben Sie sie nicht behalten, als sie noch bei Ihnen war? Ich sage Ihnen, ich werde mir das nicht gefallen lassen.'

‚Mein lieber Sumner, ich wiederhole Ihnen, was wollen Sie machen?"

Er beugte sich über meinen Schreibtisch und streckte, den Lauf einer Pistole andeutend, einen Finger gegen mein Gesicht. ‚Ich werde Ihnen eine Kugel durch den Kopf jagen', sagte er.

‚Gut, ich bin gewarnt', erwiderte ich.

Er erging sich in einigen weiteren Schmähungen meiner Person.

‚Ich habe keine Lust, mit Ihnen zu streiten', sagte ich, ‚und ich glaube, unsere Unterredung ist beendet. Bitte, benehmen Sie sich anständig, wenn meine Sekretärin hereinkommt.'

Ich drückte auf die Klingel auf meinem Schreibtisch.

Sein Abgang war schwach. ‚Sie werden noch von mir hören. Und was ich Ihnen sagte, meine ich ganz ernst.'

‚Bitte, beachten Sie die Stufe', sagte ich.

Die Tür schloß sich hinter ihm, und ich blieb zitternd vor Erregung, aber triumphierend zurück. Ich hatte ihn geschlagen und fühlte, daß er auch weiterhin den kürzeren ziehen würde. Immerhin war es möglich, daß er wirklich zu schießen versuchte – einen Revolver hatte er wahrscheinlich –, es stand aber zehn zu eins, daß er es nur in einem besonders günstigen Augenblick wagen würde. Und bei seinem nervös zuckenden Gesicht und seiner zittrigen Hand war die Aussicht, daß er mich treffen würde, gering. Jedenfalls würde er zielen und vermutlich zu früh schießen. Und selbst wenn es ihm gelänge, mich zu treffen, würde er mich höchstwahrscheinlich nur leicht verwunden. Und dann würde ich eben gegen ihn auftreten. Milly würde wohl eine böse Erschütterung erleben, aber ich würde das schon wieder in Ordnung bringen.

Lange saß ich da und erwog alle Möglichkeiten des

Falles. Je mehr ich nachdachte, desto zufriedener war ich mit dem Stand der Dinge. Es war zwei Uhr, und meine gewöhnliche Mittagsstunde war längst vorüber, als ich endlich in meinen Klub ging. Ich leistete mir den ungewöhnlichen Luxus einer halben Flasche Champagner."

## 9

„Ich glaubte nicht recht daran, daß Sumner mich erschießen würde, bis er mich tatsächlich erschoß.

Er lauerte mir in der schmalen Seitengasse auf, die zum Hof des Thunderstone House führte, als ich nach dem Mittagessen ins Büro zurückkehrte; es war genau eine Woche nach unserer ersten Begegnung, und ich hatte schon zu hoffen begonnen, er habe sich mit seiner Niederlage abgefunden. Er hatte getrunken, und als ich sein gerötetes, halb zorniges und halb ängstliches Gesicht sah, ahnte ich, was kommen werde. Ich erinnere mich, wie mir sofort der Gedanke in den Kopf schoß, daß ich ihn entfliehen lassen müsse, wenn mir etwas geschehen sollte, denn sonst würde nach meinem Tod die ganze Geschichte aufgedeckt werden. Im Grunde aber glaubte ich eigentlich doch nicht, daß er Manns genug sei, um zu schießen. Ich glaube es auch heute noch nicht. Er schoß nur, weil er Nerven und Muskeln nicht in der Gewalt hatte.

Er zog die Pistole erst hervor, als ich dicht vor ihm stand. ‚Jetzt hab ich Sie aber! Wo ist meine Frau?' sagte er, hob die Pistole und richtete sie auf mich.

Ich weiß nicht mehr, was ich antwortete. Wahrscheinlich sagte ich: ‚Geben Sie das Ding da weg', oder etwas dergleichen, und dürfte danach gegriffen haben. Der Knall eines Schusses erfolgte sofort und schien mir sehr laut. Ich hatte ein Gefühl, als ob mir ein Tritt ins Kreuz versetzt worden wäre. Die Pistole war eine von denen, die automatisch weiterfeuern, solange der Hahn zurückgedrückt ist. Sie gab zwei weitere Schüsse ab, einer davon traf mich ins Knie und zerschmetterte es. ‚Verfluchtes Ding', schrie Sumner und warf sie zu Boden, als ob sie ihn gestochen hätte. ‚Mach, daß du fortkommst, Dummkopf! Lauf!' sagte ich, als ich auf ihn zuwankte. Im Fallen sah ich einen Augenblick sein entsetztes Gesicht knapp vor mir. Er stieß mich mit der Hand zurück und stürzte an mir vorbei gegen die Hauptstraße.

Ich muß mich im Fallen auf den Rücken gedreht haben, in eine halb sitzende Stellung, denn ich erinnere mich deutlich, wie er meinen Blicken entschwand, als er gleich einem davonjagenden Kaninchen in die Tottenham Court Road einbog. Ich sah einen Lastwagen und dann einen Omnibus die Einmündung der kleinen Seitenstraße passieren, der Pistolenschüsse, die meinen Ohren so entsetzlich laut geklungen hatten, nicht achtend; auch ein Mädchen und ein Mann gingen völlig gleichgültig vorüber. Sumner war entkommen, der arme Teufel! Ich hatte ihm seine Hetty gestohlen. Und nun –

Ich war ganz klar im Kopf. An der Stelle, wo ich getroffen worden war, hatte ich ein Gefühl von Erstarrung, Schmerz aber empfand ich nicht. Hauptsächlich kam mir mein zerschmettertes Knie zu Bewußtsein, es sah eklig aus, ein Gemisch von zerfetztem Stoff und verwundetem Fleisch rings um ein zersplittertes rötliches Ding, das ich als das Ende des Knochens erkannte.

Mit einem Mal standen Leute um mich herum und sprachen zu mir. Sie waren wohl aus dem Hof oder aus der Schenke herausgekommen. Mein Entschluß war schnell gefaßt. ‚Meine Pistole ist mir in der Hand losgegangen', sagte ich und schloß die Augen.

Dann befiel mich die Angst, man könnte mich in ein Spital bringen. ‚Meine Wohnung ist nicht weit von hier', sagte ich, ‚Chester Terrace 8, Regent's Park. Bringen Sie mich dorthin, bitte.‘

Ich hörte, wie jemand die Adresse wiederholte, und erkannte die Stimme des Portiers von Crane & Newberry. ‚Ganz recht‘, sagte er, ‚es ist Mr. Mortimer Smith. Kann ich etwas für Sie tun, Mr. Smith?‘

An die Einzelheiten der nun folgenden Vorgänge erinnere ich mich kaum. Als man mich aufhob, fühlte ich Schmerzen. Ich klammerte mich offenbar mit aller mir noch zu Gebote stehenden Kraft an die Vorstellung dessen, was ich zu sagen und zu tun mir vorgenommen hatte; was sonst um mich herum geschah, vermochte mein Gedächtnis sich nicht mehr einzuprägen. Ein- oder zweimal dürfte ich das Bewußtsein verloren haben. Newberry hatte an den Vorgängen irgendwelchen Anteil; ich glaube, er brachte mich in seinem Wagen nach Hause. ‚Wie ist das nur geschehen?‘ fragte er. Daran erinnere ich mich ganz genau.

‚Das Ding ist mir in der Hand losgegangen‘, erwiderte ich.

Zweierlei dachte ich immer wieder ganz klar. Was immer geschah, der arme, dumme, gehetzte Betrüger Sumner würde nicht gehängt werden. Und was immer geschah, Hettys Geschichte durfte nicht ans Tageslicht kommen. Denn sonst würde Milly glauben, ich sei ihr untreu gewesen und Sumner habe mich deshalb erschossen. Hetty war fort. Um sie brauchte ich mich nicht mehr zu sorgen. Nur an Milly hatte ich zu denken – und an Sumner. Merkwürdigerweise scheine ich vom ersten Augenblick an gewußt zu haben, daß ich tödlich verwundet war.

Milly erschien, angstvoll und hilfsbereit.

‚Ein Unfall‘, sagte ich unter Aufgebot aller Kräfte. ‚In der Hand losgegangen.‘

Mein eigenes Bett.

Die Kleider werden mir entzweigeschnitten. Am Knie ist der Stoff kleben geblieben – der neue graue Anzug, den ich den ganzen Sommer hindurch hatte tragen wollen.

Zwei Fremde tauchen auf. Ärzte, geht es mir durch den Kopf. Sie flüstern, einer von ihnen hat die Ärmel hochgestülpt und läßt ein Paar dicke, rosige Arme sehen. Ein Schwamm und das Plätschern von Wasser, das man in eine Waschschüssel gießt. Sie untersuchen mich. Verdammt! Das tat weh! Dann etwas scharf Brennendes. Wozu nur? Ich steckte in dem Körper drin, an dem sie herumstocherten, und wußte genau Bescheid, wußte, daß ich ein toter Mann war.

Dann wieder Milly.

‚Liebste', flüsterte ich.

‚Liebster!' Und ihr armes, tränenüberströmtes Gesicht blickte mich zärtlich an.

Tapfere Milly! Das Schicksal war ungerecht gegen sie.

Fanny? War Newberry sie holen gegangen? Er war jedenfalls verschwunden.

Sie würde nichts über Hetty sagen. Würde nichts verraten. Sie ist verläßlich, ist treu, treu wie – wie heißt es doch? – irgend etwas.

Die Ärmsten! Wie bestürzt und erregt sie alle waren. Ich schämte mich fast, daß ich im innersten Herzen froh war, aus dem Leben gehen zu können. Aber ich war froh. Als ob in einem dumpfen Zimmer eine Fensterscheibe eingeschlagen worden wäre, so hatte der Pistolenschuß gewirkt. Ich fühlte den lebhaften Wunsch, bei denen, die ich zurückließ, einen liebevollen und tröstlichen Eindruck zu hinterlassen. Die Ärmsten, die vielleicht noch viele Jahre im dumpfen Wirrsal dieser Welt würden weiterleben müssen. Das Leben! Welch ein qualvolles Wirrsal war es doch gewesen! Ich brauchte nun wenigstens nicht alt zu werden . . .

Irgend etwas Neues begibt sich, aus dem Nebenzimmer kommen Leute herein. Der eine ist ein Polizeiinspektor in Uniform. Dem anderen sieht man trotz der Zivilkleidung den Polizeibeamten deutlich an. Nun ist der Augenblick gekommen! Ich bin ganz klar im Kopf – ganz klar. Nun muß ich aufpassen, was ich sage. Und wenn es mir besser scheint, gar nichts zu sagen, dann schließe ich eben die Augen.

‚Innerliche Verblutung', sagte jemand.

Der Polizeiinspektor setzte sich an mein Bett. Was für ein Riesenkerl er war! Er begann Fragen zu stellen. Ich überlegte, ob wohl irgend jemand Sumner gesehen haben mochte – Sumner, wie er gleich einem Kaninchen davonrannte. Darauf mußte ich's eben ankommen lassen.

‚Sie ist mir in der Hand losgegangen', sagte ich.

Was fragte der Kerl? Wie lange ich den Revolver schon hätte?

‚Heute mittag gekauft', sagte ich.

Fragte er nun, warum? Ganz recht. ‚Um das Schießen nicht zu verlernen.'

Wo? Ja, er wollte wissen, wo ich die Pistole gekauft hätte. ‚Highbury.'

‚In welchem Teil von Highbury?' Aha, sie wollten der Herkunft der Pistole nachgehen, das sollten sie nicht. Die Schnitzeljagd mußte ich dem Herrn Inspektor verderben. ‚In der Nähe von Highbury.'

‚Nicht in Highbury selbst?'

Ich stellte mich schwach und wirr. ‚Dort drüben', sagte ich matt.

‚Bei einem Pfandleiher?'

Am besten gar nicht antworten. Dann sagte ich, als ob es mich große Anstrengung kostete: ‚Kl-einer L-laden.'

‚Ein nicht ausgelöstes Pfand?'

Darauf erwiderte ich nichts. Ich dachte an eine andere Nuance, die ich meiner Darstellung geben könnte.

In schwach empörtem Ton sagte ich: ‚Ich wußte nicht, daß sie geladen war. Wie hätte ich das ahnen sollen? Eine Pistole darf doch nicht geladen verkauft werden. Ich wollte sie mir ansehen –'

Ich hielt inne und heuchelte Erschöpfung. Dann fühlte ich, daß ich nicht heuchelte, sondern wirklich erschöpft war. Alle Kraft schwand mir. Ich versank, glitt hinweg, aus dem Zimmer hinaus, weg von den Menschen, die mich umstanden. Sie wurden klein, schwach und verschwommen. Hatte ich noch irgend etwas sagen wollen? Es war jedenfalls zu spät dazu. Ich sank in Schlaf, sank in einen tiefen, tiefen Schlaf . . .

Ganz weit weg war nun der Raum und die Menschen darin, weit, weit weg und unendlich klein.

‚Es geht zu Ende', sagte eine fernklingende Stimme.

Einen Augenblick lang war es, als kehrte ich zurück.

Milly kam durch das Zimmer auf mich zu, ich hörte ihr Kleid rascheln . . .

Und dann hörte ich Hettys Stimme wieder. Ich öffnete die Augen, und Hetty beugte sich über mich, da droben auf jener lieblichen Bergwiese. Nur war Hetty Heliane geworden, die geliebte Herrin meines Lebens. Und die Sonne beschien mich und sie, und ich rekelte mich, denn mein Rücken war ein wenig steif, und das eine Knie schmerzte mich."

„Ich rief: wach auf!" sagte Heliane. „Wach auf! Und ich schüttelte dich."

„Und dann kamen wir, Iris und ich, und lachten dich aus", sagte Beryll.

„Und du sagtest: ‚Es gibt also noch ein Leben'", fiel Iris ein. „Und die Geschichte ist nur ein Traum! Es ist eine wunderbare Geschichte, Sarnac, und irgendwie glaube ich doch, daß sie wahr ist."

„Das ist sie auch", sagte Sarnac. „So gewiß ich heute und hier Sarnac bin, so sicher war ich einst Harry Mortimer Smith."

# Epilog

## 1

Der Herbergsvater schürte das halb erloschene Feuer, so daß es noch einmal emporflammte. „Ich bin vollkommen überzeugt", sagte er in nachdrücklichem Ton, „daß die Geschichte wahr ist."

„Aber wie kann sie denn wahr sein?" fragte Salaha.

„Ich würde sie eher für wahr halten, wenn Sarnac nicht Heliane in der Gestalt Hettys mit in die Geschichte hineinverwoben hätte", meinte Beryll. „Das scheint mir durchaus traumhaft, wie Hetty seiner liebsten Herrin immer ähnlicher und schließlich völlig sie wird."

„Wenn aber Smith eine Art früherer Verkörperung Sarnacs war", sagte Stella, „dann ist es doch nur natürlich, daß er eine frühere Verkörperung Helianes liebte."

„Finden sich denn aber in der Geschichte auch andere Menschen unserer heutigen Zeit gewissermaßen vorweggenommen?" fragte Salaha. „Habt ihr irgend jemand anderen wiedererkannt, jemanden, der euch beiden heute nahesteht? Gibt es eine Fanny in unserer Welt? Eine Matilda Good? Oder einen Bruder Ernest? Ist Sarnacs Mutter Martha Smith ähnlich gewesen?"

„Diese Geschichte", sagte der Herbergsvater im Ton tiefster Überzeugung, „ist kein Traum. Sie ist eine Erinnerung, die aus dem tiefen Dunkel des Vergangenen und Vergessenen aufgestiegen und in ein lebendiges Hirn hinübergeglitten ist – in ein verwandtes Gehirn."

Sarnac dachte nach. „Was ist eine Persönlichkeit denn anderes als eine Erinnerung? Wenn die Erinnerung an

Harry Mortimer Smith in mir, in meinem Gehirn lebendig ist, dann bin ich eben Smith. Ich bin ebenso sicher, daß ich vor zwei Jahrtausenden Smith, wie daß ich heute morgen Sarnac war. Ich habe übrigens schon früher in Träumen das Gefühl gehabt, als ob ich Vergangenes aufs neue erlebte. Hat keiner von euch jemals dergleichen empfunden?“

„Mir träumte neulich“, sagte Beryll, „ich sei ein Panther. Ich bedrohte ein Dorf, in dessen Hütten nackte Kinder lebten und etliche recht bissige Hunde. Drei Jahre lang wurde ich gejagt und fünfmal angeschossen und schließlich getötet. Ich biß eine alte Frau tot, die im Walde Reisig sammelte, und vergrub die Überreste ihres Leichnams unter den Wurzeln eines Baumes, in der Absicht, sie am Morgen völlig aufzufressen. Es war ein äußerst lebhafter Traum und gar nicht schrecklich, solange ich ihn träumte. Klar und zusammenhängend wie der deine war er jedoch nicht. Ein Panther denkt aber auch nicht klar und zusammenhängend; blitzartig aufleuchtendes Interesse dürfte in seinem Gehirn mit langen Zeitspannen dumpfer Gleichgültigkeit und völligen Vergessens wechseln.“

„Vielleicht sind auch schreckliche Träume, wie Kinder sie häufig haben, Träume, in denen man von wilden Tieren verfolgt wird und nur mit knapper Not entkommt, Erinnerungen eines längst verstorbenen Geschöpfs, das zu neuem Leben erwacht ist?“ fragte Stella. „Was wissen wir schließlich von den Erinnerungen, die jenseits der Materie liegen? Was wissen wir von den Beziehungen des Bewußtseins zu Materie und Kraft? Seit vier Jahrtausenden grübelt die Menschheit über diese Dinge, und wir wissen heute nicht mehr davon als die Bewohner des alten Athen zur Zeit, da Plato lehrte und Aristoteles zu forschen begann. Die Wissenschaft wächst, und die Macht des Menschen nimmt zu, aber doch nur innerhalb der unserem Leben auferlegten Grenzen. Wir können wohl Raum und Zeit besiegen, niemals aber werden wir das Geheimnis ergründen, was wir sind und warum sich in uns die Materie zum Fühlen und Wollen durchgerungen hat. Mein Bruder und ich beschäftigen uns viel mit Tieren, und ich erkenne immer mehr, daß der Mensch dasselbe ist wie sie. Sie sind sozusagen Instrumente mit nur zwanzig Saiten, während wir deren zehntausend besitzen, trotzdem aber Instrumente wie wir; was auf ihnen spielt, spielt auch auf uns, und was sie tötet, tötet auch uns. Leben und Tod sind für alle Ewigkeit in die kristallene Sphäre gebannt, die uns umschließt, sie können über diese Grenze nicht hinaus. Wir wissen nicht, was Erinnerungen sind. Wenn ich glauben wollte, daß sie bei unserem Tode gleich Sommerfäden davonflattern, in unbekannte Fernen fliegen und wiederkehren, um sich mit anderen ähnlichen Gespinsten zu vermengen, wer kann mir widersprechen? Vielleicht hat das Leben von allem Anfang an solche Fäden und Gewebe des Erinnerns gesponnen. Vielleicht schwebt jedes, auch das kleinste Ding der Vergangenheit als eine Erinnerung um uns. Und wer kann wissen, ob wir nicht eines Tages die zerstreuten Fäden sammeln und zu einem einzigen Gespinst zusammenweben lernen, bis die ganze Vergangenheit uns wiedergeschenkt und alles Leben eins wird? Und dann wird die kristallene Sphäre um uns vielleicht zerbrechen. Doch wie immer das alles zusammenhängen, wie immer es zu erklären sein mag, ich kann mir auch ohne jedweden Wunderglauben sehr gut vorstellen, daß die wirkliche Erinnerung an ein verflossenes Menschenschicksal, das wahrhaftige Bild eines Lebens, das sich vor zwei Jahrtausenden abspielte, in Sarnac aufgetaucht ist. Ich kann es mir vorstellen und glaube es, weil seine Geschichte so über alle Maßen lebendig war. Die ganze Zeit, da er erzählte, hatte ich das Gefühl, daß er, was immer wir fragen mochten – etwa was für Knöpfe er an seiner Jacke getragen habe, wie tief die Wasserrinnen am Straßenrand gewesen seien, oder was seine Zigaretten gekostet hätten –, daß er die Antwort darauf bereit habe und uns genauer und sicherer Auskunft geben könne, als irgendein Historiker."

„Auch ich glaube, daß die Geschichte wahr ist", sagte Heliane. „Ich entsinne mich zwar nicht, daß ich jemals Hetty gewesen wäre, Smith aber ist in allem, was er sagte und tat, selbst auch in seinen rauhesten und härtesten Handlungen, derselbe Charakter wie Sarnac. Ich zweifle nicht im geringsten daran, daß Sarnac jenes Leben einst gelebt hat."

## 2

„Aber all die Härte!" rief Iris. „Die Grausamkeit! Das Herzweh auf der ganzen Welt!"

„Es kann doch nur ein Traum gewesen sein", meinte Salaha.

„Nicht das Barbarische der damaligen Lebensweise finde ich so schrecklich", fuhr Iris fort, „nicht die Kriege und die Krankheiten, die die Menschen zu Krüppeln machten und sie in einen vorzeitigen Tod trieben; nicht die häßlichen Städte und die Dürftigkeit der Landschaft, nein, sondern den Herzenskummer, die allgemeine Lieblosigkeit, den Mangel an jedwedem Verständnis, jedwedem Interesse für die unerfüllten Wünsche und die Bedürfnisse des anderen. Es gibt in Sarnacs Geschichte kein einziges Wesen, das glücklich war, wie wir es sind. Er erzählt von nichts anderem als von enttäuschter Liebe, von vergeblicher Sehnsucht und zweckloser Hoffnung, von Unterdrückung und unerträglichem Zwang. Und alles das um nichts – all das nur um Stolz und Bosheit. In jener Welt gab es nicht einen, der aus vollem Herzen zu schenken verstanden hätte ... Arme Milly! Meinst du, sie habe nicht gewußt, wie kalt deine Liebe zu ihr war, Sarnac? Meinst du, ihre

Eifersucht sei nicht aus Angst, nein, aus Gewißheit entstanden? . . . Ein volles Lebensalter, die ganze Jugendzeit eines Menschen, ein Vierteljahrhundert, und dieser ärmste Harry Smith ist nicht einer einzigen glücklichen Seele begegnet, hat selbst nur ein einziges Mal von fern her sein eigenes Glück erblickt! Und so erging es nicht ihm allein, sondern Millionen und aber Millionen von Menschen. Schwer, dumpf und mühselig, einer den anderen behindernd und bedrückend, gingen sie ihres Wegs von der Wiege bis zum Grabe."

Das war zu viel für den Herbergsvater. Er brach in laute Klagen aus: „Aber es muß doch auch Glück gegeben haben! Glückliche Stimmungen hie und da doch wenigstens!"

„Ein kurzes Aufleuchten des Glücks zuweilen", erwiderte Sarnac. „Doch was Iris sagt, ist ganz richtig, glaube ich. Es gab damals kein wahrhaft glückliches Menschenleben."

„Nicht einmal Kinder?"

„Ich meine ein ganzes Leben, nicht einen einzelnen Lebensabschnitt. Kinder würden ja, selbst in der Hölle geboren, ein Weilchen lachen und tanzen."

„Und aus solcher Dunkelheit", sagte Beryll, „hat sich unser Geschlecht in zwanzig kurzen Jahrhunderten zum Licht emporgerungen, zur Duldsamkeit, zur süßen Freiheit und zur Freude des heutigen Daseins."

„Das ist mir kein Trost, wenn ich an die Schicksale der Vergangenheit denke", sagte Iris.

„Vielleicht ist die Lösung die", rief der Herbergsvater, „daß jeder von uns früher oder später im Traum ein vergangenes Leben heraufbeschwört; daß all die armen Schatten aus jener traurigen Zeit auf solche Art des Glücks der heutigen Welt teilhaftig werden. Hier, ihr armen Seelen, hier findet ihr Trost, hier ist das Land eurer Sehnsucht, hier sind alle eure Hoffnungen wahr geworden.

Hier lebt ihr aufs neue in einem reicheren Selbst. Hier werden Liebende nicht mehr um ihrer Liebe willen getrennt, hier wird euch Liebe nicht mehr zur Qual ... Nun begreife ich, warum der Mensch unsterblich sein muß! Die Geschichte von dem Martyrium der Menschheit wäre sonst zu jammervoll. Sicher hat es viele gute Menschen gegeben, die mir glichen, fröhlich und ein bißchen zu dick, Leute, die Freude hatten an Wein und an gutem Essen, und die ihre Mitmenschen fast ebenso liebten wie Speis und Trank, die ja den Menschen machen; aber sie konnten die fröhliche Arbeit, die ich tue, nicht verrichten, durften nicht jeden Tag aufs neue fröhlichen Paaren einer Feriengesellschaft Bequemlichkeit und Frohsinn bieten. Vielleicht wird auch in mir über kurz oder lang die Erinnerung an den armen Gastwirt lebendig werden, der ich einmal war, an einen erbärmlichen, getretenen und schlechtbezahlten Schankwirt, der zornig und beschämt seinen Gästen elendes Zeug auftischen mußte; all seine Mühsal werd ich noch einmal auskosten und mich dann mit dieser meiner guten Herberge trösten. Wenn ich selbst in der alten Zeit gelitten habe, dann will ich's zufrieden sein; wenn's aber irgendein anderer braver Kerl war, der nun tot ist und niemals hierher gelangen kann, dann ist keine Gerechtigkeit im Herzen Gottes. Ich schwöre fortan auf die Unsterblichkeit – nicht aus Gier nach einem künftigen Dasein, sondern im Namen des vergeudeten Lebens all der Toten."

„Seht nur", fuhr er fort, „der Morgen bricht an, schon glänzt es durch die Spalten der Tür heller als das Licht im Zimmer. Geht doch alle hinaus und seht euch das Morgenglühen der Berge an. Ich will euch indessen ein warmes Getränk zurechtmachen, und dann wollen wir noch eine Stunde schlafen, ehe ihr frühstückt und weiterzieht."

## 3

„Es war ein Leben", sagte Sarnac, „und war ein Traum, ein Traum in meinem jetzigen Leben; und auch dieses ist nur ein Traum. Träume in anderen enthalten, und Träume, die wieder Träume in sich schließen – bis wir am Ende vielleicht zum Träumer aller Träume gelangen, zu dem Wesen, das alle Wesen in sich faßt. Das Leben – was wäre ihm unmöglich, was zu wunderbar und was zu schön?"

Er erhob sich und schlug den großen Vorhang vor der Tür der Herberge zurück. „Die ganze Nacht haben wir über das Leben im dunklen Zeitalter der Verwirrung gesprochen, und nun will die Sonne aufgehen."

Er trat vor das Haus, blieb stehen und betrachtete die Berge, die dunkel und geheimnisvoll aus Wolken und Nebel emporstiegen, um allmählich im Glanz des Morgenrots zu erstrahlen.

Er stand ganz still, und auch die Welt ringsum schien in Schweigen versunken. Nur aus ferner, von Nebel verhüllter Tiefe stieg ein Klang empor, das bunte Gezwitscher singender Vögel.